突围异托邦

华裔美国文学的话语范式与
文化认同研究

寇才军　著

项目依托：浙江省哲学社会科学规划课题
《美国多元主义文化语境中的"华裔文化表述"》
（课题编号：15NDJC044YB）

中央编译出版社

图书在版编目（CIP）数据

突围异托邦：华裔美国文学的话语范式与文化认同研究 / 寇才军著 . —北京：中央编译出版社，2018.12

ISBN 978-7-5117-3644-4

Ⅰ．①突…
Ⅱ．①寇…
Ⅲ．①华人文学 – 文化研究 – 美国
Ⅳ．① I712.06

中国版本图书馆 CIP 数据核字（2018）第 277432 号

突围异托邦：华裔美国文学的话语范式与文化认同研究

出 版 人：葛海彦
出版统筹：贾宇琰
责任编辑：谭　伟
责任印制：刘　慧
出版发行：中央编译出版社
地　　址：北京西城区车公庄大街乙 5 号鸿儒大厦 B 座（100044）
电　　话：（010）52612345（总编室）　（010）52612349（编辑室）
　　　　　　（010）52612316（发行部）　（010）52612346（馆配部）
传　　真：（010）66515838
经　　销：全国新华书店
印　　刷：鸿博昊天科技有限公司
开　　本：710 毫米 ×1000 毫米　1/16
字　　数：240 千字
印　　张：17.25
版　　次：2018 年 12 月第 1 版
印　　次：2018 年 12 月第 1 版第 1 次印刷
定　　价：68.00 元

网　　址：www.cctphome.com　　**邮　　箱**：cctp@cctphome.com
新浪微博：@ 中央编译出版社　　**微　　信**：中央编译出版社（ID:cctphome）
淘宝店铺：中央编译出版社直销店（http://shop108367160.taobao.com）（010）55626985

本社常年法律顾问：北京市吴栾赵阎律师事务所律师　闫军　梁勤
凡有印装质量问题，本社负责调换，电话：（010）55626985

目　　录

绪论 1

第一章　异托邦与美国少数族裔文化政治 18
第一节　文化差异、异托邦与文化多元主义 18
第二节　异同之争：东方主义"刻板印象"及其反对 29

第二章　华裔文化民族主义者的文学抵抗 44
第一节　文化民族主义追踪 44
第二节　亚裔美国人运动与亚裔文化民族主义 47
第三节　奇卡诺文学的另类榜样 52
第四节　文化民族主义的理论缺憾及其反对 55

第三章　华裔美国文学的地缘学难题 61
第一节　文化的地缘性和民族文化权利的"地域陷阱" ... 61
第二节　"东方主义唐人街"与华裔"唐人街神话" 66
第三节　"外唐人街"文学 87
第四节　"中国根"和"环太平洋地区"概念 90

第四章　文化认同危机与华裔美国文学的作家话语 104
第一节　否定之否定：亚（华）裔族裔民族主义话语的初级语法 ... 105
第二节　华裔民族主义、英雄主义传统的文学话语建构 ... 112
第三节　"中国传说"的地道性之争 121
第四节　华裔文化属性的零碎化和民俗化 129
第五节　华裔文化身份的"商品化"和"符号化" 137

第五章　华裔美国文化话语权的性别之争 150
第一节　华裔文学叙事的男性话语 151
第二节　木兰新说——华裔美国文学的女性话语 162

第六章　"美学异托邦"及其突围 194
第一节　华裔美国文学的语言尴尬 194
第二节　华裔文学的审美范式及其突破 211

第七章　华裔美国文学的价值追问 245
第一节　华裔的"自我东方主义" 246
第二节　走进"成功学"的华裔文化认同 251

参考文献 265
英文部分 265
中文部分 266

绪 论

包括华裔美国文学（Chinese American Literature）在内的亚裔美国文学(Asian American Literature)的兴起，是当代美国文学的一个重要现象。

1976年，华裔女作家汤亭亭（Maxine Hong Kingston）的小说《女勇士》首版5000册精装本几乎是一夜之间被抢购一空，加印的4万册也随后告罄。图书市场和评论界的热捧，使《女勇士》一举获得当年美国国家图书评论奖，并于1979年获得美国《时报》(*Times*) "70年代十佳非虚构类作品"称号。至1990年，据美国现代语言协会的统计，《女勇士》是当今活着的作家当中被大学讲堂讲授得最多的作品"[1]。汤亭亭之后的另外一个华裔女作家——谭恩美(Amy Tan)的出版业绩更是大得惊人，她的《喜福会》1989年首版精装本的销售就高达27.5万册，在《纽约时报》畅销书排行榜上连续保持9个月之久。[2] 华裔戏剧家黄哲伦（David Henry Hwang）的《蝴蝶君》不仅成功地打入了百老汇，还一举荣获1988年托尼最佳戏剧奖（Tony Award for best play）、外围批评家奖（Outer Critics Circle Award for Broadway best play）、约翰·伽斯纳最佳美国戏剧奖（John Gassner Award for best American play）、新剧本奖（Drama Desk Award for best new play）等各种奖项。

任璧莲（Gish Jen）的《水龙头幻象》(*Water Faucet Vision*) 被评为1988年美国最佳短篇小说，而《同庚》(*Birthmate*) 则被由约翰·厄普代克担任评委的美

---

[1] David Leiwei Li, *Imagining the Nation: Asian American Literature and Cultural Consent*, Stanford, California: Stanford University Press, 1998, pp.57.

[2] 张子清：《与亚裔美国文学共生共荣的华裔美国文学》。该文是张子清先生为译林出版社出版的华裔美国文学丛书撰写的总序。

国文学专家评为"一百年来美国最佳短篇小说"[1]。长篇小说《典型美国佬》《蒙娜在应许之地》同样销售颇佳并获得评论界赞誉的任璧莲，在2003年还获得美国全国文学艺术学会颁发的25万美元施特劳斯俸金（Strauss Living），成了哈佛大学的驻校作家。雷祖威（David Wong Louie）的小说《错位》（Displacement）被收入1989年美国最佳短篇小说，其短篇小说集《爱的痛苦》（Pangs of Love）获得《洛杉矶时报》一等小说奖。[2] 梁志英的小说《凤眼及其他故事》获2001年美国图书奖，并被《洛杉矶时报》评为2000年度最佳小说之一。来自中国大陆的哈金的《等待》获得1999年美国"国家图书奖"，2000年"美国笔会/福克纳小说奖"。

这一系列的奖项，说明了华裔美国文学的成就，也表明了美国主流文化对华裔族裔文化接受的角度和程度。

在1999年出版的《剑桥美国文学史》第七卷中，包括华裔文学在内的亚裔美国文学被置于"新兴文学"一章给予考察和分析。[3] 在该章的撰写者——纽约大学的塞勒斯·P.K.帕特尔看来，新兴文学之"新"是对占优势的统治文化来说的，作为新兴文化，其关键的成分就是与主流话语的潜在对抗，"不断地创造种种新的意义、新的价值观、新的习俗、新类型的社会关系"[4]。而主流文化，亦即占统治地位的文化，当然不会轻易让步，它总是依靠既有的权柄维护自己的地位，并试图缓解遗留文化和新兴文化对它构成的挑战。

作为"新兴的"文化现象的华裔美国文学，也同时面临着主流宰制文化的压制与褒奖——两种相反又相成的控制策略。比如，对女性作家的褒奖与对男性作家的压制同步，而对愤怒抗议型文学的压制则与对喜剧型、异国情调性作品的

1　Dave Weich, *Gish Jen Passes Muster-Again*, Powells.com, 网上资料。

2　King-kok Cheung(editor), *Words Matter: Conversations with Asian American writers*. University of Hawai'i press, p.190.

3　对于这些"新兴的"文学，美国加州大学的Wlad Godzich则称其为"冒现的文学"（emergent literature），意思基本相同，指这些文学出现的突然性，以及其相对于主流传统文学的另类特征。台湾学者多沿用"冒现的文学"的说法。郑州大学郭英剑著有《冒现的文学》一文，论述当代美国华裔文学。郭文见《暨南大学学报》（人文社科版）2004年第1期。

4　萨克文·伯科维奇、查尔斯·H.卡斯韦尔：孙宏主译，北京：中央编译出版社，2005年，第562—566页。

褒奖同步。当然，这种奖惩并非明确的制度性的、条文性的，恰恰相反，它显得更像是文学消费市场、图书评论界自主选择的结果。但无论如何，20世纪60年代后，尤其是90年代，以"文化多元主义"为旗帜、以自由平等为信仰根基的美国文化界、知识界、教育界还是给予了包括华裔在内的亚裔美国文学足够的重视。按照美国政府"肯定性行动法案（The Affirmative Action）"[1]的精神，首先是教育界、知识界，然后是社会其他领域都用实际行动"确认""确保"境内的少数族裔、边缘社会群体获得基本的权利。这些权利，包括工作权利、选举权，也包括教育权利和保护自己原有文化不受歧视的"话语权"。而文学，正是这种话语权的重要形式。借着民权运动的春风，亚裔（华裔）文学文化就像雨后的春笋，拱破已经潮湿松软的美国文化地表，成为被盎格鲁—新教白人主导的美国文化森林崭新的风景。这种异样的气味，是如此强烈和新鲜，以至于在短短的时间内，无论是在大学建制、文选编纂、文学史书写、文学批评，还是在讲究金钱原则的文化市场，华/亚裔文学都已经成了不可忽视的一个部分。

敏感的族裔性，从一开始就是华裔美国文学写作本身的特点。人称"华裔美国文学教父"的赵健秀既是作家，又是批评家，他不仅在写作中实践自己所倡导的"族裔文化民族主义"性质的写作纲领，还要求别的华人作家、亚裔作家加入同盟，叙写华裔美国经验，共同创造华裔美国人族裔文化的辉煌。赵健秀、徐忠雄等华裔作家的文学创作和批评实践，明显地是站在民族文化整体的基点，期望民族文化整体作为美国文化多元之"一元"的坚实存在。然而，相当吊诡的是，他们作为个体又是典型的美国式的个人英雄主义者，在美国这一个体主义盛行的社会而非中国集体主义型的社会中生存、奋斗、写作。在其呼吁建构整体性的族裔文化精神之时，又以其本质化的独断一元论排斥族裔内部、性别之间的见解和立场的差异。汤亭亭、黄哲伦、任璧莲、雷祖威等作家也兼具批评家的功能。汤亭亭和赵健秀几成死敌，而黄哲伦也难入赵健秀的法眼。他（她）们的文学创作，也总是在对华裔族裔文化属性的论争中，采取某一角度某一立场，展开对华

---

[1] 在美国19世纪60年代民权运动中，美国政府先后通过了一系列法律文件，旨在消除长期存在的种族歧视。"肯定性行动"法案1965年9月由约翰逊总统签署，是对1964年民权法案的补充，意在敦促各社会机构增加少数民族在就业、教育和商业等各领域的配额，弥补其历史上被歧视被压迫的情况。

裔美国生活故事的描绘,并呈现与赵健秀作品迥然不同的精神风貌。赵健秀坚决反对白人主流媒体视华裔男性"娘娘腔"的"刻板印象"叙事,拒绝承认华裔文化歧视女性,因而他也拒绝承认汤亭亭、谭恩美的角度,也拒绝承认黄哲伦的角度,他干脆宣称他(她)们是"伪华裔作家""伪华裔文化"。但美国学界和中国的美国文学研究界似乎没人会把汤亭亭等排除在华裔美国文学的范畴之外。对于华裔美国文学场域之外的人,无论是一般读者还是研究者,外延性的概念更容易被采纳,本质性概念相对来说则要等待研究、沉淀,要滞后许多。哈佛大学教授内·格拉泽在谈到"肯定性行动"时说,肯定性行动的精神应该是鼓励不再受歧视的少数种族能够效仿欧洲移民及其后代,作为个体而非某群体的一员融入美国社会的主流。[1]事实上,就华裔美国文学而言,作家也都是个体性的,与任何别的文学一样,并非民族团体委派的文化发言人。但吊诡的是,因为文学稀缺、作家稀缺,为民族文化代言又似乎成了早期华裔作家不可推脱的责任。个人经验与族裔生活别无选择地构成了华裔作家写作的双重主题,在高度重视个体性、独特性、创造性的美国文艺场域,独特的族裔性正如"肯定性行动"意欲解决的种族歧视一样对华裔作家具有双重影响:易于上位,也易于遭受质疑。无论如何,族裔特点,或者说华裔(亚裔)文化的族裔属性,在华裔美国文学的开场锣鼓中,既是梦想的乌托邦,又是充满了论争的虚拟战场,成为华裔美国文学表达和文化发展持续性的困惑和永久性的焦点。

如果再具体到细节,华裔美国文学文化认同、文学表述的差异可能就更大了。这无疑是摆在我们这些文学、文化的深层研究者面前的障碍。我们无法像研究浪漫主义文学那样,根据文本,勾连作者及其时代风云,进行艺术价值和思想意义的探究。作为研究者,我们如果把一种本质性的精神当作理解一种族裔文学、文化的基础,像19世纪黑格尔式的经典哲学要求的那样,可能完全无所适从。华裔(亚裔)内部的分裂,作家、作品的文化取向的多样性、差异性,根本无法给我们提供一个稳定的内涵构建和基础来论说其成败得失。华裔(亚裔)美国文学、文化,从一开始就更多地是一个外延性的范畴,一如美国肤色政治中的

---

[1] 余志森:《美国多元文化研究——主流与非主流关系探索》,上海:华东师范大学出版社,2012年,第53页。

白、黑、黄的颜色分别，而不是主体精神的实质状态。而且，这个外延性的概念的外延也不是确定的，而像篱笆墙一样满是漏洞，没有远红外警戒。它最初包含了日、韩裔美国人而将新华人移民拒之门外，后来似乎又有跨越太平洋连接故土之势。这个外延松动的概念内涵也更模糊，从诞生开始，就处于一直被定义、被抗议的争论性议程中。所谓华（亚）裔美国文学从来不是一个文学历史线索上的稳固的材料和密封完好的档案，而是一只船，一只冒着烟的老式的轮渡，从遥远的彼岸而来，在美国文化的海洋和内河中，在各种阴晴不定的天气里航行。

自从1968年加州大学伯克利分校成立亚美研究机构以来，华裔/亚裔美国文学就被置于美国独特的种族文化背景下来进行研究。尽管后来有女性主义的兴起、后现代话语的泛滥，华裔/亚裔文学研究仍然没有离开族裔文化的范围。族裔文化对主流宰制文化的潜在对抗，或者说基于后殖民主义的"反话语"，是华裔美国文学写作和批评的长期关注点，也是女性主义、后现代主义研究视点审视华裔文学的社会学、文化学基础。就女性主义而言，华裔文学的女性主义必须在华裔整体被"女性化"的背景下来理解，它不是简单地反对男权，而是在反对族裔文化内部男权的同时，反对种族间的不平等。这种不平等，包括族裔男性的被女性化，也包括族裔女性被白人女性的"他者化"。后现代理论对"差异"、"离散"的强调，几乎消解了族裔文化对"地域""语言""民族""认同"的倚重，但这种危机也同样必须与当代全球化潮流对移民社群的影响联系起来进行考虑。换句话说，华裔美国文学必须首先被当作多元文化中的一种民族（宏观而言）或者族裔（微观而言）的文化的美学表达来理解。

在美国的华裔美国文学研究，相当多的是在亚裔美国文学的总目下展开的。在美国的"颜色政治"中，重要的是皮肤的白、黑、黄间的差别，"黄人"内部日裔和华裔的区别是个次级概念。"黄人""东方人"本身就是一个少数民族概念。这种不区分来自于美国公众对东方知识的匮乏，更来自于一种漠视的态度。但同样，这共同的漠视也造就了"黄人"共同的命运，在抵抗民族压迫和种族歧视的斗争前线使之成为某种意义上的民族共同体。

就稍近的研究而言，Lisa Lowe的论文《移民法案——亚美文化政治研究》（*Immigrant Acts: On Asian American Culture Politics*，1996）研究的就是亚裔美国

文化整体的文化政治问题。作为族裔文化研究的论文，它的立足点正是美国有关亚洲的移民法案的历史。在他看来，不同历史时期、不同条件下美国亚洲移民法规的制定和更改，极大地影响了亚裔美国社会的人口构成、生存环境以及文化认同。对于移民来说，"文化并不仅是个体以民族共同体一员的身份来言说的领域，也是历史的协调仲裁处，通过它，过去得以回归和记忆保留，无论过去多么破碎、不完美，甚至于被人拒绝承认。通过这种记忆和重写，主体和社群的新形式得以思考和表达"[1]。文化并非天然具有政治性，但亚裔美国文化却因为对政治事件的记忆和文化表达所面临的政治环境，而表现出明显的政治性。《移民法案》所致力的，正是从美国移民法案出发，考察亚裔美国文化与美国种族政治的关系。在亚美文化研究与美国当代族裔文化研究计划、美国种族论争与马克思主义种族论述、文学研究与关于种族剥削的女性主义分析等纵横交错的联系中，《移民法案》关于亚美文化的政治研究给人提供了一个宏观而又颇具深度的观察，揭示了亚美文化生成、变化的总体"文化生态环境"。

稍后出版的李磊伟（David Leiwei Li）的论著《想象民族——亚裔美国文学和文化舆论》（*Imagining the Nation：Asian American Literature and Cultural Consent*，Stanford University Press 1998）也把与美国移民法相关的亚裔美国人对美国公民身份的获得当作理解亚美文学的出发点。标题"想象民族"暗示了作者对安德森"想象社群"以及霍米·巴巴关于"民族与叙事"等现代／后现代民族叙事理论的借鉴。与《移民法案》相比，《想象民族》的论述更贴近了亚裔美国文学写作的"冒现"及发展本身。它详尽地分析了亚美文学的产生、"冒现"，亚美作家以及文学对美国的宣认，亚美文学的亚洲根基，以及新的跨国资本时代族裔文化身份的表达危机和超越的努力。

Leslie Bow 的论文《背叛和其他的颠覆行为》(*Betrayal and Other Acts of Subversion——Feminism, Sexuality, Asian American Women's Literature*, Princeton University Press, 2001) 是一部典型的女性主义著作。以亚裔美国女性作家的作品为研究对象，以女性主义为核心思想，作者深入研究了亚裔女性对男性所期待的

---

[1] Lisa Lowe, *Immigrant Acts: On Asian American Culture Politics*, Duke University Press, 1996, Preface, x.

女性偶像的背叛，对民族主义集体宏大叙事的对抗、颠覆，以及她们对白人文化的反驳。

来自中国台湾的在美国获得博士学位的张琼惠的论文《转型中的华裔美国文学》(*Transforming Chinese American Literature*, Peter Lang, 2000) 专注于华裔美国英语文学，深入研究了华裔文学的历史属性以及族裔属性的变化。在历史书写、神话变形、华裔自传、华裔文学经典建构等方面，该论文都提出了诸多新见。颇为有趣的是，作者还以"杂碎（chop suey）"为关键词，论述了华裔美国文学、文化的"杂碎"特征。这个"杂碎"，作为霍米·巴巴后现代文化主体"混杂性（Hybridity）"的中国版本，并无可非议，但隐含在命名背后的隐隐约约的"中国文化中心主义"却是耐人寻味的。

来自中国大陆的尹晓煌（Xiao-huang Yin）毕业于哈佛大学。他的博士论文《1850年代以来的华裔美国文学》(*Chinese American Literature since 1850s*) 2000年由伊利诺伊大学出版社出版，南开大学于2006年出版了中译本。与以前所有研究不同的是，尹晓煌的论文第一次把华裔美国人的汉语作品纳入华裔美国文学的范畴，与英语写作的文本一起，进行了系统的研究。在他这里，华裔美国文学第一次真正成了华裔美国人的文学，而不再仅仅是说英语写英语的华裔美国人的文学。这一拓展可谓意义重大。因为汉语作为华裔的主要语言之一，确实担当了团结华裔社群并自由表达族裔生活感受的文化工具的角色。如果我们不可能不把华裔美国文学的写作当作美国主流宰制文化的一种"反话语"的话，如果华裔美国文学的政治属性分析难以避免，那么，汉语写作的华裔美国文学就应该得到足够的重视。遗憾的是，我们并没有多少这方面的资料，也少有人进行深入的研究。

相对于美国而言，中国学界对华裔美国文学的关注和研究都起步较晚。远隔重洋，又隔着语言的屏障，兴起在美国文坛的华裔文学向中国的传输需要一定的时间。另一个障碍来自于文化环境。中国台湾与中国大陆不同，而中国台湾与中国大陆的文化环境与美国相比，也大不相同。这个接受环境的巨大差异，直接影响了华裔美国文学在中国的市场接受和学术研究。举例来说，在美国热销高达几十万册的谭恩美的小说《喜福会》在中国大陆的印数只有6000册。而由张子清先生主编、译林出版社出版的"华裔美国文学丛书"的计划，也因为市场发行的原因中途搁浅。

因为语言的原因,华裔美国文学在中国的研究主要在各大学的英美文学系展开,而研究的主要方式首先就是引介。在中国台湾,"中央研究院"欧美文学所是华裔美国文学研究的主要基地。1993 年、1995 年、1997 年,欧美所先后三次举办了华裔美国文学的专题学术研究会议,并结集出版了前两次研究会上的论文,分别为 1994 年出版的《文化属性与华裔美国文学》和 1996 年出版的《再现政治与华裔美国文学》。而以华裔美国文学为主要研究领域的单德兴先生,则在 2000 年出版了他的论文集《铭刻与再现》。台湾地区由于曾被殖民的历史,此地的研究者似乎也有了更多的感同身受,他们关注华裔美国文学的角度,在华裔文化与美国主流文化的对抗协商,更在华裔文学所折射的文化属性的嬗变上。几乎同样呈现杂交文化特点的台湾语境中的文化学人,更多地采用了后现代族裔文化理论来理解并分析远隔重洋的华裔美国文学的"杂种"文化属性的形成和表达,个中原委,耐人寻味。台湾的华裔美国文学研究在 20 世纪 90 年代还初步完成了学科建制化的过程,台湾大学、台湾师范大学、"中央"大学、辅仁大学、淡江大学等都开设了华美文学研究的课程,而且,按照单德兴的说法,华裔文学研究在台湾英美文学研究中已经后来居上,成了"强势论述"。[1]

中国大陆学界对华裔美国文学的研究起步较晚。《女勇士》的汉译本 1998 年才由漓江出版社出版,谭恩美的《喜福会》1999 年由浙江文艺出版社出版,译林出版社的"华裔美国文学丛书"在 2000 年才启动。研究的文章也主要是译介。随着译介的累积,深入研究也得以进展。北京外国语大学 2003 年成立了"华裔美国文学研究中心"。而北京大学出版社也于 2003 年出版了程爱民主编的《美国华裔文学研究》论文集,该论文集荟萃了国内研究华裔美国文学的主要学术论文。

因为中国大陆接触华裔美国文学是从汤亭亭的《女勇士》开始的,也因为女性学者对文学研究领域的积极进入,女性主义的关心也就成了研究者的主要切入点。如已经出版的解放军外国语大学的石平萍的博士论文《母女关系与性别、种

---

[1] 单德兴:《冒现的文学/研究:台湾的亚美文学研究》,见《中外文学》2001 第 11 期"亚美文学专号"(中外文学月刊社,台湾大学外文系),第 14 页。

族的政治——美国华裔妇女文学研究》(河南大学出版社 2004 年),就是从母女关系入手,以女性主义的主要理论来展开对华裔美国女性文学的研究。四川大学肖薇的博士论文《异质文化语境下的女性书写——海外华人女性写作比较研究》,也是从女性书写的角度,用比较文学的方法对华裔美国女性文学作品进行深入研究。大陆学界的另一个关心,同样来自对华裔美国文学文化属性的兴趣。与美国亚裔知识分子和中国台湾学者不同的是,中国大陆学者对论述的"中国文化中心论"前提似乎不加掩饰。这来自于中国大陆近年来的经济发展所带来的文化复兴的感觉,也来自于我们历史上对种族文化、种族差异等问题的迟钝和隔膜。当然,我们仍然可以将其理解为一种文化研究者本身的研究立场的选择。卫敬宜的论文《西方语境中的中国故事》,正是以中国文化为依据,观察分析华裔美国人所携带的、华裔美国文学所表达的来自中国文化的"故事",在美国环境中的变形和重写。

2005 年以后,也就是作为本书初稿的博士论文完成之后的十年间,中国大陆学界先后出版了十几本研究华裔美国文学的著作。重要的有李贵仓《文化的重量——解读当代华裔美国文学》(人民出版社 2006 年)、陆薇《走向文化研究的华裔美国文学》(中华书局 2007 年)、徐颖果《跨文化视野下的华裔美国文学:赵健秀作品研究》(南开大学出版社 2008 年)、张琼《从族裔声音到经典文学:美国华裔文学的文学性研究及主体反思》(复旦大学出版社 2009 年)、唐蔚明《显现中的文学:美国华裔女性文学中跨文化的变迁》(南开大学出版社 2010 年)、丁夏林《血统、文化身份与美国化:美国华裔小说主题研究》(南开大学出版社 2012 年)等。不难看出,跨文化、民族认同等主题,依然是有着现代性焦虑和世界性情结的当代中国学者关心的核心论题。

就本人而言,我无意非议中国文化中心或者女性主义的立论的基础,对女性来说,女权主义似乎有先验的理由,而中国文化的本位意识也似乎是日益发展的中国社会的当然本分。然而必须提醒的是,华裔美国文学作为一种边缘文化现象,从一开始就有赵健秀等人提出对于来自美国白人文化和来自中国或者日本等迁出国文化的"双重宰制"的忧虑。在全球化时代的今天,我们应该对任何一种文化中心的立场都保持足够的警惕。强势的文化霸权,以种种体制的、行政的、法律的力量维护着与其相适应的文化传统，牢牢掌控着阐释的权力，也同时消解着"非地道"的、"异端的"文化的力量，阻碍着文化的更新。华裔美国人的文化，如果从国家文化的角度来看，从来不可能是地道的美国（白）人文化，也不是道地的中国（汉）文化。对于全球化时代的文化知识分子来说，任何以"地道"和"权威"自居的对华裔美国文学的审视和批评其实都是一种"妄议"，是对华裔美国人历史和社会环境的无视，是对文化空间性的无视。对文化国族性、地道性的固执己见，终将使我们丧失跨文化视野，无视华裔美国文学"兴起"的跨文化意义。

然而，从本书稿的写作之初到完成，立场的问题依然在困扰着我，挥之不去。意识到民族文化中心论的潜在影响，不等于我就能摆脱一种文化中心论的影响；意识到女性主义视角的褊狭，不等于我就能挣脱性别对人的思维和判断的基因遥控。随着阅读的深入和写作的展开，有很长一段时间我都觉得对这种挣扎的摆脱几近徒劳。这种挣扎不仅是我个人的，也是华裔美国文学写作和研究本身的。它们几乎是异质同构。在美国和中国之间，在英语和汉语之间，在个体和社群之间，在男性和女性之间，在政治与文学之间，华裔美国文学以及关于华裔美国文学的研究都无法简单明了地、清楚地表明自己的立场。超越二元对立的愿望紧紧纠缠着这一系列二元对立的组合。几经考虑，我终于决定把这种挣扎表现出来，以摆脱挣扎的美好愿望，展现出华裔美国文学作为族裔文学在诸多二元对立组合中挣扎的轨迹。

"轨迹"，是一个典型的后现代词语，与"延异(difference的法语词)"等一起构成德里达解构主义哲学的杀伤性武器。主体、意义、本质都在无边的延异中消散了，只留下轨迹，供后人做米歇尔·福柯所谓的"谱系学研究"，聊供勾陈索引。

从某种模糊的角度来说，后现代主义就是一个"没有主义"的"主义"，一个反对本质化表述的解构主义的概念团。当然，时至今日，我们已经完全没有必要把"后现代主义"奉为思想的圭臬，经济领域的全球化、管理学领域的大数据、政治领域的一元主义传统等，依然延续着亚里士多德以来的总体性、本质性概念。但就文学这种弹性巨大的人文学科来讲，后现代主义对整体性的反对始终是个警钟，提醒我们警惕意识形态领域广泛存在的"虚构"和"霸权"等非理性、非科学的存在。

本质的模糊性、外延的松动性，始终是华裔美国文学的特征，也大抵是所有非主流文化的生存困境。在这一困境之下，采取一个外延性的概念来囊括华裔美国文学、研究其文化认同以及美学特征，可能就是我们无奈的选择。此故，本书采用外延性的"族裔文学"概念来梳理华裔美国文学的写作和发展，以及华裔文化认同及其批评。

族裔文学（ethnic literature），按照罗杰·丹尼尔斯（Roger Daniels）的说法，在美国语境内，就是"集中关注一个族裔群体或者一个有色人种社群"的文学。[1] 族裔概念是一个人种的概念，一个种族文化的概念。从大的范围讲，在美国按照皮肤颜色划定的种族图表中，华裔和日裔、韩裔、越南裔等共属"亚裔美国人（Asian American）"黄种人范畴；从小的范围讲，就祖先来源国划分，凡来自中国（含港台）在美国定居的美国公民，都是"华裔美国人（Chinese American）"。当然，我们这里得小心赵健秀曾经反复强调的"美国生民（America Born Chinese-American）"概念。按照他的规定，只有在美国出生的具有美国公民身份的ABC才是华裔美国人。然而在丹尼尔斯那里，"人种文化"或者"族裔文化"不仅仅是人种的概念，更是个文化概念，关键在后者，在于这个个体或者群体携带的文化信息和价值系统。这一概念显然具有更大的包容性和外部识别性。按照这一标准，哈金——这个从中国大陆移民到美国、最终获得美国公民身份的作家，因为其对"中国文化"和"华人移民文化"的文学表述，理所当然地在文化上属于"华裔美国文学"的范畴。

在美国这个以盎格鲁-撒克逊移民后裔为主体的多民族国家中，族裔的概念同时还意味着"边缘"和"少数"，意味着文化上的"非主流"状态。把华裔美国文学当作美国族裔文学之一种，首先认定了华裔文学的美国性。笔者也因而更倾向于首先从美国社会文化的具体的历史性角度来考察华裔文学、文化的历时性变化，而不是以一个中国人的情感态度来强调它与中国文化的从属关系，更不

---

[1] 见丹尼尔斯给尹晓煌的论文所写的前言。Xiao-huang Yin, *Chinese American Literature since 1850s*, University of Illinois Press, 2000, Foreword.

会以地道的中国学者的权威感，否定华裔作家在美国语境中对相关"中国文化符号"的另类表述。当然，中国文化符码在美国语境中的"故事新编"也是我们作为中国学者必须注意的，尤其是在全球化背景下思考中国文化的国际角色和国际表达时，中国文化的通约性和不可通约性都需要我们反思考量。

"族裔文学/文化"的视点，也同时消除了困扰华裔美国文学概念界定的语言问题。尽管有人坚持说只有用英文写作的才算是华裔美国文学[1]，但华裔美国人的双语状态、混杂语状态也决定了汉语之于华裔美国人文化认同的重要性。汉语写作于美国英语读者可能是隐身的，但对于使用汉语的华裔却是真实自我的胞衣，是华裔族裔文化表达的隐性维度。

作为一个外延性概念，族裔文学（文化）的概念也暗含空间概念的特征。由现代主义的时间性哲学向后现代主义的空间哲学的当代转折中，米歇尔·福柯对"异托邦（Heterotopia）"观念的发明和阐述，至关重要。一反现代经典哲学对同质化的现代性、主体性的合法性认定，"异托邦"强调差异性的空间存在。华裔美国文学（文化）作为美国文学（文化）的边缘性存在，一直是非主流的，甚至是被视为异质性的。这种特点，正与福柯所言的"异托邦"相合。"异托邦"既是对流行已久的"乌托邦"的反驳，某种意义上又是对它的修正和继承。多元主义文化理念和政治实践，其哲学的根基就是"异托邦"，而多元主义文化背景正是华裔（亚裔）美国文学"冒现"的社会学基础。在本书后面的章节中，对这个作为本书论述的哲学基础概念，我们将再做讨论。

另外一个与本书联系至关密切的概念是"文化消费主义（Cultural Consumerism）"。这一概念与发达资本主义社会的经济基础相连，与经济上的"消费主义"相关，强调文学文化消费追求快感满足而非意义探究的享乐主义特征。法国思想家鲍德里亚、布迪厄，英国社会学家安东尼·吉登斯，围绕消费与文化、消费与身份认同等诸多问题，展开了抽丝剥茧、鞭辟入里的分析论述，对我们研究美国消费主义主导的文学市场中的华裔美国文学兴起，提供了观察研究

---

[1] 如张子清、王理行等学者就坚持华裔美国文学的英语语言标准。张子清的观点在"华裔美国文学丛书"的总序中得到了清楚的表达；王理行的观点表述在《论"华裔美国文学"的中文译名、界定和宏观把握》一文中，见汪介之、唐建清主编：《跨文化语境中的比较文学》，南京：译林出版社，2004年，第361页。

的另一个平台。在消费主义大潮席卷之下，文化的等级制的权威掌控让位于文化市场的消费定位和消费额，而多元文化则成为文化产品多样化的消费社会环境，文化之"异"成为产品之"异"，文化的异质性沦为族裔文化的商品标签，反向要求"文学生产"迎合消费市场对"异国情调"的文化需求。消费文化语境中，谭恩美东方魔幻色彩的小说的畅销与赵健秀呐喊文学的被冷落之间的反差，显得格外醒目。当然，市场冷暖和主旨对错之间并不存在一个美妙的民主主义的链接，被赵健秀猛烈批判的汤亭亭等作家未必为了图书销量而故意兜售"东方主义"。但从不考虑市场反应的"纯洁创作动机"在当代美国社会也无疑于掩耳盗铃。对销售业绩的考量并不是作家的原罪，真正的问题在于作家对读者消费主义意识的利用和抵抗的深层谋略上，消费主义文学批评过于简单地消解了文学创作的主体性、创作性，夸大了读者的意识观念板结状态。实际的情况要复杂得多。成功的市场反应并不等于对华裔美国文化的背叛和出卖，失败的销量也不意味着主旨的政治正确。更重要的，大众文学板块的图书市场并不是华裔美国文学的全部生存空间，学校和研究机构也在机制层面提供"肯定性行动法案（Affirmative Action）"[1]所倡导的积极族裔文化支持。布尔迪厄的"文化资本（cultural capital）"概念，可以帮助我们理解汤亭亭在美国族裔文学界远超谭恩美的经典地位。

要言之，以"异托邦"为基本哲学概念，以"多元文化主义"和"文化消费主义"为背景，本书拟研究作为"族裔文学"的"华裔美国文学"在当代美国文坛"冒现（Emerging）"的历时性现象。这里，笔者将 Emerging 翻译成"冒现"而不是"新兴""新起"，是考虑到华裔美国文学出现并"繁荣"的突然性，也包含笔者对其长远发展预期的不乐观。

与这一论题相关联，诸多当代敏感问题和前沿问题也会被逐个涉及。比如，在主流文化被主体民族宰制的背景下，少数族裔如何保存、展现自己的文化？少数族裔只有反抗主流文化才是合理的吗？少数族裔文学文化注定扮演主流文化的

---

[1] 肯定性行动法案，又称"积极性种族政策 positive discrimination"。美国总统肯尼迪在 1961 年签署 10925 号行政令，约翰逊总统又在 1964 年再次签署 11246 号行政令，其内容都是旨在反对美国种族隔离政策的历史后果，通过立法增加少数族裔、女性等边缘群体在就业、教育等方面的机会，以配额性政策确保少数的边缘的社群和性别的人权平等。这一政策尽管遭受争议和既得利益者的抵制，但仍在继续实施。

"他者"吗？如何理解、评价作为多元文化之一的少数族裔文化和文学？而作为族裔文学又如何以文学的形式书写族裔文化、塑造族裔文化？凡此种种，都是当今时代颇为重要的问题。拙著要做的，正是这么一个尝试性回答或者说探索。华裔美国文学产生、发展的历史，和批评界、读者的接受的历史，在此将成为我们的研究材料，进而成为我们理解当今后现代主义文化语境下少数族裔文学文化表达与发展之复杂处境的门径。

本书除绪论外共分七个章节。

第一章主要探讨关于文化差异的文化理论，关涉华裔美国文学研究的理论基础。后现代哲学家福柯的"异托邦"理念、权利话语理论和后来被实践的"多元文化主义"，是我们考察的主要对象。当代美国少有著名哲学家产生，然而，其实用主义的风气和多民族移民国家的历史现实压力，倒使得法国最新最时髦的哲学思想在美国找到了实践检验的土壤。与法国社会对个体自由主义的继续推进不同，自由作为权利一经与美国种族主义的历史现实结合，便在"民权运动 Civil Right Movement"的风暴中成为持续的核动力，催发了历史上被践踏的族裔文化的觉醒、发声和"再发明"，继而是"多元文化主义"在社会各个层面的普遍展开。亚裔美国人运动和亚裔美国文学的崛起，正是一种"异托邦"理想在多元文化主义旗帜下的实现。华裔美国文学的兴起，不是美国主流的盎格鲁-撒克逊白人男性（WASP）文学线性发展的自然结果，而是美国文化在族裔空间维度上多点开花的新现象；它不是现代主义文学的接续发展，而是后现代语境下美国境内少数民族文化民族主义的文学表达。赛义德所谓的"东方主义"，以及主流媒体的"刻板印象"作为主导民族文化认识异族文化的传统方式，此时受到来自少数族裔内部文化知识分子的强烈抵制，出自内部视角的重新书写，一跃成为族裔文化空间重建的核心工程。反对"刻板印象"，便有重建"文化象征"、新造"文学形象"，但这一光辉的事业却像旧房改造工程一样，面貌变了，但族裔文化空间并没有根本性变化。华裔美国文学的发展，不是对美国文学主流以及整体的颠覆，而是在族裔文化空间的"多元主义格局"中对美国文学的纠正和丰富。

第二章具体考察作为族裔文化理论来源之一的"文化民族主义"，分析包含华裔在内的亚裔美国人运动与文学再现的关系。与拉丁裔的奇卡诺文学的发展相比,华裔美国文学的发展与政治经济层面的亚裔美国人运动的关系相当疏远。缺乏族裔政治、经济组织的有效支撑,华裔美国文学借助白人主流文化空间来表达华裔美国文化的集体属性,仰人鼻息,受限颇多。被隔离在纯粹文化乃至文学空间的"族裔文学写作",作为美国国内殖民主义的"反话语",一开始就是一种"纸上谈兵",是文化象征符号领域内围绕华裔文化认同与再现的意见纷争。这种纸上的抗争,加上文化民族主义本身的理论缺憾,使族裔文化复兴和族裔文学写作最终与族裔群体的政治诉求基本脱离,成为"美学异托邦"内的文本层面的"嘉年华"秀场的一部分。

第三章的着眼点是"地域"。地域,是族裔文化的地缘基础,但对作为移民的华裔来说,作为文化依据的"地域"却颇为尴尬。华裔美国文学最初反对美国白人社会视自己为"东方人""中国人",宣称自己对美国文化身份的享有。以"唐人街"为据,华裔作家意图通过文学重新表达属于美国的"华裔美国人文化"。英雄主义的华裔美国人文化传统,被赵健秀等人塑造成"唐人街"的"超级所指"。在另外的华裔作家那里,华裔美国人的文化身份却不局限于"唐人街"。如李健孙、雷祖威、任璧莲等作家,就通过各自的作品表达了白人社区、黑人社区、犹太人社区中华裔"拥有美国"的感受和经验。汤亭亭和谭恩美则把"中国故土"作为华裔文化生成的另一个空间。随着亚洲移民的增长,美国一些评论家又提出"亚太概念"来重新定位美国的亚裔社区,再次绷紧了文化的地域差异之弦。这种不安稳的"地域"表现在华裔作家笔下,与生存空间的疏离感,成了一个重要的主题。

第四章重点分析华裔文学之"族裔文化属性"的表达和论争。在反对白人东方主义话语机制对华裔美国文化的"刻板印象"表达中,赵健秀等人建构了一套本质主义的、集体性的"华裔美国人感性",一种男性的、英雄主义的华裔美国文学文化意识形态。从女性的立场出发,女作家汤亭亭等对赵健秀的立论进行了有力的反诘。美国文化当然不可能支持族裔文化的封闭式的做大做强,其强大的同化力量借助政治、经济、文化体制逐渐把开始享有美国主流文化的华裔族裔文化逼入民俗的、家庭的、个人的领地,甚至在商品文化的巨大市场中,把它压扁、抽空,变成可消费的民族工艺品。个体化的、零碎化的、商品化的华裔文化属性，以各种形式展现在其他华裔作家的作品中。这样，八九十年代华裔美国文学的繁荣并不简单地意味着华裔美国文化的复兴，而标志着作为商品的华裔文化的大量上市。

第五章从性别角度出发，分析华裔文学中的男女间的"孽缘"。基于被"阉割"的焦虑和恐惧，也基于美国白人文化长期以来把华裔文化"女性化"的历史，华裔男性作家格外关注英雄品格的华裔男性形象的重塑，叛逆型、力量型男性，华裔男性对白人女性的征服，是他们主要关心的。女作家则对男性的这种"暴力"倾向保持了足够的警惕。她们对悲惨家史的悲悯感受，对和平的向往，对文化交流融合的平和态度，对族内或族际间男女平等性爱的追求，都使她们的作品和言论表现出与华裔男性作家迥然不同的面貌。而这种性别的纷争和差异，从内部消解了华裔文学阵营的整体性和意识形态的统一性，软化了作为"反话语"的冷战风格。华裔女作家的频频获奖和作品的畅销，表明了美国作为华裔宿主国的文化态度，也宣告了华裔文学的有效身份。华裔作家的性别分裂，根本上显示了主流文化对华裔文化的"驯服"和"监制"，也说明了华裔文化属性的非本质化特征，以及民族文化交往过程中的"吸附"和"归化"的客观性。

第六章是华裔文学的美学形态的分析，涉及语言风格与文类范式两个主要内容。当华裔作家决定用英语进行文学写作时，白人媒体的监控便难以避免。赵健秀提倡一种华裔"洋泾浜"英语，企图挑战美国标准英语文学的语言霸权，但最终成为一种怪异的"语言风格"，沦为族裔文学的"语言标签"。汉语写作的华裔文学虽然可以避免白人宰制文化的监控，但急于同化享有美国中产阶级文化惠泽的汉语文学接受者群体并没有发展出"反话语"的文学表达。在文类上，华裔美国文学与其他族裔文学一样，难以摆脱"人类学文学"的主流体制既定"规范"，纪实、写实风格或者现实主义成了华裔文学的主要特征之一。因为文学市场的原因，喜剧品格成了华裔美国文学的另一个销售标签。在以"奇异性"为卖点的现代美国图书市场，华裔美国文学似乎难以避免扮演文化、文学的"他者"角色。但是，华裔美国文学家并不甘心"文学隔都"的"异托邦"地位，他们以各自的技巧和策略，突破了注视者的限制和成见，在美国文坛发出了华裔文化知识分子自己的声音。

最后一章是对华裔美国文学的文化认同策略的分析。尽管"色拉拼盘（Salad Mosaic）"被很多人用来替代"熔炉(Melting Pot)"以描述美国当今社会文化多元化的状态，但对华裔美国人来说，文化的融合似乎是一种必然。汉语语境中，"文化"之"化"原本就是变化、融通之义。作为外来少数族裔，注重世俗成就的华裔倾向于从"成功学"通道达成新的文化认同。在"自我东方主义"之外，华裔文学知识分子及其代言的群体似乎更喜欢采取"同声相应"认同模式，将"中国文化"元素与美国文化元素呼应并置，进而置入"大熔炉"中重新铸造。这一章也是本书的最后一章，再次显明了族裔写作的局限，以及族裔写作因为对传统人文主义精神的继承而表现出弥足珍贵的人性的温暖。作为理论，族裔文化民族主义有着先天缺陷，其狭隘的对抗性态度倾向于把文学当作民族文化的战斗前线，忽视了文学作为文化交融的黏合剂的角色和文学的相对独立性、超越性。作为团体的华裔文学写作的消散，并非华裔文化的衰亡，而是族裔标签脱落之后文学对文学本体的回归。异托邦，即便是一个狭小的空间，其存在的价值也不容忽略。这个安置文化差异的场所，在实践上和思想上都保证了非主流边缘群体和个体的文化权利。正如米歇尔·福柯所言，没有异托邦这条船，一元化的"乌托邦"政治只能导向绝对的极权主义。

第一章 异托邦与美国少数族裔文化政治

第一节 文化差异、异托邦与文化多元主义

民族文化自我中心论存在于世界各地传统的民族社会中。西方的雅典、罗马、拜占庭、巴黎等都曾经把自己以外的世界看作蛮荒之地。独尊耶和华的传统犹太人唯独把本民族看作上帝的选民，穆斯林则视自己为安拉旨意真正的顺从者。

文化的多样性在现代以前更多是平行的，随着整个世界的全球化进程加速，民族社会的封闭性变得越来越不可能，原本分散的多元性存在被大规模的生产与贸易、大规模的交流与战争强行带入一个共同的时空之后，残酷的丛林法则也开始在文化领域展开。现代性世界中，复数的文化（Cultures）不是处于一个广袤无边、河道纵横的伊甸园，各自花开花落，而是在残酷的竞争中附着在国家民族的生产力和战斗力上面，同步进行着优胜劣汰的生存战争。19世纪的欧洲小说真实地描写了那个充满了竞争的社会和欧洲资产阶级文化的胜出。最典型的代表，莫过于人人熟知的《鲁宾逊漂流记》，单枪匹马的鲁宾逊以其机械理性的优势，彻底征服了孤岛上的黑人部落，并对其重新命名和排序。

马克思、恩格斯继承了黑格尔的历史辩证法，不再把人类社会看作一个杂乱的大拼盘，也不把人类社会看作神的意志的产物，通过对生产力和生产关系的深刻研究，马克思主义把人类社会的历史看作一个逐渐次第性发展的产物，经历了

从原始社会、奴隶社会到封建制社会,到资本主义社会的漫长历程,最终目标是社会主义、共产主义社会的人类高度解放国状态。

也正是在这个意义上,马克思毫不留情地指出了现代资本主义全球化体系中"东方从属于西方"的残酷现实。亚细亚生产方式落后于欧罗巴的大机器生产,而与亚细亚生产方式相适应的东方文化也相应地落后于欧洲的现代性文化。如此,在全球化格局中,亚细亚便以原料产地、劳动力、消费市场的形式从属于欧洲,亚细亚文化也成了一种被欺凌与被侮辱的存在,等待着苏醒和改变。

在遥远的东方,日本率先完成了西化的现代化进程,中国也随后跟进,翻天覆地的变革、革命,似乎人类文明文化的演化历史已经显明是要随西方而去。但是,即便如此,还是有不同的声音。在有些学者眼里,文化从来就不屑于与物质、器具关联,而是一种高蹈的精神形态。斯宾格勒《西方的没落》猛烈抨击了欧洲的物质主义和工具理性,号召灵性的恢复。中国晚清奇儒辜鸿铭先生遍览西学,最终选择为中国传统文化辩护,认为中国文化是最优秀的,远远超过了物质主义的欧洲文化,并将拯救已然没落的欧洲。在辜鸿铭以及斯宾格勒那里,文化的概念显然是一个狭义的价值观念,甚至更为精致抽象的美学、心灵学系统。

稍后的林语堂毫不犹豫地继承了辜鸿铭的思路,在美国知识界身体力行,为中国文化代言。林语堂毫不在意西方流行观念对中国文化"阴性"的歧视,而是接过来以"阴性文化"为荣,以老子哲学尚阴尊柔为据,大谈中国文化的和谐、温柔、敦厚、雅致。

文化究竟是什么?中国文化究竟是什么?西方文化又究竟是什么?回答清楚这些问题恐怕需要多本皇皇巨著。但即便是皇皇巨著,也未必能提供能让各方人士都满意的答案。文化在客观上是一套符号系统,有其生成、发展、变化的空间和历史,主观上则包括文化社群之内的"认同"和社群外部他者文化社群的"认知"。这一内一外,差异巨大。文化认同、文化表征的主观性,意味着文化作为人为符号系统所具有的意识形态特征,灌注其间的权力意志、情感态度必然要引起我们足够的重视。

在工业革命后,世界的全球化进程加速,各民族文化都避免不了与其他民族文化的接触乃至冲突,避免不了被他者文化凝视、观察,仰视或蔑视。在

"文化象征"领域,占主导地位的民族文化多以自己为中心,以自己的喜好和利益来判断、展现"他者文化"的另类性、边缘性甚至落后性。"现代主义"作为一个以当代时间作为轴心和判断基点的哲学思潮,依据的是西方现代工业文明的成就,依据的是生物进化论为基础的社会进化论,它对世界各民族文化的判断和展现即以此为基础。所谓"先进文化"与"落后文化"的区别和判词,"第一世界""第三世界"的划分,"发达国家"与"不发达国家"的阶梯差,也正是以此为背景的。此一标准下,东方文化、非洲文化无一例外成了落后的"神秘"存在。

现代主义的"时间观"是一种发展观,现代主义以西方文明的最新发展为标尺,将世界各个国家与民族的空间存在折算为时间上的"先进"与"落后"("A落后B三十年"就是这个意思)。现代主义的灵魂深处是个"乌托邦"。这个"乌托邦"是人类文明发展史的终点,各民族文化都将在这个无比幸福的终点无限接近"同质化"。

后现代主义解构了现代主义对语言之科学性、对结构之永恒性的迷思,突出发展了符号学的"延异"观念,真理的"权力"暗纹,将现代主义忽视的"空间"观念扶上哲学殿堂的"主位",并以"异托邦"的观念取代"乌托邦"。

在1967年法国的一次建筑学会议上,米歇尔·福柯做了题为"他者空间——异托邦"的演讲,但由于种种原因,直到1984年福柯病逝之前,这个演讲稿才在《建筑学杂志》上正式发表。这篇演讲稿从某种程度上确实不是严格意义上的论文,而像是一个后结构主义哲学家富有洞察的畅想曲。在演讲稿中,福柯批判了19世纪历史学的迷思,提出了空间概念以弥补过往仅仅用时间概念阐述历史和文明现代性的不足。这个曾经的结构主义者、法国共产党员,因为对斯大林专政的哲学反思和对自由主义的坚持,在60年代后期转变成了后结构主义者,在哲学领域致力于发现"词与物"的断裂、权力对真理的渗透、专断对异己的排斥。苏联斯大林式的实践粉碎了福柯对"乌托邦"的信仰,他转而用"异托邦"代之,填补已然坍塌的现代哲学的天空。

在福柯那里,"乌托邦"是一个非真实的空间,是现实社会或直接或反转的影射,是现实社会的完美美化版或者其他社会的颠转版。"异托邦"则不同。各种现实社会里都存在不同形式的"异托邦","异托邦"是真实存在的空间,而非虚构、想象的。可以说异托邦是乌托邦在世界上真实的或者说大致接近的物质性展现,也可以说,异托邦是乌托邦的一个"平行世界",容纳了诸多不理想物质存在,从而使乌托邦成为可能。

与乌托邦根本不同,异托邦是"异质性"存在的空间,它不像乌托邦那样是一个完美的结构主义的构型,而是各种差异性存在的场域,福柯专门给它生造了一个词——"Heterotopology"(异质地理学),以古希腊哲学形而上的形式来描述异托邦的种种形式和特质。在福柯的认识中,"异托邦"存在着六种形式,从而具有六种以上不同的特质。

第一种异托邦,是危机异托邦(heterotopias of crisis),它是正常社会用来处理危机的特殊场所,这些危机时刻包括:青春期、例假、蜜月、衰老等。比如19世纪之前的寄宿学校、童子军训练营、"蜜月旅行"情侣房等,都与性危机及其释放有关。这种异托邦在现代社会已经基本消失,被"偏离型异托邦"代替。

第二种即偏离型异托邦(heterotopias of deviation),它是一个社会把偏离社会常规的个体们集中安置的机构,比如医院、疗养院、监狱、收容所等,通常被用来"安置"病人、犯人、流浪者等"非常规人群"。

第三种是空间杂会的异质空间(heterotopias of juxtoposion)。这种异托邦也是一个真实的空间,但其中包含了多种次级空间和层次。比如"花园""动物园"等。"花园"的空间之内能容纳多种植物及其生长环境构成的次一级的景观。

第四种是时间异托邦(heterotopias of time)。福柯以"博物馆""图书馆"为例说明这种异托邦的特点。博物馆中常见的一个物种或产品的演化史的集中展览,也就是用空间的形式展示了物品在不同时间段的形态,但物品与时间实际上又是脱离的,时间并不在那里。与之相类似,传统社会还会将一些"片刻"分离出来,以倾泻其"非常态需要"。在欧洲传统的城市郊区常见一种"游乐场"(Fairground),以"节日"的形式汇聚"蛇女"、摔跤手、算命仙儿等"非正常者",让普通人观看其展示和表演。现代社会的"嘉年华"和"波利尼西亚度假村"也是如此,为普通人提供"暂时的"与常规社会的偏离。

第五种是仪式、净化异托邦(heterotopias of rituals and purification)。这种空

间是封闭的非公共空间,在社会常规空间之外,但通过某种仪式又可进入。

第六种异托邦旨在提供一种与既有空间不同的空间,它可以是幻象异托邦(heterotopias of illusion),也可以是补偿异托邦(heterotopias of compensation),前者的功能在于暴露所有的真实空间;后者的功能在于创造一个真实的他者空间。在这一环节,福柯着重讲了"基督教殖民地"的例子。比如,他认为17世纪英国清教徒在美国建立的殖民地,就是以"新伊甸园"的形式创造出的与既有的英国教会截然不同的空间。[1]

米歇尔·福柯并非美国哲学家,其异托邦哲学也并非专门为美国60年代的民权运动以及之后的"多元文化主义"而设计,但是,考虑到福柯曾经在美国加州洛杉矶、旧金山生活的经历以及其思想与60年代的密切联系,我们不得不慎重考虑"异托邦"概念的提出与北美"多元文化主义"的关系。洛杉矶、旧金山等美国城市与法国城市的一个重要差异,正在于前者作为移民城市的多元族裔构成和多元文化形态。这种多元是人种学的,也是建筑的、宗教的,是一定空间内展开的,直接可视可感的。在关于异托邦的论述中,福柯也一再提到博物馆、市郊游乐园和美洲的殖民地等"异质性空间"。

任何理论都是一种"后知后觉",有其先在的现实基础。异托邦的提出也是如此。当我们以"异托邦"的理念反观现实及历史,会洞察一些前所未见的异象,仿佛它们是新近被发明、创造的一样,其实,它们一直在那里,只不过被我们旧有的视野遮蔽无法看见罢了。

华人、华裔在美国的土地上已经存在了数百年,参与了美国的淘金热、修铁路、民权运动、"二战"等重大历史性事件,但是它又似乎根本不在那里,不在美国的文化构成之中。"唐人街"对于白种人的美国而言,长时间以来都是个另类空间,包含着一切非常态的人和事件。它既是真实的"异质性地理空间",也是"真实的""异质性文化空间",其间存放着美国主流民族对于华裔的另类想象。

福柯曾经提到"异托邦"的一个重要功能,即放置"非常态"的现象和存

---

[1] 关于"异托邦"的论述,参见维基百科英文版"Heterotopia"词条。

在，显示与既有空间的不同。换句话说，主体通过对"他者"的建构确认"我"的"自性"，通过"差异"发现"同质性"的边界。美国历史上，盎格鲁－撒克逊后裔正是通过贬低、限制华裔等其他族裔，确保WASP文化的正统性、权威性的。臭名昭著的"排华法案"，以法律的形式限制华人移民，阻止华人家庭团聚，限制华人就业，然而主流媒体却以"变态""厌女症""女性化"来污名化华裔，视"光棍村"为唐人街华人的自然属性。这种"异托邦"，究其实是歧视性种族主义的"异质性空间"，与种族斗争、种族压迫、种族中心主义等负面民族主义规划密切相关。

然而，"非常态"并不总是负面的，也可能是中性的或者积极的。福柯提到的城市郊区"游乐园"和"波利尼西亚度假村"等就明显没有仇恨或者贬低的情感态度；反之，对于"常规人群"而言，它还有可能是欣欣然被观赏的"奇观"汇集、荟萃和集中体验。对于"常规的""主流民族"来说，一旦"异族"的威胁消除，或者威胁程度不足以动摇其宰制地位，其另类性的特质就有可能成为一种可欣赏的"奇葩"——奇花异草，安然存放于后花园，或者当成是具有异国情调的服装，置于衣橱里，在休闲时刻赏玩。当然也包括博物馆、游乐园等。暧昧的"种族主义之爱"表现出来的，正是这种猎奇态度。美国、加拿大实践文化多元主义时期，各少数、边缘族裔文化突然间"百花齐放"，除却民权运动对普遍人权的强力推进外，主流社会人群持有的更多也是一种"嘉年华"秀场的赏玩心态。对于美国华裔来说，由旧日的"黄祸"到八九十年代的"模范少数族裔"的文化标签的转换，反映的其实是主流民族的态度的转换，从"种族主义之恨"到"种族主义之爱"，几乎是一百八十度的反转。

但是，且慢。主流民族态度的变化究竟有没有改变"种族主义"的核心内涵？从另外角度来说，华裔美国人的文化究竟是静止不变的华裔另类性，还是一个与时俱变的"后族裔文化"？作为美国社会文化版图中的"他者"，一个另类的"异托邦"存在，华裔文化之"异质性"究竟是什么？它与美国主流文化的关系是怎样的？

这是我们必须回答的问题。尤其是当华裔美国文学家开始展示自我的历史、自我的故事时，华裔的文化属性是必然面对的。"华裔"当然不是"游乐场"中的"蛇女""算命的巫师",但也不可能是主流文化圈中的盎格鲁-撒克逊白人。就像"唐人街",它不能代表美国,但也不能代表中国,对于两个国家的"常规人群"来说,它都是另类的"异托邦",或为"我中之他",或为"他中之我"。

这是一个相当有趣的现象。一个跨文化的文化变异现象,一个展现他者和他者自我展现的"文化表征"现象。中文语境中,"桥"的意象常被用来描述跨界的连接,这个我们耳熟能详。在福柯的哲学中,"船"的意象获得了特别的注意。

米歇尔·福柯在论述中曾经把"船"当作最出色的"异托邦",船是一个没有位置的空间,既是封闭的又是开放的,以封闭的形式属于无限开放的大海,从一个港口到另一个港口,到殖民地寻找藏在花园里的宝藏。他甚至动情地说:没有"船"的文化,梦想会干枯,冒险会被侦查取代,海盗会被警察取代。福柯在暗讽极权主义对文化同质性的强制。"船"并非海盗掠夺行为的物质载体,而是向"异乡"漂流、探险的工具,是发现与丰富自我的工具。

华裔美国人对于中国来说是漂洋过海而去,对于美国主流民族来说是漂洋过海而来,船于对他们也是空间位移的实施者,同时也是文化移植的见证者。华裔美国文化的变异性,应该被我们严肃认真地凝视和观察。

后现代主义哲学尽管莫衷一是,但其针对现代主义的根基进行怀疑和解构的策略和行动却是相当清楚的。德里达解构了现代主义的语言学基础,葛兰西、福柯等则摧毁了现代主义的"真理性",揭露文化表征中"权力"的存在及其运作。我们在这里谈论后现代哲学,不是仅仅因为后现代哲学开始风起云涌的60年代与华裔美国文学的"冒现"具有同时性,更重要的是,哲学的转向并非漂浮在空中,而是有着深厚的社会基础,与政治、经济、文化等领域在地面上的巨大变革相表里。始于20世纪60年代的美国民权运动,在逻辑上是现代"人权法案"的继续,在具体的历史时空里,在事实上,它却与知识右翼对既有的"现代主义的宏大叙事"包括男权主义、西方中心主义、种族主义等的反对和挑战互为呼应。政治领域的"肯定性行动法案"与文化领域的"多元文化主义"更是互为支撑。可以说,如果没有政治法律上的支持,美国的"多元文化主义"只能流于清谈;反之,如果没有"多元文化主义"在教育、媒体、文学艺术等领域的传播和鼓动,那个影响了美国文化历史进程的"肯定性行动"法案也将是一张废纸。

"多元文化主义（Multi-culturalism）"的核心理念，是承认文化的多元性，宣称文化和文化之间的平等，意在打破西方白人文化的话语霸权；在实践方面，政府机构及其职能部门则以"肯定性行动"等各种宏观和具体政策支持多元文化主义政治主张的落地实施。1957年，美国司法部成立了民权部，负责执行禁止基于种族、性别、宗教等歧视的联邦法令；1964年，《民权法案》通过，民权部门的规模和责任不断扩大，成为推动少数族裔在就业、医疗、教育等各个方面进一步享有美国公民权利的强有力支撑。与之相应，美国卫生部、教育部、福利部等部门还设立专门机构——民权局（DCR），负责执行非种族歧视政策。"肯定性行动"更是直接采取补偿、配额、资助等措施，对少数族裔、妇女等弱势群体在就业、教育等方面给予优惠政策，直接造成了中高等教育领域少数族裔与女性人数的迅速增加。在政府推动下，多元文化教育成为美国教育20世纪下半叶以来的一大特色，其目的是促进学生学习不同文化群体及其历史经验，增进对少数族裔的理解，重视少数族裔的学术成就与社会地位，培养学生适应多元文化的美国社会，以及适应全球化趋势下多元并存的"地球村"环境。[1]

被誉为"华裔美国文学之母"的黄玉雪在其成名作《华女阿五》中就提到了"玉雪"接受白人学校教育的细节。赵健秀的《唐老鸭》、李健孙的《支那崽》、汤亭亭的《女勇士》等众多文学作品，也都从不同侧面提到过白人学校的这种文化多元主义教育。事实上，几乎所有的华裔美国文学作家都是在美国大学接受的教育，进而以文学创作实践"多元文化主义"理念的。强烈抗议美国主流媒体的赵健秀也并不例外，正是在以"自由主义"著称的加州大学伯克利分校，他与其同志们成立了最初的亚裔文学组织，高高举起文化民族主义的大旗。

说到底，"多元文化主义"是美国政治法律体系所允许并提倡的对传统主流文化的一次"纠偏"乃至"批判"，是对"天赋人权"的重新解释和实施，是特定政治背景下文化权力由中心向边缘的分享和辐射。"民权的共享"其实是少数族裔"批判话语实践"的终极诉求，其理论与实践并不谋求颠覆美国主流文化本

---

[1] 余志森：《美国多元文化研究》，上海：华东师范大学出版社，2012年，第84页。

身否定美国文化的主体结构和核心理念,而仅仅修正其历史上和现实中存在的对少数族裔的压迫和歧视。多元主义并不意味着不同族裔文化在美国文化版图中的绝对的"平等""均等"或不相上下。更多情况下,它仅仅意味着给予美国少数族裔文化应有的"注意"和"尊重"。这种"尊重"既是美国宪法中人权观念的积极实现,也遵循着美国主流民族"解放黑奴"的主权逻辑。换句话说,主流文化的主体地位是不可撼动的。正如中国美国学研究者余志森先生所言:"(多元文化)在思想领域批评了欧洲中心主义,争取到其他'多元'应有的地位和尊严,但并非用'少数族裔文化'取代'主流文化',或企图用另一个中心取代欧洲中心,也不是使两者处于相互独立、相互排斥的地位。主流文化在多元中占有的主导地位是历史形成的,理应受到尊重;非主流文化在多元中的平等地位同样是历史发展的必然,理应受到相应的待遇,两者应该是互相依存、共同繁荣、相得益彰的和谐关系。真理向前跨越一步往往会成为谬误。"[1]

余志森先生尽管强调的是一种理想的"应然",遵循的是历史辩证法,而事实上美国文化也是如此发展的。多元文化主义是美国的政治理念,而非第三世界民族或者美国少数族裔自我发明的理论武器。

如此,就引发了另一个问题。"多元文化主义"的"文化"究竟是什么呢?

关于"文化"的定义多如牛毛,我们这里暂无"概念谱系"考古、考据之意图。仅以普遍接受的关于"文化"分为"物质文化、体制文化、价值文化"的三分法表述来看,被实践的多元文化主义中的"文化"显然都不合标准。在美国,政治制度、法律制度、经济制度等"体制性"文化,工业、农业、高科技物质产品文化,乃至自由平等民主科学等"价值文化",无论在历史上还是现实生活中,都是盎格鲁-撒克逊族裔主导的,按照其理想状态,也是人人共享的。比如,美国的法律是各族裔都必须遵守的,多元文化主义并不允许华人"家法"超越美国法律,不会因为中国传统文化有私塾先生体罚学生的惯例而允许老师体罚学生。《刮痧》的故事为我们提供了生动的案例。

英国学者 C.W. 沃特森在论述多元文化主义时,也更多从实践的语用学的角

---

[1] 余志森:《美国多元文化研究》,上海:华东师范大学出版社,2012年,第11页。

度观察"文化"这一词汇的实际所指。他认为学者们谈论"文化"时,经常可能提及"一种共同的语言、一段共同的历史、一套共同的宗教信仰和伦理价值以及一个共同的地理起源,所有这些联系在一起定义了一种对特殊群体的归属感"。很明显,所谓文化界通常并不使用完全意义上的文化,而是差异体系中的各种"文化的集合特征"以及"认同","然而这作为一个定义是不能令人非常满意的"[1]。

"自我中心主义"是个臭名昭著的词汇,然而,主体对他者和周围世界的认知却首先是自我中心的。在相当多的国家,主导民族也都倾向认为自己的文化是无所不包的、整体的、有机的,而边缘族裔的文化则被认为是一些特征的叠加。沃特森观察到,即便是实践了文化多元主义教育的校园,人们也习惯于"把不时能捕捉到的看得见摸得着的现象当作文化认同的标记",但是"因为将其文化琐碎化了,因而无法探索更为深刻的现实,致使少数民族文化引起人群的注意却只停留在肤浅的表面","这种把少数民族文化简约为一套有限的特征的做法,随后被传媒进一步认可并被牢固地安置在民族精神中。在这一点上,其他民族的知识被局限成为一种受轻视的仅供参考的形象:黑人是麻烦制造者;爱尔兰人是酒鬼;中国人是操洋泾浜英语的外卖餐馆的小老板……"[2]

琐碎化、刻板印象式的简化始终是主流民族注视少数族裔文化的方式。排除别有用心的恶意扭曲,哪怕是在最善意的立场上,对美国的少数族裔来说,所谓"多元文化主义"中的"文化"都是个狭义的文化概念,是在公共的大文化一统天下的夹缝中残留的民族性差异,这个民族性存在可以是家族遗物、家训、族裔传说、民族服饰和节日传统等,但与真正的民族文化相比,族裔文化的存留形式有着明显的不完整性特征。

少数族裔文化主体显然不会认同这种简化的差异性的叠加。他们更倾向于以"批判的多元文化主义"对抗"差异的多元文化主义",意图"建构一种更有生气的、更为开放的和更为民主的共同文化"[3]。换言之,少数族裔文化主体与主流族

---

[1] [英]C.W.沃特森:《多元文化主义》,叶兴艺译,长春:吉林人民出版社,2005年,第2页。
[2] [英]C.W.沃特森:《多元文化主义》,叶兴艺译,长春:吉林人民出版社,2005年,第47页。
[3] [英]C.W.沃特森:《多元文化主义》,叶兴艺译,长春:吉林人民出版社,2005年,第49页。

裔对"文化"的理解并不相同。相比较而言，少数族裔更倾向于一个外延更宽泛、内涵更丰富的族裔文化的象征体系。

然而，就华裔美国人和华裔美国文学来说，"文化"始终没有实现这一神圣目标。更多时候它都像是一种模糊的感知和边界不清的想象，出自表述者自身的情感经验和体察认知。在"华裔美国文学之母"黄玉雪那里，"中国文化"除了主要是儒家的道德教导以外，再就是那些与美国人迥异的风俗了。在有"唐人街教父"之称的华裔文化民族主义者赵健秀那里，"华裔美国人文化"大概就是包括中医药、狮舞、关公戏在内的英雄主义传统。在汤亭亭那里，"中国文化传统"对女性的歧视与女性争取自由的奋斗一样真实、四处游走的鬼与努力奋斗的人一样真实。在谭恩美的作品里，中国文化充满着神秘主义和灵异事件；而在李健孙那里，身为华裔携带的中国文化元素可能就是儒家、道家的几句"圣训"。诸如此类。

文学家不是严格意义上的知识分子，也不是理论家、政治家，更不是宗教领袖，他们对民族或者族裔文化的表达和代言难免挂一漏万、难以周延。他们基于个体经验的体悟和解说，基于个人史的文学性讲述，与族裔文化和更大范围的民族传统文化相关，甚至血脉相连，但从来不是全部。文化史学者、民族志学者或者社会学家要求的客观性、全面性，一开始也就不是这些文学新人的目标。

然而相当吊诡的是，这个似乎并不存在的族裔文化的整体性又一直是争论的焦点。执象耳者与摸象足者的持久分歧和无休止的论争，恰恰是不同视角"盲人摸象"的局限性所致。传统的盎格鲁－撒克逊白人文化对华裔的偏见，来自于民族不平等的历史及其影响，也来自于其对华裔文化的鄙视与无知。华裔内部人士对自己文化的认识分歧，则源于各自的角度、经验的局限，以及白人主流媒体的选择嗜好和美国文化建制造成的华裔文化知识分子的历史性缺位。民族共同体机制的缺乏，民族文化建制力量的缺失，使得华裔美国人团体难以成为一个传统意义上的"民族"，以民族的名义言说；而是相反，只能以个体身份，在美国文化宰制状态下进行个性化的"代言"。

当我们以文学为题，讨论华裔美国文化这一宏大命题时，还会遭遇另外一种不对称。尤其是以虚构文学为代表的文学书写，与文化的整体再现目标还是隔了若干层。对于任何一种民族文化来说，宗教、哲学、价值观都是核心命题，但华裔美国文学作为大众文学产品，却少有写这些主题的。在现实世界，无论历史上还是今天，基督教对华裔美国人的影响远远超过各种"会馆"，基督教哲学、伦理学与当代华裔美国人的精神世界的关系也是一个重大文化问题，但出于某种原因，公开的资料里，华裔美国文学作品基本上不涉及此主题。

所以，我们在这里以文学作品为据研究华裔美国文化，并非以社会学、人类学的方法研究文化的本质性特征和结构性构成，而是更多地关涉透过文学作品表达出来的文化认同及其再现方式。换言之，我们研究的不是华裔美国文化本身，而是其"文学表征"（literature Representations）。我们不是以文献学、社会学的方法，而是以英国伯明翰学派所开创的"文化研究"的方法，分析美国文化语境中华裔美国文化的"文学表征"，研究其修辞风格，明辨其与主流意识形态结构、华裔作家个体、媒体与市场的复杂关系及其发展演化。

第二节　异同之争：东方主义"刻板印象"及其反对

与传统哲学和现代主义哲学的信奉者不同，经过解构主义思想洗礼的当代的文化研究者、符号学家倾向于认为"表征和潜在的现实（underlying reality）并不是直接而清晰地联系在一起的"。"这个世界不可能得到精确而客观的表征，因为它不是一个给定的事实，而是从不同角度被理解的结果"。人们总想把握现实，现实却是难以企及的，我们只能在文本、影像和叙述之类的中介去体验它。吊诡的是，这些中介并未清晰透明、不偏不倚地反映现实，它们只是在根据特定社会的礼仪和习俗做出描述。但"由于它们在文化结构中根深蒂固，我们往往忽视了它们的建构性特征"[1]。

解构主义正是从这种"建构性"出发，检讨其"虚构性"的。

---

[1] ［英］丹尼·卡瓦拉罗：《文化理论关键词》，张卫东、张生、赵顺宏译，南京：江苏人民出版社，2013年，第40—41页。

在当代文化批评中，后殖民主义、女性主义理论也正是从揭露既有文化结构中的人为"建构"开始挑战主流文化和男性文化霸权的。"文化霸权"一词，具有明显的情感色彩，来自从属者视角。然而客观而言，所谓"霸权"的获得其实是个权力关系长期被建构的结果，是历史在当下的余威。值得注意的是，建构性是人类文化的主体性特征，是无法消除的。被诟病的，其实是建构中的"虚构"。而所谓揭露文化建构性的批评，也并非凭空在批判文化的人为性，而是社会权力结构变化之后，被抑制的族裔及性别对自己应有的文化表达权利的申诉。这种申诉，针对旧有文化系统的空间分配和形象设置的固化，展开了猛烈的攻击，以文化批评和政治诉求的方式向公众揭示旧有社会霸权结构对文化表征的控制。"刻板印象（stereotype）"正是这么一个被攻击的靶子。

单纯的刻板印象本身其实是个认知的方法问题。在认知对象过于庞杂无法穷尽的情况下，从有限的对象中经过逻辑归纳和推理，抽象出"普遍的""本质"特征，进而以之来把握未知的对象，是人们经常采用的认知策略。比如我们会认为张飞、李逵等是粗心的，认为每个蒙古人都会骑马射箭爱喝酒等等。中国传统戏剧里的脸谱，基于对人物性格的审美性观照，但其定型化方式也妨碍了观众对人物及其世界的认知，在这个意义上，它们也是一种"刻板印象"。

从有限对象中得到的"知识"当然无法涵盖、适用所有的对象，"刻板印象"的认知危险也始终存在。具体到更具主观性的社会人文学科，所谓客观的、永恒的概括性知识更是难以得到，甚至它压根就不存在。在多民族国家中，常有主导民族和少数民族的区别。令人遗憾的是，在对于边缘和他者文化知之不多的情况下，简单的归纳概括更是常常成为主导民族认知少数族裔和外族他者的策略，甚至于出自种族利益的考量，刻意制造一种级差化的种族中心主义的意识形态。

而广为流行的"黑人善于运动""华人勤劳""犹太人聪明"等，不加注释、没有附加条件，其实也是一种被消除了历史痕迹的"文化建构"的结果。尽管这些"刻板印象"也有积极的、正面的信息，但并不信实、可靠。所谓"积极的种族主义"论调，可能在适当的时机，迅速转换到负极，形成"黑人愚蠢""犹太人狡诈"等文化形象，成为消极"种族主义"歧视和仇恨的根源。

对"文化他者"的"表征"作为主体民族意识形态建构的一部分,常常采取外视角的方式,难免简单粗糙。如果种族中心主义、大国沙文主义盛行,这种对"他者"的表征更是会显现出恶意的种族歧视的文化态度。

后现代主义文化的产生并没有一个明确的日期,而它的出现也未必意味着现代主义在欧美发达国家或者全世界的死亡。事实上,对于历史上受压迫的民族、阶级、性别来说,"解放""平等""自由"等现代性理想到如今都还远远没有实现。后现代主义之于他们,更像是破除文化霸权的战略性、策略性思想武器,是有着坚实的内核的,绝非德里达所说的无限"延异"的"符号痕迹"。对于华裔美国文学来说,尽管它的产生与发展都与美国后现代主义文化同步,它的精神内核其实十分古典:享有所有美国人所享有的平等权利!在美国民权法案、"确认性行动"等法律已经明确规定了其基本权利及其补偿的情况下,合适的文化表达权、文化形象权就成为华裔美国文学的主要诉求。从19世纪40年代开始,到60年代民权运动,再到90年代华裔文学的崛起,华裔美国文学事实上都在进行一个为"华裔美国人"正名的巨大"形象工程",华裔作家从各自的经验和角度,以各自不同的风格,在美国的文学版图中,重新刻画华裔形象、展现华裔历史、演绎华裔文化,以修正、取代美国媒体之前炮制的怪异、邪恶的华裔美国人形象。

这些怪异、邪恶的华裔形象中,最著名的莫过于"傅满洲(Fu manchu)"。傅满洲并非真实的人物,而是20世纪初期英国流行小说家萨克斯·罗默(Sax Rohmer)笔下的虚构人物。萨克斯·罗默从来没到过中国,对中国人、中国文化都不了解,纯粹根据自己的想象创造了这个东方恶棍。就像西方幻想小说常常将邪恶与海底大章鱼相联系一样,傅满洲也成了神秘与邪恶的化身。他拥有海德堡大学、索邦学院和爱丁堡大学的学位,精通英文、法文,更重要的是,他还熟练地掌握汉语、印度语及阿拉伯语等东方语言,能够与绝大多数的野蛮人畅通无阻地交流。他博学多才,却是英国警署要面对的头号大恶棍,是无数犯罪集团背后的黑手。

自1912年《神秘的傅满洲博士》(*The Mystery of Dr Fu Manchu*)出版后的28年间,傅满洲系列小说共出版13部,以流行文学的形式"炮制"了英美大众文化关于中国的"东方主义"邪恶象征。以英国为首的西方资本主义国家对近代中国的烧杀劫掠殖民史，最终在它自己的文化本土，以恶性补偿的形式，丑化中国人及中国文化，以污名化中国的方式来消遣中国文化，进而掩盖自身历史上的道德沦丧。直到第二次世界大战，英法美俄与中国结盟抗击法西斯，这种污名化的宣传才有所停歇。

傅满洲并非美国华裔，但美国大众文化的助推器、孵化器——好莱坞却接连制作了6部傅满洲电影，与流行小说、连环画、电视节目一起，将傅满洲这个邪恶的东方博士形象深刻地印入美国普通民众的脑海。对中国几乎毫无了解的大众文化受众，毫无防备、自然而然地将傅满洲的荧屏形象当作华裔甚至模模糊糊的全体中国人的代表和象征。

他瘦高秃头，一张黄脸皮，两只小黑眼，面目阴险；山羊胡子，倒竖两条长眉。直到今天，在美国英语中，Fumanchu 还是中国式山羊胡子的意思。

英国文化史学家弗雷林（Christopher Frayling）在其著作《黄祸：傅满洲博士与恐华症之兴起》（*The Yellow Peril: Dr Fu Manchu & the Rise of Chinaphobia*）一书中更是把这一深入人心的"傅满洲博士"形象与西方的恐华症的"黄祸"心理意识团块联系起来。他甚至引用20年代曾经赴英国任教的中国作家老舍在长篇小说《二马》中关于西方人对中国城的印象的描写来做旁证：

"中国城要是住着二十个中国人，他们的记载上一定是五千；而且这五千黄脸鬼是个个抽大烟，私运军火，害死人把尸首往床底下藏，强奸妇女不问老少，和作一切至少该千刀万剐的事情的。作小说的，写戏剧的，作电影的，描写中国人全根据着这种传说和报告……"那"……"省略掉的老舍的原文是："然后看戏，看电影，念小说的姑娘，老太太，小孩子，和英国皇帝，把这种出乎情理的事牢牢的记在脑子里，于是中国人就变成世界上最阴险、最污浊、最讨厌、最卑鄙的一种两条腿儿的动物！"[1]

与这种邪恶的"傅满洲"形象制造与大众传播相表里的，是国家制度层面的排华和种种限制华人移民的种族主义法律。在英国伦敦，除了特定的街区和一些小旅馆外，中国人无法租住房屋；而在美国，国会于1895年专门制定了针对中国人的"排华法案"，禁止中国移民，剥夺了已经移民的家庭团聚的权利，将唐人街人为地变成"光棍村"，并将华人的职业局限于洗衣房等低等工作。

1974年，罗曼·波兰斯基以《唐人街》为名的好莱坞电影获得了第47届奥斯卡多项提名。但这部电影讲的并不是唐人街的华裔故事，恰恰相反，这部犯罪题材的电影的故事内核是40年代美国白人的经济罪行与道德的不伦，与华人毫无关系。唯一可以核实的联系是，电影中的私家侦探曾经在洛杉矶唐人街警局工作，深感唐人街是个没有法律和道德约束的地方，最后辞职做起了私家侦探。非常明显，"唐人街"已经不是一个具体的地名，而是一个象征，哪怕已经到了20世纪70年代，在美国大众的意识中，"唐人街"依然是神秘的、另类的"邪恶之城（Sin city）"。《唐人街》不加解释地自然而然地对"唐人街"作为"文化象征"的使用，从语用学的角度旁证了文化象征与意识形态的"共谋关系"。正如"傅满洲"系列无需真实的中国人在场，《唐人街》也无须华裔美国人在场。作为文化象征，两者都是白人主流文化的意识形态操作的概念、符号，充斥着符号使用者的主观意识。

"表征和重复这两个概念之间也有紧密联系：可以说，词语只有被重复到一定程度，才能获得意义，成为表征。"[2] 这种关于文化表征的鞭辟入里的分析，实

---

[1] 凯蒂：《让西方惊恐的中国邪恶博士傅满洲》，载《文汇学人》2015年1月15日。
[2] ［英］丹尼·卡瓦拉罗：《文化理论关键词》，张卫东、张生、赵顺宏译，南京：江苏人民出版社，2013年，第40页。

际上解释了他者形象表征生产的主观性、虚拟性及其操作上的大量的同义反复。在这一过程中,大众媒体如电影、电视、连环画、流行小说等,无疑正是始作俑者和推波助澜者。

"傅满洲系列"作为侦探小说,傅满洲的性格是定型的、扁平化的,犯罪及其侦破的情节才是消费重点。但是这种低级的、重复的阅读快感,每一次都在加深"傅满洲"在西方读者意识和潜意识中的关于中国和中国人神秘、邪恶、另类的文化"刻板印象"。与白人掌控的主流媒体制造的黑人形象类似,华人、华裔的"刻板印象"同样是简单地将民族性格与种族生理特征"焊接",呈现"自然化"的特点。与华人的小眼睛、黑头发、黄皮肤、山羊胡等体质特征紧紧结合在一起的,是神秘、狡黠、女人气等文化特征。英国文化批评学家斯图亚特·霍尔在分析大众文化的"定型"功能时,强调了大众文化生产的"简化"手段,更特别指出了白人媒体将主观偏见"本质化"为他者种族文化自然属性的隐藏逻辑。"他们的生物学特征就是他们的命运","他们无法摆脱。"[1]

华裔之"刻板印象"也有一些东西是"无法摆脱"的,至少是难以摆脱的。一些符号被主流文化强制印在华人的黄皮肤上,却反而被认为是天生的胎记。

20世纪三四十年代,因为中国与英美的战略同盟关系,美国媒体意识到中国作为"友邦"的意义,开始制造一个与"傅满洲"截然不同的"友善的"华裔形象,这便是陈查理(Charlie Chan)。

陈查理是美国作家厄尔·德尔·比格斯(Earl Derr Biggers)笔下的一名华人探长。据比格斯自己所说,创作陈查理的灵感来自他在檀香山度假时看到的一则华人侦探张阿平破案的新闻。1925年,陈查理首次出现在小说《没有钥匙的房子》中,但他并非主人公,比格斯也不想继续创作有关此人的作品,然而却有读者陆续来信询问下一本"陈查理"的出版日期。应读者要求,比格斯才创作了另外5部与陈查理有关的侦探小说。可以说,"陈查理"也是为了美国大众文学消费者而量身定制的。好莱坞也敏锐地捕捉到了这一消费信息,前前后后拍摄了一系列陈查理电影,如果算上小公司拍摄的,包含西班牙语、汉语的,"陈查理系

---

1 [英]斯图尔特·霍尔:《表征:文化表征与意指实践》,徐亮、陆兴华译,北京:商务印书馆,2013年,第366页。

列"电影已经超过了 50 部。这在世界电影史上都算得上是一个惊人的现象。维基百科网站详细列举了这些电影的信息：

Film title	Starring	Directed by	Released
The House Without a Key	George Kuwa	Spencer G. Bennet[67]	1926
The Chinese Parrot	Kamayama Sojin	Paul Leni	1927
Behind That Curtain	E.L. Park	Irving Cummings	1929
Charlie Chan Carries On	Warner Oland	Hamilton MacFadden	1931
Eran Trece (in Spanish)	Manuel Arbó[69]	David Howard (uncredited)	1931[70]
The Black Camel	Warner Oland	Hamilton MacFadden	1931
Charlie Chan's Chance	Warner Oland	John Blystone	1932
Charlie Chan's Greatest Case	Warner Oland	Hamilton MacFadden	1933
Charlie Chan's Courage	Warner Oland	George Hadden and Eugene Forde	1934
Charlie Chan in London	Warner Oland	Eugene Forde	1934
Charlie Chan in Paris	Warner Oland	Lewis Seiler	1935
Charlie Chan in Egypt	Warner Oland	Louis King	1935
Charlie Chan in Shanghai	Warner Oland	James Tinling	1935
Charlie Chan's Secret	Warner Oland	Gordon Wiles	1936
Charlie Chan at the Circus	Warner Oland	Harry Lachman	1936
Charlie Chan at the Race Track	Warner Oland	H. Bruce Humberstone	1936
Charlie Chan at the Opera	Warner Oland	H. Bruce Humberstone	1936

Film title	Starring	Directed by	Released
Charlie Chan at the Olympics	Warner Oland	H. Bruce Humberstone	1937
Charlie Chan on Broadway	Warner Oland	Eugene Forde	1937
The Disappearing Corpse (in Chinese)	Xu Xinyuan	Xu Xinfu	1937
La Serpiente Roja (in Spanish)	Aníbal de Mar	Ernesto Caparrós	1937
Charlie Chan at Monte Carlo	Warner Oland	Eugene Forde	1937
Charlie Chan in Honolulu	Sidney Toler	H. Bruce Humberstone	1938
The Pearl Tunic (in Chinese)	Xu Xinyuan	Xu Xinfu	1938
Charlie Chan in Reno	Sidney Toler	Norman Foster	1939
Charlie Chan at Treasure Island	Sidney Toler	Norman Foster	1939
City in Darkness	Sidney Toler	Herbert I. Leeds	1939
The Radio Station Murder (in Chinese)	Xu Xinyuan	Xu Xinfu	1939
Charlie Chan's Murder Cruise	Sidney Toler	Eugene Forde	1940
Charlie Chan at the Wax Museum	Sidney Toler	Lynn Shores	1940
Charlie Chan in Panama	Sidney Toler	Norman Foster	1940
Murder Over New York	Sidney Toler	Harry Lachman	1940
Dead Men Tell	Sidney Toler	Harry Lachman	1941
Charlie Chan in Rio	Sidney Toler	Harry Lachman	1941
Charlie Chan Smashes an Evil Plot (in Chinese)	Xu Xinyuan	Xu Xinfu	1941

续表

Film title	Starring	Directed by	Released
Castle in the Desert	Sidney Toler	Harry Lachman	1942
Charlie Chan in the Secret Service	Sidney Toler	Phil Rosen	1944
The Chinese Cat	Sidney Toler	Phil Rosen	1944
Black Magic	Sidney Toler	Phil Rosen	1944
The Jade Mask	Sidney Toler	Phil Rosen	1945
The Red Dragon	Sidney Toler	Phil Rosen	1945
The Scarlet Clue	Sidney Toler	Phil Rosen	1945
The Shanghai Cobra	Sidney Toler	Phil Karlson	1945
Dangerous Money	Sidney Toler	Terry O. Morse	1946
Dark Alibi	Sidney Toler	Phil Karlson	1946
Shadows Over Chinatown	Sidney Toler	Terry O. Morse	1946
The Trap	Sidney Toler	Howard Bretherton	1946
The Chinese Ring	Roland Winters	William Beaudine [75]	1947
Docks of New Orleans	Roland Winters	Derwin Abrahams	1948
Shanghai Chest	Roland Winters	William Beaudine	1948
The Golden Eye	Roland Winters	William Beaudine	1948
The Feathered Serpent	Roland Winters	William Beaudine [75]	1948
Charlie Chan Matches Wits with the Prince of Darkness (in Chinese)	Xu Xinyuan	Xu Xinfu	1948

续表

Film title	Starring	Directed by	Released
Sky Dragon	Roland Winters	Lesley Selander	1949
Mystery of the Jade Fish (in Chinese)	Lee Ying	Lee Ying	c.1950 (distributed in New York in 1951)
El Monstruo en la Sombra (in Spanish)	Orlando Rodríguez	Zacarias Urquiza[77]	1955
The Return of Charlie Chan (aka Happiness is a Warm Clue)	Ross Martin	Daryl Duke[78]	1973
Charlie Chan and the Curse of the Dragon Queen	Peter Ustinov	Clive Donner[78]	1981

陈查理诞生于20世纪20年代末，兴盛于30、40年代，而其余脉一直持续到80年代。30、40年代正值中美结盟联合对抗法西斯德意日邪恶轴心时期，中国作为美国在远东的战略盟友，其可利用性与神秘性正同时成为美国媒体关注的热点。而在美国国内，华裔、华人也正在以"模范少数族裔"的姿态向主流文化效忠、致敬。被誉为"华裔美国文学之母"的黄玉雪，在40年代被美国政府选中，到世界各地巡回演讲，证明的也就是华裔的可教性、可用性、可归化性。

陈查理的形象正是基于这一可用的"友善的""神秘性"。

在陈查理的原型故事中，张阿平以其机智帮助白人上司侦破了案件，但是在民间的想象中，他却会魔法，能飞檐走壁。对于一手创造了"陈查理"的作家比格斯来说，"邪恶的"华人形象已经是陈词滥调，也不符合事实，"友善的守法有序的华人形象却从来没有被用过"。在闻听张阿平的新闻后，他把这个改变带进了他的小说，尽管"陈查理"一开始并不是故事的主角，但这个"友善的（amiable）"的华裔侦探的形象很快引起了广大读者的兴趣。

然而，比格斯自己并不了解华裔，正如《中国鹦鹉》（*The Chinese Parrot* 1926）中的"陈查理"不了解"阿兴（一个住在内华达的华人）"一样："每当我凝视他的眼睛，就会感觉到一条跟太平洋一样深的海沟横亘在我们之间。他生活在白人中间,在这里出生、长大,比我还要早,但是他的内在仍然保留了一个中国人的心。"[1]

但是这种隔阂不妨碍他和他们以自己的想象来制造"陈查理"的"美国大众印象"。尤其值得指出的是,"陈查理电影系列"中的陈查理都是由白人主演的,美国电影界甚至懒得去寻找一个华裔来扮演这个华裔角色,或者,我们可以说陈查理这个角色本身根本就是白人大众文化的想象的产物,是个漂荡在美利坚各个客厅的人种学符号,而与真实的华裔美国人的关联甚微。

陈查理当然与傅满洲不同。这一次,与黄皮肤一样贴在华裔身上的标签不再是"阴险(sinister)""邪恶(wicked)",而是"友善"。他胖胖的身材,穿着西式服装,举止优雅,走起路来像一个女人,满口之乎者也,把孔夫子的套话经常挂在嘴边,英语带有浓重的"洋泾浜"口音。当然,更重要的,他总是以自己的东方智慧给白人上司出谋划策,并最终抓住了罪犯。

30年代扮演陈查理最有名的演员,是华纳·奥兰德(Warner Oland),他先后主演了15部陈查理电影,直到病死。在他主演的电影里,白人上司总是比他高大英俊、有棱有角,而他总是矮胖、另类,留着傅满洲式的山羊胡子。

---

[1] Frank Chin, Jeffery Paul Chan, etc. *The big Aiiieeeee! An Anthology of Chinese American and Japanese American literature*, A Meridian Book, 1989. p20.

与大多数类型文学中的角色相似，虽然陈查理的性格缺乏变化、没有深度，但借助好莱坞电影等大众媒体的魔力，陈查理所代表的华裔美国人形象因为"反复使用"而成为美国大众文化关于华裔的"流通符号"。尽管没有了傅满洲的邪恶，但其匪夷所思的东方智慧仍在，另类性仍在，只不过作为"下属"，他更温顺、善良，更容易管控。与此同时，缺乏男性气概、禁欲主义（stoicism）等依然是作为能指符号的"陈查理"的"文化特征"。

　　20世纪60年代注定是个特殊的年代。对于世界文化史来说，无论美国、中国、法国，60年代都无疑是个风起云涌的"解构主义"时代。"二战"后民族国家的兴起、世界秩序的重建、工业革命的进一步推进，有力地推动了文化秩序的解构和重构。就美国而言，60年代的民权运动解放的不单单是黑人，曾经被美国历史边缘化的压制的民族都在苏醒，并借助美国《民权法案》以及之后的"确定性行动"纲领进一步确认自己的美国人权；在文化表征领域，则是族裔知识分子的兴起，替本族裔文化发声，重塑被主流媒体恶意炮制的文化形象。

　　就华裔美国文学而言，对"傅满洲""陈查理"形象最为深恶痛绝并竭尽全力意图将其斩草除根的是赵健秀。

赵健秀认为，美国文化充满了基督教的、社会达尔文主义的种族偏见。美国媒体按照白人的意愿和感觉，用臆造的"刻板印象"取代了华裔美国人及其文化的历史。赵健秀声称，白人媒体制造的华裔男人，都智慧而变态（perverse），好的变态不过是陈查理式的"娘娘腔（effeminate closet queens）；坏的变态，则是傅满洲式的邪恶的同性恋（homosexual menaces）；他惩罚折磨坏的白人的办法就是把他们送到他女儿的床上。简言之，在白人媒体那里，华裔男人娘娘腔，有着天然的厌女症（misogynist）。而且，华裔、华人文化"反个人主义，神秘，消极，团体主义的，与西方文化的伦理道德相反"[1]。

在1989年编辑出版的《大声哎呀！华裔、日裔美国文学选集》（*The big Aiiieeeee! An Anthology of Chinese American and Japanese American literature, A Meridian Book, 1989*）中，赵健秀及其亚裔美国文学民族主义的同志们再一次集中火力，向美国主流媒体恶意制造有关亚裔美国人的文化刻板印象发起揭露和攻击。

我们再次愤怒了！又一个十年，又有一些华裔美国人在心中重复着白人基督教徒关于中国人的陈词滥调！说什么一个出生在一个野蛮的、酷爱施虐受虐的中国文化中的小受害者，逃到美国，寻求自由，寻求美国文化的接纳，（他或她）先是受到愚蠢的白人种族主义者的伤害，继而开始文化适应，在"白人化"中获得重生。

在美国，由大的出版社出版的每一部华裔美国文学作品，都是基督教的自传体或者自传体小说□□□□这些作品都在讲述一个像维尔艾温（Will Irwin）——一个白人喜爱的基督教的社会达尔文主义者——想听到的像在《老唐人街画册》中讲述的故事：中国人是怎样从白人的对手转换为可爱的臣服的顺民的。[2]

赵健秀及其同道明确指出："这些作品中的中国和中国人形象，根本上就是

---

[1] Frank Chin, Jeffery Paul Chan, etc. *The big Aiiieeeee! An Anthology of Chinese American and Japanese American literature*, A Meridian Book, 1989. pxiii-9.

[2] Frank Chin, Jeffery Paul Chan, etc. *The big Aiiieeeee! An Anthology of Chinese American and Japanese American literature*, A Meridian Book, 1989. pxii.

白人种族主义的想象，不是事实，不是中国文化，也不是华裔美国文化。"[1] 他们的目标就是要抨击这虚假的意识形态，并进而号召有良心的华裔、亚裔作家写出真正的"地道的""亚裔美国文学"。

很明显，赵健秀的文化逻辑是一种斗争逻辑。在他们看来，既然白人主流媒体文学中的华裔、华人形象是虚假的、想象的，充斥着白人至上的种族主义，那么，理想的华裔/亚裔美国文学要表达的"文化形象"就应该恰恰相反。换言之，华裔文化的实质应该是"个人主义的，男性英雄主义的，男女平等的，积极的，外向型的"，应该是"美国人的"，而非封闭的"华裔的"文化性格。

毫无疑问，赵健秀们的出发点是对的，见识也不无深刻。然而，斗争思维却使得他们的思想显得极端化、片面化了，一如其竭力反对的白人主流媒体的种族主义偏见。历史上的中国文化，包括移民美国后的华裔美国人，真的不曾歧视女性吗？真的是英雄主义的吗？赵健秀心中"地道的华裔美国文化"显然也是一种理想主义的虚构，基于反种族主义歧视的自我粉饰。

尤其是赵健秀们根据自己的标准把华裔美国文学史上几乎所有著名的作家和作品都列入他的"黑名单"以后，他的不妥协的极端品性便暴露得更为醒目和刺耳了，以至于华裔美国文学的诸多作家都对他心存不满。八九十年代华裔美国文学最为兴盛的时期，赵健秀同华裔美国文学最富盛名的女作家汤亭亭之间爆发了激烈的冲突与斗争。冲突的核心，正是如何展示华裔美国人的民族性格。赵健秀断言汤亭亭在污名化华裔、重复白人种族主义的陈词滥调，汤亭亭则对赵健秀的"家长霸权""男性霸权"冷嘲热讽，宣称自己讲故事的个体权利。华裔美国文学的内部分裂可见一斑。

美国主流大众媒体对华裔充满了偏见，反对其"刻板印象"也是华裔美国文学的应有之义。但罗马并非一天建成的，意识形态的建构与解构也都是一个包含各方力量、各种要素的系统工程，绝非一纸宣言、一张诏书就可以完成的。即便有了反对主流媒体的"刻板印象"的强烈意愿，重写华裔美国文化也并非一个简

---

[1] Frank Chin, Jeffery Paul Chan, etc. *The big Aiiieeeee! An Anthology of Chinese American and Japanese American literature*, A Meridian Book, 1989. pxii.

单的立场选择，或者一场美梦。很难说赵健秀是错误的，但是他显然低估了意识形态建构的复杂性，忽视了文化作为符号系统的生成性及其整个过程中的权力的运作，以及宰制阶层与从属阶层之间的共生与妥协。华裔美国文化、文学，都不是在真空中存在的。文化体制的惯性，文学市场的需求，作家个体的生命经验和文化视野，各种因素都在制约着华裔美国文学的自我表达。

第二章　华裔文化民族主义者的文学抵抗

第一节　文化民族主义追踪

文化民族主义（Cultural nationalism）是当代世界文化的新现象。当亨廷顿"文明冲突论"的概念在世界各地流传，而当今国际性地缘争端又恰恰表现出明显的异文化民族争斗冲突的趋势时，所谓"文化民族主义"似乎可嗅可感，是一个非常容易理解的概念。但事实并非如此，"文化民族主义"的能指和所指即便没有后现代哲学的影响也会依然含混，何况后现代主义的症状正在我们所谓的后现代时代蔓延而无法祛除。

后现代主义尽管无法定义，但其与现代主义的继承和批判关系却是明晰的。与之类似，文化民族主义是现代民族主义的一个变种，是民族主义思想在当代社会文化中的继续和发展。

经典的现代民族主义是与现代民族国家的建立和发展形影相随的，是现代民族国家的精神动力和思想武库。英国学者安东尼·D.史密斯在谈及民族缔造与现代国家建构的交互关系时说，促进强烈的民族意识的"民族缔造"是国家建构的结果，但同时也是原因，是一种因果重合。[1] 在他看来，"民族缔造"主要包括：

---

[1]　[英]安东尼·D.史密斯著：《全球化时代的民族与民族主义》，龚维斌、良警宇译，北京：中央编译出版社，2002年，第106页

共同体的共同记忆、神话以及象征符号的生长、培育和传递；

共同体的历史传统和仪式的生长、选择和传递；

民族共享文化（语言、习俗、宗教等）"可信性"要素的确定、培育和传递；

通过标准化的方式和制度在特定人群中灌输"可信性"价值、知识和态度；

对具有历史意义的领土或者祖国的象征符号及其神话的界定、培育和传递；

在被界定的领土上对技术、资源的选择和使用；

特定共同体全体成员的共同权力和义务的规定。

与国家建构明显的客观性不同，民族缔造的重点更具主观性，它诉诸的主要是与象征符号、神话、记忆、传统、仪式、价值观和权力相连的一些态度、理解和情感。[1]

然而，与民族国家的建构相伴随的"民族缔造"还只能说是国家民族文化建设的另种表达，考虑到民族国家与民族主义的精神联系，我们甚至可以称其为传统的民族主义的文化维度。这种文化维度上的民族主义是政治民族主义、经济民族主义的伴随物，从属于现代民族主义的整体，这种民族主义更强调政治经济的主权独立和建设，文化维度并不凸显。

尽管很难确定文化民族主义产生的具体时间和地点，但它相对于政治和经济民族主义建设的滞后性却是非常清楚的。文化民族主义形成于第三世界或者前殖民地国家脱离宗主国建立独立的民族国家相当长一段时期之后，它没有政治独立和经济独立的任务，因为这一任务早已经革命完成。文化民族主义面对的问题和要挑战的宰制，不是第一世界或者前宗主国对已经独立的民族国家的政治奴役和经济剥削，而是第一世界文化的强力渗透、覆盖，以及相伴随的民族文化传统的破碎和消散。文化民族主义正是以第三世界知识分子为主体的文化力量对这一文

---

[1] ［英］安东尼·D. 史密斯著：《全球化时代的民族与民族主义》，龚维斌、良警宇译，北京：中央编译出版社，2002年，第107页。

化危机积极反映的结果。

"后殖民"一词已经被广泛用来指称当代非暴力的第一世界与第三世界国家间的关系,而也有相当一些理论家,如阿里夫德里克,采用"后民族主义"一词指涉第三世界国家的当代民族主义的新现象。后民族主义尽管不完全排除对政治独立的要求,如加拿大的魁北克就曾经要求法语区域的政治自治,但总体来讲,它诉求的主要是民族文化身份的独立和完整,而非政治和经济主权。"后民族主义"鲜明地显示了这种当代民族主义与传统民族主义的渊源关系,而"文化民族主义"则无疑突出了当代"后民族主义"的根本特征。

在谈到文化民族主义与本土主义问题时,阿里夫·德里克说:

> 近几年来,反对世界上占主流的欧美意识形态的要民族主义或文化主义又重新抬头,从伊斯兰原教旨主义到泛亚洲主义,从在日本受到宣扬的"日本性"到华人社会里的儒学复兴都属于这一范围。这些复兴虽然说有反对霸权的成分,但推动它们的也有新获得的力量。这种力量来自于以前的第三世界社会,它们在资本主义发展道路上取得成功,并突然间发现自己处于一个可以挑战欧美发展模式的地位。这些已被类同化了的文化身份的主张一方面宣告了它们在世界经济中的成功,但在另一方面也在寻求包容一些会使西式商业文化解体的危险因素,包容一些由资本主义发展所带来的社会松散性和由移民人口带来的文化混乱,这些都使得用国家地理空间来确认文化身份成为问题。[1]

有两点需要再强调一下。第一,正像德里克指出的,文化民族主义并不是第三世界国家对资本主义第一世界的整体反对,不是两个阵营两个文明世界的意识形态的冷战。相反,它与国家乃至世界资本主义的发展共谋。文化民族主义挑战的是欧美模式对资本主义经济发展的话语霸权。它反对欧美文化对非欧美民族文化的判断、挪用和破坏性覆盖,寻求民族文化传统对资本主义的比附和拥抱,谋求的是民族文化在世界资本主义发展中的发言位置和话语分量。第

---

[1] 阿里夫·德里克:《跨国资本时代的后殖民批评》,王宁等译,北京:北京大学出版社,2004年,第34页。

二，文化民族主义已经超出了传统民族主义的国家地理范围，它的发动不一定要依托传统的民族国家的地域空间。它可以是超国家的，如儒家资本主义或者泛亚洲主义、泛伊斯兰主义等，也可以小于国家，如多民族国家内部的族裔文化身份的诉求。

也就是说，存在着一种小于国家规模的文化民族主义，如多民族国家中少数民族对自己民族文化传统的认同、维护等。这种意义上的文化民族主义，就是我们所说的"族裔文化民族主义"（ethnic cultural nationalism）。我们下面所谈的美国华裔文学的文化问题，不是作为第三世界国家的文化民族主义复兴的问题，而正是美国这个第一世界的多民族国家内部作为少数族裔的华裔美国人之文化身份诉求过程中所遇到的问题。

第二节　亚裔美国人运动与亚裔文化民族主义

华裔美国人在美国的历史粗略算来也有二百年的时间，但作为民族被识别，华裔美国人的概念却是相当成为问题的。在美国白人文化中，华裔主要是作为"东方人(Orential)"、然后作为"Asian(亚洲人)"被置于"肤色差异"中被认知的。在实践上，华裔则深受美国的种族主义歧视之苦。先是淘金热中被驱逐，然后参加完了横贯美国大陆的大铁路修建工程后被从历史文档上抹去，进而被限制在洗衣、做饭等"女性职业"内，被白人认为是"女性化"的民族。1882的"排华法案"则完全禁止中国移民，并限制华人归化为美国公民。尽管华人移民多半出自"自愿"，但种种迹象表明，华裔在美国历史上几乎就是一个美国内部的"殖民地"，一个被内殖民的少数民族团体。

面对民族歧视和民族压迫，华裔不是没有反抗。1867年，有1.2万名中国移民开始在中央太平洋铁路公司做工，占公司全部劳动力的90%。是年，公司加薪，工资提高到每月35美元，但这是对白人劳工而言的，华人劳工不仅工资不涨反而要延长工时至每天10个小时。华工于是开始了罢工斗争，要求增加工资到每月 45 美元，并且与白人劳工一样每天工作 8 小时。因为公司停止食物供应，罢工持续了 9 天就结束了，华工最终妥协，得到了每天工作 8 小时工资也是 35 美元的"平等待遇"。华裔女作家汤亭亭在《中国佬》中就描写了祖父阿公参加了的这次罢工的结果，"中国工人安静地回到工作岗位上，为了达成一项妥协和损失九天工资而歌唱或喊叫都是没有用的。"[1] 作为"金山客"的华裔美国人对美国白人或者其他非白人的压迫诚然是有反抗的，但反抗并不坚决，也难以形成民族主义规模的运动。

而且作为移民，华裔在美国并没有固定的社区，没有地域基础作为组织民族主义的依托。其为民权的斗争也大多显得微弱没有声势。二战中因为美国与中国的战略结盟，美国敞开了华人移民美国的大门，而华裔美国人也被作为日裔的对立面，成了"模范少数民族"。在 60 年代，随着拉丁裔和非洲裔美国人在民权运动中越发激烈的对抗姿态的彰显，华裔作为"模范少数民族"又被作为这些造反派的对立面，再次成为顺民的代表。

1966 年底，《美国新闻与世界报道》刊载的一篇文章中说，尽管过去历经"种种苦难"，华裔美国人还是"依靠自己"取得了成功。这篇文章将唐人街誉为纽约市最安全的地方，那里的居民"避开是非"而且"悄无声息地化解矛盾"，文章赞扬道：

> 目前，正当有人提议耗资数千亿美元来提高黑人和其他少数族裔的社会地位时，全国 300000 名华裔正在依靠自己的力量向前迈进……没有得到任何人的帮助。在唐人街，人们言传身教的仍然是一条古老的信念：人应当凭着自己的努力，而不是一张福利彩票，来达到美国这片"期望中的乐土"。[2]

但"模范少数民族"的封号并不能补偿华裔美国人所遭受的种种苦难和压迫。1968 年，随着反对越战而来的亚裔美国人运动中，华裔美国人反抗的声音再次响起。亚裔美国人运动，标志着华裔、日裔等亚裔美国人种族意识的觉醒，

---

[1] [美] 汤亭亭：《中国佬》，肖锁章译，南京：译林出版社，2000 年，第 146 页。
[2] [美] 萨克文·伯科维奇：《剑桥美国文学史》第 7 卷，孙宏主译，北京：中央编译出版社，2005 年，第 665 页。

也标志着族裔文化运动达到了民族主义规模的层次。

1968年的亚裔美国运动对于亚裔美国文学意义重大。在大学校园，亚裔学生和其他有色人种学生一起，在第三世界自由战线的领导之下，积极推进大学教育制度的改革，成功地开始了亚裔文学、文化的大学建制。在校园之外，亚裔美国人也积极参加了社区和地方的争取民主权利和平等公义的斗争。他们支持黑人、奇卡诺的民权运动，更是反对越南战争运动的积极行动者。他们领导了旧金山大罢工，并为保护"国际饭店"持续战斗了十年。这次亚美运动并不仅仅标志亚裔美国人民族意识的觉醒，也不是一个简单的文化认同的问题，而是作为历史创造的主体对历史发展的积极参与。如加州大学洛杉矶分校的 Glenn Omatsu 所言，"行动主义者认为历史是占人口大多数的群众而非精英们创造的"，政治力量真正是从草根组织自下而上而来，而不是相反，"这种新的理念驱使（亚裔美国人的）行动主义者积极创建民主的群众组织，通过这些新的组织，亚裔美国人得以把民主权利扩展落实到亚美社会的各个层面"。[1]

然而，无论如何，亚裔美国人运动的强度和可见度都不能被过分夸大了。它是美国60年代轰轰烈烈的民权运动、学生运动、反越战运动、女权运动、少数族裔运动的一部分，从属的一部分，而非领导的主导的部分。亚裔美国人从民族意识觉醒、文化典范建构，到实际的争取民主平等权利的斗争方式，都是在非洲裔美国人和齐卡诺拉丁裔美国人的启发和支持下完成的。如亚美运动的网络杂志 *Asian American Movement Ezine* 的一篇文章所言，"亚美运动在大多数情况下，都是个人或者小团体的亚裔美国人对更大规模的群众运动的参加"。在庞大的黑人游行队伍中，亚裔美国人很容易被遮掩。这样，亚裔引以自豪的陈果仁事件、波士顿唐人街保卫战、夏威夷大学亚洲研究所的斗争等英勇行为的不被人了解也就不奇怪了。

红卫兵党（red guard party）的兴衰是亚裔运动中最引人注目也是最耐人寻思

---

[1] Asian American Movement 101, the Beginning of the Movement, 见 *Asian American Movement Ezine*。*Asian American Movement Ezine* 是一个电子杂志，由波士顿的亚裔美国人志愿创办，始于1999年，致力于拓展亚裔美国人的媒体空间，全面推进亚裔美国人运动，争取充分的民主权利。该杂志搜集了相当多的亚美运动早期的资料。

的一个事件。该党是在黑人组织黑豹党（Black Panther Party）的启发下，由一群愤怒的没机会受教育且工作权利也被限制的年轻华裔美国人于1969年在旧金山组成。最初，他们也采取合法的形式为争取华裔美国人的平等权利而斗争，但警察的不断干扰和Leway机构的经营不善迫使他们放弃了和平斗争的方式。遥远的社会主义中国的红卫兵运动和毛泽东思想的胜利，激发了他们的民族自豪感，更激发了他们用暴力来反对美国种族主义压迫和剥削的革命热情。然而他们的人数并不多，教育的缺乏造成的自卑使他们拒绝了大学生和知识分子，而经验的不足又使他们和华裔劳工保持着相当的距离。1970年五四的游行集会是红卫兵党的高潮，然而也是在这次高潮中，他们与华裔乃至亚裔学生民权运动参加者们因为意识形态的根本分歧而分道扬镳，进而沦为一个只依靠暴力的小团体，最终在警察组织的更严厉的暴力高压之下作鸟兽散。当相当多的华裔美国人认同美国，在美国的政治体制内为争取平等的民主权利而奋斗的时候，红卫兵党却以红色中国为指南；当更多的华裔采取群众集会、民间团体等美国的政治方式合法斗争的时候，红卫兵党却更多地依靠暴力。当这种暴力失去华裔学生和知识分子团体的支持，也缺乏劳工阶级的参与的时候，就成了无序的力比多爆发，与民族主义的反种族主义的奋斗目标相去甚远了。

相比之下，大学校园中的亚裔美国人运动似乎可以用"成功"两个字来形容。1968年1月21日，第三世界自由阵线（the Third World Liberation Front）——加州大学伯克力分校的一个学生抗议组织——向学校要求建立多民族文化研究的科系，包括亚洲研究系、黑人研究系、拉丁裔文化研究系、印第安文化研究系等第三世界族裔文化的研究及学习的部门。当然，他们也要求第三世界族裔的美国人在教育的管理权力阶层占有更多席位，参与学校的政策制定和贯彻实施。他们的呼吁和抗争最终有了较圆满的结果，被迫开放的大学教育管理机制给予了他们自我表达的充分权利。介绍第三世界民族文化的人类学课程一时竟成为热门课程。[1]

1968年是个重要的年份，亚裔研究和亚美知识分子都倾向于把这一年看作

---

[1] Lesliee Antonette, *The Rhetoric of Diversity and the traditions of American Literature Study*, Westport, London, 1998, p.25.

是亚裔美国人意识觉醒的开始。正是这年亚美知识分子灵光闪现，比照"非洲裔美国人"，制造了 Asian American 的概念。"亚裔美国人"是个相当宽泛的概念，在当时背景下，亚裔美国人的提法回避了亚裔内部各民族的历史和文化的差异，但并不同时具备在意识形态上的一致性。亚裔美国人的共同的意识形态基础，存在于亚裔内部诸民族对民族平等的共同信念，和为争取民族平等而正在进行并要长期进行的共同战斗中。[1]

亚裔美国人运动，是一场争取各种基本权利的政治运动，也是一场文化复兴的运动。华裔作为一支重要力量，参与并领导了亚裔美国运动。包含华裔在内的亚裔美国文学的兴起，就是这次运动的结果之一。校园内亚美运动的成功，应该归因于亚美知识分子对美国的认同，和其对暴力反抗的规避。作为由大学生和知识分子倡导的文化领域的亚裔美国人运动，一开始就与切实的为民主权利而斗争的民族运动有一定的距离。

如果我们把亚裔美国人运动视为一种小规模的民族主义规划的话，这个规划从一开始就丢掉了经济和政治领域民族主义的支持，而表现出鲜明的文化民族主义的特点。诞生在大学校园的"亚裔美国人"运动，主要也就是文化再现领域争取话语表达权的斗争，其目标在于粉碎既有的污名化文化标签，挣脱白人主流媒体的种族主义论调对亚裔美国人的"形塑"，自我发声、自我表达、自我展现，自主性地表达本民族的情感和经验，重塑自我"文化身份"。此时的文学，是被拿来作为民族意识建设和表达的工具的，是虚拟的文化空间的符号战争，而非现实空间的权利斗争。

这个与切实的民主运动的"隔"是华裔乃至整个亚裔美国文化民族主义的主要特征，也是华裔、亚裔美国文学写作的窘境所在。亚裔美国人的文化民族主义运动，依托的是美国主流文化的新潮流，自始至终依靠的是美国文化自我修正的内部力量，而非自身民族主义运动的一部分。作为西方文化版图中的东方，亚裔文化始终居于客位。这种格局，相当长时期内无法改变。颠倒乾坤，将一种压制转变为另一种方向的压制的民族主义诉求，似乎在情理与学理上都

---

1 Nguyen, Viet Thanh, *Race and Resistance*, Oxford University Press, 2001, p.8.

不具有合法性和前瞻性。如此看来，亚裔美国人文学的文化民族性叙述，似乎包含着新文化的基因。这种基因，绝非老式的打打杀杀的民族主义文化论者所能理解。

与同样60年代兴起的奇卡诺文学相比，包含华裔在内的亚裔美国文学的这一独特性无疑更加明显。

第三节　奇卡诺文学的另类榜样

"奇卡诺"（Chicano），在词源上与Mexicano相连，原指墨西哥人，在60年代学生运动期间成为专用词，指在美国的墨西哥裔和西班牙裔的美国人族群。但奇卡诺运动并非仅仅是校园中的奇卡诺学生运动，而是指更大范围的包括农民和工人共同参加的民权运动。早在1962年，在塞萨尔·查韦斯的领导下，奇卡诺人就在加州的德兰诺（Delano）成立了国家农民联合会（The National Farm Works Association），后来成为联合农民协会（The United Farm Workers）。联合农民协会在1965年宣布加入由菲律宾裔葡萄采摘工开始的罢工运动，并于1968年领导了纽约葡萄采摘工人大罢工，在全国引起剧烈反响。

奇卡诺文学就诞生在这场罢工运动当中。值得注意的是奇卡诺文学和民权运动关系的直接性。1965年，路易斯·巴尔德斯领导建立了"农民剧社"，直接就属于联合农民协会。其艺术宗旨就在于"教育并组织奇卡诺农民"，正如巴尔德斯所主张的，"奇卡诺戏剧必须在技巧和内容上都具有革命性，它必须通俗易懂，不受任何批评家的左右，只服从于下里巴人"。[1] 其鲜明的否定姿态明显指向美国主流文化的宰制霸权，转而以奇卡诺的真正的民间文化为土壤，创作属于奇卡诺的另类文学经典。

---

[1] ［美］萨克文·伯科维奇、查尔斯·H.卡斯韦尔主编：《剑桥美国文学史》第七卷，孙宏主译，北京：中央编译出版社，2005年，第636页。

因与农民运动的关系，奇卡诺戏剧的主题几乎全部为农民罢工、农场生活，其革命性自不待言。奇卡诺戏剧在形式技巧上的革命性值得特别提及。以奇卡诺的民间传统为基础，奇卡诺戏剧创造性发明和发展了两种独特的艺术形式：Acto 和 Mito。Acto 是独幕滑稽剧，以半小时为限度，滑稽模仿在罢工运动中发生的故事，角色少，情节短小，战斗性强。Mito 是神话的意思，实际上是寓言故事与宗教仪式的结合体。Mito 体制较长，可以演绎更长的故事，也借着宗教仪式探索奇卡诺人身份中的印第安成份。

1967 年，农民剧社在全国巡回演出，获得巨大成功。他们甚至在华盛顿特区内的美国参议院大楼的庭院里演出，讽刺挖苦种族主义压迫者、剥削者。1969 年，该剧社因为创造了一个表明求生存这一政治主张的农民工人剧团而获得奥比奖（Obie Award）——一个外百老汇的戏剧奖项。1971 年，巴尔德斯将 1965—1971 年间的独幕剧结集出版，翌年，又与斯坦·斯蒂纳（Stan Stiner）联手，编辑出版了《阿兹特兰：墨西哥裔美国文学选集》。

奇卡诺运动也得到了知识界的有力支撑。1969 年，加州大学伯克利分校的一批从事奇卡诺研究的学者创办了金托·索尔出版社，专事出版发行奇卡诺作家的文学作品。在出版社成立后不久，就创办《呐喊》学术刊物，为奇卡诺文学评奖指点摇旗呐喊。1970 年，该社又设立了金托·索尔奖金，用经济加学术的双重手段，创建树立卡奇诺在长篇小说领域的创作典范。该活动持续了三年，先后推出了托马斯·里韦拉、鲁道夫·阿纳亚、罗兰多·伊诺霍萨等"卡奇诺文学三巨头"。

与奇卡诺文学的辉煌成就相比，华裔/亚裔美国文学运动可谓相形见绌。亚裔美国文学的重要作品选集《哎呀！亚裔美国作家作品选集》由霍华德大学出版社（HOWARD UNIVERSITY PRESS）于 1974 年出版，翌年由铁锚丛书（ANCHOR BOOKS）以平装本再版。该书的编辑者们声称，直到 1975 年，在美国土生土长的华裔、日本裔或者菲律宾裔作家出版的小说和诗歌不超过十部，并不是因为六代亚裔美国人心中没有用文学或者艺术的形式进行自我表达的冲动，而是因为美国主流出版商只有兴趣出版亚裔美国作家那些"主动避免伤害种种白人情感"的作品。[1] 赵健秀等人的抱怨当然是有道理的，族裔整体被压抑已久，文化知识分子难以释怀，也是有客观原因的。比如少数族裔的文化生产与传播都必须借助主流文化机制，"寄人篱下"的从属性难以根本改变。亚裔文化并没有自己的出版发行渠道，如前面提到的霍华德大学出版社实际上是支持黑人文化的一家大学出版机构。对白人主流媒体的依靠，无疑是华裔/亚裔美国文学与奇卡诺文学相比之下的相对弱势。为了解决这一问题，赵健秀当时曾联络同志组建了亚裔戏剧社（Asian American Theater Workshop），并倡议建立了"联合亚裔才智规划(The Combined Asian American Resources Project)"，企图整合零散的亚裔知识分子和散乱的民族文化资源。但这似乎仍然只是一种书生意气，缺乏亚裔民间力量的切实支持。当没有来自体制、社团组织以及出版机构的支撑时，族裔文学的繁荣、族裔文化的建设的宏伟目标也就很成问题了。

赵健秀与他的民族主义的同道们曾先后两次编选了亚裔美国文学作品选集，一本是刚提到的1974年的《哎呀！》(Aiiieeee! An Anthology of Asian American Writers)，一本是1991年编辑的《大声哎呀！》(The Big Aiiieeeee! An Anthology of Chinese American literature and Japanese American Literature)。与蕴含在金托·索尔文学奖项中的逻辑一样，蕴含在两部《哎呀！》选集中的逻辑也是渴望树立一种文学作品的典范，以促进对亚裔美国人非刻板化的描写，这也同样是"联合亚裔才智规划(The Combined Asian American Resources Project)"所致力达到的目标。但事与愿违，金托·索尔文学奖围绕着韦拉、阿纳亚和伊诺霍萨成功地建立了奇卡诺文学典范的核心，赵健秀们却没有能够建立一个以雷庭招、冈田和赵健秀等人的作品为中心的亚裔文学的典范。白人普通读者不买单，亚裔读者也不支持赵健秀反对同化的民族主义论调。超过五成的亚裔女性外嫁白人的比率，说明了亚裔向白人社会的"归化"之心的迫切。关心生存胜于文化身份的普通亚裔也无暇顾及赵健秀等人的虚幻的"民族主义"的规划。内在支持的缺乏，使华裔/亚裔美国文学的发展不得不仰仗主流媒体文化的惠泽。最终在美国

---

[1] ［美］萨克文·伯科维奇、查尔斯·H.卡斯韦尔主编：《剑桥美国文学史》第7卷，孙宏主译，北京：中央编译出版社，2005年，第665页。

的课堂教学以及大众文化市场占据一席之地并成为亚美文学经典的，是汤亭亭和谭恩美等人"不主动伤害白人情感的"的作品。这无疑是赵健秀及其同志们不得不面对的窘境。

第四节　文化民族主义的理论缺憾及其反对

华裔美国文学是一种族裔文学书写，包括华裔在内的亚裔美国人运动也是某种意义上的文化民族主义运动。但就民族主义运动本身来讲，它可能有千万个切实或者不切实的理由，但民族主义理论本身却并非无懈可击。它有自己的盲点。民族主义话语——无论是传统的经典的民族主义，还是现代的文化民族主义——作为"宏大叙事"，自觉不自觉地都用一种对族际关系的专注而忽略或者掩盖了民族内部的差异和纷争。这一民族内部的差异，主要表现为阶级差异，然后是男女两性在民族主义规划中的角色的差异。而这个差异却被民族主义理论忽略了。

马克思主义经典作家早就注意到了一个民族内部基于地位不同而来的统治阶级文化与被统治阶级文化的对立性。在列宁那里，阶级差异得到了充分的强调，用来抵制少数"民族主义者"对社会主义建设规划的抵抗。对于当今文化民族主义者来讲，阶级差异却因为民族共同体反对外族文化浸染同化的威胁而必须被遮掩。

60年代后女性主义在西方世界的兴起，巨大地改变了文化研究的理路和方向。性别的考量成为文化反思、研究、乃至文化批判的重要依据。这种来自女性的对传统文化的挑战，最终也波及到民族主义的规划和建设实践上来。在女性主义看来，民族主义规划经常是男权主义的，男人为中心的。如安萝就认为："民族主义通常是从男性化的记忆、男性化的屈辱和男性化的希望中产生的。"[1] 女性在民族主义规划中，要么处于边缘，要么处于工具性的民族后代繁衍者的地位。安斯亚斯和伊瓦·戴维斯曾经指出过女性进入族裔和民族规划的五种方式：

---

[1] 陈顺馨、戴锦华：《妇女、民族与女性主义》，北京：中央编译出版社，2004年，第78页。

1. 作为族群成员生物学上的在生产者/生育者；

2. 作为族裔/民族群体边界的再生产者；

3. 作为集体意识形态再生产的主要参与者以及集体文化的传播者；

4. 作为族裔/民族差异的能指——作为在族裔/民族范畴的建构、再生产和转换中使用的意识形态话语的焦点和象征；

5. 作为民族、经济、政治和军事斗争的参与者。[1]

女性意识的觉醒促使女性反思自身在社会中的位置，反思女性与民族主义规划的关系。女性作为生育者，同时也是"族裔/民族边界"的生理再生产者和文化再生产的主要力量。民族主义规划无一例外都格外重视女性的这一社会功能，对本族裔女性外嫁格外警惕，甚至严厉禁止。比如，即便在和平时期，穆斯林团体也禁止女性外嫁非穆斯林男性，但男性却可以娶外族女子并归化之。民族主义规划中男性占据主导地位，由此可见一斑。然而，在民族通婚被允许、被鼓励的国家和地区，女性作为民族再生产者的角色必然会遭到挑战。如果民族文化之间存在发展程度上的梯级差异，一个民族的生活水平、发展水平、文化丰富程度，尤其女性地位如果明显超过相邻民族，处于相对低处的族裔女性通过婚姻进入主流民族文化的意愿就会相当强烈，而自由主义的、女权的教育也会促使受过教育的边缘族裔女性反过来挑战本族裔男性对民族主义话语的垄断地位，动摇传统的民族文化。

当然，女性主义与民族主义并非完全形同水火，它还是可以成为民族主义的力量之一，尤其是当第三世界民族整体被别的民族国家殖民之时，妇女解放也就是民族解放的任务。但因为现代女性主义在根本上反对的是男性在传统社会中的霸权地位，和民族主义规划对女性的边缘化、工具化，女性主义实际上提供了一个反对和超越民族主义的性别文化的视角。正如安萝提出的，"如果更多的民族国家成长自女性主义的民族主义理念和经验，那么，国家政治体系中的各种社群认同，就有可能被各种跨国认同所调和"。[2] 也就是说，不同民族的女性因为共同

---

[1] 陈顺馨、戴锦华：《妇女、民族与女性主义》，北京：中央编译出版社，2004年，第71页。

[2] 陈顺馨、戴锦华：《妇女、民族与女性主义》，北京：中央编译出版社，2004年，第78页。

的边缘境地，可能因为反对性别压迫的共同目标而走向一种横向联合，而这种横向联合已经超越了民族、国家的边界。换句话说，女性主义是非民族主义的。

安萝的建立女性联合王国的想法，当然是一种理想，一个仍然停留在口头或者纸面上的"如果"。在民族主义话语对世界上相当多的国家仍然有效时，民族妇女跨越民族界限的联合和认同，也就依然要遭受质疑和敌视。

华裔美国文学的兴起，是亚裔美国民族主义运动的直接结果之一。族裔民族主义的意识形态相当强烈地影响了华裔美国文学的早期创作，并为华裔美国文学后来的发展留下了挥之不去的"背景"。但随着女性主义在美国文学和文化研究领域的扩张，在美国文学界掀起华裔文学巨浪的，倒不是早先倡导"文化民族主义"的赵健秀等男性作家，而是汤亭亭、谭恩美等华裔女性作家群。汤亭亭、谭恩美等华裔女作家的成功，自有它复杂的文化背景，但在赵健秀等人看来，她们的成功很大程度上是对亚裔文化的出卖，对亚裔美国人的背叛。这种背叛就像亚裔女性超过五成的外嫁白人的比率一样，是对亚裔男性的羞辱。在似乎是意外获得了族裔文化的"代言权"之后，汤亭亭等终于开始反诘赵健秀等华裔男性作家"狭隘"而"专断"的意识形态的批评。赵汤之争是华裔乃至整个亚裔美国文学发展史上的重大事件，它不是两个作家的私人恩怨，而是少数民族族裔文学书写中民族主义与女性主义的交锋。赵健秀难免偏狭，女性主义理论本身也并非至善，这个不了了之的争论最终还是靠着美国文学研究的机构建制以及文化市场的消费选择把鲜花和奖金倾向了女性一方。但深埋在在华裔、乃至整个亚裔美国社会中的男女间的"业障"，似乎并没有终结。在华裔、亚裔女性成为文学艺术的主要生产者和批评者时，隐含在族裔文化再现机制背后的性别问题就更复杂了。

这种来自女性阵营的对"文化民族主义"的挑战，是华裔族裔写作兴起的另一大尴尬。

基于一种族裔的文化民族主义的华裔美国文学的发展所面临的另外一个困境，依然来自族裔民族主义的理论本身的缺憾。

我们前面已经说过，华裔/亚裔美国运动的目标在于争取基本权利的族裔平等。文学写作作为文化再现的工具，也旨在争取族裔作家自身对本族文化的自我表达，进而维护族裔文化的延续。但基本权利的获得，对平等的分享，也意味着族裔群体乃至个体对居住国共同文化的加入。当公共文化主要被盎格鲁-萨克逊白人主体民族的文化占据时,少数族裔对公共文化的享有势必影响到族裔文化的传承。

在《全球化时代的民族和民族主义》一书中,史密斯区分了"公民民族主义"和"族裔民族主义"。在他看来,族裔民族主义显然是古老的、单民族的,强调纯粹的民族主体对权力的享有,而"公民民族主义"则是现代民族国家的伴随形式,"通过成为'民族(people)'中的成员,个人才被赋予公民的权利和义务。只有成为'民族'中的成员才能成为公民,并得到只有民族国家才能赋予的公民权这种现代性所带来的种种实惠。只有那些享有公共文化的人,那些遵循民族国家的'公民信仰'的人,才有资格享受那些构成公民权的权利和义务。"[1]史密斯反对民族国家内部"核心族裔共同体唯我独尊的态度",指出"现代民族必须同时既是公民的,也是族裔的",希望着一种现代民族国家对族裔的开放[2]。但大多数现实存在的"(公民民族主义)实际上实行的是族裔的一边倒,因为它要求在民族国家里,讲少数族裔濡化进同质的主体族裔的文化,实现对少数群体的同化……公民民族主义的意识形态将传统的和本土的文化归入社会的边缘,归入家庭与民俗的范畴。为了达到此目的,它还有意识地贬低和压制定居的少数族裔和移民的族裔文化。"[3]

作为移民国家的美国,其开放程度可能是现有民族国家中最高的。然而对于亚裔来说,这个足够开放的"公民民族主义"的社会还是常常表现出明显的拒绝入内的态度。无论是20世纪初叶提出的"文化熔炉"论,还是肇始于60年代的"文化多元主义",都没有亚裔文化的存在。名剧《熔炉》(*The Melting Pot*)中的主人公说,"美国是上帝的坩埚,是来自欧洲的各族移民文化融汇化合的大熔

---

[1] [美]安东尼·D.史密斯:《全球化时代的民族与民族主义》,龚维斌、良警宇译,北京:中央编译出版社,2002年,第115页。

[2] [美]安东尼·D.史密斯:《全球化时代的民族与民族主义》,龚维斌、良警宇译,北京:中央编译出版社,2002年,第117页。

[3] [美]安东尼·D.史密斯:《全球化时代的民族与民族主义》,龚维斌、良警宇译,北京:中央编译出版社,2002年,第120页。

炉"[1]。"文化多元主义"的倡导者 Horace Kellen 则严正声明:"美国文化是欧洲各国文化的和谐融汇后的完美再生——欧洲文化中的废物、肮脏都被剔出掉了,它是一统中的多元共在,是人类文明的和谐交响"。[2] 直到今天,这种盎格鲁-萨克逊中心主义的论调依然在美国文化知识界回响。著名的文化政论家亨廷顿2004的新著《谁是美国人?》中,就再次重申了基督教新教的盎格鲁-撒克逊白人文化之于美国文化的核心地位。

经济高度发达的美国,随着社会文化的发展,可以给与亚裔更多的"归化"亦即享有普通美国人平等权利的机会,但亚裔的族裔文化的流失却是他们必须付出的代价。正如安东尼·D. 史密斯所指出的那样,"族裔文化"只能停留在"民俗"的层次。

然而,这种不平等并非单方面的种族主义压迫的结果。毋宁说,在人类社会的发展史上,种族之间的竞争客观上制造了先进和落后、强大和虚弱的族际差异,优胜劣汰的残酷法则其实也是人类文化发展的暗线。尤其是当我们以现代化为标尺,衡量诸民族文化的位置与能量之时,西方文化的中心地位实际上也毋庸讳言。西方文化作为强势文化,必然领导并改变相对弱势的其他民族文化。后殖民主义批评家的情怀和见解,在于揭示了西方文化对亚非拉民族文化的"污名化",看似批判西方文化,实则是对西方文化的知识修正,不仅其理论建构是在西方大学完成的,其批判实践也无颠覆西方文化进而以非洲文化、亚洲文化等取而代之的企图。

这种状态有些类似我们国内的非物质文化遗产的情形。我们保护民族传统节日、技艺等,并非以之取代我们日益现代化的生活和生产,而是保留一种情感,一个记忆,一种身份符号。它们既在我们生活之中,又在日常之外,存储于一块特殊的时空"飞地"。

作为族裔写作的华裔美国文学创作,要求的是对族裔生活的强调。即便是揭露、展示所谓人类共同的处境、情感,族裔文学也必须通过对族裔生活的具体描绘来展开。在族裔文化日趋民俗化的背景下,族裔文学也似乎被逼进了狭

---

1 Joan Chiung-huei Chang, *Transforming Chinese American Literature*, New York: Peter Lang, 2000. p.15.
2 Joan Chiung-huei Chang, *Transforming Chinese American Literature*, New York: Peter Lang, 2000. p.16.

尴的族裔文化展览的橱窗，向人类学的文学靠拢，成为文学的二等公民。这是无论哪一个华裔作家都不愿接受却又被迫忍受的。无论如何，华裔文学意欲表达的都是华裔或者亚裔美国人的问题，而不是其他族裔或者占美国大多数的盎格鲁-撒克逊白人的问题，自始至终难脱族裔文化的小格局，何谈占据主流文化的主导地位呢？

在本书以后的章节，笔者将以华裔美国文学的作品为例，详细探讨华裔美国作家族裔书写的困境和成就。

一般情况下，主流文化或者说宰制民族的文化倾向于被认为是普遍文化，而被宰制的少数的、边缘的民族的文化则往往被认为是一种"本土的"、"地域文化"。对于华裔美国人而言，这个有关"本土"的定位和"地域文化"展示却有些尴尬。在"唐人街"与"中国""美国"之间，在东方主义和反东方主义话语之间，华裔美国人的"本土叙事"飘摇不定。作为一种民族主义的意识形态建构和表达，"华裔美国人"是什么，什么是华裔文化的"正统"等诸多问题也困扰着觉醒后的华裔美国知识分子。当这一宏观的文化问题主要由文学家来"代言"时，族裔文化属性的论争就更加复杂了。人类学的经验表明，女性总是先于男性被异文化所接受。然而在民族压迫和剥削的背景下，华裔女性作家的繁荣与华裔女性的较高外嫁率一起，成了华裔族裔文学、文化表达的难以去除的"性别之痒"。围绕着如何展现华裔文化，男性和女性作家"唇枪舌剑"，展开了激烈论争。另外，与族裔文化的独特性相关，族裔文学也总是会发展出它自己特有的形式和风格。华裔美国文学在这一方面又如何，这也是本书十分关心的问题。

要言之，本土定位、族裔文化属性、性别纷争以及美学特征等四个方面，是本书研究华裔美国文学的主要线索。

第三章 华裔美国文学的地缘学难题

第一节 文化的地缘性和民族文化权利的"地域陷阱"

在传统社会乃至现代社会，人总是生活在某个地方。公民总是属于某个地方的政权的公民，文化也总是有它的地理空间。在时间维度而外，人们通常把社会差别理解为、构筑为、表现为空间的差别，反之亦然。也就是说，人们习惯上以地缘为据来进行文化类属的划分。如东、西方文化的区别，如南北差异，如大陆文明和海洋文明的提法。

地缘文化传统意义的稳定性在当今世界的一些地方会仍然持续而有效地延续，然而对于流动性日趋加强的被以"地球村"的名字来指称的现代世界来说，一个封闭的"地域文化"的概念肯定是成问题的。资本的全球性扩张和劳动力的跨国转移，带来的必然是地域文化壁垒的基础的松动乃至瓦解。

一般说来，在文化接触的政治、经济、军事的梯级差异的条件下，强势文化总是扩张侵吞相对弱势的文化的原本领地，并以先进文化的"普世性"作为层层推进的理论旗帜。在社会达尔文主义的文化进化论链条中，那些被资本主义现代文明逐渐逼到世界边缘的地方文明，则在时间的链条上被定位在了遥远的过去。第三世界的政治独立的浪潮是 20 世纪世界文明的重要转折点，这种政治上的"去殖民化"引发了持续的文化民族主义的浪潮，第三世界国家文化传统的重建，伴随着对"普世性文明"的后现代主义的深深怀疑，把多元的"地方性文化"推向知识交锋的前台。

当今跨国资本主义的发展，表面上加速了全球经济一体化的进程。以美国好莱坞为象征的大众文化产品的跨国传播，似乎也预示着某种全球普遍性文化的到来。然而，这远非事实的全部。地域文化对这种所谓全球化的抵制，也在世界的不同区域，以不同的姿态、不同的程度展开着。第三世界国家的政治、文化民族主义的兴起是这一新的态势的主要表现。在第一世界内部不同国家之间，也有反对同化的种种举措，如法国为代表的法语文化对美国英语文化的抵挡。值得注意的是他们这次借用"地缘文化"时的条件和目的。当第一世界的劳动密集型和能耗高、易污染的工业，以经济援助的形式，顺利而光荣地落户第三世界国家的土地时，第三世界的劳工移民便成了一个要解决的问题。地域文化的地域边界，在这种特殊的经济背景下，转而成为第一世界经济、文化保守主义者的盾牌，用来拒斥移民的文化和经济进入。他们不再鼓吹同化和普世性，而是以地域为理由，维护自己旧有的政治、经济、文化的特权。

在"地球村"的概念里，地球是越来越小了。在符号化的世界里，在一切都可能显得虚幻无力的世界里，有限的土地依然是最坚实的，像远古时代一样，它最自然地成了人们伸张、实现自己权利的理论依据。

对于60年代美国的少数民族民权运动来说，土地的问题是个非常重要的问题。尽管美国少数民族并没有明确的民族独立、另建国家的革命目标，但其对普遍人权的要求却明显继承了第三世界民族独立的话语逻辑。

美国印第安人和墨西哥人在民权运动中关于土地的宣言，是两个很好的例子。

1961年，来自不同部落的数百位印第安人在芝加哥召开会议，通过并发布了《印第安人意旨宣言》(Declaration of Indian Purpose)，呼吁美国政府停止侵占印第安人土地，保护印第安人的合法权。1968年，美国国会通过了《印第安人民权法案》，以法律的形式确保印第安人享有美国白人习以为常的各项权利。但其落实之缓慢还是激起了印第安人更激烈的反抗，他们成立了美国印第安运动组织，采取各种措施争取民主权利，从和平示威到抢占土地、建筑，甚至偶尔与当局武装对抗。最引人注目的是1969年激进主义分子占领阿尔卡特拉兹岛事件。

在抢占后发表的《阿尔卡特克拉兹岛全体印第安部落宣言》中，激进的印第安人表达了他们对美国联邦政府托管印第安人故土的强烈不满，进而要求对土地的重新拥有和民族自治。他们说：

"我们将给予岛上居民一块属于自己的土地。只要太阳还会升起，只要河流还是流向大海，这块土地将永远由他们主管。我们将给他们提供我们自己的宗教，教育、生活方式。"[1]

墨西哥裔的美国人对土地的要求走得更远。

1848年，墨西哥战争结束后，墨美两国签署了《瓜达卢佩·伊达尔戈条约》，美国得到了墨西哥格兰德河以北的所有领土，这片领土包括现在美国近六个州的版图：亚利桑那州，加利福尼亚州，内华达州，新墨西哥州，犹他州以及科罗拉多州的一半，留在这片土地上的八万多人也就根据法律自动成了墨西哥裔美国人。然而仅仅拥有美国身份并不能保证他们享有普通白人美国人的权利和自由，他们很快发现自己被当作了二等公民，成了和华裔、黑人、印第安人一样的少数族裔，遭到盎格鲁-萨克逊白人美国肆无忌惮的欺诈。

奇卡诺运动和卡奇诺文化复兴运动唤起了卡奇诺人的民族意识，而这民族意识又是一种面向历史的想象性建构。想象指向奇卡诺人遭受奴役和侵略前的民族发祥地——阿兹特兰。阿兹特兰在古代墨西哥纳瓦特尔语中，是"北方"的意思，对现代奇卡诺人来说，则是美国的西南部诸州，经墨美战争后归属美国的新墨西哥、加州等州。奇卡诺文学三巨头之一的阿纳亚在《阿兹特兰：没有边界的家乡》中写道，"阿兹特克人的祖先把他们的家命名为阿兹特兰，传奇故事说它在墨西哥的北部，是阿兹特克部落的发祥地和乐园。在那里他们与战神维齐尔罗波奇建立了新的关系，战神承诺他们走出阿兹特兰，往南迁移在南方建立新的国家"[2]。

奇卡诺人对阿兹特兰的寻找，是在强调他们的美国原住民的政治身份和文化

---

[1] [美]萨克文·伯科维奇：《剑桥美国文学史》第7卷，孙宏主译，北京：中央编译出版社，2005年，第648页。

[2] [美]萨克文·伯科维奇：《剑桥美国文学史》第7卷，孙宏主译，北京：中央编译出版社，2005年，第564页。

传统，贬低抵制西班牙征服者和美国征服者的宰制和文化同化。

1969年3月，奇卡诺青年会议在科罗拉多的丹佛举行，会议通过了《阿兹特兰精神纲领》，庄严宣布：

> 兄弟之爱使我们的民族迎来了一个新时期，使我们共同反对外国人，他们掠夺我们的财富，摧毁我们的文化。我们把带着伤痛的手放在泥土里，宣告我们梅斯蒂索国家的独立。我们是有着青铜文化的青铜人，在世界面前，在整个北美洲面前，在青铜大陆的所有兄弟面前，我们宣告我们是一个国家，我们是自由的普韦布洛人联邦，我们是阿兹特兰。[1]

当然，以墨西哥裔美国人为主体的卡奇诺人最终并没有建立所谓独立的民族国家。他们真正做到的，是以祖祖辈辈曾经居住在此为由，以对"土地"的历史和现在的领有为根据，要求获得美国普通白人所享有的基本权利，反对种族隔离和种族歧视。然而，这种坚决的对种族不平等的反对，却沿用了与种族主义相同的地缘逻辑，即那种认为公民权利和地域密不可分的先验概念。

约翰·阿格纽把这种人们习以为常的概念命名为"地域陷阱"。他敏锐地指出，很多人在表达公民权利和地理空间的关系时往往会犯一个错误，那就是忽略地域组织的历史性质和语境性质，进而陷入"地域陷阱"：

> 陷阱有三个组成部分。首先，国家领土的抽象概念具体化为固定的和绝对的主权空间单位，从而掩盖了国家形成的历时性。结果，政治的认同完全以国家——领土的概念来表达，使公民资格、国籍与领土之间形成固定关系。其次，在考虑内部的或国内的关系时脱离外部的和外国的关系，从而掩盖了两者之间的互动关系。第三，有一定疆域的国家被视为预先存在的社会容器，对社会关系的思考和审视都在国家的固定范围内进行。[2]

---

[1] ［美国］萨克文·伯科维奇：《剑桥美国文学史》第7卷，孙宏主译，北京：中央编译出版社，2005年，第565页。

[2] 阿里斯戴尔·罗杰斯：《多元文化主义和公民权利的空间》，见中国社会科学杂志社编辑：《社会转型：多文化多民族社会》，北京：社会科学文献出版社，2000年，第258-260页。

按照他的想法,在现代国家,在现代公民社会,公民对公民权力的要求其实完全无需以土地、领土为基础。

地域陷阱概念的提出是在1994年,美国60年代的少数民族权利运动此时已过去了三十年时间。这一概念,也许对全球化过程中移民对宿主国公民权的充分享有是个理论上的援助,但对于60年代的美国少数民族来说,则完全无济于事。而且,印第安人和墨裔美国人有着切实的对土地拥有历史的撑腰,也不会觉得"地域"问题是个争取民权的"陷阱"。

不能简单地说60年代亚裔美国人运动是对印第安人、墨裔美国人、非洲裔美国人的模仿和比附,但毫无疑问的是,正是他们的这种运动构成了亚裔美国人(华裔美国人)民族觉醒和民权运动的土壤。前者对"土地"的倚重,明显影响了华裔、亚裔美国人的思维理路和奋斗指向。然而,对于作为后来的移民的华裔、亚裔美国人来说,突然宣布对美国土地的拥有,显然显得有些底气不足。但要求享有同样的作为美国人的权利,却是必须为之奋斗的目标。美洲是印第安人的故土和家园,"阿兹特兰"是墨裔美国人的"故园",华裔美国人的故土从根子上探究,却在大洋彼岸遥远的中国。究竟该把哪里作为家乡?如何向就在眼前的美国政府和就在身边的美国邻居说明自己的身份,要求自己该有的权利?这是华裔、亚裔美国运动必须解决的问题,也是华裔、亚裔美国作家——作为华裔、亚裔知识分子在文化再现中必须面对的窘境。

华裔美国人比别的少数族裔的美国人更尴尬地掉进了"地域陷阱"里。因为不管是唐人街,还是什么别的街区,都是自己在美国的借居地。按移民的顺序,自己的种族也是后来者。当种族、地域和公民权利奇怪地扭结在一起时,"地域"就成了华裔美国文学乃至整个文化表述的难言之隐和彻骨之痛。

纵观60年代以来的华裔美国文学,我们可以粗略地发现一个华裔美国文学的地缘流变:由情怀"中国",到锁定"唐人街",到拥有"美国",到重回"中国",再到所谓的"环太平洋地区"和"离散族裔",继而弥散于当代高度国际化、商品化的美国都市。强烈的华裔民族主义情绪,渴望着一个本质主义的基础。然而这"基础"却并不牢靠。民族主义究其实是一种地缘文化政治话语,全球化则相反,致力于脱离地域化而进入更加广大的国际空间。华裔美国文化的尴尬在于，它的民族性诉求是在美国这一国际化、多元化的政治经济文化语境下进行的。因而，当华裔美国文学中的文化民族主义者向"地缘政治文化"乞灵时，却常常发现它脚下突然踏空。华裔美国人在美国并不拥有自己的版图，更不拥有自己的民族自治空间。故土"中国"是一个遥远的想象，"唐人街"这个借居"侨居"的地方连个篱笆墙也没有，在美国的东西海岸，在分散的社区、公司、公寓里，华裔美国文化的"地域"之维，凌乱破碎而又边界模糊。

作为地理空间，华裔美国人的生存环境既不是封闭的，也不是开放的。因为华裔并不单独领有一个城市、一个街道，可以自享自治。作为文化空间，它依然具有依存性。在种族主义泛滥之时，种族歧视、种族压迫可以轻易穿透其情感壁垒；熔炉政策执行之时，它也难免被融；多元主义时代，它也得跟着多元。然而，这并不意味着华裔美国文化就要任人宰割、任人打扮、任人污蔑。华裔文学的崛起，其根子上还是一种文化的主体性的要求和担当。模糊的没有边界的地缘，恰恰意味着西方文化宰制的进退，这是另一种真实的文化语境，与西方文化的全球化背景下民族国家文化重建的国际性语境异质同构。此种背景下，华裔美国文学作为文化身份建构的一项工程，其话语系统对地缘性的诉求之得失，也就具有了某种典型性。

第二节 "东方主义唐人街"与华裔"唐人街神话"

一、I AM NOT CHINESE

历史上，华裔确实是作为移民来到美利坚的。1848 年加利福尼亚州金矿的发现进而造成的对劳工的需求，诱使、驱使大量的中国广东、福建沿海的居民怀揣"黄金梦"来到美国。在中国人的词汇里，今日美国的 San Francisco 叫旧金山（以区别于后来在澳大利亚发现的新的金山），而到美国淘金的劳工则被称作是"金山客"。在以欧洲裔子民为主体的美国白人看来，他们是奇怪的"黄人""东方人"，等到搞清楚了他们的中国血缘后，又称其为Chink、Chinaman。尽管欧洲裔的美国白人也是移民，但他们却奇怪而固执地坚信美国是他们的，而黄种人的中国移民劳工却是不折不扣的"外乡人"、异己、他者。在白人的意识里，Chinaman不是美国人，也不打算归化为美国人，因而也不该作为美国人享有美国人的基本权利。

对于早期华裔移民劳工而言，意念中的家乡，魂牵梦绕的当然是中国。那是他们祖祖辈辈生活居住的地方。然而，当美国的歧视性移民政策将新大陆和故国越来越坚实地分开，他们的回乡梦也就真的成了无法实现的梦想，进而变成梦魇。寄居的异国的土地，则成了现实的"家园"，尽管这个"家"远不是完整的理想意义上的。对于华裔二代、三代、n代的子孙来说，中国更是越来越像一个虚幻的想象。但无论如何，他们还不可能像印第安原住民和墨西哥裔美国人那样，借助历史事实宣称对美国土地的所有权，进而要求政治文化的各项权利，和盎格鲁-萨克逊美国白人一样分享美国的民主。然而随着时间的星转斗移，他们对唐人街的家乡认同却是越发自然了。

对唐人街作为美国亚裔社区的政治的宣称，亦即自觉的美国地缘认同，要到20世纪60年代才能出现。

美国60年代少数族裔民主运动的兴起，有其复杂的国际和国内背景，如第三世界国家脱殖民化的独立运动和越南战争及美国国内声势浩大的反越战游行等等。但就少数族裔运动本身而言，尽管它有着"第三世界自由阵线"等组织和战斗的口号，其运动的实质还是美国国内的少数族裔为争取基本民主权利而进行的斗争。它的阈限是在美国国内。当墨西哥裔和印第安美国人重新宣布对美国土地的历史性拥有，以增强其民权诉求的说服力时，华裔乃至整个亚裔美国人团体实际上已经不可能再把中国作为"家乡"，那样只能为美国宰制文化、霸权政治提供继续剥夺其民主权益的口实。红卫兵党亚裔激进青年团体的覆灭不能说和其政治上对红色中国的想象性认同无关。

时代政治环境决定了"亚裔美国人"概念产生之时对美国地土政治的追随。对于华裔而言，美国土地上的华埠——Chinatown就是华裔美国人Chinese American的诞生地和发展的根据地，进而是华裔加入美国政治谋求更多民主福祉的地理基础。

对美国的国家认同是少数族裔运动的政治前提，但这是仅有的同一。墨西哥裔美国人和印第安人可以退回民族的历史传统来寻找对抗白人宰制文化的精神支撑。但就华裔和亚裔美国人来说，族裔美国人概念的提出实际上是面对美国和迁出国文化双重宰制的双重反抗，是一个类似冈田约翰在小说《*No-no boy*》愤怒喊出的两个"不"：一个"不"指向白人美国文化的压榨和歧视，另一个"不"则指向迁出国文化本身。对迁出国文化的政治否定，宣布了对美国的政治效忠，实际上也默认了美国对亚洲和中国文化的否定性成见、偏见，在这种背景下，"华裔美国人"概念的倡导者们不自觉地与白人种族主义一道，把"中国"拒于美国的文化国门之外。

华侨也好，华裔也好，与中国总是藕断丝连。如金山客对家乡的经济支持，如美国和南洋华侨对辛亥革命的支持。华裔美国运动与中国的意念上的断绝，我们中国学人都宁愿将其看作是策略性的不得已，基于要求美国政府公正对待的政治奋斗目标。但实际上并非如此。对于赵健秀等亚裔美国文学文化运动的领导和倡导者来说，与中国联系的意念斩断并非仅仅是策略，用以掩盖自己热血沸腾的中国情结。他们是切切实实地坚持华裔美国人与中国人的区别。

在《哎呀！亚裔美国人文学选集》的序言中，赵健秀和徐忠雄、冈田等就明确表示了他们对亚裔美国人的理解和界定：

> 亚裔美国人包括菲律宾裔、华裔、日裔等，他们作为美国人出生、成长在美国土地上，他们关于中国和日本的知识都是从美国的电波、电影、电视和美国喜剧中得来的，(这些人接触的)美国白人文化倾向于把黄皮肤的人描写成一种奇怪的东西，当这些东西受伤、痛苦、愤怒、诅咒时都会发出"哎呀"的叫声。[1]

也就是说，他们以美国政府的出生地原则宣称亚裔的美国属性，而否定其已经成为不相干的历史的亚洲属性。

---

[1] Frank Chin, Jeffery Paul Chan, etc. *Aiiieeeee! An Anthology of Asian American Writers*, A Mentor Book, 1974, 1983. xi.

在《种族主义之爱》中，赵健秀就表达了对中国文化中心的否定。在他和他的同志们看来，华裔的迁出地广东和福建沿海不仅在地理上处于中国的边缘，在文化上也属中国的蛮苗边疆区域。华裔移民先驱在赵健秀眼里不是中国中原文化的代表而是离经叛道者，是中国版图边缘上的非中国部分。

赵健秀的小说《唐老亚》中的主人公唐纳德·达克就是一个相信只有放弃当中国人才能做美国人的华裔男孩。小唐纳德的父亲 King Duk 也认为华裔本来是广东人，不愿做中国人。当中国统一南方时，这些人就朝更南的地方走，进入了越南、老挝、柬埔寨、泰国。他们学会了法语，现在又在学英语。他们还在说着他们的广东话、汉语、越南语、或者柬埔寨语，还有法语。他们不但没有丢掉什么，还在不断添加。他们在自己所知道的知识中又添进美国的东西。他们拼命工作，为的是可以完全忘掉中国，他们相信如果他们所知道的百分之百都是美国货，都是美国佬知道的玩意儿，那人们就不会把他们错当成中国人。"[1]

King Duk 并没有把自己的先祖理解成是移民美国的中国人，他以"广东人"这一边缘地域概念取代了"中国"——这个被西方文化污名化了的概念。在这种类似白马非马的逻辑偷换中，他把"广东人"视作是众多美国先驱探险者、淘金者中的一支。这样，华裔美国人的历史便完全不是白人所认为的那种中国历史在美洲新大陆的移植或者延伸，而是美国精神另类版本的历史。

被美国白人种族主义者刻意"东方主义化"的、另类的、怪异的中国文化和中国人的形象，是赵健秀们深恶痛绝的。中国传统文化也在中心主义的层面上与美国60年代的造反和革命思潮格格不入。而且，他们在从中国来的中国人那里意识到自己对汉语的缺乏权威和对正宗中国文化的隔膜。而这一不地道很可能成为他们再次继续遭受所谓正宗中国人的轻视的理由。当时中国的闭关锁国、"去中心化"的时代思想潮流和对美国政治民权的急切宣认，种种心理动因使赵健秀和他笔下的所谓真正的华裔美国人慌不择路地站到美国人的立场上，以美国人自居，以美国化程度的高低来贬低来自中国的新移民，并和他们断然划清界限。

1　Frank Chin, *Donald Duk,* Minneapolis: Coffee House Press, 1991. P41.

后来居上的华裔女作家汤亭亭小说《孙行者》以"伪书"为名,戏剧化地描写了华裔美国青年60年代的挣扎、奋斗与骚动不安。书中的主人公惠特曼·阿新身上有很多赵健秀当年的影子,作为赵某种意义上的反对者,汤亭亭在小说中喜剧化地反映了赵健秀们对中国人的厌恶态度。

迎面走过来一个华人,他来自中国,双手背在背后,弓形腿,宽松的裤子。他是出来溜达溜达的。走路的姿势就像功夫片中心神愉悦地走在明媚阳光里的人物。事有凑巧,虽说道路很宽阔,可这位游逛者和惠特曼却撞了个满怀,先是都想从这边过,接着又同时走到那边,看上去有点儿像两个篮球明星打球时的侧步横跨。**惠特曼站定不动,狠狠地瞪了那人一眼。那个新移民朝那边走去,后边跟着这位可怜虫的妻子。**她在路上慢慢地晃悠,用葵花籽哄着他们的孩子。她用金牙把瓜子咳开,然后放在儿子嘴里,"多烦人呀,烦人",她说,"好好吃,好好吃。"在这有回声的过街地道里,她的说话声发出丁零当啷的回声。这位母亲和她蹒跚学步的孩子似乎都穿了十来件自编的毛衣,所以胳膊伸出来时,显得特别肥粗。母亲的衣服是尼龙或者人造丝的套装。"不",儿子说。接着便是这个不的回声。紧随其后的;老太太手持拐杖向前摸索,戴一顶带线球的帽子,这和大家的毛衣匹配。她也穿一件自做的外套。**全家人趁假日出来逛逛。是移民,新来美国。在公众场合露面。尚不知该怎样在一起散步。像撒种子。如此土里土气。**如果说他们的裤子不那么短,运动袜不那么雪白引人,人们也不会厌恶他们的。新来者的风尚……**短裤腿或卷裤脚。不可救药。土里土气。土里土气。**[1]

(斜黑体为笔者所加)

汤亭亭并非向壁虚构。在赵健秀自己的作品中,实际上也不乏这样的例子。《鸡笼支那人》中的林泰(Tam Lum)拒绝认同自己的亲生父亲——一个在老人院洗盘子的华工,这个老华工在淋浴时也紧紧穿着短裤,因为他害怕白人老妇女

---

[1] 汤亭亭:《孙行者》,赵伏柱、赵文书译,桂林:漓江出版社,1998年,第5页。

偷窥。Tam Lum告诉自己的"blackjap"黑日本朋友Kenji说，中国父亲确实让人恶心，而他就不幸地有那么一个。《龙年》中的主人公Fred，一个华裔美国人意识刚刚觉醒的"唐人街导游"，则对刚被父亲从中国接来不久、不会讲一点英语的母亲用英语说，

> I'm not Chinese. This ain't China. Your language is foreign and ugly to me so how come you're my mother?……I mean, I don't think I am quite your idea of son, either.[1]

（我不是中国人。这里不是中国。你的语言古怪、恶心，你怎么可能是我妈呢？……同样，我想我也不是你儿子。）

弑父弃母的紧张情绪充斥了赵健秀的早期戏剧。但这种对"中国父母"的厌恶和拒绝，却难以被简单地搁置在道德的天平上来评价。那些年轻的主人公，那些宣称自己是美国人的华裔新生代，所极力拒绝的，与其说是其生理上的父母，毋宁说是被美国主流文化污名化的"中国文化身份"。

同中国的联系在认知上、情感上被切断后，美国的华埠和亚裔社区就成为华裔和亚裔美国人所认同的真正"家乡"。而在赵健秀们看来，作为道地的华裔和亚裔美国文学也必然应该以唐人街为地域文化空间，展现真正道地的华裔和亚裔美国人的生活和情感意志。赵健秀的戏剧和小说，如《鸡笼支那人》《龙年》《唐老亚》等就是这么做的。故事情节都发生在旧金山华埠，主人公也都是华裔美国人，而且是有着强烈"华裔美国人感性"的华裔美国人，而不是黄皮儿的白人——被白人主流文化扭曲同化了中国人。

赵健秀的同道徐忠雄的自传性小说《家乡》（*Homebase*）更有代表性，其题目本身便具有象征意义。

小说主人公任士福的身上有着明显的作家自身的影子。他记得在自己幼年在关岛与当海军军官的父亲一同参观来自中国台湾的驱逐舰时，就深深地知道自己是美国人。任士福所在乎的不是从来没有去过的中国，而是生于斯长于斯的美

---

[1] Frank Chin, The *Chickencoop Chinaman*, *The Year of Dragon*, University of Washington Press, Seattle and London, 1981, p.115.

国新大陆。在小说的最后一章，任想象着自己与曾祖父的灵魂一同自Reno搭乘火车到旧金山，一路上大声念着火车经过的城镇的名字。这样，华人劳工过去住过、工作过、卖命过、被迫害过的地名，就通过记忆一一被召回，摆放在美国地图上。作者通过叙述者宣称，经过了一百二十五年，他作为华裔劳工的后代有权宣称美国是自己的家：

> 我们老得足以在这块土地上神出鬼没，像原住民一样躺下安息。他的身躯变成地平线的轮廓。这是我父亲的峡谷，看他横卧着！那山峰是他的鼻子，那悬崖是他的下巴，而他交叠的手臂则成了山岭。[1]

然而，对美国地理的家乡认同只是一个基点，在这个基点之上，以任士福为代表的华裔美国人要进一步宣称的是对美国普遍人权的享有。而后者才是华裔美国人对美国地缘文化政治认同的真正目的。他们放弃做中国人不是为了在美国做孤魂野鬼，而是要获得在美国地理上的做美国人的权利。但这种认同的愿望还只是任士福的一厢情愿。

在谈及文化身份问题时，亨廷顿一针见血地指出："人们也许希望得到某种identity，但只有当他们受到已经具有该种identity的人们欢迎时，这一愿望才能实现"。[2]

换言之，文化身份并非文化超市中可以自由选择、自由购买的面具或者标签，而是蕴含着权力关系。少数族裔要想获得主流民族的文化身份，在政治上必须得到国家权力的背书、支持，实践上得到主流民族的"许可"。

梦中，任士福向一个白人姑娘求爱而又不按姑娘意图去做的时候，姑娘就坚决地拒绝了他，并让他滚回家去。这是一个日常的细节，但更是一个隐喻。在任士福的世界里，这个白人姑娘就是美国文化的象征，她对任的拒绝包含着美国文化对华裔美国人的刻板印象：异己另类，不可教化。在她心中，不识抬举的楞小子任士福的家应该是在中国。

---

[1] Shawn Hsu Wong, *Homebase*, Plume, New York, 1991. p.98.

[2] ［美］赛缪尔·亨廷顿：《我们是谁？——美国国家特性面临的挑战》，程克雄译，北京：新华出版社，2005年，第22页。

任士福却认为自己就在家里。但他也痛苦地发现，这个"家"似乎是个无尽的走廊，无尽的黑夜和漂泊，居无定所。对于喜欢夜晚飚车的任士福来说，夜晚和飚车都是个极恰当的隐喻。夜晚象征着华裔历史在美国文化中的隐身状态，而飚车则意味着华裔美国人的漂泊、奋斗、和对族裔身份的艰难追求。

"飙车"的运动意象还连接着早期华裔美国人关于"家乡"和"回家"的传说——猎月铁骑。在华裔铁路劳工的传说当中，"猎月铁骑"是一种幽灵引擎，可以在黑夜将他们载回回家的海岸。赵健秀的戏剧《鸡笼支那人》中，为身分危机所困的主人公 Tam 就聆听过黑夜中隐隐传来的"猎月铁骑"的引擎声。[1]《Home base》的第二章也通过叙述者的梦境，描写了华工们乘坐猎月铁骑到达太平洋海岸的情景。然而海边浪花尸骨一样的白却给人一种不祥的感觉。中国已成了他们再也回不去的家。大洋彼岸的老家已经幻灭，大洋此岸掩埋尸骨的土地却也不曾让人心里安顿。对于注定要漂泊的华裔美国人来说，"猎月铁骑"传统与其说联系着嫦娥奔月、千里共婵娟的月亮情结，不如说就是他们追求自由与解放的理想象征。任士福时常在夜间的飚车中感觉到自己与祖宗在精神上的合一。而这种精神，表明了华裔美国人的文化身份在美国的虚幻可疑状态，也意味着漂泊中的建构和形塑特征，当然，在性别的层面上，也显明了华裔男性力量对文化建设的当然承当的雄心和意志。

二、"东方主义"话语中的唐人街

以赵健秀为首的华裔美国人在宣认了对华埠文化的当然代言权之后，进一步的任务便是以切实的文学作品向外界展示唐人街中华裔美国人和其他亚裔美国人的真实生活和真实的精神面貌，以取代白种美国人别有用心的东方主义的"刻板印象"描绘。在这个背景之下，华裔乃至整个亚裔美国文学的写作的核心主题自

---

[1] 按照传说，当华裔劳工修建了横贯铁路后，由于被剥夺了参加庆祝仪式的权利和乘坐火车的权利，并从此被白人从美国历史上抹掉，悲愤的华裔劳工就偷了一些钢铁，藏在 Sierra，建造了一个巨大的引擎，希望有一天可以乘坐它回家。这个引擎的名字就叫 Iron Moonhunter。参见 Frank Chin, *The Chikencoop Chinaman*, p.31.

然成了"反话语",挑战颠覆美国主流文化对华裔和亚裔美国社区的"东方主义"的话语表述和意象制造。

事实上,盎格鲁－萨克逊美国白人文化在相当长的一段历史时期的确把唐人街当作了西方文化版图上的东方文化城,美国国内的"异国他乡"。基于肤色的差异,使美国白人坚决地相信"非我族类,其心必异",在心理上把唐人街和唐人街上的人们从美国文化版图中划隔出去,即便是他们已经身在此山中。他们丝毫不考虑白人自己也是移民到美国土地上的。这种拒绝是一种文化的拒绝,是一种文化对另一种文化的排斥。由于近代中国在经济和军事上的劣势,这种排斥还同时夹杂着厌恶和蔑视。

加利福尼亚州的参议员在1877年的一份政府文书中这样写到:

> 中国人是地球上道德最败坏的种族。在别的国家里连名都没有的罪行,在中国却非常普遍大行其道……他们所到之处就会肮脏不堪,所以虽然我的建议听来苛刻,但为了我们国家的利益,我还是提议:他们不应该被允许在我们的土地上定居![1]

在淘金时代,华人在美国西部的活动范围还相当广泛,其聚居地曾经遍布远西地区,从洛基山和内华达山脉直到加利福尼亚的沼泽地与西南部沙漠地区。但"黄祸"论的流传终于导致了1882年《排华法案》的通过,中国移民被严格管制,已经在美的华人则被剥夺了拥有土地的权利,"成千上万的中国人被从远西诸州驱逐,于是整个北美大陆成为西方欧洲扩展的一个安全地带,成为欧洲人进行移民与繁衍的专属之地"[2]。这种驱逐,也最终导致了美国华人的集中聚居,形成了唐人街"四大埠头"——旧金山、纽约、斯托克顿、西雅图。

在以法律手段确定了华人移民的"非法"性质,并成功地将其限制在狭小的边缘空间后,白人社会竟莫名其妙地把唐人街视为"犯罪的渊薮"、"邪恶的天

---

[1] Nguyen, Viet Thanh, *Race and Resistence*, Oxford University Press, 2002, P37.
[2] ［美］阿里夫·德里克:《跨国资本时代的后殖民批评》,王宁等译,北京:北京大学出版社,2004年,第217页。

堂",仿佛他们天生如此也将永远如此不可理喻一样。在种族主义歧视的夹缝里依然生存并发展着的加州旧金山唐人街,在一些白人眼里,就像是一种邪恶的病毒:"远看圣弗兰西斯克,中国人聚居的街区十分突出,就像是在白色皮肤的美国身上的肿瘤。"[1]

1974年的美国最佳电影《唐人街》典型地说明了"唐人街"在美国一般大众心目中的形象。电影故事的情节发生在30年代的洛杉矶,但其主人公完全是白人,故事的主要场景也在白人的议会、庭院、律师事务所、别墅等里面。这部风格阴冷的侦探故事里,充满了意想不到的乱伦、仇杀、政治丑闻,但这些事情和任何一个华人都没有关系,故事的背景也不在唐人街,唯一和唐人街发生联系的情节在故事的结尾,美丽的女主人公被自己"德高望重"的父亲杀死在唐人街凌乱的大街上。故事中的私家侦探侯利斯曾在唐人街当过警察,在他的经验里,唐人街充满了犯罪、危险和稀奇古怪的各种事情。另一个办案的警官,在故事的结尾也安慰悲伤的侯利斯:唐人街什么事情都可能发生。对于这部深受观众喜爱的侦探电影来说,"唐人街"的片名是个巨大的噱头,折射了美国普通公众的"唐人街意象":神秘而邪恶。

厌恶、蔑视是美国人态度的一面,另一面却是猎奇的观看和赏玩。旧金山的唐人街因为美国种族主义的隔离,而成了美国本土上的殖民地飞地和异国他乡:神秘、怪异,无伤害的危险和刺激。而且与粗鲁的黑人相比,这些黄皮肤的洗衣工、厨房师傅、筑路工也显得温顺、安静,还有些小聪明。

关于华裔美国人刻板印象的形成,在20世纪30年代终于达到了极端。极端的核心处,是陈查理小说和傅满洲小说的走红。

傅满洲是一个阴险古怪的恶棍,是著名小说家Sax Rohmer对中国人恶意想象的结果。魔鬼式的中国男人形象,集中反映了白种人对中国人的道德偏见。在30年代,傅满洲小说被翻译成法语、德语、西班牙语、意大利语、荷兰语、葡萄牙语、希腊语、瑞典语、波兰语、匈牙利语、阿拉伯语等多种文字,邪恶丑陋古怪的华人傅满洲形象在世界各地传播。后来,好莱坞电影也推波助澜,把傅满

---

[1] Nguyen, Viet Thanh, *Race and Resistence*, Oxford University Press, 2002, p.38.

洲的故事搬上了屏幕。直到 1980 年，还有《傅满洲的阴谋》在拍摄和放映。

傅满洲是"黄祸"的象征化，而陈查理则是恭顺的女人味的中国男人的典型，反映了白人对华裔的另种刻板印象。在德尔·毕格斯的小说中，陈查理这个华裔侦探聪明可爱，有点娘娘腔，是个听话的小跟班。

第二次世界大战后中美关系的改善，在政治上根本改变了美国白人对唐人街的眼光。温顺的中国人一下子成为了"模范少数民族"，对中国的移民限制也随之放宽了。唐人街，在美国新的国际和国内政治推动下，开始经由华裔之手，重新展现在美国民众面前。被称为华裔美国文学之母的黄玉雪《华女阿五》的成功就是在这个时候。这部当代华裔美国文学的开山之作，为美国普通读者细致地描写了一个华裔女孩自我奋斗终获成功的故事，也为大家展现了一个温良恭俭让的美国纽约华埠的生活图景。然而，60 年代的少数民族权利运动，却使"模范少数民族"的称号有了别样的意义，与黑人等激烈地反抗与争取民主权利相比，"模范"似乎意味着温顺，意味着对美国既有不公正的认可，意味着民族性格的女性化和逆来顺受。

为 60 年代的革命怒火点燃的赵健秀，当然不满意这样一种民族性格，不满意白人如此看待华裔和华裔的中心——唐人街，更不满意华人作家自己内化白人文化的眼光和标准。他和他的文化民族主义的同道们呼唤着一种根本的改变，而他自己要做的就是重新塑造华裔和华埠的精神面貌和文学形象。

三、华裔"唐人街神话"

在一封给报纸批评家的信中（letter to Bernard Weiner, 12-13, April, 1977），赵健秀这样解释《龙年》的写作："剧情被安排在旧金山，因为旧金山是我们的历史开始的地方，是华裔美国人的精神所在；剧情的时间选定在龙年 1976 年，因为龙年是两百周年"。[1]

赵健秀明显是把龙年的旧金山唐人街当作了象征，当作了华裔美国精神的伟

---

[1] Frank Chin, *The Chickencoop Chinaman*, *The Year of Dragon*, University of Washington Press, Seattle and London, 1981, xx.

大诞生地。基于历史条件，这种华裔美国民族精神的重建当然是从对抗美国白人宰制文化的"东方主义"话语表述的开始。

《龙年》刻画的是旧金山唐人街 Eng 家在春节期间发生的故事。对于白人来说，春节是游览观赏唐人街文化的最佳时间之一，有许多的东方色彩和异国情调等待被发现，被记录、被拍照。Eng 家的女儿茜茜（Sisy），一个被白人文化同化的华裔姑娘，这时就带着她的白人丈夫罗斯（Ross）回到了唐人街的老家。罗斯"喜欢"中国文化，这次顺便想为一本有关中国烹饪的书的出版再收集些资料。他当然期待着看到"真正东方的"文化的细节。茜茜的大哥弗雷德(Fred)是唐人街的高级导游，专门为白人观光客介绍唐人街的所谓"东方文化"。为了生存，他不得不讨好白人，用职业的蹩脚的洋泾浜英语，像陈查理——那个白人喜欢的屏幕人物一样进行滑稽表演，兜售唐人街的异国情调。但在旧年的最后一天导游中，弗雷德对自己扮演的形象深恶痛绝、忍无可忍，终于按捺不住内心的愤怒，骂开了脏话。父亲在唐人街位高权重，有唐人街"市长"之称，但年事已高。他开始担心自己的后事，更害怕子女们在唐人街外受人欺负而自己却无能为力，希望他们都能留在身边，自己可以老牛护犊。小弟强尼(Johnny)对白人的歧视非常不满，但也不愿意通过读书上大学摆脱困境，而是加入了街头"犯罪"团伙，铤而走险，发泄对社会的强烈憎恨。

罗斯的美妙设想落空了，没想到"东方情调"的浪漫唐人街竟然处处是怨恨和冷嘲热讽。强尼和弗雷德兄弟俩没谁喜欢他这个白人"兄弟"，夹枪带棒地挖苦他，让这个娶了华裔女人的美国白人专栏作家如坐针毡。

龙年，孕育着一个全新的年轻的唐人街。强尼以"犯罪"的极端姿态反抗种族隔离造成的社会不公，而弗雷德则希望从文化入手，在"文本书写"领域颠覆白人的"东方主义虚构"。曾为导游的弗雷德梦想当个作家，向外界介绍描写真正的唐人街的文化，粉碎白人对华裔的刻板印象，但迫于生计暂时还无法实现。族裔意识的觉醒使他强烈反对以罗斯为代表的白人对华裔的偏见，而个人意识的觉醒，又促使他坚决反对父亲对中国传统父权制的因袭，要求个人独立，并支持弟妹走出唐人街。

值得注意的是那个有"唐人街市长"之称的老父亲。作为华裔移民社区的头面人物，他有许多老观念，如对白人的恭顺、对子女的专横等，但如此顽固的"父亲"在临死前并没有要求子女把他的尸骨运回中国，"叶落归根"，他决定葬在美国，他认为自己应该埋在他生活的地方——唐人街。这实际上是对美国地缘权利的宣认，是对自己家族美国属性的宣称。在故事的最后，弗雷德自己也没有离开这个被人诅咒的唐人街，在被宣布了对家族的继承后，他选择了留下，或者说选择了一种继承和一种新的开始。

唐人街是一个地域概念，更是一个文化概念，一个用语言、图像等符号表达出来的文化概念。作为被书写的文化空间，唐人街也有两种，一种是白人东方主义话语体系中的异国情调式的展现，一种是华裔美国人自身正欲进行的自我表述。早期的赵健秀和他笔下的主人公一样，充满了冲出唐人街的渴望。这个唐人街正是白人种族主义注视下的东方情调的唐人街，是美国种族主义隔离政策产物的唐人街。赵健秀和弗雷德欲挑战的其实不是那个地理学的范畴，而是后者，一个文化政治概念的唐人街。

这种书写的对抗实际上是一种意识形态的斗争。这种没有硝烟的斗争，对外采取了"嘲鸟（mocking bird）"的手法，对白人的观点进行戏仿和讽刺。而对内，则经常采取"弑父"的隐喻，表达新生代华裔对以"中国父亲"为象征的"中国传统文化"的坚决决裂。这里，加引号的"中国传统文化"，与其说是中国传统文化自身，不如说是被美国媒体污名化以后的"中国形象"，一个不合时宜的种族文化标签。

年轻一代华裔对父辈的反抗在赵健秀的另一个戏剧《鸡笼支那人》里更加尖锐和突出。瞧不起自己生父的林泰（Tam Lum）仰慕的是美国黑人拳师，一个暴力英雄。林泰甚至离开旧金山不远万里到匹兹堡去拜访这位"精神上的父亲"。然而，这一精神朝圣却讽刺性地失败了，黑人拳师让他失望之极，拳师的传记是编造的，更让人痛心疾首的是，拳师自己也是个彻头彻尾的种族主义者。不过黑人拳师父亲 Charley 的一番话却也让林泰惊醒：不管你长多大，背叛自己的父亲总是不对。

从伦理上说，背叛父亲、母亲当然令人发指。然而对于华裔美国人来说，"中国父亲（或母亲）"与其说是生理、伦理意义上的，不如说是文化认同层面上的象征符号——所谓"精神上的父亲"。面对美国主流文化的压制以及诱惑,华裔美国人更急于认同的,是美国文化身份和美国人普遍享用的权利,而当是时也,彼岸的中国仿佛中世纪之中,是华裔美国人急于摆脱的文化联系。在这明显的"去中向美"的文化选择情势之下,"背叛(中国)父亲"其实是一种必然,华裔美国文学只不过将这一美国背景下的华裔认同的文化转向符号化、戏剧化、极端化了。

人不能没有父亲、母亲。对生理性存在的父亲的背叛和弃绝必然包含着对精神性父亲的憧憬和渴望。同样,在弃绝"中国父亲"后,华裔美国人林泰得重新出发寻找他想象中的"父亲"——可资夸耀的父辈传统和精神遗产。这个"父亲"不可能是美国白人(文化主宰者),或者黑人(最多称得上是患难的弟兄),而只能是"华裔美国人"的美国经验和美国精神自身。现实中的华裔美国人成分复杂,精神传统也有好有坏,新生的"华裔美国人"在背弃、剥离了其中的腐朽成分后,必须理想化其精粹,进而将这一部分想象为"真正华裔美国人"的精神遗产。

在赵健秀的文学叙事中,寻找"父亲"的林泰在现实中一再失望,先是对生父,继而对黑人拳师——那个想象中的精神上的父亲失望之极,只好在最后进入梦境,与自己的"圣父之灵"相会。那个梦境曾经是几代华人劳工的,那就是那个流传了很久的"猎月铁骑"传说。猎月铁骑的传说中,有华裔铁路工人的英雄史诗,也有早期华裔移民的心酸悲歌,更有着强烈的对家的渴望。"归家"的铁骑不会真的在月亮上安息,华裔劳工足下的美国大地才是他们传奇精神的根基。

可以说,林泰的困境和结局,与华裔民族整体的困境与结局是同构的,它在文本上形成一个寓言,一个关于华裔族裔文化的命运的隐喻:华裔美国人不可能离开唐人街、离开华裔在美国的历史去建构和表达。黄色的皮肤使华裔美国人不可能在美国白人文化中消失,黑眼睛黄皮肤的纯种的华裔美国人也似乎命中注定了不能脱逃,而必须回归族裔文化的历史深处,求得生存和发展的信心和依靠。

但吊诡的是,历史既往,沉默死寂。让历史说话的,只能是说话人。所谓历史,最终变成了说话者、写作者对历史的言说。使用什么材料、使用什么方法言说,选择权都在言说者自身。后现代主义历史观视历史为文学,基点正在这里。毋宁说,这种历史观是把双刃剑,它揭示了历史写作的主观性和权力渗透,使得宰制者和被宰制者的历史写作同时被放置在苛刻的审判台前。

在《鸡笼支那人》中，林泰曾经对美梦姑娘 (dream girl) 用圣经语言和句式表达了他对"Chinaman"的理解：

> In the beginning, there was the Word! Then there was me! And the word was Chinaman, and there was me! [1]
>
> 太初有言，已而有我。言即 Chinaman, 已而有我。

这一段的原文为：太初有言，言即是神，出自《圣经·新约》之《约翰福音》，是西方世界妇孺皆知的名言。在宗教史上，约翰福音是希伯来精神与希腊逻各斯传统合体的结果。逻各斯中心主义对"道""言""理念"的阐述与希伯来神学人格化的"神"合二为一。基督教文化对"神"和"理念"世界的推崇和对肉身、现实物质世界的轻视，即与这一二元论有关。后现代哲学反对逻各斯中心论，在文化实践上大肆质疑、拆解文化史上的"成见"、"理念"，在学理上也成为美国即欧洲 20 世纪 60 年代之后的种种后现代主义文化运动和现象的哲学依靠。

华裔美国人对美国主流文化中的"Chinaman"的质疑，遵循的是同一逻辑。赵健秀等文化民族主义者就屡屡指出，Chinaman 是美国种族主义话语机制的向壁虚构，是对华裔美国人的污名化展现。而真正的华裔美国人就悲惨地生活在这个虚构的污名之下。

林泰对圣经名句的反用，对于种族主义文化惯性来说，无疑是语气尖刻的挖苦和反讽。它揭露了白人种族主义话语霸权，但同时也指出了精神越狱的出路：改造形象必然要从语言符号开始。压迫的逻辑也就是反抗的逻辑，扭曲的形象似乎也只能再扭过来。对立逻辑是个巨大的坑，毫无诗情画意，毫无超越性、高蹈性可言。华裔美国文学对华裔美国人的"真正形象"的再现、展现，别无选择地，从重述华裔故事开始，从重新塑造华裔形象、重新解释华裔文化开始。愤怒之下，赵健秀们是难以客观的。何况文学写作本身就是抒情，是论争，是战斗，

---

[1] Frank Chin, *The Chickencoop Chinaman, The Year of Dragon*. University of Washington Press, Seattle and London, 1981, p.6.

是审美意识形态的核心环节。

继早期作品与白人东方主义话语唱反调，向外界展示了一个愤怒的唐人街之后，在赵健秀的后期叙事作品中，他放弃了冲出唐人街的冲动，也消散了弑父的鲁莽野心，转而回归族裔历史，专心"制作"新的"唐人街英雄画卷"，"发明"英雄主义的华裔美国精神传统。

发表于1991年的《唐老亚》是一个典型代表。

与《龙年》类似，长篇小说《唐老亚》也以旧金山华埠的春节为故事背景。不过，这时的唐人街已经完全没有了《龙年》中的愤怒和吵闹，而是一幅童话般的幸福、荣光与骄傲的异域风光。

小说的开头是一幅唐人街的鸟瞰图：

> 将近中国春节，聚集在街上的人群每天都在增长。到了夜晚，他们看起来就像是在长长的冰河里跳跃。所有的光亮，所有的语言，所有的脚步声，所有的汽车马达的嗡嗡声，都跳跃着，在街道两边三层高的楼房之间回荡。唐人街的气息在唐老亚的面颊上轻轻抓挠着，像一只叫春的小猫。他的牙齿感觉到了这种轻挠，甚至他的脚趾也听到了。[1]

这是一个生机盎然的社区，川流不息的汽车和人群使唐人街充满了能量和活力。《龙年》中濒临崩溃的华埠，被一个喜庆的和谐的华埠取代了。热闹的集市，穿着新衣的采购年货的人群，父亲厨房里传出来的烹调奏鸣曲，正在排演的粤剧的锣鼓和铙钹声，凡此种种，都传达着一种别样的气息。这气息正在被一个叫"唐老亚"的12岁的华裔小男孩感受着。而他此时正带着他的白人同学Arnold来唐人街的家中过年。

不同于《龙年》中的父亲形象，唐老亚的父亲King Duk是个手艺精湛的厨师，同时也是一个粤剧爱好者，"关公"的最佳扮演者，一个对中国文化和华裔传统充满了自豪的壮年。另外，唱粤剧的叔叔，太极拳师傅，还有中医先生，都共同构成了中国城的文化奇观，让唐老亚和他的白人同学惊讶不已。

---

[1] Frank Chin, *Donald Duk*. Minneapolis: *Coffee House Press, 1991*. p.15.

更重要的是唐老亚发现父辈们所讲的华裔的历史与学校里白人历史老师讲的根本不同：是华裔铁路工人完成了横贯美国大陆直到太平洋的铁路线，但他们的身影却被白人从历史中抹去了；华人并不像白人老师说的那样胆怯、娘娘腔，而是十足的冒险家和技艺精湛的工程师。华裔不仅可以自己管理好自己，而且乐善好施，为社区内的穷人提供免费的食品。对于新来的老挝、越南、泰国移民，中国城也敞开怀抱，让他们融入社区文化。

在父亲、叔父和华裔长辈的教育下，唐老亚改变了白人教育加给自己的族裔文化的概念，而他的受到唐人街热烈欢迎的白人同学，也作了唐人街文化的新见证，一如当年马可波罗游历元大都，被东方文化的光辉所震撼。而不再是《龙年》中的白人女婿罗斯那般，兴趣是有，只不过那是人类学家的兴趣，带着强烈的猎奇和居高临下的心理优势。

值得注意的是，白人种族主义文化政治对唐人街的伤害、侵蚀被作家巧妙地抹去了，似乎它根本不存在一样。太平洋岸边的中国城在小说中自足而封闭，也许不太富裕，但安详有序，藏龙卧虎，高人出没，仿佛当年的水泊梁山。

我们不能随便对这篇小说的细节做真假与否的判断，但说它是现实主义小说的理由明显不充分。节庆期间的唐人街被作家别有深意地神话化、象征化了，旧金山唐人街的地理位置、人物、事件、物品经过作家的重新编码，就成了华裔美国文化传统的理想性表述。赵健秀在这里几乎是走到了他60年代的反面，不再反对Ross们的观看，而且刻意地"自我东方化"，向外界炫耀另类的民族文化的奇观。美国80年代多元文化主义的政策机制，使各族裔文化都获得了保留与生存的权利。对于赵健秀来说，华裔文化的被接受也冲淡了他年轻时候的愤怒，而且老是抱怨唐人街灵魂的丧失也最终于事无补，要紧的还是民族文化精神的重构和再表达。《唐老亚》实际上标志着赵健秀进入了华裔美国文学文化民族主义的建设阶段。在文化交流、文化对话、文化融合日益明显迅速的当代社会，单纯依托族裔传统寻找民族文化身份建构的坚实基础，弘扬民族文化的纯粹性，正是文化民族主义的典型表现。

水泊梁山一样独立自主的唐人街，英雄主义的唐人街，并非旧金山华埠的全部现实，而是赵健秀为宣扬他的华裔美国精神刻意营造的"福地洞天"。对于华裔美国文化精神的振兴来说，这种民族主义的话语自然有其积极意义，但在另一方面，他对华埠封闭性和独立性的描画，也很容易给种族隔离主义的支持者们留下话柄：既然封闭是保留民族文化纯正性的最好选择，那又为何不回归本土中国？在文化交往日益频繁的当今世界，尤其是在美国这个移民性质明显的国家，这种带有文化原教旨主义色彩的论调显然不合时宜。

四、解构"唐人街"

唐人街从来不是封闭的自足空间，不管是从地理的角度还是文化的角度来说，唐人街总是在历史境遇中变化和适应。即便是美国的种族主义隔离政策的实施，也并没有使唐人街成为真正的孤岛。对于美国，它时时享受着美国文化零星的惠泽，也处处感受着种族主义的压榨压迫；对于中国，那种血脉的、亲情的、经济的、文化的、政治的联系也从来没有断过。自60年代美国移民法案改革以来，中国和亚洲移民得以大批进入美国；而美国的多元主义文化政策的实施所带来的对少数族裔的文化接纳，也使得更多的华裔有机会走出唐人街的狭小空间，融入更广大的美国主流社会。

这种族裔文化"去隔离化"的倾向在60年代就已经开始了。在赵健秀的《龙年》中，弗雷德的妹妹茜茜就义无反顾地走出了唐人街，与白人丈夫一起生活在波士顿。尽管她似乎完全接受了白人的观念，但弗雷德并没有抨击批判她的同化，而是支持她离开。他的矛头所向，乃是形形色色的白人种族主义者。

弗雷德与赵健秀的精神面貌相似，并不能推论说弗雷德的观点就是剧作家赵健秀的观点，但赵对华裔女性具体生存处境的不察和忽视却是事实。他被种族主义歧视深深伤害，但并不了解自己族裔女性的经验和欲求。直到女作家汤亭亭声名鹊起，这位被人称为"唐人街牛仔""华裔美国文学的教父"的作家兼批评家赵健秀才意识到问题的严重性：为什么华裔女性先走出唐人街？为何少数族裔女性以如此让人不爽的方式被美国主流文化接受？

《唐老亚》对华裔美国地理文化空间的重新锁定似乎是来自赵健秀对华裔女性"出逃"和"背叛"唐人街文化的反动，他的反对华裔女性乃至男性被白人文化同化、抵制美国宰制文化的用心和高度警惕性，对于在美国处于弱势的华裔文化来讲，是有着积极意义的。但他也在思想的根基处，陷入了种族隔离主义的哲学逻辑，掉进了约翰·阿格纽所谓的"地域陷阱"。

而且，被赵健秀称为"华裔美国人之灵魂"的旧金山唐人街是否真的如《唐老亚》中描写的那样铁板一块、卧虎藏龙、欣欣向荣，也是个问题。其重振华裔美国人英雄主义传统的用心良苦，可以理解，但这种一厢情愿的文化民族主义的话语建构，如果失却了对华裔生活的真切体验，效果会大打折扣。

急于重振华裔民族主义雄风的赵健秀，为了阉割的焦虑，为了"in the beginning, there is word"（太初有言）话语争锋，匆忙回到了"席勒"式的创作方法，由早期的偏激和愤怒转而为唐人街父辈涂脂抹粉、重塑金身，回避了唐人街更为丰富和驳杂的现实细节。

展现这种斑驳现实的是一位后起的华裔女作家——伍慧明 (Fae Myenne Ng)。

伍慧明的《骨》(Bone)（1993）比《唐老亚》迟两年发表，它为读者展示了另外一种眼光观照下的唐人街。因为没有塑造英雄的使命，也因为家庭琐事本身的暗淡和灰暗，叙事者便没有了光环，其耳目所及，则是一个日常琐碎状态的细节凌乱的唐人街。时间不是春节，也不是别的什么节庆日，叙事主人公莱拉去唐人街寻找的，不是什么民族英雄，也不是什么传说中的人物，而是因家庭矛盾而出走的父亲利昂。她先找到了魏芙里街，"那是一个两个街区长的巷子，以前曾是有名的'剃头街'，利昂叫它'一毛五街'，因为过去理一次发就是一毛五。现在的魏芙里街上什么都有了，有了中国人的第一个浸礼会、有金山佛教道教协会，还有秉孔堂共济会馆、四海餐馆、锅贴店、几家旅行社和几家美发厅，但现在街上只有一间理发店了。……连接假日旅馆和朴次茅斯广场的过街天桥在广场上投下一道宽宽的影子。绕过尿味浓洌呛人的乞丐拐角，我沿着东侧阳光铺下的银色光亮继续往前走，这里坐满了老奶奶和小孩子。一群老人站在楼梯的底层旁边打牌"[1]。

浸礼会的存在是基督教文化对华人文化渗透的见证，而佛教道教协会的存在

---

[1] 伍慧明：《骨》，陆薇译，南京：译林出版社，2004年，第5—6页。

也是对华人文化单一性的反驳,乞丐和老年无助者在华人社区的聚集则反证了赵健秀在《唐老亚》中对唐人街慈善安详之邦的美化的不实和想象。

如果说《唐老亚》对唐人街采用了象征的手法,使它显出"乌托邦"的样子的话,那伍慧明的《骨》就恰好相反,作者用细节的真实展现给我们是一个"异托邦"(Heterotopia)。"异托邦"是米歇尔·福柯的一个发明,指称那些危机和偏离充斥的场所(如监狱、精神病院、公墓等)和难以相容的空间和时间并置的场所(如节日、博物馆、殖民地)。乌托邦中,等级分明,事物浑然一体。而异托邦中,空间杂乱,时间层叠,层级边界模糊。现实中的唐人街正是这么一堆混乱的堆积物:理发馆、麻将馆是19世纪华埠馆馆村的遗产,学校、教堂、家政服务所是二战后美国准许华裔妇女移民后的产品,饭店、商店、工厂是新移民工作的所在,而它们却毫无逻辑地堆在一起。

曾经被赵健秀极端推崇,视之为华裔美国人民族精神之制造所的中国会馆,在伍慧明笔下则是一个混装了家庭和企业、休闲与劳作的杂货店:

> 星期五放学后,我沿路走到了魏芙里广场四十一号的一幢五层楼上。狭隘的楼梯吱吱作响。在第一个楼梯拐弯处,我退到一边给几个拿着康乃馨花圈的意大利人让路。在第二层,机器的轰隆声和冒着热蒸汽的尼龙散发出的气味刺痛了我的鼻孔,这些感官的刺激把我带回了在唐米洪的血汗工厂做工的日子。……
>
> 一阵搓麻将的声音,塑料牌的撞击声和赢家刺耳的笑声充斥着整个三楼。四楼散发着汗臭味。急促的呼吸声,突然的击掌声,欢快的咕哝声。周大师,白鹤功夫社。
>
> 何宋宁云慈善会馆的办公室和唐人街其他的家族式协会办公室一样:家庭和生意混合经营。右边是一张长柜台;左边是接待区,里面是两张相距不远的沙发。[1]

赵健秀曾经在唐人街的中国家族会馆中找到了类似"桃源结义"的文书,视之为华裔英雄主义民族精神的瑰宝。而《骨》中,莱拉却被作者伍慧明安排来替

---

[1] 伍慧明:《骨》,陆薇译,南京:译林出版社,2004年,第70—71页。

非法移民到美国的父亲利昂来何宋宁云会馆询问利昂的"父亲"的骨头的去处。这个"纸面父亲"（paper father）的骨头本来被利昂放置在一个租借的公墓里，现在却找不到了。租借的期限早就满了，这些在美国劳苦了一生的华裔劳工的尸骨也就没有了合法的安置所在。

利昂的"父亲"的灵位当然也不在会馆的供案上，而莱拉的"父亲"利昂的历史也是痛苦灰暗和破碎。

与十二岁的华裔小男孩"唐老亚"在唐人街为关公、李逵以及华裔先辈的英雄事迹所震撼的意外发现不同，伍慧明笔下的华裔女青年莱拉在唐人街父亲的寓所里艰难寻找到的却是父亲利昂并不光彩的大半生。莱拉没有发现英雄的雕塑和英雄的传说，她在父亲利昂的单身老年公寓看见的是"一摞摞快餐盒、锡纸盒、装满番茄酱和糖袋的塑料袋、写着红色字母的白色罐头盒、还有政府发放的蔬菜……"[1]，而意外找到的父亲的历史，也是一堆"废品"，珍藏在他的手提箱里：

> 一些信件按年份摞成了一摞，又用橡皮筋十年一捆地捆在了一起。
>
> 我只打开了最上面的几封信就明白了一切：我们不需要你。
>
> 从军队寄来的信：不合适。
>
> 找工作收到的拒绝信：没有技术。
>
> 找房子收到的回信：没空房。[2]

唐人街的狭小和阴暗让人窒息，父辈屈辱的历史也让人心痛。莱拉的小妹尼娜远走纽约，在一家国际旅行社当导游，满世界飞；二妹安娜神秘地跳楼自杀；而莱拉自己也在清理完了家族的文化遗产后，和新婚的丈夫离开了唐人街。

但无论如何，我们读者都不应该把《骨》中对唐人街的描绘象征化，莱拉离开唐人街也不应该解读为华裔背叛华裔美国人文化民族主义的行为。何况并不存在一个文化民族主义的纲领作为华裔美国人的普遍认同的宪法。不同的人有不同的唐人街印象，背景不同的华裔也有不同的唐人街生活。伍慧明的小说提醒读者：唐人街是以不同细节出现的，作为"华裔美国人灵魂"之所在的

1　伍慧明：《骨》，陆薇译，南京：译林出版社，2004年，第3页。

2　伍慧明：《骨》，陆薇译，南京：译林出版社，2004年，第53页。

"唐人街"，只是如赵健秀等民族主义知识分子的单方面发明。当这个人为发明的概念里不包含利昂等华裔移民屈辱扭曲痛苦的时候，它就是一个彻头彻尾的神话。

伍慧明正带领读者离开这个神话。

第三节　"外唐人街"文学

华裔美国人又是怎样来拥有唐人街外的文化地理空间呢？

在《骨》中，作者通过莱拉与丈夫梅森的一次郊区的游历，实际上已经向我们展示了华裔融入美国白人社区后的另类文化空间的生活。

梅森的姑姑莉丽住在郊区，周围都是白人，家里有草坪，有游泳池。她的儿子戴尔在白人学校读书受教育，搞电脑工作，说一口流利的白人英语。"身上没有中国的东西"。[1] 尽管莱拉对戴尔的美国化表示理解，但梅森和他的唐人街的伙伴对戴尔却看不上眼，认为他"缺乏家教"，是个"电脑白痴"。

不能说梅森对戴尔的厌恶就标志着作家本人对白人社区中华裔的文化否定，我们在小说的整个脉络已经体会到了作者对唐人街文化的重新定位。《骨》的叙事地理空间全然与《唐老亚》不同，它暗示了唐人街的开放性和华裔美国文化的多样性。而开放性和多样性在根子上是一个文化地理空间的问题。

实际上有相当多的华裔作家探索过这一主题。

黄哲伦、李健孙、任碧莲、雷祖威可谓这方面的代表。就作家本身的经历来说，他们多半都不像赵健秀主要在美国西部华人比较集中的地区生活，而更多地体现出对美国主流社会的渗入。黄哲伦的父母是高级知识分子，从小生活在白人社区；李健孙的父亲是国民党的高级军官，继母是个犹太裔的美国人；留学生后代的任碧莲生活在美国东部的新英格兰地区，邻居的华人也少；雷祖威生活在大学园区。缺乏华裔族群的生活环境，使他们集体意识似乎普遍淡漠，因而也少有

---

[1]　伍慧明：《骨》，南京：译林出版社，2004年，第39页。

赵健秀那样强烈的文化民族主义的情绪。其笔下的主人公,不是没有族裔意识,但这种族裔意识往往是个人成长当中的一个环节,最终也停留在个人身份建构的层面上。

梁志英(Russell Leong)的短篇小说集《凤眼及其他故事》获得2001年美国图书奖,并被《洛杉矶时报》选为2000年最佳小说之一。他小说中的华裔美国人寻根之地不仅仅限于中国大陆,而是扩大到香港、台湾、越南、菲律宾等地。他自称是"文化边界的闯入者"。在一次谈话中,他更是明确地谈到华裔美国文学的地域空间的新变化:"像《骨》的作者伍慧明,《美国人》的作者徐忠雄,《爱的痛苦》的作者雷祖威、《渴望》的作者张岚和我本人等等这些新一代的作家探索包括性和传统的唐人街飞地之外的当代郊外生活。这些作家没有赵健秀那种痛击主流社会的辛辣,但把围绕华裔美国人经历的想象和可能性的范围扩大到新的读者群。"[1]

《支那崽》是李健孙的成名作,这部半自传体的小说,写的是一个名叫丁凯的华人小孩儿怎样在黑人社区艰难成长最后成为拳击高手的故事。在亲生母亲去世后,犹太裔的白人继母冷酷地消灭了丁家所有她认为有中国味的东西,并把幼小的丁凯丢到满是黑人暴力的大街上,让丁凯自己学习成长。父亲是美国文化的崇拜者,尤其仰慕美国的军事文化。丁凯没有能够从父亲那里学来功夫、太极什么的,他和中国文化的唯一联系,只剩下了伯父零星来访带来的关于儒家的点滴教导。饱受黑人少年老拳的丁凯最终拜了白人拳师学习拳击,辛苦的训练终于换来了对大个子黑人少年查理的决定性胜利。

从文化习俗传承的角度来说,丁凯的中国文化教育几乎是完全失败的。缺乏社群的制度性陶铸,也没有家庭教育的支持,少年丁凯的成长只能是与他生活的异己环境在对抗中同化,最终变成环境的产物。被迫丢开汉语,又因为暴力环境的逼迫,他逐渐远离了"文质彬彬"的儒家教诲。靠着拳击站起来的少年丁凯已经被美国的力量文化同化了,而他最后挥向继母的拳击姿势,也标志着他对个人主义的认同。简言之,丁凯在整体上已经美国化了。而所谓中西文化的融合和

---

[1] 张子清:《与亚裔美国文学共生共荣的华裔美国文学》,参见雷祖威:《爱的痛苦》,吴宝康、王轶梅译,南京:译林出版社,2004年,第38页。

会通，只不过是他在美国文化架构之内对残存中国哲学概念的过滤性保留。换言之，所谓融合后的中国文化只是元素性存在，而其存在的合理性仅仅在于它能够作为美国文化哲学的中国注脚。丁凯最后意识中的儒家正可作此解。

无意去说丁凯成长的区域隶属华裔美国文化，在他身上我们看到的是华裔美国文化的边界。当地域的边界被穿透后，文化的变异是必然的。没有族群的联系，族裔文化传统于个体很容易就成为身外之物，最终被丢弃、消解。

华裔美国作家新秀任碧莲的小说《典型美国人》和姊妹篇《蒙娜在应许之地》更是出色地描绘了生活在白人社区的两代华裔被美国主流社会所融合的过程。在《典型美国人》中，阿尔夫张与妻子海伦已经通过对炸鸡店和带花园的房屋的拥有实现了他们的美国化，自认为已是"典型的美国人"。《蒙娜在应许之地》中的蒙娜和凯丽——拉尔夫的两个女儿却走得更远。因为生活在犹太人社区，蒙娜在与犹太伙伴交往的过程中对改革宗犹太教产生了浓厚兴趣，并最终不顾家人的反对加入了犹太教，成为了一名她称之为"Chinese Jewish"的美国姑娘。姐姐凯丽在哈佛大学的学习中，受同屋黑人姑娘反种族主义、反帝国主义的后殖民话语的影响，却开始回归中国传统，最后发展到早上吃稀饭，打太极，穿中国老式服装的地步，让母亲海伦都惊诧不已。

与说汉语的老"中国妈妈"相反，在美国成长的华裔子女在融入美国白人社会中很难保留母国的文化传统。因为文化传统传承的渠道和机制已经整体上被改变了。由于中国文化中宗教终极关怀的阙如，也由于中国文化传统与农耕文明的紧密联系，对于生活在工业和后工业社会的美国的华裔子女来讲，中国文化观念往往显得格格不入，不解决实际问题。其价值观念系统被美国文化的结构性取代是生存原则使然。

融入、同化的过程最后过滤剩下的就是一种差异性，一种另类的特征，凸现了其华裔的族裔文化身份：属生理的黄皮肤、小鼻子和口音；属器物的传统食物、服装；属文化的节庆。这种零碎化、物品化的东西就是华裔乃至亚裔美国年轻一代的族裔文化的几乎全部"遗产"。无疑，这种文化碎片的奇观，是亚洲在整体上被西方资本主义文化"征服"的结果的另种表达。当东方文化在整体上已经无害于美国文化的整体后，被商品化进而审美化的华裔族裔文化才切实获得了存在的空间，在美国标榜的多元主义的文化空间中，成为华裔美国人寻找文化身份的并不牢靠的物质基础。

任碧莲为我们展现的是一幅多元文化主义时代的华裔的文化地域图：在白色建筑的间隙里，华裔还是被挤了出来，显出基因里的黄色。蒙娜无法成为真正的犹太，白人还是要根据她的黄皮肤问：where are you from? From from ?[1] 凯丽也仅仅靠着稀饭、太极来"扮演"中国姑娘，因为那是美国的文化教育机构的希望，既可以显示主流社会的仁慈，又可以保留一些文化的多样性景观，就像保护生物多样性一样。

展现在任碧莲、雷祖威等新锐华裔美国作家笔下的华裔美国人的美国地域，在华裔经验的刻痕之下，有了不同的色彩和意义。它是纪实，也是反讽。但没有理由把这说成是文化融合的新气象、新典型，像一些文化民族主义者一样。文化脱离了地域后，不可避免地成了浮萍。存活都难，何谈繁荣？

第四节 "中国根"和"环太平洋地区"概念

一、"中国根"

1965 年美国移民法案的改革，打开了亚洲人移民美国的大门。台湾和大陆留学生与技术劳工移民的迅速增加，极大地改变了华裔美国人口的结构。所谓"生民华裔美国人"的比例已下降到 40% 左右。中国本土移民的增长，阻止了美国华埠与中国关系的疏远趋势，加强巩固了唐人街的中国文化因素。而中国及东南亚国家经济的发展，客观上增加了美国人对中国的兴趣，进而提高了华裔美国人在美国文化中的可见度。在《唐老亚》中，父亲 King Duk 就对唐老亚说，是广东老家来的新移民使几乎要衰亡的唐人街又恢复了活力。也是在父亲教导下，唐老亚才开始对中国文化充满好奇与骄傲。尽管 King Duk 把唐人街的文化传统

1　Gish Jen, *Mona in the Promised Land*, New York: Vintage, 1996, P181.

归为反中原儒家和专制的南方边缘尚武文化，但他还是不经意间为读者提供了另一个文化地理的方向标：中国。

美国对东方的兴趣一直存在，美国普通读者对中国的阅读兴趣则随着美中关系的冷热变化而时冷时热地继续着。从林语堂《吾国吾民》的走红和张爱玲《秧歌》的热销，暗示了"中国主题"图书市场在美国出版界的有力存在。对于在70年代开始在美国文坛冒现的华裔美国文学来说，对华裔美国人的中国文化渊源的描绘，是文学市场的需要，也是华裔美国文学家的自然之理。

70年代的赵健秀为了强调华裔美国人的族裔文化意识而左右开弓，对种族主义的白人的美国文化宰制高声抗议，对遥远的中国的文化也大声说不、划清界限。两面树敌、特立独行的做法打出了"华裔美国人"的红旗，但这种政治的高调丝毫不能帮他赢得美国的文学市场。赵健秀在《哎呀！》的1991年修订版和《大哎呀！》的序言中愤怒地控诉了美国文化对他和他的同志们的忽视：他们的作品只能由小的出版商（如咖啡出版社）出版，而且在市场上不容易找到。[1] 直到汤亭亭的《女勇士》在1976年石破天惊，华裔美国文学才真正地在美国文学界和图书市场登堂入室。这里面的原因相当复杂，但女性华裔作家对华裔美国人中国经历的关注无疑是一个促动因素。无意说女性对独立的追求弱于男性，给人留下性别生理决定论的印象，但华裔年轻女性作家对母亲辈的关怀，作为自然亲情，客观上促成了其文学作品对母国文化的倾听、想象和别开生面的描绘，从而为一般美国读者呈现了一个色彩斑斓光怪陆离的东方世界，展示了他们远渡重洋、定居美国而美国化的"传奇剧"、罗曼司，和忧伤的黄皮肤"布鲁斯"。

在汤亭亭和谭恩美笔下，华裔美国人并不是一个稳定的状态，而是一个过渡状态：地理上——从中国到美国，文化上——从中国的古老乡村和小城镇突然被移植到美国的都市和工地。尽管汤亭亭和谭恩美都没有多少真正的"中国生活"的经验，但她们的作品却都对主人公的中国经历进行了详细的戏剧化的描绘。《女勇士》中的中国乡村是华裔移民的迁出地，老大帝国的边疆——广东和福建沿海，那里偏远封闭而又愚昧落后，"姑姑"因为不甘守活寡与人私通怀孕而被

---

[1] Jeffery Paul Chan, Frank Chin, Lawson Fusao Inada, and Shawn Wong, *The big Aiiieeeee!*, Meridian Book, 1991, xii.

族人投进水井。《喜福会》中的中国乡村和城镇正处于现代革命造成的剧烈动荡中，从桂林到重庆，再到山西的富家宅院，封建大家庭已经崩溃但死而不僵，政府昏庸无能，军队接连溃败，但对外屡战屡败的军士在家中却骄横霸道、毫无人性地虐待妻儿。

作为作家，汤亭亭与谭恩美有着巨大的不同。但《女勇士》与《喜福会》在文化地理学的角度却是惊人的相似。第一，她们笔下的中国都充满了异国情调；第二，与美国相比，中国处于文化的较低位置。华裔移民过程的空间差和时间差，因为作家对美国的政治认同而明显地表现为文化进化链条上的位置差异。这一点，正是她们遭到赵健秀猛烈抨击的原因之一：她们用文学展现的不是让华裔美国人精神振奋的中国文化图景，而是一个积弱而愚蠢的厌女症的"东方部落"。

赵健秀对这些所谓成功的华裔女作家的攻击在情感上是难以接受的，我们可以理解汤亭亭和谭恩美的痛苦反映，然而，当冷静地思索后，我们将会发现赵健秀攻击的真正目标是美国白人主流媒体和大众读者对"华裔美国文学"的狭隘定位。这个狭隘的空间仅仅容得下一张咖啡桌，让人可以坐在沙发上阅读一本包装精美的"少数族裔女性故事"，这种故事有点儿小反常，有点儿异国情调，以调节被庸常浸泡已久的感觉神经，但反常的程度像游乐园里的冒险一样是设计好的、可控的、美妙的，绝不影响喝咖啡的心情。女性主义的兴起是严肃的事业，但资本的逻辑却悄然把女性为自由的书写奋斗转变成一种可消费的图书产品。推陈出新的出版逻辑，在某种程度上渴望着少数族裔女性生活的不同花样，而华裔美国女性作家的兴起，正是图书市场的呼唤和华裔女作家积极应答的成功果实。

但我们决不能就此否定华裔女性作家关于"中国故事"的书写的意义，像赵健秀等做过的那样。在女性写作的维度上，她们关于"中国妈妈"的故事，拓展了华裔叙事的新空间，也使华裔文学在艺术上达到了新的成就。

为阉割焦虑所困的华裔男性作家渴望着雄健威猛的民族精神，他们寻找着理想的父亲，而母亲却不在他们的视野之内。在赵健秀的《龙年》中，没有名字的 China Mama 是丈夫在行将就木时才从中国接来的，而此时丈夫已经与别的女人结婚生子，她的到来只有一个作用：在丈夫死的时候给他"都在身边"的满足感。不会英语，听不懂儿子和家人讲话，坐在轮椅上的老妇就像一具活的僵尸。

而儿子也无视她的存在。"中国妈妈"的僵尸化当然是美国语境的产物,丧失了语言能力,美国就成了她们最冰凉的坟墓。但我们也应该看到,这也是那些美国生美国长的华裔男性子辈冷漠与抛弃的结果。脑子里只有三国和水浒英雄的儿子,不会讲汉语的儿子,不愿倾听"中国母亲"的故事。

雷祖威的名作《爱的痛苦》(1991)也典型地描绘了只讲汉语的"中国母亲"在美国社会逐渐被妖魔化、鬼灵化、僵尸化的过程。其中中国母亲坐车经过跨海大桥的细节可谓经典隐喻:

> 母亲怔怔地望着窗外,眼神呆滞,难以理解。她坐在汽车引擎旁看上去很不协调,她来自另一种文化,另一个时代,她习惯了针线和猪,还有马,当我想到母亲已七十五岁的高龄还在作时速八十英里的飞跑,就不仅想起我国第一位宇航员竟是一只被捆绑着塞进水星号宇宙舱的猴子,它全身满是电线,绷带和电流,随着一声呼啸,被射进了外层空间。[1]

这个母亲不能理解儿子的生活,而儿子也无法理解母亲。离开汉语,母亲无法表达自己的生活和感受。在英语世界里,她正在成为一个老怪物,一个没有历史的怪物。然后,一具尸体。

激活这些"僵尸"的是女儿。

靠着汤亭亭、谭恩美等华裔女性作家的温情和妙笔,这些中国妈妈才开始说话,得以机会讲述她们的中国故事:在中国的受压迫,在中国的等待,在中国的冒险和浪漫。对于在中国长大的她们来说,美国是个十足的异文化,她们的文化地理当然包括中国。

但对于从来没有回过中国的女儿们来说,中国仍然是一个想象的地理空间和文化场域。在她们笔下,鲜有那种自然主义的或者现实主义的描绘,像赵健秀、朱路易、伍慧明对唐人街的街区所作的精彩描绘那样。对一些事件、礼仪的描写也带有更多的传说色彩。如汤亭亭在《中国佬》中描写父亲参加中国最后一次科举考试,就夹杂了头悬梁、锥刺骨的传说,合并为父亲的考试经历。而其中对古

---

[1] [美]雷祖威:《爱的痛苦》,吴宝康、王轶梅译,南京:译林出版社,2004年,第12页。

人写字自左至右的细节，显然不符合中国文化的事实。[1]

谭恩美被称为是华裔作家中的"女巫"，因为她确实偏爱对神秘的灵鬼现象的故事加工。《灵感女孩》中的中国人和中国似乎都平添了一股鬼魅之气。

赵健秀曾批评过她们对中国文化的失真描绘，当然他依据的是他自己对中国文化的片面理解。当赵健秀搬出各种中英文工具书来寻找本真的关于"中国文化"的词条和解释时，它忘记了他汉语的不地道与中国经验的缺乏。这种不地道和缺乏，是他早年拒绝"中国"，拒绝别人称他们"中国人"的理由。然而，当关于文化本真与文化虚构的论战进行到白热化的时候，他却不得不回到中国典籍本身上来。中国典籍是中国人的作品。美国60年代移民政策的改变，和中国大陆在80年代的开放，正为大批中国大陆来的移民打开方便之门。

中国人写中国故事，似乎有无需论证的道地性和合法性。既然美国对华裔美国文学的兴趣与其对中国的兴趣相关，那么，当那些新从中国来的移民学会了用英文写作的时候，他们的中国经验中国故事又怎能不成为文学市场上的新宠？

正是在这个背景下，哈金出现了。

哈金，本名金雪飞，1950年生于中国辽宁，14岁即加入中国人民解放军，驻扎中苏边境，后考入黑龙江大学英文系学习，继而在山东大学攻读英美文学硕士学位。1985年到美国波士顿布兰戴斯大学留学，1992年获文学博士学位，后成驻校作家。按照哈金本人的说法，他是因为在其他方面的无能和生存的压力所迫而走上文学写作道路的。但他独特的经历、敏锐的观察，以及他对英语写作孜孜不倦的锤炼，终于使他在2000年以小说《等待》获得国家图书奖和海明威笔会奖等美国文学的最高奖项。

《等待》的故事发生在中国东北一个不知名的小镇——木基。这是此前的华裔作家从来没有涉及过的区域，木基有很多村寨，其中一个叫鹅村。和村寨相对的是城镇，镇上有家军队的医院，主人公孔林的爱情故事就发生在这样的环境

1　[美]汤亭亭：《中国佬》，肖锁章译，南京：译林出版社，2000年，第22页。

里，在中国大陆"文革"及其后的转折时代扭曲着展开。军医孔林爱着护士曼娜，但他在老家鹅村却先有了妻子，一个目不识丁老实巴交并且裹了小脚的农妇。孔林必须与妻子离婚然后才能与心爱的人结合。但按照部队的规定，如果女方不答应，男方就需要等十八年的分居后才能离婚。孔林和曼丽于是开始了漫长的等待。时间慢慢过去，等待的人的意志、情感也在时间的流逝中变质、扭曲、凋零。终于结婚了，却发现结局并非那么圆满浪漫，更多的疑惑和不安。政策又变了，私有制改革正在木基悄悄推进，等在孔林面前的不知又会是什么？

哈金《等待》的获奖有很多理由，从文化地缘的角度来讲，我们可以说他走的是林语堂、张爱玲的美国文学之路——以道地中国人讲述道地的中国故事。但是，他和他的中国"文革"题材、军营题材小说的突然走红，也是踩着汤亭亭和谭恩美的脚印，在华裔美国文学的道路上走来的，是美国对中国性题材的文化市场逻辑的必然结果。

美国国家图书奖的颁奖评论实际上说的相当清楚："哈金对个人和社会间的矛盾，对人心深处永恒不变的某种情愫与不断变化的政治风云间的张力有这深切的体会和理解。因着智慧、克制和对所有笔下人物的同情，他向我们生动地表述了一个世界和其中人物的复杂和微妙，我们正急切地想了解这些。"[1]

哈金正是以他对大陆中国的真切了解和精细再现，而为美国读者所需要和称道。《卡库斯评论》的评论文章称《等待》是"一个用极端精确和雅致的语言描写的看似简单的故事，而哈金也因此成为一个在后现代氛围中坚持现实主义叙事风格的伟大作家。"[2]《芝加哥论坛》也评论说："哈金关于中国日常生活的描写是令人信服的细节丰富的。"[3]

1　"In *Waiting*, Ha Jin portrays the life of Lin Kong, a dedicated doctor torn by his love for two women: one who belongs to the New China of the Cultural Revolution, the other to the ancient traditions of his family's village. Ha Jin profoundly understands the conflict between the individual and society, between the timeless universality of the human heart and constantly shifting politics of the moment. With wisdom, restraint, and empathy for all his characters, he vividly reveals the complexities and subtleties of a world and a people we desperately need to know." *Judges' Citation*, National Book Award Powell's Books, Waiting by Hajin, 网上资料，2004，8，17

2　"A deceptively simple tale, written with extraordinary precision and grace. Ha Jin has established himself as one of the great sturdy realists still writing in a postmodern age." Kirkus Reviews 网上资料，2004，8，17

3　Powell's Books, Waiting by Hajin, 网上资料，2004，8，17

哈金自己也宣称自己作品中的故事"百分之九十九是真实发生过的",而他只不过像鲁迅先生所说过的那样,"从北边拿来鼻子,从那边拿来嘴巴,然后合在一起"。[1]

当然中国官方的评论家基于政治立场则有另外不同的看法。如北京大学的某学者就认为哈金是在别有用心地利用中国故事歪曲中国的国际形象。[2]

我无意在这里展开对哈金及其小说成就的全面评论,让我们还是回到"文化地域"的问题。

当年赵健秀等人提出华裔美国人概念的时候,其中一个理由,就是他们关于中国的知识都是从电视、广播和书本上关于中国的消息中知道的。这种直接的中国经验的缺乏,乃是他们界定自己为华裔美国人的地缘文化依据。自然,他们写的文学就是华裔美国文学。汤亭亭、谭恩美等人都在作品中写中国故事,赵健秀自己也在不同的场合讲述中国的古老传说。他们因着与真实的中国的隔膜,倒没有人怀疑他们不是华裔美国作家。引起他们争执的是中国传说的可否再创造的问题。然而,当哈金以熟练流利的英语、用极丰富的细节写作他的真正中国的故事的时候,当真正的可触可感的中国地域上的中国故事出现在英语语言的美国文学界的时候,便有人问:哈金的创作究竟是美国文学呢,还是用英语写作的中国文学?

这个问题其实由来已久。

林语堂和张爱玲是早期的案例。林语堂移居美国三十年,写作关于中国的书籍三十余部,只有一部与唐人街华人直接相关,即《唐人街》。张爱玲在美国写就并引起轰动的《秧歌》,也写的是中国革命政府土地改革时代发生在陕北农村的故事。按照我们现在的理解,林语堂、张爱玲毫无疑问地是中国作家。但在许多美国大学编纂出版的亚裔美国文学的书籍中,两者却也在其中,和赵健秀、汤

---

[1] Taipei Times, 2001, 10, 4

[2] 北大英文系教授刘意清在《中华读书报》发表对该书的批评,提出了三个观点,第一,认为《等待》写了一个裹小脚的女人,然而中国自从 40 年代以后就没有裹脚的女人了;第二,《等待》英文版封面的辫子是男人的辫子;第三,认为该书没有文学价值、优美的文字,以及一流的写作技巧;更因此批评哈金利用歪曲的事实,迎合西方媒体的需要,甚至是为了得奖不惜污辱自己的同胞;更质疑西方文坛给予如此多的奖项,是一种对于中国的污辱。

亭亭等混在一处，同处一个单元，不同的似乎只有门牌号。

把他们归入华裔美国文学的原因是清楚的：他们是华人移民，在美国写作，作品以英文出版。

以写中国抗战时期的故事见长的美国女作家赛珍珠，则根本没人去质疑她的美国作家身份，尽管她也写的是中国故事。所以"中国故事"应该不是判断这个作家属不属于中国的充分条件。

所以，在美国的土地上，用英语写作中国故事，在美国出版，获得美国文学各种奖金的哈金，应该是个美国作家。何况他 1997 年就加入了美国国籍。美国的媒体正是这样做的。Frank Manley，艾默里大学创作系主任，同时也是一个卓有成就的剧作家，就这样评价哈金："我认为金雪飞不仅是当今最重要的美国作家之一，而且是最不平常的作家。他是我所认识的一个天才，就像当年艾默森评价惠特曼时说的那样，我也同样相信哈金正处于一个伟大前程的开端。"[1]

哈金从 2002 年起在波士顿大学教授移民文学，而早在亚塔兰大的艾默里学院教授写作期间，哈金也在访谈中提到过自己将来的写作计划。那就是，从第一代移民的角度写华裔美国人的经验和感受。[2] 相信等他写作的关于新移民的华裔美国人的故事出版后，他的华裔美国作家的头衔该是更稳定了。

问题是：如果哈金不加入美国国籍，也不写华裔新移民的故事呢？你难道称其为旅美华人作家？可他从来不用汉语创作。其作品在中国也很少出版。他没有中国作家协会的会员证。

难道华裔作家就只能写华裔移民的生活？难道华裔作家的文化地图只能被限制在美国的唐人街或者别的什么街区？

在文化地域的问题上，哈金提供了一个极端的例子。当然，这是对华人来说。在其他民族和国家，这种现象早就出现过了。如在美国写作的俄裔犹太作家纳博克夫，《洛丽塔》、《普宁》，以及《微暗的火》等被人称为后现代

---

[1] John D. Thomas, *Across an Ocean of Words,* Emory Magazine, Spring 1998.

[2] "I want to write about the feeling of being a first-generation immigrant," says Jin, who became an American citizen last year. "I think very often it is the children or grandchildren who write about their parents, but how did the parents feel when they were here? There hasn't been a lot written about that, and I think maybe I can write a little bit about that." ——John D. Thomas, *Across an Ocean of Words,* Emory Magazine, Spring 1998.

文学的经典的作品都是他在美国用英文写就的。作家、作品和他的文化地域正经历着一种空前的分裂和重组。政治身份、国家身份、民族身份、文化身份等原本天然一体的东西，因为跨国移民而突然复杂化了。地域文化的因素正在被后现代人口的根基性位移，以及信息产业的发展，从国家民族政治的掌控中剥离出来。

哈金在美国文坛的走红，也是一个另外意义上的信号。这个信号表明了华裔美国文学旧有主题模式的式微。华裔著名作家雷祖威在接受中国学者张子清的访谈中相当明确地谈到了这一点：

> 我也想要指出，在《爱的痛苦》的一些故事里族裔性的"弱化"与主流出版界明显地对亚裔美国文学作品缺乏兴趣很有关系。[1]

几乎接近同化的华裔移民后代的生活已经很难让人兴奋。华裔乃至整个亚裔美国人的文学族裔性，已经让美国读者和主流出版商审美疲劳了，他们需要寻找新的兴奋点。跨洋而来的新移民作家哈金正是这个兴奋点上的明星。

哈金改变了华裔美国文学的文化地域图景，为之注入了新鲜的活力，但也根本上动摇了华裔美国文学的固有概念。在美国文学总库中，亚裔美国文学是一个小的分支，而华裔美国文学又是这个小的分支中的分支。李磊伟曾经指出，65年后出现的"Asian American"概念中的"Asian"不是一个独立的名词，不是一个地区或者国家的概念，而是一个形容词。作为一个形容词，它越来越成为一个"racial"的概念，还暗示了"离散"者向美国国家的向心。[2] 但哈金的例子似乎又说明了某种回归的迹象。也就是说，亚洲或者中国，正在重新变成一个地域文化范畴。

在这种认识前提之下，华裔美国文学被研究的背景也有所更改。如 Alpana Sharma Knippling 编辑的 New immigrant literatures in the United States，就是把华裔美国文学当作了新移民文学来考察的。值得注意的是，标

---

[1] 张子清：《当代华裔美国文学中族裔性的强化与软化——雷祖威访谈录》，见《爱的痛苦》，第209页。
[2] David Leiwei Li, *Imagining the Nation: Asian American Literature and Cultural Consent*, Stanford, California: Stanford University Press, 1998, P.198.

题中使用了"in"而不是"of"来表示移民文学和美国的关系。换言之，这些移民文学乃至文化，于美国文化是一种"在"的关系，而不是"所有"关系。当然，这一个小小的介词，并不表示美国文化、美国文学对华裔的文学、文化的拒斥，但无疑显明了两者的距离。而到最近"亚太概念"的提出，这种距离无疑更清晰了。

二、"环太平洋地区"概念及其反思

"环太平洋地区"是一个新概念，它的提出者是美国学者阿里夫·德里克（Arif Dielik）和库明斯（Bruce Cumings）等人。

作为自然地理空间的太平洋及其周边地区是早就存在的，毫无新意可言。"环太平洋地区"的概念之新，在于亚太地区国家在20世纪后二十年的崛起所引起的文化观察视点的变化。

当美国的亚裔年轻知识分子和文学家以"美国亚裔社区"为依托弘扬"族裔的文化民族主义"时，一个变化已经悄然发生。那就是亚洲以及太平洋岛国向美国移民的迅速增加。急于要求作为美国人的平等权利的赵健秀、冈田等人，并非没有感觉到这个变化。但他们还是以"美国出生"为据，拒绝承认这些没有真正"美国经历"的新移民为"亚裔美国人"。

这种拒绝多少有些于理不通，而且在美国白人和黑人看来，不仅日裔、华裔、菲裔等都是"黄种人"，且其新旧之分也没有到形成本质差别的地步。到80年代后，这种拒绝的不合情理就越发明显了。

美国文化研究者阿里夫·德里克指出：1970年美国境内亚裔人口有1,357,000,1980年就增至3,700,000,1990年大概7,274,000人。新移民潮很快使得美国亚裔社区斗争的基本理论假定——亚裔美国人在美国历史中的扎根——变得毫无意义。1970年代，在美国出生和受教育的亚裔构成了美国亚裔社区人口的2/3，而80年代，除日裔外，外来新移民的数目显著增长，占美国亚裔社区人口的73%。外来移民还改变了亚裔内部种族间的相对实力：华裔和菲律宾裔美国人远远超过日裔，而韩国、南亚和东南亚以及太平洋岛民的数量又有了明显增加。

这个新组成的群体，"根"更有可能是亚洲或太平洋某个地方的根，而不是美国或美国历史中的根。[1]

德里克的观察自有其人口学和地缘政治的依据，言之凿凿。对于急于摆脱"鸽子笼"局限的华裔和亚裔美国作家来说，充分享有亚裔美国社区之外的文化空间，也是一个理想，一个期待实现的目标。前面我们提到的华裔作家梁志英，就是这样欣喜地看待华裔作家的"脱域"。而哈金进入美国文学殿堂的例子，也似乎说明了华裔、亚裔美国文学的"版图"向外的扩张与融合。

然而德里克等人的"亚太地区"或者"环太平洋地区"的概念，实际上具有另外的地缘文化政治的信息。布鲁斯·库明斯（Bruce Cumings）使用"环太平洋话语（the discourse of Pacific Rim）"，德里克则提出"亚太概念（Asia-Pacific Idea）"。但两者都指向同样的地区，关注的是同样的文化现象，并无本质的不同。

在库明斯那里，"环太平洋区域"不是"一个单独的地区或者社区，而是一个环状地带——朝向东京和美国市场的圆周、半圆周的社群"。[2] 也就是说，环太平洋地区不是一个核心文化区，而是一个以"美国"为"指向"的边缘社群。在德里克的"亚太概念"里，"美国"仍然是当然的核心，"到战争（二战）结束为止，美国已经成功地把太平洋（包括东亚）纳入了本国的一个湖泊"。[3]

这些美国白人的文化学家或者批评家，一如亨廷顿，他们对世界边缘文化、多元文化的关心，其立场是美国主流的盎格鲁-撒克逊文化。他们关注美国文化的扩张，关注美国文化对其他民族文化的包容和涵化，但更警惕他者文化的崛起对美国文化的挑战。

德里克在说明了美国文化成功地跨越了太平洋之后，便警告读者说：

> 重要的是要记住，不论过去还是现在，亚洲人民往美国的流动是民族

---

[1] ［美］阿里夫·德里克：《跨国资本时代的后殖民批评》，王宁等译，北京：北京大学出版社，2004年，第91页。

[2] David Leiwei Li, *Imagining the Nation: Asian American Literature and Cultural Consent*, Stanford, California: Stanford University Press, 1998, P199.

[3] ［美］阿里夫·德里克：《跨国资本时代的后殖民批评》，王宁等译，北京：北京大学出版社，2004年，第92页。

大迁移进程的一部分，同时也是太平洋地区重新组合的产物和组成部分。[1]

在他看来，美国国内的亚裔社区似乎并不是美国国内的"殖民地"，而是亚洲和太平洋地区自由移民和扩张的结果。他还特别提醒那些可能会对亚裔社区抱有同情态度的读者：现在和过去的最大不同点就在于亚太社会开始在经济和政治上崭露头角，由此导致了太平洋地区以及全球经济政治社会和文化关系的重建，并使亚洲人民的迁移蒙上一层新的意义。[2]

德里克认为，这种新时期新条件下的太平洋地区的系统组合带来了"两个严重后果"：首先是移民社群的产生，或者是这种社群早就存在，而在此情况下向跨国种族特点的转变。——他们定居国外时获得的地方化了的身份在重申文化民族主义的浪潮中被淹没了。另一个后果是呼声极高、引人注目的跨太平洋专业管理阶层的出现。[3]由于美国亚裔社区包括那些不再属于国界内部的群体，因此它不再只是美国的一个地区，它同时又是由移民群体和流动的个体组成的比喻意义上的边缘地区。[4]

这种视华裔美国认为亚太移民的"宏观视角"，也影响了德里克审视华裔美国文学和文化的"独特视角"。他甚至认为美国对华人移民的限制政策，客观上加强了华裔与中国的文化联系，唐人街文化不是美国文化种族主义的结果，而是中国文化在美国地域上的延伸和寄生。

李磊伟敏锐地感觉到了德里克"新发明"的良苦用心。在他看来，阿里夫·德里克和其他一些美国学者正在企图以"亚太"概念企图取代"亚美"。他认为德里克过分看重了"亚美（Asia American）"中的"亚"的分量，因而忽略了"美（American）"作为"亚美"一词的核心位置。德里克混淆了1965年前后

---

[1] ［美］阿里夫·德里克：《跨国资本时代的后殖民批评》，王宁等译，北京：北京大学出版社，2004年，第92页。

[2] ［美］阿里夫·德里克：《跨国资本时代的后殖民批评》，王宁等译，北京：北京大学出版社，2004年，第92页。

[3] ［美］阿里夫·德里克：《跨国资本时代的后殖民批评》，王宁等译，北京：北京大学出版社，2004年，第93-94页。

[4] ［美］阿里夫·德里克：《跨国资本时代的后殖民批评》，王宁等译，北京：北京大学出版社，2004年，第94页。

亚洲人移民美国的状态,夸大了他们与中国的联系。1965年以前,德里克所称的那些联系(家族、经济、政治)即便在美国亚裔社区的生存上起过重要作用,其效果也被美国和亚洲间的交流的巨大障碍减弱了,而他所谓的"加强的效果"是在想象和渴望中发生的,并非一种切实的存在。在李磊伟看来,这种文化地域的再次划分本身可能没有什么,但可怕的是,这种文化的地域间的断裂经常被美国宰制文化解释为亚裔的顽固、不可归化,进而成为鼓吹排华法案的"文化依据"。[1]

然而,亚美文化学者的这种担心并没有得到多少回应。相反,随着以"四小龙"为标志的亚洲经济的所谓腾飞,一些华人学者也提出了"文化中国"的概念。在著名的现代儒学研究专家杜维明那里,中国不再是国家意义上的实体,而是一个文化的基础。以儒家文化为精髓,这个庞大的"文化中国",以"中国"为中心,包含韩国、新加坡等东南亚国家,而欧美等国的华人社区的文化则构成这一"想象的社群"的最外围。这个声势浩大的"口号",不唯得到新加坡总理李光耀的支持,也得到中国大陆一些学者的支持。如饶芃子等学者就提出了庞大的"海外华人文学研究"的计划。

但那让德里克认为是"严重的后果"的亚洲移民社区里的华人文化又究竟如何呢?是否真的能引起白人社会的恐慌,同时唤起中国文化知识分子的荣耀?

雷祖威的小说提供了生动的说明。

在他的《爱的痛苦》中,十几个短篇的主人公大多都是德里克所谓的"专业人士",所谓美国亚裔中产阶级。他们是教师(如《遗产》中的主人公)、美术师(如《爱的痛苦》中的贝九)、科技工作人员(如《错位》中的周先生和《爱的痛苦》中的"我")等。但正如科学的普遍性一样,这些不沾泥土的高贵职业并不形成这些华裔或者亚裔的文化身份,也就是说作为文化主体的人不可能从这些中性的事情上面找到归属感、认同感。而所谓"亚裔社区"的说法在雷祖威笔下的主人公那里,也是颇成问题的。它不只是不完整,而且有一种强烈的骨子里的"异己性",总是要把亚裔排除分离在外。

《错位》中的来自香港的科技工者周先生居住在一个豪华的大房子里,但房

---

[1] David Leiwei Li, *Imagining the Nation: Asian American Literature and Cultural Consent*, Stanford,California: Stanford University Press, 1998, P198.

子并不是他的，房主是一个行动不便、脾气怪异的白人老太太。他要通过为她做家务来换取居住权。《搬场工》中，"我"和白人女朋友搬进了新屋子里等待家具，但女朋友生气出走后，"我"感到自己没有权利宣布自己就是房间的主人，"我"甚至没有权利认领搬来的家具。当旧房主的孩子带着女孩来"老家"幽会时，他们认为房子是"空"的；而"我"呢，也在黑暗里不吭声，仿佛自己真的不存在，而他们才是房间的主人。《遗产》中，"我"因为在电视节目上支持堕胎，自己的住所就遭到了骚扰。按照"父亲"的看法，如果华人不在电视上表演做饭，那麻烦就来了。白人留给华裔的"公共文化空间"，似乎只有"中国饮食表演"。

族裔文化民族主义者如赵健秀等人，曾经寄希望于新一代的华裔甚至华裔儿童来发扬光大华裔美国的优秀文化传统。而白人对华人也有一种基于繁殖数量的恐惧。但在雷祖威笔下，不唯华裔社区的空间可疑，而且年轻的华裔专业人士还有一种奇怪的对生育的恐惧。《爱的痛苦》中，"我"和白人女性的婚姻飘摇不定，而弟弟贝九干脆就是个同性恋。《遗产》中，叙事者"我"作为家里唯一幸存的孩子，公然在电视上反对生育，让父亲和来自中国大陆的丈夫异常失望。

笔者这里当然不会把雷祖威个人当作美国华裔文化的代言人，文化民族主义者们大概也不会太看重雷祖威个人的"感受"。然而，这个在美国亚裔文学名目下表达过了的感受，无疑也是一种真实的感受。它形象地说明了后工业时代美国华裔社区的不完整，和所谓的民族文化复兴规划的虚弱乏力。

李磊伟指出，赵健秀重申文化民族主义的失败与新移民形势相关，也与"差异difference"和"离散diaspora"等新概念的日趋流行相关。[1] "Difference"的概念被用来质疑身份政治中的"种族（race）"的定义，无边的差异使得"种族"共同体支离破碎；而"离散（Diaspora）"则被用来挑战族裔叙事中对于"国家（nation）"的拥有。雷祖威的小说是一个生动形象的说明，与德里克对地域国家的重新强调以及杜维明等关于"文化中国"的宏大叙事所显示的讯息恰恰相反。新移民形势下的"Native Chinese American（本土华裔美国人）"因为缺少真正的文化内核，正在中国与美国的新世纪再次相遇中，经历着一种文化上的渐次消失和隐形。

---

[1] David Leiwei Li, *Imagining the Nation: Asian American Literature and Cultural Consent*, Stanford, California: Stanford University Press, 1998, P191.

第四章　文化认同危机与华裔美国文学的作家话语

　　华裔美国人、华裔美国文化的概念，对于中国大陆的学者来说应该是清楚的。"洋装虽然穿在身，我心依然是中国心，我的祖先早已把我的一切烙上中国印。"张明敏的歌曲，也许不是所有中国人的心声，但对于"骨血"的普遍信仰的确使相当多的中国人认为在美国有一个外延清晰内涵明白的"华裔美国人"群体。

　　但事实并非如此。由于美国特殊的种族环境，华裔美国人是被放在皮肤颜色的差异中被识别的。白人乃至黑人，一般说来没有区别华人、日本人、朝鲜人的能力，他们依据亚洲人共同的外在的皮肤的黄色，同称之为"黄种人"。"黄祸"（yellow peril）的歧视性蔑称也是由此而来。鉴于颜色问题上的种族主义历史痕迹，亚裔美国人运动之初，没有采用"黄色"来作为自己的文化标签，而是参照"非洲裔美国人"的提法，发明了"亚裔美国人"的概念。由于亚裔美国人的主体在60年代至70年代就是华裔和日裔美国人，也由于亚裔在美国种族主义政治中相同的历史遭遇和亚裔美国人在争取民主权利问题的共同目标，单独的华裔和日裔美国人概念并没有发展起来，而是在"亚裔美国人"共同的名目下，所有亚洲裔的美国人共同发声、联合行动。发展到今天，亚裔美国人中的民族构成又有了相当剧烈的变化，如菲律宾裔和朝鲜裔移民的明显增加，就使日裔美国人在亚裔的人口对比中退居次席。但亚裔总人口的当代增加并没有改变亚裔美国人作为美国少数民族的事实，在"少数"的名目下再去按照人口迁出国国别来划分"华裔美国人"、"韩裔美国人"、"日裔美国人"、"菲律宾裔美国人"，除了人口登记的作用外，也实在没有什么文化意义。尤其是对文学和文化来说。

所以，至今在美国的文学和文化领域，"华裔美国（人）文学"的提法依然少得可怜，更多的仍然存在于亚裔美国文学的条目下。如著名的《哥伦比亚美洲文学史》和《剑桥美国文学史》就采用了"亚裔美国文学"的概念。在美国的大学建制中，亚裔文学则作为少数族裔文学被研究和阅读，也未曾有明确单列的"华裔"。

外延如此，何况内涵？

中国大陆学者张子清先生也清晰地看到了这个现象。在为译林出版社推出的华裔美国文学丛书撰写的总序中，张先生的题目"与亚裔美国文学共生共荣的华裔美国文学"，显明了中国学人对华裔美国文学之非独立性的认识。

在下面的论述中，我们会再次遭遇这种边界的模糊和内涵的含混。

如果华裔美国人像非洲裔美国人一样，有理论家发展出了一整套自己的关于族裔文化理论的表述，而作家艺术家又在这种理论的指导下进行协作，那么，问题就要简单得多。但事实并非如此，作为族裔文化运动的后来者，华裔并没有形成自己独特的贡献。而作家艺术家又在生存法则的威逼利诱下，在另外的路径奔走。

但大致说来，华裔美国人的文化属性建构，从哲学方法论的角度，还是可以粗略地分为两大类、两个阶段：本质主义的，非本质主义的。本质主义的族裔文化属性表述，又可以分为否定性排斥和肯定性描述两个阶段。而非本质主义的，也有基于性别差异的对整体性族裔属性的诘问，和基于个体差异的对宏大叙事的怀疑。而最具有破坏力的，莫过于资本市场逻辑对族裔文化的商品化，使原本具有抵抗政治色彩的族裔文化建构，在美国的多元文化主义的消费社会中蜕变成一种"异国情调的东西"。

第一节 否定之否定：亚（华）裔族裔民族主义话语的初级语法

1968年加州大学伯克里分校的校园革命运动中，"亚裔美国人"概念被一群热血沸腾的亚裔青年学生灵光闪现提了出来。它的基点是黄色的皮肤和亚洲的渊源，以与美国其他有色人种相区别。但这只是一种外延意义上的界定。

在内涵上，"华裔美国人"则先是被理解成是一个心理学的范畴。

1971年，Stanley Sue 和 Derald Sue 在 Amerasia，一本亚美研究的早期刊物上发表了一篇文章，题为《华裔美国人的性格和心理健康》(Chinese-American Personality and Mental Health)。他们认为，华裔美国人的性格是传统中国价值观念、西方影响、种族主义等三种内在精神力量冲撞而成的结果，并最终形成三种心理类型的华裔美国人：传统主义者、边缘人、亚裔美国人。传统主义者顺从父母的教导；边缘人抛弃祖先的文化而追求美国的行为方式；亚裔美国人则反对上述两种类型，刻意寻找一个新的自我。在他们看来，中国传统文化讲究顺从和克制，这就使性格主体无法自由表达自己的感受和意见，更无法面对挑战种族主义的压迫，因而不可取。而"边缘人"的问题在于性格主体在向西方文化的靠拢中，最终会发展出一种自卑。而"亚裔美国人"的困难在于性格主体对种族主义的担忧妄想。总之，三种性格都有问题。文章最后呼吁个人建立自己的荣誉概念。

在 Stanley 和 Derald 那里，华裔美国人的概念与社会、文化相关，但最终落实到个人心理上，因而也主要是个心理学的范畴。他们看到了华裔美国人心理性格的复杂形态和成因，但仍然相当天真地认为个人有自我的选择自由，似乎文化属性和社会机制对人的影响仅仅是性格的外部条件，无关轻重。

当时就有一个名叫 Ben Tong 的人撰文批评他们的"心理疗法"。Ben 认为，华裔美国人性格的扭曲不是一个单纯的心理问题，而是长期以来美国白人种族主义压迫机制的产物。受当时非洲裔美国黑人民权运动和黑人文艺复兴运动的影响和启示，Ben 坚持认为所谓心理疗法只能继续内化白人种族主义的压迫和歧视，而解决的办法就是把所谓民族性格的问题从纯粹心理学和文化学的领域中拉出来，置之于历史、政治的宏观背景之下来分析考察，寻找对症良药。而真正的出路，在他看来，是剧烈激进的政治改革，全方面反对种族主义。[1]

---

[1] David Leiwei Li, *Imagining the Nation: Asian American Literature and Cultural Consent*, Stanford University Press, 1998, p.23.

轰轰烈烈的 60 年代美国民权运动、少数族裔复兴运动是华裔美国文学兴起的社会文化土壤。弥漫的硝烟和尖锐的嚎叫，使这一"土壤"中充满了愤怒的纸屑和造反的火药。就学理来讲，热衷文本自足性的形式主义文化理论遭受毁灭性打击，文本结构的断裂和断裂处权利的指纹正在被敏锐的知识分子编制成文化霸权的罪证，催生着解构主义理论和批评实践的诞生。对阶级压迫、性别歧视、民族不平等的关注，正在成为新左派知识分子的核心话语和学术热点。

这种社会文化氛围整体的否定和批判倾向，极大地影响了华裔美国文学文化孕育阶段的话语调式。

但这次族裔民族运动与解构主义和后现代主义萌芽的共生对两者似乎都没有什么实际的意义。他们仿佛只是在一条大街上擦肩而过。解构主义对逻各斯中心论和本质主义的拆解，还没有在实践上产生影响。而以民族解放运动为先驱的少数族裔民权运动也绝非一个后现代事件，在根子上，它是一个未完成的现代性任务。民权运动所争取的是切实的权益，而非语言游戏的花招。在理论层面上，族裔运动反对作为宰制文化的白人主人别有用心的黑人本质论和黄人本质论，但其反对的理论基础，仍然是一种本质主义的逻辑，其目标则是建立一种自我表述的文化本质。所不同的，是论争者的立论立场。

但"本质"作为事物内在的根本特征，却并非一下子就能被认识清楚、表达充分的。即便对于内在于"亚美"之中的人来说，认知与表述的困难依然难以客服。《美亚人》杂志上的论战说明了"亚裔美国人"在内涵上的含混性。

赵健秀，这位人称"华裔美国文学教父"的作家兼批评家，和他的文学团体此时的出现，是亚美运动和华裔美国文学发展历史上的重要事件。他们建立组织，发表纲领，出版图书，制造经典，与美国主流文化抗衡，真正具有"族裔民族主义（ethnic nationalism）"的特征。然而，在 70 年代的赵健秀及其同志们那里，所谓亚裔美国人和华裔美国人的概念，依然是否定性的，而非描述性的定义陈述，它仍然是在反对美国主流文化对华裔美国人和亚裔美国人的"刻板印象"（Steorotype）中，寻求"华（亚）裔美国人"的文化身份的艰难表达。

而且因为刻板印象本身的集体性、概括性和抽象性，赵健秀等对"华裔美国人"的重新表述也只能是在民族集体的层面上展开，而不是像 Sue 那样把它仅仅当做是个人的心理问题，可以一个人在私下解决。

在《哎呀》的序言中，赵健秀等申明了他们对"亚裔美国人"的理解。一开始，他们就自觉不自觉地遵从美国的"属地原则"来认定在美国出生成长的华人等亚洲人的后代为"华裔美国人""亚裔美国人"的。这样，所谓华裔美国人和亚裔美国人实际上是指新成长起来的华裔、亚裔青年，与其父辈无涉，也与新移民无关。这些青年因为生在美国，所以对中国文化或者日本文化的了解完全来自白人的媒体，而对美国社会和美国的白人种族主义歧视的感受却是最深切的，因而形成了特有的"亚裔美国人感性（Asian American Sensibility）"。这种感性Sensibility是生长在中国或者日本等亚洲国家本土的中国人和日本人所没有的，是那些自觉选择认同美国的新移民不理解的，更是当然享有特权的美国白人所无法感受的。

"亚裔美国人"的概念包含了对美国的地缘认同。根据美国政府关于"生民"的属地原则，"亚裔美国人"的倡导者们宣称了他们的美国性，拒绝了来自白人的"亚洲人"（中国人或者日本人）的称呼惯例。长期以来，美国政府和民间流行观念正是以来自东方的"过客"为标签来认识他们的，亚裔对"亚洲性"和"亚洲文化"的忠诚也因而成为美国文化拒绝接纳、承认亚裔的原因或者借口。长期的排华法案对中国移民的拒绝和限制，二战时期，大批日裔被关进集中营的经验，对于"亚裔美国人"的提倡者来说，依然记忆犹新。宣称对中国或者日本的忠诚，对于二战和冷战时期的亚裔来说，等于自己往自己脖子上套绳索。我们有充分的理由说赵健秀们对亚洲的拒绝与这一惨痛的记忆有关。但他们对亚洲文化的远离和排斥、处心积虑地划清界限，也有其另一层面的意思——那就是对亚洲文化（中国文化、日本文化）的宰制的拒绝。这样看来，赵健秀们对亚洲的拒绝实质上是拒绝美国媒体上有关"亚洲"的"刻板印象"。这当然仍是积极的，有意义的。但无论如何，我们还是不能否认赵健秀们对亚洲的拒绝的仓促与草率，他可以拒绝政治空间中的亚洲国家，但文化的亚洲却是他无法抽刀断水的，这关系到建立"亚裔美国人"文化属性的根基。后来的形势发展，才使赵健秀们逐渐认识到这一点，在理论上和写作实践中重建与亚洲文化的联系。这一点，我们后面还要论及。

但地缘关系对于"亚裔美国人"来说，只是一个最基本的前提。出生在美国并不能保证一个人自然地成为"亚裔美国人"。它的重点在于与地缘相关的主体文化感受，一种群体的主体感受性。如赵健秀等所强调的，"在作家的生理出生和感性意识出生之间，我们选择用感性意识的出生作为判断他是否亚裔美国人的标准。"[1] 林语堂不是亚裔美国人，因为他出生并生长在中国，加入美国是其后天有意识的选择，他充其量是个美国化的中国人（Americanized Chinese）。如果作家仅仅是出生成长在美国，但却没有这种"感性（Sensibility）"，那也算不得华裔美国作家、亚裔美国作家。因为这种"感性"并非仅仅是作为美国华裔、亚裔对美国生活的一般性感受和体验，更重要的是对美国白人种族主义压迫的敏感和对种族歧视反抗的自觉意识。如果作家内化了白人的价值观念，并用白人的眼光来描写华裔亚裔的美国生活，像黄玉雪《华女阿五》所做的那样，在赵健秀的眼里，只能算是"赝品"，是对白人"刻板印象"的陈词滥调的鹦鹉学舌。

那么什么才是真正的亚裔美国人或者华裔美国人呢？什么样的作品才是真正的华裔美国文学、亚裔美国文学呢？《哎呀》选集的编订者们并没有正面回答这个问题，给出一个明确的说法。但亚裔美国文学选集的编纂本身，其实包含着一个标准的问题。在取舍之间，在推崇和反对之间，亚裔美国文学的内涵也在显露。

《哎呀！亚裔美国作家作品选》中最为赵健秀、徐忠雄等人看中的华裔作家是朱路易（Louis Chu）。

朱路易的小说《吃一碗茶》（1961，*Eat A bowl of Tea*）以现实主义的手法，描写了二战后纽约唐人街华人单身汉社会的生活现实。书中没有用"异国情调"来吸引白人读者，而是客观记述了纽约唐人街在二战以后由"单身汉社会"向"家庭社会"转变过程中，发生在王阿贵家的儿子王宾来身上的故事。

因为美国开始允许亚洲移民携带配偶入境，宾来在父亲的安排下，回到中国娶了父亲好友的女儿梅爱。然而到香港后，美爱突然发现新婚的丈夫竟然开始阳痿了。到美国后，美爱更是失望，在老光棍阿宋的引诱下与其勾搭成奸，意外怀孕。觉得大丢面子的王阿贵愤怒之下用刀切掉了阿宋的耳朵。宾来害怕父亲的注

---

[1] Frank Chin, Jeffery Paul Chan, Lawson Fusao Inada, Shawn Wong, *Aiiieeee!: An Anthology of Asian American Writers*, A Mentor Book, 1991, Preface xiii.

视，也厌恶唐人街的流言蜚语。风波过后，宾来与美爱言归于好，在老中医的药茶作用下，他也奇迹般恢复了性功能。两人移居旧金山，开始寻找新的生活。

美国华裔社区"单身汉社会"的形成，主要是美国对中国的移民政策限制所致。1882年，美国移民法案禁止亚洲女性进入美国，理由是"有伤风化"，也禁止华裔与美国白人间的通婚。故事中王宾来婚后的"阳痿"，在修辞的层面上，则正是美国种族主义政策对华人男性进行压迫、剥夺其生育权的"阉割"隐喻。宾来最终移居旧金山，靠中医的药茶治好了暗病，恢复男性功能，则是民族文化回归与自信心重建的象征。

《吃一碗茶》对于华裔美国文学来说算得上意义重大，但对它的意义开掘也是一个过程。在1974年选编文学的时候，它之所以重要是因为在赵健秀眼中忠实反映了华裔美国人的生活现实，不为讨好美国白人而故意"异国情调"、美化唐人街，掩盖唐人街华人社会被美国移民政策无情"阉割"的历史劣迹。

黄玉雪《华女阿五》的"错误"，在赵健秀看来，恰恰是，她通过一个成功的被白人文化同化的年轻华裔女性及其家庭的故事，掩盖了华裔社区整体被美国种族主义政策阉割、异化的历史现实。这种掩盖，当然阻碍了华裔美国人感性的表达。

在《吃一碗茶》中，华裔老光棍语言粗俗，但却真实真挚。他们为性饥渴所困扰，但依然保持着对家庭的向往。华裔的家庭帮会，尽管有些封建家长制，但绝非黑帮团伙和犯罪分子的庇护所，而是在最大程度上实现着华裔社区的自治和自我维护。

最能代表赵健秀们心目中的"亚裔美国人感性"的，是日裔作家约翰·冈田（John Okada）创作于1951年的小说《顽劣小子》（*No-No Boy*）中"No-No Boy" Ichiro的态度。Ichiro是第二代日裔美国人，在二战时期，他拒绝参加美国军队与日本作战，而宁愿被关进集中营。但战后返家的他，面对忠诚日本文化的母亲，他也拒绝了继续做"母亲的儿子"，做一个日本人。他已经不是日本人，但也不是美国人。做"半个日本人—半个美国人"更让人痛苦万分，因为那两个"半个"经常要斗争。他希望有个地方可以做一个完整的自我。

No-No boy的典型意义，就在于他代表了亚裔美国人对双重身份的焦虑，在于他在双重否定中寻找自我身份的崭新表达的艰辛和执著。

《哎呀》不是亚裔美国作家的第一部作品选集,但却具有开创性的意义。它的选编过程透露出明显亢奋的建构"亚裔美国文学"典范的志向和雄心。这种雄心,又从另一角度定义着"亚裔美国人感性"这一新概念。

> 选集里的这些亚裔美国作家也许精致高雅,也许粗俗地让人难堪,他们愤怒、辛酸、痛苦,甚至有的激烈地反对白人,不过这决不是出于反常或者报复的心理,而是出自诚实。美国人是不诚实的,他们的不诚实表现在他们把白人至上的种族主义当作对少数族裔的爱和接纳。他们在空中和大街上都禁止我们说话和表现,却口口声声说亚洲人不喜欢表达。……但是很显然,我们有许多要表达,我们要说出我们的高贵、我们的愤怒,和痛苦的生活现实。我们知道怎么来表达。我们已经在表达。如果读者被我们的表达吓倒了,那只能怪他对我们的长久忽视和冷漠。哎呀呀![1]

选集前言的这段结尾,那一声无法形容、难以描述的"哎呀呀",是选集编选者的情感态度,也是"亚裔美国人感性"的浓缩表达。就选集中作品的内容来看,"亚裔美国感性"也大抵可以用"痛苦"和"愤怒"两个词来概括。

赵健秀本人在70年代的剧作《鸡笼支那人》和《龙年》所表现的也正是这种情绪。

> 我天生就是个碎嘴子,说着该死的没娘的语言。但确实没有哪一种现成的语言对我有意义,所以所有的语言垃圾就都到我这儿了。重要的真理是:我是作为臭名昭著的鸡笼支那人自我,在漆黑的子夜,在神秘的唐人街呱呱呜叫。[2]

我们当然不能武断地认为弗雷德的态度就是赵健秀的态度,但其表达的尴尬

---

[1] Frank Chin, Jeffery Paul Chan, Lawson Fusao Inada, Shawn Wong, *Aiiieeee! An Anthology of Asian American Writers*, A Mentor Book, 1991. xxii.

[2] Frank Chin, *The Chickencoop Chinaman, The Year of Dragon*, University of Washington Press, Seattle and London, 1981, p.7.

处境却是一样的。他们可以激烈地向祖辈的亚洲文化和中国文化说不，愤怒地向美国的种族主义说不，但自己是什么的问题并不容易解决。《龙年》中的林泰反对白人种族主义话语，对已经白人化的作家汤姆（Tom）的写作方式非常反感，对于学舌黑人语调也已经失望，但他自己并没有真正开始自己的创作。或者说他的纯正华裔美国人的写作理念还停留在萌芽状态。面对什么是华裔美国人的问题，他们一时找不到语言来表达，作品也只好暂时表达华裔美国人、亚裔美国人的满腔愤怒和痛苦。故事中的主人公，也多半是作为受害者和控诉者的年轻华裔美国人形象，是一些非英雄。

第二节　华裔民族主义、英雄主义传统的文学话语建构

　　华裔女作家汤亭亭早期小说《女勇士》实际上也延续了族裔文学的控诉模式。她最初把手稿寄给赵健秀阅读的举动，也说明了两人在精神上的某种一致性。《女勇士》中的华裔小女孩和她的同伴在美国学校的"语言障碍症"，正说明了白人文化对华裔的宰制和扭曲。

　　吊诡的是，当她学会说话后，却又发现"我们（华裔）竟有那么多秘密……有些秘密是万不可当着洋鬼子的面说的，那些与移民有关的秘密一旦说出来，就会被送回中国。有时候，我痛恨洋鬼子不让我们说实话，有时候我又痛恨中国人的诡秘"。[1]

　　《女勇士》开头"母亲"对"女儿"的教训更为人熟知：

　　　　"你不能把我要给你讲的话，"我妈妈说，"告诉任何人。在中国，你爸爸有个自杀身亡的妹妹，她跳进了我家的水井里。我们一直说你父亲只有兄弟，没有姐妹，好像她从来没有出世过一样。"[2]

---

[1] ［美］汤亭亭：《女勇士》，李剑波、陆承毅译，桂林：漓江出版社，1998年，第166页。

[2] ［美］汤亭亭：《女勇士》，李剑波、陆承毅译，桂林：漓江出版社，1998年，第1页。

造成华裔美国女性的"失语""语障"症状的原因，除了白人种族主义的压迫之外，还有华裔男性对华裔女性的民族内部的压抑与控制。女性作为受害者，控诉白人种族主义的扭曲，是符合赵健秀们所提倡的华裔美国文学的真精神的。但如果华裔女性站在女性的立场，同时揭露并反对族裔内部男性霸权主义性别压迫的历史和现实，问题就有些复杂了。

尽管赵健秀还很欣赏汤亭亭的文风，但对其对出版社将《女勇士》归类为"非虚构"作品的不拒绝，赵却异常愤怒。他不认为汤亭亭所写的就是历史真实，符合华裔美国人的实际情况。汤亭亭的迅速走红，和后来以《喜福会》成名的谭恩美的巨大的市场成功，促使赵健秀更加严肃地思考华裔美国文学的文化属性和正宗性问题。他与汤亭亭的矛盾也开始逐步升级，最终成为华裔美国文学内部意识形态的斗争。

在1991年出版的《大哎呀！》和《哎呀！》的修订版的前言中，赵健秀关于"亚裔美国文学感性"的论述，因为有了华裔女性写作的新的针对，所以得到了更充分的表述。

在赵健秀看来，汤亭亭、谭恩美、黄哲伦、李健孙都是华裔美国文学的"伪作家"。因为他（她）们的作品要证明的就是：华裔男子没有男人味，女里女气的；中国或者说华裔文化不尊重女性，压迫女性；中国文化落后于白人美国文化，美国人是中国人的救世主；如此等等。而这些论调，正是美国白人种族主义对华裔文化和亚裔美国文化的"刻板印象"，是美国白人媒体强加给华裔和亚裔美国人的，是对事实和历史的扭曲和编造，服务于白人政府对华裔和亚裔美国人进行管理和统治的阴谋。这种延续"刻板印象"的写作，当然没有体现出华裔美国人的真正"感性"。

那么，亚裔美国人（包括华裔）的感性究竟是什么呢？

在《哎呀》修订版的序言中，赵健秀等说：

> 在我们讨论我们的文学之前，我们不得不解释一下我们的感性。在解释我们的感性之前，我们又得勾勒一下我们的历史。而在勾勒历史之前，我们不得不消除那些刻板印象。在消除刻板印象之前，我们又需证

明（他们）刻板印象的虚假和他们对那段极易得到的历史材料的无视。[1]

接着，赵健秀简要说明了两种历史：一、西方文明和美国文化不切实的针对东方文化的异己化、妖魔化塑造想象的历史，即东方主义话语的历史；二、中国文化和华裔文化的英雄主义的历史传统。

> 对于20年代后在美国出生和长大的几代亚裔美国人而言，转化的基督徒，陈查理、傅满洲、香格里拉、赛珍珠、集中营、亚美历史，还有亚洲人、亚裔美国人等等，在白人的想象和虚构产品中是真实的。[2]

然而，这仅仅是白人单方面的虚构和想象，并非华裔美国历史和文化的真实。历史的真实到底是什么呢？在1974年编辑《哎呀》的时候，赵健秀以真实为标准盛赞朱路易的《吃一碗茶》，说他真实再现了纽约唐人街光棍社会的生活，说它虽然满篇粗俗的对话，但却是华人活的语言。这里的真实是苦难和挣扎。在1991年的修订版中，赵健秀对《吃一碗茶》的评价已经有了明显的转变。同样是赞扬，但重点却转移了。那个曾经阳萎的王宾来，在修订版中，从一个受害者变成了一个追求独立的英雄。被林冲、宋江等水浒英雄完全迷住的赵健秀甚至认为，王宾来的故事在某种意义上就是宋江故事在美国的继续，是关于华裔美国人的"流放、战斗中的孤独、结盟与毁约、婚姻与背叛、英雄出走寻找新盟友和新生活"的故事。[3] 宾来向旧金山唐人街的迁移和他的雄风重振，也有了象征意义。

对英雄的热情也使赵健秀在《大哎呀》的编订中没有再从自己早年的戏剧中另选段落，而是选了一个短篇《真正的一天》（*The only real day*）。其中的主人公是一个叫袁（Yuen）的老人，但他除了老之外，与《鸡笼支那人》中 Tam 眼中的中国父亲截然不同。他不再是"让人恶心的中国爸爸"，胆小怕事、阴阳怪气

---

[1] Frank Chin, Jeffery Paul Chan, Lawson Fusao Inada, Shawn Wong, *Aiiieeee! An Anthology of Asian American Writers*, A Mentor Book, 1991. Preface to the Mentor Edition, xxvi。

[2] Frank Chin, Jeffery Paul Chan, Lawson Fusao Inada, Shawn Wong, *Aiiieeee!: An Anthology of Asian American Writers*, A Mentor Book, 1991. Preface to the Mentor Edition, xxxix。

[3] Jeffery Paul Chan, Frank Chin, Lawson Fusao Inada, and Shawn Wong, *The Big Aiiieeeee! An Anthology of Chinese American literature and Japanese American Literature*, Meridian Book, 1991, New York. Come all ye Asian American writers. p.50.

的，而是一个具有英雄气概的华裔美国人。对于华裔小男孩 Dirigible 所受的白人教育，Yuen 非常担心，因为他几乎不会讲汉语，对中国文化完全不了解。他的美国化的母亲 Rose 也拒绝使用中草药去治儿子的胃病。Yuen 瞒着 Rose 偷偷地带他去了旧金山的唐人街，给他看商店里的关公雕像和书店里的三国、水浒的故事。面对死亡，他也不恐惧，甚至拿出手枪准备早些结束死前的痛苦。英雄的故事和 Yuen 的壮举在幼小的脑海里留下了深深的刻痕。

在 70 年代被赵健秀们拒绝的中国文化又回来了。造反的时代过去了，"弑父"的情节模式和"寻父"的情节模式也转而被"英雄祖先神话"模式所取代。族裔文化民族主义的文学理论也进入了正面建构的时期。建构需要当代人的努力，也需要祖先的灵魂的护佑。建构需要英雄，需要统一的使命和建设纲领。然而，并非所有的华裔、亚裔批评家、作家能够认识并遵从这一纲领。

在《真正的一天》中，昔日的唐人街帮会头目已经完全美国化了，说英语、养小狗，还用橡胶绳牵着，与白人姑娘约会，让 Yuen 心中很是不快。让选集的编者赵健秀感到悲伤的是，"黄种人批评家自己也对自己民族的历史和亚裔美国文学写作的成就不觉不察"。什么样的历史呢？当然是中国文化和华裔文化英雄主义的历史。这个历史在赵健秀们看来，是"一个英雄主义的传统，包括关公，三国演义，孙子，也包括讲究至上诚信的孔子道德，具有儒家精神的战士使用第一人称'我'（在汉语里，'我'是由两把斧头构成的），独自一人与时代抗衡。这种战士，是个自足的整体，是历史的基本单位，他每只手中都有一把战斧"。[1]

这个历史，在赵健秀看来，存在于唐人街随处可见的关公雕像，也保存在书店中的《三国》《水浒》中，更存活在华裔美国人的帮会传统和内在灵魂中。

《大哎呀》的序言中，赵健秀就用了大量篇幅来梳理水浒英雄、桃园结义与早期广东移民建立"龙宫厅义"会馆的历史关系。[2]

但是，这一个英雄主义的历史却被白人种族主义掩盖、扭曲了，他们要么否

---

[1] Frank Chin, Jeffery Paul Chan, Lawson Fusao Inada, Shawn Wong, *Aiiieeee! An Anthology of Asian American Writers*, A Mentor Book, *1991*. Preface to the Mentor Edition, xxxix.

[2] Jeffery Paul Chan, Frank Chin, Lawson Fusao Inada, and Shawn Wong, *The Big Aiiieeeee! An Anthology of Chinese American Literature and Japanese American Literature*, Meridian Book, 1991, New York. P30-34.

认它的存在，要么视其为黑帮和犯罪的渊源。"黄皮肤的白人"——那些被白人的种族偏见所同化的人当然也看不到它的存在。这种破坏已经造成了巨大的恶劣影响。"它把我们（民族整体）从文化、种族、历史、道德、性感诸方面分割开来，随着时间的推移，它还会在男孩与女孩，男人与女人之间播撒仇恨和厌恶，使他们之间的爱情和性关系都越来越少。""白人至上论让人仇恨黄种男人，他们的逻辑是：男人应该对文化负责。男人是主人。荒谬的文化的主人——黄种男人本身也是荒谬的，而这种荒谬的文化中的女人却是无助的不幸的受害者，她们的全部生活和秘密灵魂都渴望从这个荒谬的文化和文明中得到解救。而解救者就是西方文明。"[1]

在赵健秀看来，亚裔美国女性过高的外嫁白人男性的比率正是美国种族主义白人至上论成功统治的"恶果"；亚裔女性对男性的抱怨、厌恶乃至仇恨，不是内部性别不平等的结果，而是外部民族剥削压迫的产物。他所铭记的华裔美国人的"历史"，是亚裔美国男性被种族主义女性化的历史，是白人媒体"刻板印象"的历史。而在对立的角度和立场，则是亚裔美国男性英雄主义的历史、是男性代言的民族主义的历史。为亚裔男性被女性化、被阉割而深深痛苦和愤怒的赵健秀，其孜孜以求的目标，就是恢复亚裔美国男性的雄风。去向中医求治阳痿的王宾来，决不质疑自己对妻子美爱的权利；同样，渴望重振亚裔雄风的赵健秀和他的同志们，也决不质疑男性对民族文化的当然领导权。

他们义正词严地警告：

> 丢掉了历史也就意味着丢掉了身份（Identity），而随着身份的丢失而来的，就是种族的灭绝。华裔和日裔美国文学整体性的丧失，反映了黄种人文化和历史整体性之感觉的丧失。（族裔文化的）灭绝就在我们身边。[2]

---

[1] Frank Chin, Jeffery Paul Chan, Lawson Fusao Inada, Shawn Wong, *Aiiieeee! An Anthology of Asian American Writers*, A Mentor Book, 1991. Preface to the Mentor Edition, xl.

[2] Frank Chin, Jeffery Paul Chan, Lawson Fusao Inada, Shawn Wong, *Aiiieeee!: An Anthology of Asian American Writers*, A Mentor Book, 1991. Preface to the Mentor Edition, xl.

Identity 的概念相当复杂，但在此时的赵健秀眼里则几乎简化为"历史"一维，而这一"历史"也绝不是我们一般意义上的，更不是历史学家使用和理解的"历史"概念，而是华裔、亚裔美国人对"英雄主义传统"的记忆、铭刻和传承光大。

"写作即是战斗（Writing is fighting）"是赵健秀的名言。而"历史"作为写作正是一种意识形态的斗争。要保有身份，就必须保全历史，使历史进入当下人的意识和生活。作为具有华裔、亚裔美国人真正"感性"的作家，则必须去用文字、文学、艺术来修复这段历史，重写这段历史，重建华裔美国人的声名、尊严和威望。

赵健秀的长篇小说《唐老亚》可以说正是这一重建华裔英雄主义历史的文学写作。从情节来看，这一长篇小说可以说是《真正的一天》主题的继续，也是朱路易《吃一碗茶》中"药茶"象征意义的延伸。

与《真正的一天》中的 Dirigible 一样，小唐老亚在美国白人学校里接受教育。而教育的结果就是他对一切中国的东西、唐人街的东西充满了厌恶和自卑，而对白人文化、对白人偶像则充满景仰和艳羡。春节期间，他与白人伙伴一起回唐人街过年，父亲、伯伯和唐人街的长辈对这个小小的黄种的"白人种族主义者"很是头疼。在父亲的带领下，唐老亚走进了中医药店。在中医给他配药的时候，唐老亚神秘地进入了梦境。梦中，华裔劳工在一关姓大汉的带领下正在修建美国太平洋铁路干线，而唐老亚自己也成了其中一员。华裔劳工勤奋勇敢，技艺高超，铺路速度远远超过了爱尔兰人。而关姓大汉，在梦境中简直就是关公的化身：

> 关姓汉子手握"太平洋中央铁路公司股东"柯洛克的六响枪，在柯洛克还来不及面露惧色之前，已经跃上马鞍，手舞着缰绳。他勒着马忽东忽西，柯洛克一身溅满了泥浆。关姓汉子转头对唐老亚说："上来，孩子。我要你听着。"他抓住唐老亚，往身后的马鞍一放，就朝中国人的帐篷奔驰而去。柯洛克追赶在后，一身雪白在一片黑衣当中。关姓汉子在飞溅的淤泥中疾驰奔往卖点心的帐篷，并用柯洛克的枪连发三枪。唐老亚拦腰抱住关姓汉子，他感到自己几乎要从滑溜溜的马背上掉下

来。"明天，十英里！"关姓汉子吼到："十英里的铁轨！"[1]

华裔劳工完全不像白人老师 Mean Right 说的那样怯懦、温顺，而是充满了英雄气概。但铺路比赛的胜利并没有使华裔劳工成为美国铁路史上的英雄，在 1869 年的竣工庆祝会上，没有中国人的身影，照片上没有他们，历史上也没有他们。

梦醒后的唐老亚与白人伙伴一起去寻找证据，验证梦境的虚实。他们在书店的历史书中当然没有找到证据，然而在另外的地方和另外的资料中，唐老亚终于验证了梦境中场景的真实不虚。

他告诉父亲说：

> 我梦中的都是真的，或者曾经是真的。我梦见我们创造了（铺铁路的）世界纪录，它是真的。我梦见了是我们铺下的最后一根枕木，也是真的。[2]

此时的唐老亚已经开始认同华裔前辈，自认为是其中一员。在小说的最后，他再也忍受不了白人老师在讲太平洋铁路时对华工的污蔑：

> Meanwright 先生，你老说我们消极、没有竞争力，那是错误的！我们华裔劳工成功地实行了高山隧道的爆破，我们战胜了内华达山严寒的冬天，我们举行了罢工争取提薪并最终取得了胜利。我们创造了日铺铁轨里数最长的世界纪录，我们在 Promontory 铺下了最后一块枕木！只是因为你这种人的阻挠，我们华裔劳工的身影才被阻止出现在庆祝铁路成功铺就的典礼上！[3]

更让人惊奇的是唐老亚发现自己本来不姓 Duk，而是姓李，黑旋风李逵的李。最后，唐老亚兴奋而自豪地加入到了唐人街新年舞狮的队伍当中。新年了，他的十二岁也到了。新的一轮十二年开始了。

---

[1] Frank Chin, *Donald Duk*, Coffee House Press, 1991, p.78.

[2] Frank Chin, *Donald Duk*, Coffee House Press, 1991, p.138.

[3] Frank Chin, *Donald Duk*, Coffee House Press, 1991, p.151-152.

被赵健秀攻击的汤亭亭早在1980年就出版的《中国佬》(初名《金山勇士》),描写早期华裔移民劳工在夏威夷和旧金山的生活。其中《内华达山脉中的祖父》一张,写的也是华裔劳工修建横贯大铁路的事情。也许因为家族史的关系,也许祖父阿公的经历太让作家汤亭亭同情,总之,《中国佬》中的华裔筑路工人完全没有赵健秀笔下的英勇果敢、豪情万丈。他们的勤劳是为生计,冒险是被逼迫,而与洋人竞赛铺路速度则是中了铁路资本家的奸计。他们进行了罢工,可罢工坚持了九天就妥协了,因为白人停止了食物供应。"他们默默无言地回到工地继续干活。没有必要为了一次妥协的胜利歌唱欢呼,况且还损失了9天的工作日!"[1]

在山谷执行爆破任务的阿公也不是英姿飒爽,他对谷地因爆破事故而死的尸体充满了恐惧。在乘柳条筐下落至谷底的连续循环中,阿公想到了性,他在半空中撒尿,冲着山谷手淫。最终,老年的阿公耳朵聋了,还有露淫癖,被自己的家人也认为是疯子。

无疑,汤亭亭笔下的华裔劳工更多的是受害者形象。作为华裔作家,汤亭亭揭露、控诉白人种族主义的意图是明显的,对华裔先辈的同情也是深沉的,但以塑造女英雄花木兰而闻名的她并没有得出华裔英雄主义的历史传统。这一点,是她与赵健秀的根本不同。

英雄主义是赵健秀理解和把握中国文化和华裔美国历史的核心概念、中心思想,如果文学写作没有表达这一主题,而是塑造奇怪的、软弱的、易受伤害的华裔男性形象,就不是体现真正"华裔美国感性"的文学,甚至有可能滑向白人的刻板印象,成为白人种族主义的潜在帮凶。

赵健秀1991年的《唐老亚》对汤亭亭1980年的《中国佬》来说,是个明显的反题,似乎是专门为了纠正《中国佬》的不足而写作的。它更清晰地揭示了赵对族裔历史的理解,对族裔身份的理解。

作家的个人经历和性格倾向肯定会影响其创作的面貌,我们很容易以汤亭亭的家庭、家族的历史来为汤亭亭的自传性作品寻找背景,作为解释和批评的依

---

[1] [美]汤亭亭:《中国佬》,肖锁章译,南京:译林出版社,2000年,第146页。

据。然而,赵健秀反对的主题之一,就是亚裔作家对自传题材的滥用。因为在赵健秀看来,自传是基督教文明的产物,暗含着认罪、忏悔、归顺的意识形态的逻辑基础。自传是自我憎恨的表达,对于亚裔、华裔作家来说,自传还意味着对白人宰制文化的屈服和同化。尽管赵健秀对"自传"的批评包含了不少的偏见,但他自己的创作对个人情感经历的远离却是明显的。或者我们可以说,赵健秀不是个隐私作家,强调经验与情感的个别性、独特性;而是个公共的政治作家,侧重集体经验的情感的正确表达。

倡导英雄主义的赵健秀,在作品中刻画父子英雄传统的赵健秀,其在实际生活中的父亲,并非什么光辉的英雄形象。他守旧而又严厉,还曾经冷酷地抛弃了尚在襁褓中的儿子。当赵健秀六岁时又被认领回家后,这个父亲还是经常打骂他,全没有补偿的意思。对于赵健秀在戏剧上的成功,父亲根本不以为然,而是坚信这个儿子"一天活也没有干过"。父亲后来做了旧金山华人六公司的族长,在临终前才介绍赵健秀与族里的老人认识,赠送戒指,承认他为家族一员。[1] 母亲生他的时候才十五岁,后来又死于父亲不小心而造成的车祸。他的曾祖母曾经在旧金山开妓院,是当时最大的。但赵的作品从来不写这些经历。对他来说,这些历史旧事仅仅作为美国种族主义压迫的证据而存在,于华裔民族精神无涉,更不能进入当下,成为"文化遗产"。不幸的童年经历可能培养了赵健秀作为作家的愤怒,但他的确把这股怒火更多地洒向种族主义压迫,而不是家庭内部。作为男性,当他戴上父亲的戒指的时候,他实际上象征性地继承了对家庭和家族的全部权利和义务。这种家族继承人的心理实际上更多地决定了赵健秀的写作心态。他像接受天命一样,想当然地认定了自己对家族、对民族的责任承当,丝毫不考虑霸权和专断的暗在危险。

念念不忘华裔社会"光棍村"时代的赵健秀确实很少关心女性的存在和感受。在他的作品里面,也没有一个有血有肉的女性形象。要么是男性欲望的幻影,如《鸡笼支那人》中的"香港梦幻女郎";要么是僵尸,像"中国妈妈";要么是一门心思想着嫁白人或者已经嫁了白人的"黄色白人"。在全面弘扬男性

---

[1] Edward Iwat, Word Warriors, *Los Angeles Times*, June 24, 1990, Sunday, Home Edition.

英雄主义的《唐老亚》中，赵似乎还不忘借唐老亚觉醒的族裔意识去审视麻木的"母亲"。当唐老亚向母亲抱怨学校里的种族主义时，母亲竟莫名其妙地回答道：

"种族主义者究竟怎么了？"母亲问到，"我们已经和他们在一起生活了一百多年了，早适应了。"[1]

赵健秀是在揶揄华裔女性对种族文化危机的愚钝。

他所景仰的关公和水浒英雄都是纯种的爷们，典型的大男子主义者，生活中几乎没有女人，即是有的话，他们也不会正眼看上一下。当然，我们没有理由苛求古代的英雄，然而，在女性主义风起云涌的美国60年代已降，对女性的忽视、轻视和蔑视只能招致社会和知识界的双向夹击。赵健秀对英雄主义精神传统的片面依托而造成的对女性遭遇的不察，对女性声音的监控和压制，也的确容易给人以口实和把柄。

当华裔女作家在揭露种族压迫的同时连带控诉族裔内部男性对女性的压抑时，赵健秀的反击相当奇怪。他竟找出了一个不知来源的"龙凤神话""婚姻神话"来论证说，中国哲学和文化根本不存在男人对女人的压迫，而是最讲究男女平等，合作战斗的。他先前苛求的"历史"标准突然又转化为了"传说"和"神话"。

第三节 "中国传说"的地道性之争

左右开弓、四处点火的赵健秀们自认为不是批评家。尽管他们在以亚裔美国人的感性为标准在对华裔、亚裔和菲律宾裔美国人作家作品进行分类、区别真伪，行使着文学批评的实际权力。不过，我们从赵健秀和他的同志们的系列著述中，还是可以窥探到他们这个具有明显文化民族主义倾向的文学纲领。

就华裔美国文学来说，作家必须描写华裔美国人真正的生活状况和情感状态，遵循现实主义的原则。这一原则要求一种整体的真实，本质的真实，而非个

---

[1] Frank Chin, *Donald Duk*, Coffee House Press, 1991, p.150.

别现象。（赵健秀对黄玉雪的批评，就因为黄所描写的有家庭的华裔对于四五十年代以光棍为主体的华裔社会来讲，是少而又少的，不反映华埠的历史现实。）更不能以白人的趣味为标准，刻意迎合，制造"异国情调"的唐人街。

第二，重振华裔、亚裔美国文化英雄主义的传统是华裔、亚裔美国文学写作的重要使命和目标。对赵健秀而言，为了反对美国白人文化对华裔长期"去势""女性化"的刻板印象，华裔文学就当然应该是男子汉的、阳刚的、英雄主义的。我们不妨称之为"英雄主义的民族主义"原则。民族尊严高于一切。华裔美国文学写作应该以塑造华裔英雄人物为主。

第三，潜在的男权主义原则。既然白人种族主义文化对亚裔文化的主要伤害是将亚裔男性去势，将亚裔文化视为女人气的文化，那么，亚裔文学写作就应该致力于恢复亚裔男性的男子汉气概的历史使命。亚裔女性对男性的控诉，在亚裔整体受制于人的情况下，就是对民族主义复兴目标的背叛，就是对男人的背叛。

何况，在赵看来，中国文化本来就没有歧视妇女的意思。在《大哎呀》的长篇序言中，赵健秀还煞有介事地引经据典，搬出连一般中国人都不知来源的"龙凤的传说"来证明自己的正确。

> 玉龙和金凤在天上分别统治着西边的银河和东边的魔山，他们在各自的领地巡逻，管理。一天，巡逻中的龙和凤都碰巧在一个仙岛停了下来，第一次，他们相识了。他们围绕着仙岛飞行，突然一个巨大无比的水晶石出现在他们面前。他们太喜欢它了，决定把它雕刻成一个水晶球，并在上面刻上名字。龙和凤都辛勤地工作，他们的嘴和爪子都流血了。几百年后，水晶球雕成了，他们给它起名叫"明珠"。在明珠完成后，龙变成了英俊的男子，而凤则变成了美丽的姑娘。两个人相亲相爱，生活在仙岛上。后来，王母娘娘偷走了明珠，放在了天宫的密室里，并派重兵把守。龙凤发现后旋即飞上天庭与王母斗争，他们联手搅乱了诸神观宝的晚会。但明珠也在争斗中坠落了，从天庭直至地界。龙凤阻拦不住，最后明珠在中国境内连同龙凤一起粉碎了。明珠变成了西

湖，而玉龙变成西湖东岸的龙山，金凤则变成了西湖西岸的凤山。[1]

在赵健秀看来，这则神话和传说恰恰证明了中国文化的男女观和婚姻观：男女平等，齐心协力与不平等的社会抗争的优良传统。而且，这并非僵死的神话，也是美国华裔日常生活的现实：在唐人街各大餐厅举行婚礼的大厅的墙壁上，依然有着龙凤的图案，龙凤之间的球，则是他们共同创造共同保护的"明珠"。

对于"花木兰"的传奇，赵健秀也有自己的理解。他甚至搬出汉语原版的《木兰辞》来证明汤亭亭《女勇士》中"花木兰"故事的虚假，更进一步指出：

> 木兰故事中并没有任何男性霸权的存在，也没有男性对女性身体野蛮的践踏。没有男人在木兰背上刺字。木兰辞也以儒家理想中的婚姻场景作为故事结尾。在孔子哲学中，所有的人，无论男女，都是天生的战士。战士是宇宙间普遍的个体。无论你从事什么职业——医生、律师、渔夫或者小偷——你都是一个斗士。生活就是战争。战争的目的就在于在一个充满被判和腐朽的世界里追求个人的信义完整。所有的行为都是战略和计谋。所有的关系都是军事性的。婚姻就是军事结盟。花木兰和她的将军是盟友，十二年的时间里，他们并肩作战。[2]

可以看出，赵健秀不是简单地攻击汤亭亭对中国神话、传说的挪用和"篡改"——在某种意义上，赵健秀对中国神话、传说的"继承"也难脱"改造利用"之嫌——他所反对的是华裔女性作家对中国文化"厌女症"的"另类化"、"奇异化"的夸张、不实指证与文学贩卖。

赵健秀当然有其合理的地方。早在《女勇士》出版之前，他就对美国出版机构与汤亭亭把作品当作"非虚构类作品"的营销策略表达了不满和抗议。事情的发展证明了赵的忧虑的正确：美国读者的确更多地把《女勇士》的故事当成了现

---

[1] Jeffery Paul Chan, Frank Chin, Lawson Fusao Inada, and Shawn Wong, *The Big Aiiieeeee! An Anthology of Chinese American Literature and Japanese American Literature*, Meridian Book, 1991, New York. *Come all ye asian American Witers*, p.7

[2] Jeffery Paul Chan, Frank Chin, Lawson Fusao Inada, and Shawn Wong, *The Big Aiiieeeee! An Anthology of Chinese American Literature and Japanese American Literature*, Meridian Book, 1991, New York. p.6-7.

实中发生的故事。美国读者的"文化误读"也让汤亭亭本人无法忍受,最终写了一篇文章来回击和解释自己的美国文化属性:她的花木兰是美国文化的花木兰,而非中国传说。

但让我们疑问的是赵健秀的批评方法。即便我们承认龙凤传说中暗含着男女平等的思想萌芽,我们也不能以此来否认中国社会长期以来男女不平等的历史现实。更不能以此来指责汤亭亭、谭恩美,认为其作品中女性受男性压迫的细节不真实,是迎合白人至上论对华裔文化的刻板印象。在五成以上的亚裔女性外嫁白人的情况下,我们可以理解也应该理解赵健秀对汤亭亭等人作品情节模式的不满和非议。但他用传说和童话故事来反驳对方的方法,着实有点风马牛不相及。

然而,这种风马牛不相及的批评并非完全没有逻辑。

在上文我们已经说过,赵健秀之"亚裔美国感性"的核心概念是"历史",他和他的同志们正是以"历史"为据,宣称自己对美国的所有权,进而控诉美国白人文化显在、暗藏的各种种族主义的"刻板印象"的。他对有着"华裔美国文学之母"之称的黄玉雪的批评,也是因为黄没有在作品中反映华裔社会被美国"阉割"成"光棍村"的历史真实。

到他攻击汤亭亭和谭恩美时,他的武器突然换成了"地道性(Authenticity)"。他并没有坚持早先的"历史"现实主义原则,去考证、分辩汤和谭小说中事情的真假,也不再用本质主义的真实观去判断其中的故事是否典型地反映了华裔美国人的历史和现实,而是对她们小说中存在的"中国传说"发生了浓厚的兴趣。对"刻板印象"敏感异常的赵健秀很快嗅出了这些女作家笔下"中国故事"和"中国传说"散发出来的"异味"。

汤亭亭《女勇士》中的"姑姑"被一群暴虐的村民活活逼死投井自杀,"花木兰"也被人在背上野蛮地刺青刻字。在谭恩美的《喜福会》中,母亲们的"中国"黑暗腐朽、战祸连绵,对女人来说尤其是地狱,那里的女性的价值竟是靠丈夫吃饭时打嗝的声音大小来衡量的。[1] 而在《灶神之妻》中,"灶神"也是个贪财

---

[1] 在英文原文中,这句话为"where the worth of a woman is measured by his husband's belch",在程乃珊的译本中,这句话被翻译成了:仰仗男人的鼻息生活。意思是相通的,但完全没有了奇异性。

好色、无情无义的负心汉，最后无地自容钻进炉火熊熊的灶塘，化成了鬼魂。[1]

在赵健秀看来，这些"中国故事"当然"不真实"，甚至有明显的迎合白人读者市场的卑鄙动机。"美丽、虚荣、乱交的天鹅是西方文化中的东西。中国人崇敬天鹅的忠贞，在中国文化里，天鹅代表浪漫的爱情和家庭幸福"。"中国宗教礼俗中，其实也有灶神娘娘的崇拜。""（汤、谭等笔下的）那些童话故事不是中国的，而是白人种族主义的。中国知识分子从来没听过这种故事。这是好莱坞电影中常见的所谓儒家文化。'他们在女孩子十三岁的时候就把她们卖掉，让她们结婚或者更糟……他们一点也不懂得对女人的爱，就像我们所作的这样'。《终点东京》里的 Cary Grant 就是这么说的。"[2] 汤亭亭、谭恩美等作家的小说不仅没有挑战这种种族主义的"刻板印象"，而且进一步加强巩固了白人心中"残酷的中国"意象。"汤、黄、谭是所有族裔作家和亚裔作家中第一批敢于公开大胆伪造销售众所周知的亚洲文学文化知识的……这种伪造版的历史是他们对刻板印象的重要贡献。"[3]

在赵健秀的批评当中，我们可以发现一个有趣的串联："童话""故事""神话"等文学的种类都与"历史"相通，甚至相等。他似乎没有文类的概念，也没有关于"历史"的一般认识，常常混起来使用。或者在他看来，对这些概念名词作学理的区分太学究，也没有必要。他只用一只"法眼"就看透了这一切：童话、传说、神话、历史都是作为民族精神的构成而存在，要紧的是民族精神。他已经悄悄地把"历史"的内涵置换成了"民族精神的传统"。而这个民族精神的传统，在与白人种族主义的对抗生存中，必然是白人文化中"中国印象"的对立面。基于这一目标，对于喜好孙子兵法的赵健秀已经没有理由再死抱着"历史真实"不放了。如果所谓的"历史的真实"不幸与"刻板印象"相合，而与理想的"民族精神"相矛盾，那么这种"真实"也不能进入华裔美国人的"历史"，成为"文化遗产"。既然"写作就是战斗"，那么，这种概念上"暗度陈仓"的花招也

---

[1] 谭恩美：《灶神之妻》，张德明、张德强译，杭州：浙江文艺出版社，1999年，第46—48页。

[2] Jeffery Paul Chan, Frank Chin, Lawson Fusao Inada, and Shawn Wong, *The Big Aiiieeeee! An Anthology of Chinese American Literature and Japanese American Literature*, Meridian Book, 1991, New York. P2.

[3] Jeffery Paul Chan, Frank Chin, Lawson Fusao Inada, and Shawn Wong, *The Big Aiiieeeee! An Anthology of Chinese American Literature and Japanese American Literature*, Meridian Book, 1991, New York. P3

就是战略。

当汤亭亭等申辩说他们的新版本的"神话故事"是"建立华裔社会的中国移民因为丧失了与中国文化的联系,而且把美国的新经历经验也附会上去"而形成的时候,赵健秀则进一步反驳道:与中国故土的疏远,并不意味着华裔社会对"木兰辞"联系的割断。而且在他看来,"中国童话中的价值观、英雄主义经典文学的形式和道德、英雄的名字等,都已经被写进了华人帮会的盟约和会规,直到今天它还在唐人街起作用。那些童话故事中的主人公与英雄现在仍出现在绘画、雕塑和日历上,他们的故事则被遍布全美的玩具、卡片、喜剧书反复讲述着,在华裔家庭,在唐人街的饭店、橱窗和墙壁上的装潢里反复讲述着。"[1] 在这些场合被反复讲述的,才是华裔美国人真正的"历史",作为精神遗产的"历史"。

安东尼·史密斯关于"族裔历史"的解说,有助于我们来理解赵健秀们的良苦用心:

> "族裔历史"并不是历史学家对过去客观、冷静的研究,而是对人口中特定文化单元晚生代及其真正或假想祖先经验的主观看法。这种看法是与历史学家和社会学家所说的"神话"分不开的。"神话"并不意味着捏造或纯粹的虚构。一般来说,神话特别是政治神话,包含着历史事实的内核,围绕这个内核进行夸张、理想化、变形与讽喻处理,使之放大。……族裔历史,或者族裔神话故事,代表了一种选择性的历史事实与理想化的结合物,加上不同程度的文字事实和政治神话,强调浪漫、英雄主义以及独一无二的特点,呈现出一幅激动人心的、让人感到亲切的共同体的历史画面,这幅画面是以代代相传的共同体成员的角度创作、审视的。[2]

应该注意的是赵健秀所列举的故事讲述空间,帮会、餐厅礼堂、少儿书店都

---

[1] Jeffery Paul Chan, Frank Chin, Lawson Fusao Inada, and Shawn Wong, *The Big Aiiieeeee! An Anthology of Chinese American Literature and Japanese American Literature*, Meridian Book, 1991, New York, p.4.

[2] [英]安东尼·D.史密斯:《全球化时代的民族与民族主义》,龚维斌、良警宇译,北京:中央编译出版社,2002年,第72页。

是社会的公共文化空间，是制度的根源。对他来说，厨房和女人的闺房是可以忽视的，因为它们与一个民族的精神展示关系不大。对于中国封建社会的正史来说，乡野间的资料只能是闲谈，不足为据。对于赵健秀来讲，女人闺房间的絮语也不能自由走出禁地，进入话语公共空间，尤其是当这一话语空间正被种族文化角力争斗的硝烟充满了的时候。

应该记住，赵健秀和他的同志们成长于造反的火药味十足的美国西部60年代，他的思维基本上被一种由"文化压迫"经验而来的"文化对立论"所定型。他对汤亭亭、谭恩美的批判的依据是她们对中国传说和童话的改写，但其批判的目标却是美国种族主义的文化模式和历史传统，以及这一传统对华裔、亚裔美国作家无形的制约和腐蚀。

赵健秀也正是在与美国白人文化的对立中，建构他的"华裔美国人"之"英雄主义传统"，进而展开关于"华裔文化身份"的话语表述的。他反对汤亭亭的"木兰的故事"，但绝不是站在封建的男权主义立场，来否定女人对华裔文化的建设参与，压制女性的声音，成为女性主义的反对者。在旧金山隐居的赵健秀无论是在文学的名声上，还是在美国学术界的地位，都不足以让他真正充当华裔美国文学"教父"的角色，行使一个"封建家长"的权威。依然在美国主流文学之外的他实在是个提醒者，向华裔作家警示着白人种族主义文化的种种伎俩和阴谋。他的"华裔美国文学的良心"的称号，也正源于此。

赵健秀建构华裔美国文学的逻辑，我们这里可以用"对立性比附"来说明。美国白人文化对华裔文化的"刻板印象"是一极，赵健秀所倡导的"华裔文学文化"是另一极，两极互相对立。换句话说，对立思维模式下，赵健秀对白人主流媒体采取了"完全否定性句式"来坚决抗争。如"刻板印象"中，华裔被认为是女人气的、内向的、胆小的、顺从的、缺乏创造性的，赵健秀则认为华裔并非如此，而是相反：他们是阳刚的、外向的、勇敢的、敢于反抗暴虐、富于创新精神的。"刻板印象"中中国男人反常、厌恶女人、压迫女人，赵健秀也认为相反：中国男人富有同情心、责任性、尊重女性，讲究男女团结合作精神。刻板印象中的中国文化是集体主义的，不重视个人，赵健秀则认为，从孔子开始，中国人就是最讲究个人的独立性的，汉字中的"我"就是个双手持有战斧的英雄。

很清楚，赵健秀不是把华裔文化、华裔文学置于美国文化的对立面，而是将其置于白人东方主义话语"刻板印象"的对立面进行重新建构的。在他心目中，华裔美国人同样是个人主义的、阳刚的、富有创造性、有情有爱、尊重女性的。而这些特征正是美国文化的显在特征。所以，华裔美国文化不是美国文化的另类，而是美国文化之一种。这样，长期困扰亚裔、华裔美国人的"双重身份""双种意识"的心理危机也就迎刃而解了。既然精神层面上的"华裔"与"美国"是平等的，华裔美国人就不必再进行内心的挣扎，华裔美国人个体的内心分裂也就没有发生的病理基础。

然而，这还只是赵健秀的理想。作为美国的亚裔少数民族，美国文化的边缘人，华裔美国人的文化认同并不会那么轻易就建立了平衡，获得了平安。中国文化是有历史的，并非扁平的一块，可以让人任意选择，重新解释、组装、编码。中国文化也是具体的，对于不同的个体就具有不同的经验和感受。当这些具体的中国人移民并定居美国的时候，面对新的环境，每个人都要完成不同的重新"编码"过程，实现自己"中国文化"的"在地化""美国化"。而近代中国的屈辱的历史，作为中国人的民族精神重负，对于移民又如何变成一种纯净的"精神财富"呢？又如何不成为精神的负担？

文学当然离不开想象，但不可能全然是想象。不同的华裔美国人，有着不同的美国生活，不可能只有一种"华裔美国人精神"。这是问题的关键。现实不同于理想，而现实总是要在文学中反映。那些只反映理想的，只能是神话，意识形态的神话。

对华裔女作家的作品进行猛烈抨击时的赵健秀，所占据的立场正是神话。对华裔文化理想的忠诚，使赵健秀跳跃了文学之为文学的现实生活的土壤，遨游于意识形态的天空，俯瞰着华裔美国文学写作的发展轨迹。当生活和文学的现实不符合他的要求时，他以理想为据毫不留情地反击。当美国文化市场与华裔写作最终合谋共犯时，他选择了退回"神话"。此时，他所关心的已经不是华裔美国文学的写作，而是华裔儿童文学的创作，是如何对华裔儿童讲述"中国神话、传说和故事"。实际上，我们完全可以把《唐老亚》认为是一部对华裔美国小男生进行"爱国主义"教育的小说。

在《聚会》中，赵健秀更是表达了这种愿望：

> 无论政府态度如何，孩子们的故事已经被讲述了上千年了。如果我们没有那些教给孩子们的文学传统，没有文本，也没有童话和神话来传输关于道德、个体、家庭、政府、世界的意义，来辨别真假对错，我们的人民也就没有了文化，因而也就不成其为一个民族。口传的传统是一个文本，但绝不是伪造篡改的执照。伪造这些故事就是犯罪。[1]

区分真假对于我们来说其实相当简单，那还是让我们站在真的一边：讲述一个可以被本民族的历史和文化验证的真童话，不要讲那些假的。腾出点时间，从你的所谓"自我""风格""天才"中走出来，回到真正的儿童故事，向孩子们讲述真正的儿童故事。如果我们的天才、智慧和努力没有扎根于童年的故事，我们就会没有人民、没有历史，只剩下白人社会学产下的软弱、受伤的文化孽卵，只剩下好莱坞产品中关于我们的人民的刻板印象。[2]

作为"唐人街教父"，赵健秀的见解不可谓不深刻，其忧患之情也常常令人感同身受。民族文化认同作为意识形态建构，本质上与神话、宗教的建构并无大的不同，需要权力与虚构的合作。但吊诡的是，如果仅仅剩下童话、神话来作为一个民族文化重建的精神支撑，那岂不正是民族文化衰亡的征兆？

第四节　华裔文化属性的零碎化和民俗化

赵健秀把华裔的文化属性看成了一个完整的意识形态。他用英雄主义的彩线，将唐人街的关公雕像和关公戏、书店里的三国水浒、华裔劳工筑路开矿的历史、中国烹调、中医药，还有遥远的孙子和孔子都串联起来，构成一个完整的有物品、有精神的族裔文化传统。这一传统连接了华裔美国人的过去和现在，也

---

[1] Frank Chin, *Rendezvous*, 徐颖果：《美国华裔文学选读》，天津：南开大学出版社，2004年，第131页。
[2] Frank Chin, *Rendezvous*, 徐颖果：《美国华裔文学选读》，天津：南开大学出版社，2004年，第132页。

预示着华裔美国人辉煌的未来。它是历史的，形成的，传承的，也是抽象的精神的，是本质主义的自我定义。

但这典型的文化民族主义的族裔文化属性建构并非华裔美国人文化认同的现实。

谭恩美的《灶神之妻》中一个细节相当有代表性。当杜婆姨死时，她把一尊灶神像留给了"我"作礼物，而"我"根本不知道这是什么东西，只觉得有点像耶稣的神龛，或者是个玩具屋。妈妈语重心长地给他们讲了中国神话中关于"灶神"的故事后——

"完了！"克利奥满足地喊道。

"听上去有点像圣诞老人。"菲力兴奋地说道。

"啊！"我母亲的口气暗示菲力用词不当，"他不是圣诞老人，更像一个间谍——联邦调查局的，中央情报局的，黑帮里的，比情报档案处的还坏，就是这一类假货！他不给你礼物，倒是要你送礼给他。你得一年到头对他表示尊敬——送他茶和橘子。中国新年快到的时候，你必须给他比平时更好的东西——兴许得给他喝威士忌，抽雪茄，嚼口香糖哩。你得担保他的嘴总是甜腻腻的，他的头总是醉醺醺的，这样他去见他的大老板的时候，兴许会替你说几句好话。这户人家一直都不错，他会这样说，明年给他们来点好运。"

"这么说，想得好运便宜得很嘛，"我说，"比买彩票还便宜。"

"不！"我母亲喊道，把我们吓了一跳，"你不会明白。有时，碰到他脾气不好，他就会说，我不喜欢这户人家，给她们来点坏运。那样一来，你可就麻烦了，一点办法也没有。我干嘛要让这样的人来审判我，一个对太太忘恩负义的男人？他的太太道真是个好人，可他不是。"[1]

"妈妈"讲的"灶神"的传说已经是改编过的，她把旧中国女性受男性压迫的惨痛经历和愤恨都加入了故事的讲解中。对于"我"的白人丈夫菲力来说，中

---

[1] 谭恩美：《灶神之妻》，张德明、张德强译，杭州：浙江文艺出版社，1999年，第48页。

国的"灶神"有点像圣诞老人。而对经过现代医学训练的"我"来说,这只是一个过时的迷信。对于外孙克利奥——一个一半华人血统、一半白人血统的美国男孩来讲,"灶神"的故事只是一个奇怪的故事而已,和别的儿童故事也没有什么两样,他最关心的是灶神的神龛有点像是玩具屋。而在故事的发展中,"灶神"果然从里面被拿了出来,被当做玩具屋留了下来,"可以让孩子们玩一段时间,直到她们玩腻为止"。[1]

在稍后发表的《聚会》中,赵健秀对谭恩美继续大肆伪造中国神话非常不满。他反驳说,在中国的传说里实际上有两个灶神,即灶王爷和灶神娘娘,灶神娘娘同样受到中国人的祭拜。似乎言外之意是中国文化并没有歧视妇女的意思。他甚至诚恳地建议人们去查一下 Werner 编纂的英文版《中国神话辞典》,以得到关于中国神话的正确说法。[2]

典籍是文化的载体,但如果缺少了与人、与社群的互动,它就会沦为"尸体"或者标本,成为没有生命活力的僵死文本。文化是个活动的建构过程,文本是一方面,社会实践是另一方面。对于非知识分子的普通民众来讲,他们往往不是从字典、辞典和百科全书中来传承文化的,生活和社会实践才是他们播撒文化的真正土壤。而且,文化不是单纯的文本,固定不变,而是在一定的社会语境中被活生生的人来传播的。"口传"性质明显的"传说"和"神话"更是如此。

对于华裔美国人这个美国文化边缘的少数民族来说,文化的传播还有另外的障碍:宰制民族、主流文化对文化生产的控制和垄断。只要美国的主要语言是英语,只要华裔的孩子还要继续在以英语为教学语言的学校里读书,只要年轻的华裔想要在说英语的美国公司求职工作,中国文化的传播就会受到这种体制性的限制。而狭小扭曲的传播空间,只能造成原族裔文化传统的变形和流失。

安东尼·D.史密斯曾经精辟地分析过边缘族裔文化传播的零散化趋势:

> 边缘性的小族裔被排除在政治传播工具之外,缺少制度化支持,有时没有一个专家阶层、缺少完善的沟通规则,因此不能对几代以外的大

---

[1] 谭恩美:《灶神之妻》,张德明、张德强译,杭州:浙江文艺出版社,1999年,第50页。
[2] Frank Chin, *Rendezvous*. 徐颖果:《美国华裔文学选读》,天津:南开大学出版社,2004年,第129页。

部分族裔历史进行抢救。他们的回忆单薄，他们的英雄模糊，即使不是和另外比较强大的邻族传统交织在一起，也是七拼八凑、记录不全的。[1]

谭恩美《灶神之妻》中关于"灶神"的故事讲述和接受，正生动地说明了进入异文化环境后作为少数族裔的华裔文化传递的困境：

第一，整体性微弱。文化传承需要体制建构的支撑，需要体制内部的知识分子维护文化象征的神圣性和意义的完整，并在礼俗的层面上推动民族传统的传播。原民族文化图腾或象征物对于民族共同体内的不同个体意义是有差别的，但这种差别的存在不足以动摇文化象征物和文化图腾的意义的基本稳定性。但移民后族裔文化权威的丧失则使得原本的个体差异更加雪上加霜，使族裔文化的传播整体乏力：杜婆姨家崇拜了五代的"灶神"是典型的民间宗教，而被"妈妈"愤恨的"灶神"则是个忘恩负义好吃懒做的"男神"。空间位移后，杜婆姨继续保持对"灶神"的宗教心态，"妈妈"则借助所在地主流文化的女性主义价值观，反讽地传达"灶神"的文化意义——"灶神"变成了"间谍"。

第二，异文化抵制。对于洋女婿菲利，灶神故事的讲述是一次和平时期的"族际传播"：他用"圣诞老人"来比照中国的"灶神"故事。比照的结果当然不会是"灶神"取代"圣诞老人"，而是相反。

第三，意义代际递减。对于女儿和外孙来说，这种家庭内的中国文化传播，也是一个失败的"代际传播"：女儿接受的"灶神"，不仅宗教意义脱落了，而且男权意义也消失了，到其混血的外孙那里，"灶神"的文化意义则几乎完全剥落，成了一个模样奇怪难看的"玩具屋"。

对于小小一个"灶神像"如此，对于整个华裔所携带的"中国文化"来说，赵健秀的族裔文化的保真性整体重建和传输、弘扬，也是遥不可及的空中楼阁。如果说在二战前因为美国对华裔和亚裔的种族歧视而导致的种族隔离还给华裔族群提供了一个维护族裔文化传统的相对封闭环境的话，那么60年代后美国移民政策的改革和文化上对少数族裔的开放，在另外的意义上，则打破了华裔文化相

---

[1] ［英］安东尼·D.史密斯：《全球化时代的民族与民族主义》，龚维斌、良警宇译，北京：中央编译出版社，2002年，第73页。

对封闭的传输环境。这次进步的意义是双重的：它一方面促进了华裔对美国文化的参与和对美国权利的享有，但另一方面也加速了华裔向美国主流文化的同化过程，而这一过程又是以华裔族裔文化的丧失削弱为代价的。

族裔文化民族主义的困境，明显地摆在华裔、亚裔美国文化民族主义的提倡者面前。也摆在我们这些隔岸观火的研究者面前。

如何在享有现代社会的普遍权利的同时确保民族文化身份的有效传承？如何在民族差别与经济发展的梯级差别的交织网络中保持文化继承与经济发展的双赢？在这个矛盾重重的复杂纠结上，英国学者安东尼·D.史密斯的论述富有启发。

在《全球化时代的民族和民族主义》一书中，史密斯区分了"公民民族主义"和"族裔民族主义"。他认为"公民民族主义"是现代民族国家的伴随形式，"通过成为'民族（people）'中的成员，个人才被赋予公民的权利和义务。只有成为'民族'中的成员才能成为公民，并得到只有民族国家才能赋予的公民权这种现代性所带来的种种实惠。只有那些享有公共文化的人，那些遵循民族国家的'公民信仰'的人，才有资格享受那些构成公民权的权利和义务。"[1]史密斯反对民族国家内部"核心族裔共同体唯我独尊的态度"，指出"现代民族必须同时既是公民的，也是族裔的"，希望着一种现代民族国家对族裔的开放。[2]

对于华裔美国人来说，由于美国长期的排华政策将华裔美国人置于美国社会文化之外，拒绝给予他们公民权，所以对美国公民权的享有一直是几代华裔奋斗的目标。即便是60年代的亚裔美国运动期间，华裔也没有提出过民族独立自治的主张，而是宣布对美国的忠诚，进一步要求对作为公民权的少数族裔权利的享有。

但对少数族裔来说，享有公民权还意味着"享有公共文化"。而所谓的"公共文化"，在多民族的现代国家里，也不是一个各族裔文化的公分母或者集合体，

---

[1]［英］安东尼·D.史密斯：《全球化时代的民族与民族主义》，龚维斌、良警宇译，北京：中央编译出版社，2002年，第115页。

[2]［英］安东尼·D.史密斯：《全球化时代的民族与民族主义》，龚维斌、良警宇译，北京：中央编译出版社，2002年，第117页。

而是核心族裔的价值和制度。对华裔美国人而言，这一"公共文化"无疑就是白人为主体的美国文化。这种"享有"是有代价的，它意味着当族裔文化与公共文化发生冲突时少数族裔个体对族裔传统文化的被迫放弃和转换。悖论在于：少数族裔即便放弃了族裔文化传统，也不会有完全成为白人的感觉。最多成为"香蕉"，心是白的，面皮却是黄的。那种放弃只能加强个体对自己族裔血缘的厌恶和自卑。

正如安东尼·D.史密斯所言，大多数现实存在的"（公民民族主义）实际上实行的是族裔的一边倒，因为它要求在民族国家里，讲少数族裔濡化进同质的主体族裔的文化，实现对少数群体的同化......公民民族主义的意识形态将传统的和本土的文化归入社会的边缘，归入家庭与民俗的范畴。为了达到此目的，它还有意识地贬低和压制定居的少数族裔和移民的族裔文化"。[1]

在谈到美国的情况时，史密斯认为"美国民族主义的显著特征是其广泛的包容性"。虽然"美国也被令人头疼的种族和族裔问题所困扰，但是因为移民分散在整个大陆，不存在固定的地域基础，族裔对抗没有导致族裔民族族裔主义的出现"[2]。20世纪60年代的黑人民权运动，被史密斯放进了括号里，作为例外处理。

对于亚裔美国人，史密斯只字未提。没必要抱怨他的无知或者忽视。按照他的标准，黑人民权运动也只是有些族裔民族主义的皮毛。美国60年代后国内政治气候的变化，几乎抽空了少数族裔运动的根本内驱力，而将其降服为"文化"层面的"族裔民族主义"的旗帜飘扬。这里的"文化"，当然是一个狭义的文化概念，指向边缘民族的民俗、节庆、饮食、服装等人类学民族志的范畴。

赵健秀的奋斗目标，是根本性的价值观念层面的华裔美国人族裔精神的重建，而非一种博物馆式的、人类学式的民俗展览。尽管对于赵健秀来说，"在华裔美国人那里，关公无处不在，英雄传统也无处不在。在扑克牌上、玩具上、盘

---

[1] ［英］安东尼·D.史密斯：《全球化时代的民族与民族主义》，龚维斌、良警宇译，北京：中央编译出版社，2002年，第120页。

[2] ［英］安东尼·D.史密斯：《全球化时代的民族与民族主义》，龚维斌、良警宇译，北京：中央编译出版社，2002年，第126页。

子上都有反映中国文化传统的形象"¹,但对于大多数普通的华裔来说,这些零散的中国文化的物件却很难形成一个统一的意识形态。当盎格鲁白人文化占据了国家公共文化的主要空间后,少数族裔的文化完整性就不复存在了。零碎化后的族裔文化物什,正在成为古董和文化思乡的凭借。困扰赵健秀——这个少数族裔知识分子的是:体系性的民族文化既已丧失,而所谓族裔精神的重建,似乎也只有从唐人街残留的关公雕像、三国故事、婚庆、节日仪式等物质的和礼俗化的元素上,去艰难地寻找。这无疑于沙滩上建筑楼阁,效果可想而知。

在黄玉雪的《华女阿五》中,除玉雪的成长故事外,唐人街华裔美国人的生活是另外一个主要的卖点。在华裔社会还不被美国普通公众了解的背景下,这部由华裔女性自己写作的自传性作品,还肩负着向美国人介绍唐人街的"导游"讲解的任务。按照书评上的说法,它不仅是一部"关于孩子如何学会认识自我的普遍性的故事,也是中国饮食文化、华人节日、中式教育的写照"²。

在"和春圣所"一章中,作者介绍了唐人街的中药店,也通过案例说明了中医的神奇疗效。在"生为华人很幸运"一章,作者以春节的来临为契机,介绍了春节、中秋等中国传统节日,在章节末了,作者以女孩的口吻感叹道:

"生为华人女儿有时非常幸运。玉雪听说美国人既没有中秋节,也没有七天的春节庆祝活动,而且,他们只有在五个月后的一天燃放中国鞭炮——7月4日!"³

但无论如何,玉雪对中国文化的认同都不应该被夸大了。尽管她认为唐人街中药店中的老者既是医生又是中国哲学家,认为中国春节既好吃又好玩儿,这都是有限度的,与民族精神的核心价值观念系统无涉。她这里所做的,也就是向美国普通读者做导游式的人类学讲解。她更多采取的是说明文的语言和方法。

比如,关于春节间的舞狮,作者就这样描写:

狮子头很大,五颜六色,看起来很凶恶,弹簧上嵌有一双明亮的眼

---

1 见梁志英对赵健秀的访谈,采访时间:1999年8月。附录于赵健秀《甘加丁之路》,赵文书译,南京:译林出版社,2004年,第458页。

2 见《华女阿五》中文版封底上的书评。黄玉雪:《华女阿五》,张龙海译,南京:译林出版社,2004年。

3 黄玉雪:《华女阿五》,张龙海译,南京:译林出版社,2004年,第38页。

睛，在铰合部嵌有下巴。狮头上挂着的彩缎构成狮身和狮尾，是由珊瑚色、青绿色、红色、绿色和蓝色等五颜六色的丝绸缝制而成。控制舞狮节奏的人舞弄狮头……他们可爱的舞姿活像一只狮子，时而昂首阔步，时而腾跃攻击，时而撤退防守。唐人街的居民很合作，把绑有钱和万苣叶的红纸挂在自家门前。狮子跳着舞奔过去，跳起来拿那个奖赏。有时，他得跳到一张凳子上才能够得着。[1]

而赵健秀却赋予这些事物和节庆活动以意识形态的意义。中草药在黄玉雪那里，只不过同样可以治疗感冒、消化不良等"虚火""炎症"之类的小病，不是巫术而已。在赵健秀看来，中药却是一个象征，它意味着中国传统文化对华裔美国人的治疗意义。赵健秀对朱路易《吃一碗茶》中医好王宾来阳痿的那碗中药汤剂特别看重，王宾来最后携带妻子向旧金山华埠的转移也被他解读为受压迫的英雄向"水泊梁山"的进发。在他自己的小说《唐老亚》中，他也是安排小唐老亚，一个深受白人种族主义教育毒害的华裔少年，在唐人街的中药房中"脱胎换骨"，在情感和精神深处回归华裔英雄主义传统。唐老亚最后加入新年舞狮队伍的举动，不是玩耍和游戏，而是以身体实践的形式完成对华裔文化的认同和继承。

传统的激活的确是族裔文化复兴的表征。但这种表征对于族裔外部的人来说，却只能是表象。进入唐人街的白人不可能对其作足够深的意义解读，它们仍然停留在被观看的民俗的形式上。对于唐人街内部的华裔来说，舞狮仪式、关公戏也并非对每个人来说都振奋人心，它的吸引力也在下降。会舞狮的人越来越少，在《唐老亚》中，King Duk 认为那些新从广东来的移民为旧金山唐人街中国文化的复兴带来了新鲜的活力。但以本质主义为要义的赵健秀在这里显然是一厢情愿，他完全以偏概全，误认为新移民可以充当文化复兴的后备军。这恰恰不是新移民的历史本质的真实。那些会舞狮子的移民只是新移民中很小的一部分。60年代后，中国向美国的移民实际上是以"技术移民"和"学生移民"为主体的。先是中国台湾和中国香港，80年代后是开放的中国大陆成为"专业学生"移民的大本营。这些学生和技术人员，绝不是中国传统文化的理想继承者，而是西化

---

[1] 黄玉雪：《华女阿五》，张龙海译，南京：译林出版社，2004年，第36页。

教育下的"普世性的""世界公民"——技术工人。

对于这些西式教育背景下成长的新移民来说,舞狮等也只剩下了民俗的意义,旅游美学的意义。

1990年9月加利福尼亚州的艺术节相当典型地说明了族裔文化和艺术在以"多元文化"为标签的当代美国西海岸的接受处境。为期16天的欢聚和表演,荟萃了来自亚洲、太平洋和拉丁美洲21个国家的五百多个节目。这决不意味着这21个国家的文化同时在美国的加利福尼亚共存共荣。这个多国多民族的艺术盛会,恰恰形象地说明了美国多元文化接纳异族文化的常规准入条件:审美化。

审美化意味着接受的距离,也意味着民俗原本意义的流失。举例来说,你可以表演萨满舞蹈,但必须是在舞蹈的范畴之内,而不是宗教意义上的。就狮舞来说,也是如此,表演者不可能真的来降妖除魔。

但赵健秀等少数族裔知识分子的目标,却正是重新赋予"舞狮""关公戏"以英雄主义的民族主义的意义。时代的转折注定了赵健秀等人族裔民族主义纲领的命运。面对亚裔美国文学的"甘加丁高速路",赵健秀对华裔英雄主义的钟情就像新条件下的堂吉诃德。他的作品一直销路不佳,大的出版商也不出版他的作品。华裔女作家对其书报检察官的"警察"行为冷嘲热讽,以"后现代"为标签的各种批评也矛头直指他的"民族主义"梦想的落伍。

第五节　华裔文化身份的"商品化"和"符号化"

丹尼尔·贝尔在《资本主义文化矛盾》一书中曾对资本主义社会的当代艺术与政治、经济的关系做出了深刻的分析。在他看来,资本主义历经二百多年的发展,在当代已形成其在经济、政治与文化三大领域间根本性的对立和冲突。经济领域严格遵循"效益原则",政治领域遵循"平等原则",文化领域则遵从"个性化原则"。三大领域曾经共同促进了资本主义的胜利。但随时间的推演,他们之间的联系却出现了巨大的裂痕，每个领域内部也出现了断裂。文化的核心之一——资本主义艺术的灵魂是"自我表达和自我满足"，倡导个性化、独创性、反制度化的精神，与资本主义经济政治对组织和管理的崇拜根本对立。原则的不同，造成资本主义现代艺术在资产阶级完全掌握对社会的控制权后的自我脱离、自我迷醉。但现代艺术对资本主义的批判是有限的，尤其是面对经济全面控制社会、文化商品化的时代浪潮。

"经济部门的权利……依然十分强大，从而使文化的自我表现冲动已为资本主义制度所吸收并将它转化为商品，即销售的对象。"[1]

"文化自我"否定约束、追求放纵，但在现代资本主义社会中，"放纵"已经获得"合法地位"，"而且被那些文化商人用来推广他们所标榜的'时髦'生活方式"。[2]

在他看来，文化的商品化正是"标榜自己的颠覆性"的"文化现代主义"在当代资本主义社会中的"归宿"。作为"大众文化的财产"，"当初引起震惊与轰动的美学业已变得琐碎无聊不堪"，宗教意义的匮乏，使得现代主义的所谓反叛最终沦为商品种类上的花样翻新。[3]

尽管丹尼尔贝尔集中谈论的是西方现代主义文化，但对于我们这里论述的美国亚裔文学、文化来说，也同样适用。美国当代资本主义并没有为少数族裔文学、文化的发展另外开辟一个空间，不受资本主义商品法则和大众文化的消费原则的影响。

Susan Willis 指出：美国民主的最大成就之一，就是消除了基本的社会和经济上不平等，并抬高文化的地位，在文化的领域，所有的差异都被看成是风格或者意见的变化。[4] 在我们看来，说美国民主消除了基本的社会和经济上的不平等也许言过其实，或者无法考证，但文化差异被当作"风格的变化"却也符合80年代后少数族裔文化在美国的状态。

---

[1] ［美］丹尼尔·贝尔：《资本主义文化矛盾》，赵一凡等译，北京：生活·读书·新知三联书店，1992年，第27页。

[2] ［美］丹尼尔·贝尔：《资本主义文化矛盾》，赵一凡等译，北京：生活·读书·新知三联书店，1992年，第196页。

[3] ［美］丹尼尔·贝尔：《资本主义文化矛盾》，赵一凡等译，北京：生活·读书·新知三联书店，1992年，第196页。

[4] David Leiwei Li, *Imagining the Nation: Asian American Literature and Cultural Consent*, Stanford,California: Stanford University Press, 1998, p.194。

美国本土的一些研究者也敏锐地看到了美国的所谓"多元文化主义"与资本主义的共谋关系。多元主义，本来是对不同民族不同价值体系的共处共生的维护和倡导，但资本的逻辑却迅速把价值淡化，而将其转化成不同花样的"民族文化产品"的市场共在。Stanley Fish 指出这种多元文化主义实际上最终表现为"市场的文化多元主义"（Market multiculturalism）、"小装饰店式文化多元主义"(boutique multiculturalism)。并不是说，一件文化产品只剩下了一种使用价值，或者说，白人的产品就没有可能被亚裔美国人的愿望所任意挪用，"市场文化多元主义"提醒我们反思美国文化市场的"合众国"形式，在那里，亚裔美国人的差异以如下的"护照"放行准入：中国食品、日本茶道、菲律宾女郎、南亚香料，也许还有高棉的面包圈。当这些多元文化的艺术品和产品变得可以容纳、收集、消费的时候，资本主义在经济领域对亚洲的种族和性别劳力的压制，也就从公众视野中隐遁看不见了。[1]

在当今时代，美国和全球资本主义的发展已经成功地将"亚裔美国文化"物品化（reification）了，尽管亚美知识分子竭力反对这一趋势。物品化的过程，实际上就是将原本属人的关系转变为物品间的关系的过程，物品本来是人造的，但这时却显得像是独立的。因此，经常被作为资本主义的反对力量而让亚裔美国人进入美国政治的"亚裔美国人身份（Asian American identity）"在当代已经变成了一个东西（a thing），一种商品，可以被出售和消费。在亚裔美国人的政治认同（Asian American political identity）作为政治抵抗力反对种族主义和资本主义剥削的同时，亚裔美国人的文化身份（Asian American cultural identity）现在却在响应并帮助资本主义目标的实现，因为亚裔美国人的文化身份——亚裔美国人生活风格——已经同时是商品和市场。[2]

李磊伟矛头所向是 20 世纪 90 年代亚裔美国文化的处境和状态。但这种物品

---

[1] David Leiwei Li, *Imagining the Nation*: *Asian American Literature and Cultural Consent*, Stanford, California: Stanford University Press, 1998, p.194.

[2] Viet. Thanh. Nguyen, *Race and Resistance*, Oxford University Press, 2002, p.8.

化的现象绝非一个新生事物。当白人文化充分占据了美国文化的公共空间，将少数族裔的文化挤压进"民俗"的边缘地带后，零碎化的族裔文化便难逃被物品化的命运了。

"西学东渐"的说法，暗含了价值观念上西学对东方"中国"的传输，但这传输却并非双向的。在马克思说的"东方属于西方"的判断之下，东方实际上是以"物"的形式从属于西方的。就中美两国间的关系历史而言，华人（华裔）主要是以"物"的形式进入美国文化的，从早期的金矿工人、筑路工人，到现代的技术移民，从丝绸到瓷器，都不外乎"劳动力"和"艺术商品"的范畴。

但这并不意味着这种宰制文化结构的一劳永逸，反抗时时存在。华裔的反话语往往在屈从就范时就开始了。"物"的形态是白人文化给"华裔文化"指定的位置，也是华裔美国人获得身份进而展开反抗的起点。

黄玉雪《华女阿五》相当典型地反映了这种复杂的辩证关系。

书中的"黄玉雪"在对外时，主要是靠食物和瓷器获得白人的接纳，进而获得对自我身份中华文化成分的认同的。中国烹调和艺术产品当然是中国文化的产物和载体，但这些物质载体对价值、宗教、伦理、道德等民族文化的抽象概念体系的承载，却是极其有限的。它们首先是被作为"物品"来享用，而非作为文明意义上的"文化"被认知和了解的。对于白人美国文化来说，对这些"中国物品"的享用，丝毫不对其固有的文化结构稳定性构成冲击，相反它标志着对"东方文化"的征服和"东方文化"自身的降服。

但事物总是有它的另一面。黄玉雪精心烹制的中国煎蛋和番茄牛肉"征服"了她的白人同学，黄家全体在米尔斯学院本科主任家烹制的"中国晚宴"，也成为主任及其白人音乐家朋友"特别的"享受和"伴奏"。如果说，自己家的"家庭工厂"还让参观过白人大工厂的黄玉雪自愧弗如产生了自卑情结的话，对于中国食品，她可是充满了骄傲与自豪。因为看中美国市场对"陶器"的大量需求，黄玉雪最终决定将自己的艺术天才投资到唐人街的"制陶业"上来。

在白人世界单打独斗的黄玉雪，获得了某种程度的成功，如优秀的学业、坚强的意志、独立的精神、勇于创新的胆识，都得到了白人老师和公司老板的赏识。但这只表明她美国化的程度，而不代表她对族裔文化遗产的认同。而美国化的每一步,对于黄玉雪来说,都是一种撕裂,不同程度的对中国文化的否定。而美国白人社会对她的接受也是有限的。在美国文化格局设定的特定位置——食物和陶器制作行业,黄玉雪靠着自己的才干,最终把自己和外界对自己的期待合为一体,在自我认同的同时,获得对族裔文化身份的认同。正如她自己所说:

> 从中国宋朝漂亮的陶器里我获得了灵感……我当时认为,我可以以此让美国人了解博大精深的中国文化和艺术。……当我的陶器业发展时,各个主要的博物馆馆长写信给我,邀请我去展览我的陶器。其中的一些人购买我的陶器作为永久的收藏品。他们全是白人。在陶器艺术家和作家之中,我没有碰到任何白人的偏见。事实上,我感到,华人身份是我出众的标志。[1]

建立在这种"物质"基础上的自豪感,使她认同"中国文化"的主要精神动力。此时的"物质"已经不再是纯粹物理的物品,它已经开始负载文化的信息,成为作者展示中国文化遗产博大精深的道具。

黄玉雪对中国"食物"和"陶、瓷器"的认同,在个人主观上不是认可白人文化的宰制,而是认可自己族裔文化身份的辉煌。民族文化传统靠着坚实的"物质"基础,得以保存自己的身份,进而获得了对抽象形式的族裔文化进行演说和表达的空间。

但无论如何我们都不应该夸大这个"反话语"的力量,对于白人社会来说,瓷器永远只是瓷器,一个东方人擅长加工制作的物品而已。如果考虑到瓷器等物和中国古代的关系,我们会进一步发现,美国社会实际上已经把华裔传统文化固定到了永远的过去某个时刻。也就是说,族裔文化被他们当作了某个固定不变的东西。

赵健秀对黄玉雪的批评在价值观念的层面上是仍然有效的。黄玉雪是有着一种来自于"瓷器"的自豪感,但却盛赞"父亲"的"基督教化",作为女性,她更有着一种对儒家思想的抵制和仇恨。黄玉雪并没有在思想制度的根本上认同华

---

[1] 张子清:《美国华人移民的历史见证——黄玉雪访谈录》,2002年4月,见黄玉雪:《华女阿五》,张龙海译,南京:译林出版社,2004年,第232—233页。

裔文化的古老传统。当然,我们也没有理由要求她这样做,要提醒的是族裔文化在美国被"物品化"的坚硬的现实。

当代华裔美国文学新秀任璧莲的小说《蒙娜在应许之地》为我们提供了另外的例子。

《蒙娜在应许之地》中的"姐姐"凯丽,因为上天主教教会办的学校,受同学的影响,也决心做一名教徒,甚至一名虔诚的殉道者。后来到哈佛大学读书,同室的黑人姑娘是个强烈的民族主义者,反对帝国主义、殖民主义,也反对少数民族向美国白人文化的同化。在同学的"教育"引导下,凯丽意识到族裔文化身份丧失的可怕,开始一步步回归"民族文化":先是早上开始喝稀饭,接着练太极,然后开始穿中国人都不穿的"布鞋"和"中国衣服",以显得特别"中国"。凯丽最后甚至想写一本关于"中国文化"的书。在家里,她也做得像个真正的"中国姑娘"一样,不与父母顶嘴,听取家长的意见,帮助母亲料理家务。她的这种"返祖"现象,连母亲也感到震惊。

这不是华裔美国人的骄傲,也不是中国文化的骄傲。在凯丽父母的眼里,这更像是女儿的"怪癖"。一种美国式的我行我素的"个人主义怪癖"。他们的另一个女儿——蒙娜,凯丽的妹妹,因为长期和犹太人在一起,耳濡目染,已经加入了犹太教,成为改革宗犹太教徒了。但我们也决不能据此推论说,这是中国文化的耻辱或者犹太文化的胜利。

在蒙娜和姐姐凯丽这里,族裔文化不再是继承的财富或者包袱,而像是后天从环境习得和选择的"衣服""文化衫"。

但是这种选择绝不是自由的。凯丽对"中国文化"的"回归"表面上看是凯丽自己的选择,但我们更应该看到,她的选择实际上也是美国教育制度教育的结果,美国当代文化机构对多元文化的推崇,是推动凯丽回归"中国文化"的主要推动力。也是白人出版商对族裔文化的需求,推动凯丽产生写作关于"中国文化"的书的念头的。凯丽回归的"中国文化"也是有问题的,与黄玉雪对"瓷器"的钟情一样,凯丽选择的"中国衣服""中国饮食"也几乎是个固定的东西,时间也锁定在遥远的古代中国。我们毋宁说,这个"中国文化"正是美国文化市场塑造出来的"想象物"、另类的"文物"。

大陆的一些研究者对于蒙娜和凯丽的"自由"欢欣鼓舞，认为她们已经在尽享美国多元文化主义所带来的恩泽。[1] 族裔的压迫不再，男权的压制也似乎消解。人们可以在文化认同、文化身份的多样性存在中，任意选择，任意变幻。族裔身份对于新一代的华裔美国人，已经不是什么问题：不是包袱，也不是荣耀，众多族裔中的一种而已。这不过是个幻象，一个崛起的中国的当代知识分子对远在美国的"同类"自由出入美国社会的幻象。

如果把蒙娜和凯丽对"华裔文化""犹太文化"的选择当作是一种自由的话，那也只能是一种个人生活风格选择的自由。这个"自由"正是美国"市场文化多元主义"的特点。这种自由的主体不是族裔文化的主体，而是商品消费的主体。

乔纳森·弗里德曼在论述消费与现代人主体建构的关系时指出："在最一般的意义上，消费是创造认同的特定方式，一种在时空的物质重组中的实现方式。就此而言，它是自我建构的一种工具，自我构造本身依赖于将切实可得的物品引导入与个人或者人们相联系的特定关系中的更高级的样式。"[2]

消费品的时空重组，以物品的"去地域化"、"去民族化"为前提。也就是说，一定地域上的民族并不对它的"文化产品"专有。在商品社会，一个人可以选择穿藏族服装、喝藏族酒，但这并非他认同藏族文化的标志。同样，可以"洋装穿在身，而心依然是中国心"。

而且，消费对现代人来说，也纯粹是一种个体行为，以自我塑造、自我满足自、我幻想为特点。正如弗里德曼所言：

> 消费是被建立认同空间、确立生活风格、实现美好生活的白日梦的幻想驱动着，这总是在欺骗中和对另类风格与物品的寻求中结束。这个过程根植于固定的社会认同的消解和众所周知的作为现代性现象的复合体的形成之中，并且，在消费方面，它以来于现代的个体化主体的产生，这种个体被剥去了更大的宇宙观，或者是被剥去了固定的自我定

---

[1] 刘丹在《当代美国华裔英语作家的世界性》一文中就表露出这种看法。该文见《汕头大学学报》2003年第3期。

[2] 乔纳森·弗里德曼：《文化认同与全球性过程》，郭建如译，北京：商务印书馆，2003年，第227页。

义。……白日梦原则、狂想原则、改变性原则、社会自我建构原则，这些都是现代个体所特有的，并不能被普遍化。[1]

生活在美国东部海岸的华裔大学生凯丽对"中国稀饭""中国服装"的选择，正是"市场文化多元主义"背景下的个体"文化产品"的"消费行为"。她的"中国孝道"和妹妹蒙娜的"犹太教"，在宽泛的意义上，也是一种文化产品。在任璧莲的另外一部小说《水龙头幻象》中，凯丽是一个"基督教徒"，整日祈祷着奇迹的出现。宗教似乎也成了可以自由选择的"精神外衣"。

现代主体在消费物品时可以按照物品本身的符号意义来进行自我建构，也可以使其符号意义发生偏转。族裔文化物品也是如此。在《灶神之妻》中，我们曾经看到了年轻华裔对"灶神"的不正确的"意义释放"。华裔文学新人伍美琴的小说《裸体吃中餐》则给我们提供了"意义偏转"的新的例子。

《裸体吃中餐》讲述的是一个华裔女青年与中国饮食的"食色故事"。

主人公罗碧是刚毕业于哥伦比亚大学的女大学生，学的专业是女性研究。其思想超前卫，让人叹为观止。在于白人男友的关系中，她占据主导地位，与固定男友交往的同时不断地与陌生男子发生一夜情。潜意识中她甚至还有同性恋倾向。大学毕业后，想在媒体工作的希望泡汤了。为节省开支，她暂时回到了在唐人街开洗衣店的父母家中。母亲贝尔是父亲从中国娶回来的，从到美国开始，她的活动场所就是厨房。对于语言不通的母亲来说，厨房既是受难所，也是驱赶孤独、实现自我的避难所。做饭是一种奴役的形式，也是一种工作的形式，对于美国食物的隔膜感使她更愿意在中国菜上展现自我，完成食物的社会功能。可口的中国菜，就是她与家庭亲人交流的主要工具。罗碧和其他美国人一样，都是吃着汉堡和咖啡长大的，但母亲的烹饪也使她养成了"中国胃口"，只是羞于承认罢了。在母亲生病期间，她因为替代母亲，也开始为家人做中国菜，进而学会了一些中国菜的做法。因为中餐在一般人的印象里总是和肮脏不堪的唐人街联系在一起，长大后向往充分美国化的罗碧开始了对中餐的

---

[1] 乔纳森·弗里德曼：《文化认同与全球性过程》，郭建如译，北京：商务印书馆，2003年，第225-226页。

拒绝。这种对"中餐"的内心压抑使罗碧患上了奇怪的病症：在大学住校的日子，她竟然半夜里起来到厨房做中餐，然后逼着室友从睡梦中爬起来享用。对中餐的文化认同成了成长中罗碧的潜意识，这潜意识甚至和性奇怪地结合在一起。与男友的恋爱是靠食物和性维持的，与陌生男人的约会也是先共同进餐然后回家上床。尽管罗碧刻意用性行为的解放和自主来与主流文化求得平衡同步，但被压抑的"中餐"则是她族裔文化认同的主要"情结"。每次与男友做爱后，罗碧都会光着身子起来吃碗中餐。与男人的混乱自由的性关系，是美国文化的影响，而对中餐的裸体接触，于罗碧却是下意识中对自己"背叛""中国文化"之后的修正与和解。

在少女时期的罗碧看来，中国饮食在提供人体所需热量之外还有许多社会功能，如家庭的交流、爱的表达。而西方人却多用身体的直接接触来表达爱。看着周围的美国人热情的拥抱和接吻，罗碧充满了渴望，渴望被触摸、拥抱，渴望爱和接纳。食物、性、爱则成了青春期时期罗碧的主要情结，缠绕着东方与西方、自我和家庭、男权与女权的文化冲突，剪不断，理还乱。

后来，罗碧发现了自己犹太裔男友的自私：他对罗碧就像对待一盘食物一样，被饥饿和贪欲驱使，只管自己狼吞虎咽，根本不关心别人的感受。而在罗碧看来，女人在吃饭时，总会把好吃的给朋友留一些一起分享，而朋友也会如此回报。罗碧吃惊地发现了男人对食物和性的贪婪和漠视的奇怪统一。她下决心离开男友，开始寻找真正的"姐妹情谊"。

对于罗碧这个新时期的华裔女性来讲，"食色性也"的中国古训又有了特别的含义。"饮食"成了罗碧这一"新新女性"寻求个人解放和自由，寻求自我认同的最后根据。当罗碧决定去报名学习制作中餐，准备将来"为自己做饭"时，"中餐"已经成了她最后克服的文化壁垒。"中餐"已不再是外在地属于唐人街，属于中国文化，也不再是华裔女性受压迫和华裔男性被白人文化女性化的象征，而是成了与作为女性的罗碧肌肤相亲的第二本能。

如果你认为中餐就代表中国文化的话，你完全可以说罗碧通过对"中餐"的"裸体"回归的仪式完成了她对族裔文化的艰难认同过程。但事实上，中餐并不代表中国文化。当最后罗碧决定学习中餐，到一个只有女人而不准男人入内的餐厅去工作时，罗碧认可的是女性主义，是女性主义的"食色文化"。

不过，仍然有知识分子批判美国多元文化的虚假和肤浅，也仍然有知识分子担心族裔文化的消失。

但无论如何，美国的民主化进程是加快了，尽管没有 Susan Willis 所说的那样完美。越来越多的华裔和亚裔美国人开始更充分地享有作为一个普通美国人的权利，并不担心失去族裔文化身份的危险。"文化"和"主义"是知识分子的事情，与以实用主义为哲学的普通老百姓往往关系不大。尤其是族裔文化在美国语境当中暴露出不合理之处时，这种所谓"危险"就更不算什么了。

任璧莲的小说《典型的美国佬》通过拉尔夫·张家的故事，喜剧性记录了一个华裔移民家庭逐步放弃中国文化融入美国社会的过程。拉尔夫·张原名张意峰，到美国后为了称呼的方便改名拉尔夫。博士毕业后，拉尔夫做了教师，但他对美国文化的认同却主要是通过对美国大众文化的积极参与和享有来实现的。经过奋斗，拉尔夫一家在郊区买了房子，后来又开始经营美式"炸鸡店"，有了汽车。成功后的拉尔夫模仿"北方佬"的用法，称自己家为"张家佬"。他们已不再是中国佬，而是"典型的美国佬"。

一步步享有美国大众文化产品的同时，是张家对美国大众文化价值概念的全面接受。张的妻子海伦，热衷房产广告的诱惑性宣言，也梦想着与情人幽会的浪漫。而拉尔夫、张本人，则为美国社会的金钱理念完全征服。拉尔夫贴在自己办公室的美国警句，暗示了拉尔夫对美国价值观念的认同：

一切财富均来自思想。

能够想到的就能够做到。

不要等船驶过来，自己游过去。

除非你为金钱而工作到白热化的程度，否则你就绝不会赚得大笔的财富。[1]

他甚至教育孩子们说："在这个国家，你有钱，你什么事都能做。你没钱，

---

[1] 任璧莲：《典型的美国佬》，王光林译，南京：译林出版社，2004年，第207页。

你就不中用。你是中国佬！就是这么简单。"[1]

对美国大众文化的象征之一的"炸鸡店"的拥有，和因为炸鸡店的发财，张家终于成了"典型的美国佬"。

后来，拉尔夫在雨中拣了条别人丢弃的小狗带回家，妻子海伦的反映让人喷饭。

"一条狗？"一回到家，海伦就说，"现在，我们真的美国化了。"[2]

张家此时认同的不是狗的动物属性，而是狗作为美国中产阶级生活道具之一的文化属性。后来，拉尔夫也像美国人一样送狗去培训班训练，遛狗散步，与周围的人和狗社交。

尽管在任璧莲的笔下，这种文化认同具有喜剧的反讽效果，但其中的主人公并不察觉，他们真实而又强烈地向往着美国化，对自己本身的族裔文化遗产并无太多的顾念。

如果说任璧莲的小说还为读者展现了华裔美国人族性淡化的历程的话，那么，另一个华裔美国作家雷祖威的短篇小说集《爱的痛苦》就是另外的例子。其中收录的短篇小说没有给读者透露故事主人公的文化身份转折的轨迹以及现在的状态，在故事的开篇处，主人公的族裔文化身份就相当微弱和微妙。

以《遗产》为例。作品的叙事者"我"是一位华裔女性，在中学教书。父亲艾德赛尔"称我们为朋友，并要求我叫他艾德赛尔"，他的名字是他五十几岁时唐人街上的"药剂师"给起的，"听起来像英国人的名字"，"艾"成了他们家族的美国姓氏。[3]"我"的丈夫阿李是从中国大陆来的留学生移民，但"我"并没有因此而学会汉语。哥哥和姐姐都死于非命，但唯一幸存的"我"却在电视上公开反对要孩子。邻居吴太太已经八十二岁高龄，眼睛也瞎了。她的孩子们在其他城市居住，而她自己独居，瞎着眼"看"电视、点火做饭。不会说英语的吴太太和阿李用汉语交流。但最终警察在她儿女的要求下，用警车把她送进了老人院。因为躲避媒体的追踪采访，"我"进了吴太太的"家"。在那里，

---

[1] 任璧莲：《典型的美国佬》，王光林译，南京：译林出版社，2004年，第208页。
[2] 任璧莲：《典型的美国佬》，王光林译，南京：译林出版社，2004年，第261页。
[3] 雷祖威：《爱的痛苦》，吴宝康，王轶梅译，南京：译林出版社，2004年，第187页。

"我"看到吴太太在中国时的照片,也想起了自己过早去世的母亲的照片,终于悲上心来,泪如泉涌。后来,"我再一次朝院子里看去,但这一次,我看到的不再是最微小的东西,我的视线越过了难以逾越的距离:薄雾笼罩的灰色山脉,笼中的小鸟、稻田里分开腿劳作的女人。好一幅中国南部的景色,我还是从艾德赛尔挂在我们家的挂历上知道的。这是缠绕在我的DNA中的谜,是我的基因的最初颜色,它就是我的遗产。"[1]

在叙述者"我"身上,少有中国文化的刻痕,尽管她也吃父亲从唐人街带来的水饺。"我"的血液是"纯正的",但言谈举止对于吴太太来说,却"什么也不是,只是一个美国人"[2]。与大陆来的阿李的婚姻,似乎也不会有什么结果。"我"拒绝要孩子,阿李的纯粹血统和中国味也就不可能对"我们"的后代的族裔文化属性有何改善。孤独的父亲和更加孤独的"吴太太"的衰老让人心寒。但所有的一切都不能促动"我"身上的"中国味儿"的增长,"中国文化"之于"我",只是一种在孤寂中让人感动得落泪的想象的画面。

标题小说《爱的痛苦》中,叙事主人公"我"在一家制作香料的公司上班,汉语水平永远停留在五岁小孩的阶段,而年迈的母亲却坚持不学英语。前任女友曼迪不是华裔,但汉语特好,甚至会广东话,深得母亲喜欢,但最后投进了一个日本人的怀抱。弟弟贝九是商用美术画家,在岛上有房子,完全一个美国中产阶级。与弟弟往来的也都是珠宝设计师、律师等中产阶级白人。弟弟拒绝结婚,哪怕是找女朋友,母亲看见儿子和一群男人聚会、吃饭,却不知道自己的儿子是同性恋。母亲关爱儿子,但却不能进入他们的世界。儿子体会到母亲的孤独,却在语言的壕沟这边无能为力。

值得注意的是,在"我"和"贝九"身上,读者已经找不到任何明显的"族裔"的东西,困扰他们的不是什么"美国文化"与"中国性"的内在分裂,而是一种后工业社会中人的孤独和疏离。"我"的前任女友曼迪,小说中唯一一个对中国文化有浓厚兴趣,学会了汉语、广东话,还与母亲筹划着怎么过中国节日的人物,竟是一个白人。我们再次看到了文化与种族血缘的分离:华裔的血缘并不

---

[1] 雷祖威:《爱的痛苦》,吴宝康、王轶梅译,南京:译林出版社,2004年,第207—208页。
[2] 雷祖威:《爱的痛苦》,吴宝康、王轶梅译,南京:译林出版社,2004年,第192页。

一定就要拥有中国文化，反之亦然。

雷祖威的《爱的痛苦》共有十一篇短篇小说，但其中有四篇里的人物不是亚裔美国人，其余的几篇里少数族裔的身份也不突出。按照杰夫·特威切尔·沃斯的说法，"这些年轻一代的亚裔美国人看起来已经完全融入美国社会中了"。[1]但这只是看起来而已。

---

1 见杰夫·特威切尔·沃斯为雷祖威《爱的痛苦》中文版写的序言。

第五章　华裔美国文化话语权的性别之争

20世纪后半叶女性主义的兴起，使"性别"在"民族差别""阶级差别"之外成了一个主要的文学批评和文化研究的范畴，是谓"三大差别"。关注人类文明发展过程中男女的不平等现象、倾听女性的声音、考察女性主义与民族主义的复杂关系，也成为学术研究的热点。华裔美国文学的研究当然也不能离开"性别"角度的分析和观察。与一般的民族文学或者族裔文学不同的是，华裔美国文学的兴起是在美国国内民权运动的影响下产生的，但它作为一种族裔文学真正进入美国主流文学界，却是靠着华裔女性作家的创作成果。在美国后现代主义语境下，思潮混杂，莫衷一是，多元主义又允诺各自以空间和话语权，看似群龙无首的文化领域最终凭借文化资本的惯性和消费主义的市场导向决出了最世俗的"胜负"。后工业社会中女性对男权社会的批判、对女性平等权利的追求，其实并不具有颠覆性，在某种程度上，女性主义是文明进步尺度的标尺，是可以被主流社会男性接受的社会进步的结果。相反，在民族国家广泛存在的现实条件下，民族主义和族裔民族主义依然包含着某种颠覆性力量，是多民族国家政权需要谨慎管控的。文化市场向女性主义话语的倾斜也实在是一种必然。美国华裔女性作家的作品更为受欢迎也是这个原因。

但人并不必然在所谓现实面前安之若素、甘心接受。只要有不平等，就会有不满。族裔民族主义旨在消除种族文化歧视，女性主义旨在消除男性话语霸权，正是基于一种历史与现实的不平等。然而，对于华裔作家来说，情况就有点儿复杂。族裔民族主义要求族裔女性作家的民族忠诚，与男性作家一起一致对外，但女性作家显然不接受族裔内部的男性霸权，视之为首先需要革除的东西。

以赵健秀为代表的"族裔民族主义者"与以汤亭亭为代表的"女性主义"作家的论争，肇始于70年代，贯穿了华裔乃至亚裔美国文学发展近半个世纪的历程。这种表现为"性别大战"的族裔文学文化内部的争斗，也使性别的考量成为一个不可或缺的要素。

第一节　华裔文学叙事的男性话语

1882年排华法案以后，中国劳工移民美国的大门被紧紧地关闭了。由于白人种族主义的压迫和歧视，留在美国的华裔劳工也只能在洗衣店和饭店为美国工作。而洗衣和做饭向来被认为是女人的工作，这一点，当时欧洲裔的美国白人并没有什么高出中国人的地方。这一种族主义政策的恶果，除了盘剥奴役华裔劳工外，更恶劣的是形成了公众印象中"中国文化""女性化"的刻板模式。他们认为中国人天生软弱、消极、缺乏男子汉气度，喜欢从事洗衣、做饭等女性化的工作。而从事这些行当的恰恰是中国男性移民，他们将妻子留在了中国家乡，1924年的美国移民法案又明文规定禁止"中国妇女、妻子和妓女"进入美国。这样，这群被迫洗衣、做饭的中国男子，就成了普通美国人了解中国文化的窗口，进而成为中国文化女性化的表征。

白人媒体作为美国文化的代表，也在持续塑造着形形色色的另类、怪异、变态的中国人形象。先是"傅满洲"，然后是"陈查理"。傅满洲是邪恶的东方人的代表，是美国排华情绪的产物。为了折磨白人，他竟把他们送到自己女儿的床上，让女儿来"收拾"他们。陈查理是排华政策结束后的产物，代表了一种温顺、驯服而智慧忠诚的"属民"品质，是归化了美国文化后的东方人形象。二战期间中美两国的军事结盟根本改变了美国对国内华裔的态度，而"陈查理"式归顺的"华裔""华人"也成了美国主流媒体再现华人文化的主要模式。林语堂的《唐人街》、黄玉雪的《华女阿五》实际上可视为华裔作家自身对白人的中国"印象"和"期待"的主动回应。二战后美国唐人街社会的变化，最主要的莫过于因为移民政策的改变而来的妻女移民，根本改变了华埠光棍村的社会结构，而向家庭社会发展，和华裔对美国对外战争的积极参与而带来的华埠社会地位的提高。应该说，黄玉雪的《华女阿五》相当典型地反映了美国华裔社区的这一重大变化。

60年代兴起的少数民族民权运动，揭露了美国国内的种族间的不平等，也唤醒了华裔美国人的"族裔意识"。这种对抗性的社会氛围和激进政治思潮所催生的华裔美国文学，带着强烈的批判精神，开始重新审视华裔美国人作为一个少数民族在美国的地位，及其在美国媒体文化中的"刻板印象"。结盟时期温顺的"陈查理"开始遭受质疑，华裔劳工和华裔文化整体被白人文化恶意"女性化"的社会背景，在族裔民族主义者愤怒的法眼注视下，突然现出原形。以赵健秀、徐忠雄、冈田等为核心的亚裔文学团体，以此为起点，开始反击美国白人文化对亚裔（包括华裔和日裔）的媒体压迫和扭曲，倡导英雄主义的民族主义的文化"反话语"。

"反话语"有两种，一是揭露白人文化"女性化"华裔族群的虚构性，二是诉诸英雄主义叙事申明华裔文化的男性气质。在华裔男性作家的作品中，赵健秀、徐中雄、李健孙等等都比较偏向英雄主义叙事。

戏剧家黄哲伦稍有不同，其名剧《蝴蝶君》戏剧化地展示了白人男性无视华裔男性真身的"东方主义迷思"，因其与美国东方主义刻板印象的密切关联，我们这里先行述之。

一、"蝴蝶君"与东方主义男性迷思

黄哲伦的戏剧《蝴蝶君》（*M. Butterfly*）是华裔美国文学的一个奇观。在他之前，尽管有赵健秀在戏剧领域的破壁而出，但其影响并不大。《鸡笼支那人》《龙年》都是在外百老汇（Off-Broadway）剧场——纽约美国地方剧院（American Place Theatre）演出的。在美国戏剧的中心舞台获得巨大成功的是黄哲伦。他的《蝴蝶君》1988年先是在华盛顿国家剧院(National Theatre) 演出，然后在纽约百老汇由著名的尤金·奥尼尔剧院(Eugene O'Neil Theatre) 推出，导演约翰·迪克斯特 (John Dexter) 是美国著名导演，曾经在大都会歌剧院（Metropolitan Opera）成功执导过现代歌剧。《蝴蝶君》的演出获得了巨大的成功，这个成功是商业票房的，也是评论界的。《蝴蝶君》先后获得 1988 年托尼最佳戏剧奖（Tony Award for best play）、外围批评家奖 (Outer Critics Circle Award for Broadway best play)、约翰·伽斯纳最佳美国戏剧奖 (John Gassner Award for best American play)、新剧本奖 (Drama Desk Award for best new play) 等各种奖项。

《蝴蝶君》的成功得益于黄哲伦的艺术修养，更得益于他对美国东方主义迷梦的深刻洞见。80 年代，华裔美国文学和文化正处于蓬勃发展时期，东方文化再次成为美国公众关注的兴趣点之一。实际上，黄哲伦也正是沿着赵健秀和汤亭亭所开辟的道路，迅速走向美国文化的崭新舞台的。在 1980 年，黄的处女作《下船上岸》(F.O.B) 就被尤金·奥尼尔剧院接受，后由美国公众剧院（PublicTheatre）上演。尽管 F.O.B. 也获得了奥比奖，但影响并不算大。因为其主题不过是汤亭亭和赵健秀的作品某种延续，探讨的仍然是华裔美国人心里对东西方文化爱恨交加的矛盾心理。而《蝴蝶君》的主题则要复杂得多，也新鲜得多。西方男子在东方的罗曼史，一直是西方文学的流行题材，总是能撩拨起读者隐秘的神经末梢。著名歌剧《蝴蝶夫人》的长盛不衰正说明了西方对东方的持续幻想。《蝴蝶君》所针对的，也正是这种白种男人的东方主义幻想。我们当然可以说这是黄哲伦获得巨大市场成功的偷巧处，但《蝴蝶君》绝不是对西方男性幻想的再次撩拨、迎合、满足，而是反讽与嘲弄。《蝴蝶君》是《蝴蝶夫人》的反题，是后殖民时代对殖民时期的帝国男性的爱情美梦的一次彻底的拆解。混合了间谍案、同性恋、东西方冲突、种族文化范式等诸多问题，《蝴蝶君》以超乎寻常的想象力，凭借其对丰富主体的敏感把握，使黄哲伦进入了第一等美国戏剧家的行列。[1]

《蝴蝶君》的故事来自于 1986 年 5 月 11 日《纽约时报》的一则新闻：法国外交官和他的中国情人因为间谍罪被判六年监禁。中国情人是一个京剧演员，与法国外交官有一个儿子。但到审判时，外交官和普通公众突然发现他的"中国情

---

[1] Variety 对《蝴蝶君》的评论，见 David Henry Hwuang, *M. Butterfly*, Plume Book, 1989, 封底。

人"居然是个男人!

这个新闻让人震惊。同样震惊的也有尚未成名的黄哲伦。这个故事包含很多信息,但最骇人听闻的,还是西方文化长期以来把中国文化女性化同时把中国男人女性化的"活的灵魂"。这个活的灵魂塑造了忠诚、谦卑、柔弱而美丽的"蝴蝶夫人",诗化了西方白种男人对远东的性幻想。新闻中的外交官对"中国情人"性别的不察,是一个偶然,也是一个象征,表征他们对"温顺的东方"的一厢情愿的"东方主义"话语制造的执著。

《蝴蝶君》致力揭示的正是西方白人文化"听起来很美"的浪漫之下对中国乃至日本文化的"女性化"背后的殖民主义文化逻辑。

《蝴蝶君》的故事发生在20世纪60年代的中国大陆和80年代的法国。法国驻中国外交官格雷马德(Gallimard)在一次晚会中迷上了演唱"蝴蝶夫人"的中国演员宋丽玲(Liling Song),认为宋就是他心目中的"蝴蝶夫人",柔弱、谦卑、顺从、贞节、美丽。这种迷恋最后发展为狂热的爱情。对于宋在约会中坚持不脱衣服的行为,格雷马德把它当作东方女性的含蓄之美,爱得更疯狂。在宋丽玲这边,因为谍报需要,他也就只有继续假扮女人。他甚至因为"革命需要",当然也是格雷马德的需要,从别处找来了一个混血的孩子当作他们"爱情的结晶"。格雷马德陷于自己的"蝴蝶夫人"幻想中,竟然不辨真假。

实际上,宋丽玲从一开始就指出了格雷马德对"蝴蝶夫人"之热爱背后的种族偏见:

> 这样想想吧:如果一个金发女郎疯狂地爱上了一个双腿短小的日本男人,你会怎么说?那日本男人粗暴地对待她,然后回家一去就是三年。在这三年里,金发女郎每天对着他的照片祈祷,拒绝了肯尼迪家的一个年轻绅士的求爱。最后,当她发现她的日本爱人结婚了的时候,坚决地殉情自杀了。我相信你会认为这个女人是个十足的傻瓜,对吗?但是,因为(蝴蝶夫人)故事中是那个东方女子为西方男人殉情自杀,所以你会觉得那故事很美丽。[1]

---

1 David Henry Hwuang, *M. Butterfly*, Plume Book, 1989, p.17.

格雷马德意识到了宋丽玲作为东方人对西方男子恣意占有东方女子的愤怒，但他并没有反思自己作为西方人对东方的欲望和幻想，而是一如既往地爱着温顺柔弱的东方女子和她对西方男子无条件的爱情。在他看来，宋丽玲就是他理想中的"蝴蝶夫人"。直到庭审，宋丽玲裸体显出男身，格雷马德才意识到自己所爱的虚妄。他并不爱作为男人的中国人宋丽玲，真实的宋对他来说，就像一块随处可见的汉堡包，没有任何价值。他爱的是宋丽玲所精心扮演的温顺、柔弱的"蝴蝶夫人"，而后者作为意象，是他作为一名西方男子对东方之欲望的幻化。正如格雷马德在戏剧中的君子自道：

  我爱的女人是我的想象力创造出来的女人。[1]

  我有一个关于东方的意象，其中，一个穿和服的温柔美丽的女子会为了一个其实一文不值的西方男人献身。那女子天生就是为了成为一个完美的女人，她接受我们给与的各种糟践，却无条件地回报爱情。这个意象成了我的生命。[2]

  蝴蝶夫人不是日本人，不是东方人，而是西方人对日本人东方人的想象。正如格雷马德故事即将结束时在镜子里看到的，"镜子里没有别人，只有我，蝴蝶夫人"[3]。

作为《蝴蝶夫人》的"后"作，黄哲伦的《蝴蝶君》揭示了"蝴蝶夫人"的虚构性，显明了在蝴蝶夫人爱情故事背后的种族关系和文化关系，矛头直指西方文化霸权主义及其"东方主义"话语体系。对于《蝴蝶夫人》，《蝴蝶君》是一次戏仿，一个反讽，一次拆解。它所调侃的，并不仅仅是被自己美梦所迷惑的法国公使格雷马德，更重要的，是格雷马德所代表的西方文化，那种视自己为男性而把所有非西方都视为女性的西方文化。

在《蝴蝶君》的后记以及其他文章中，作为华裔作家的黄哲伦也明白地表示了自己对"东方主义"的感知和愤怒。他尖锐地指出，在殖民主义世界中，因为

---

[1] David Henry Hwuang, *M. Butterfly*, Plume Book, 1989, p.90.
[2] David Henry Hwuang, *M. Butterfly*, Plume Book, 1989, p.91.
[3] David Henry Hwuang, *M. Butterfly*, Plume Book, 1989, p.92.

顺从，男女两性的原住民都具有了"女性"特征。[1]少数族裔男性的女性化，不是一个客观的事实，而是主流宰制民族文化的"发明"。他甚至还批评当代美国外交中依然存在的"新殖民主义"对"东方主义"衣钵的继承。[2]

然而，《蝴蝶君》的"解构"效果绝对不能被夸大了。宋丽玲最后显明了男性的身体，戳穿了西方男子关于东方女子的"性梦"，但在气质上，宋丽玲仍然是女性化的，尽管他是在扮演女性。对于坐在百老汇或者伦敦大剧院的西方中产阶级白人观众而言，这次"解构"也显得像是一次花样翻新的"调情"。在《蝴蝶君》的第二幕和第三幕之间，有一个五分钟的休息时间，宋丽玲面对观众请他们去休息一下，而他自己要卸掉女人的装束，变回男儿身。但观众们每每都不愿离开，仍然静坐着期待宋的性别转换。[3]宋的变性，对于在座的观众来说，很难说是有力的讽刺，它唤起的不是对"东方主义"的批判，而是一种别样的猎奇的欲望。

在《蝴蝶君》之后，百老汇又上演了一部关于亚洲的戏剧——《西贡小姐》，其上座率、演出场次也都高于《蝴蝶君》。但它并非《蝴蝶君》的姊妹篇，而是《蝴蝶夫人》的"越南版"。在戏剧的故事中，依然是一个越南姑娘痴心地爱着美国大兵，甘愿为他去死。在东亚和美国的关系上，美国依然是"男性的、英雄的、优秀的"，而东亚依然是"女性的、柔媚的、顺从的"，东亚以女性之身深深爱着美国英雄。西方的"东方主义"还在继续。《西贡小姐》的广受欢迎只不过再度说明了一个社会心理学事实：西方白人男子关于东方女子的"幻想"依然鲜活有力，而歧视性的"东方主义"也不因为东方人的反抗就立刻销声匿迹。"东方主义"的心理根源，在于西方中心主义，而西方中心主义的根源又在于世界政治经济格局中西方文化的相对强势。这种差异性的不均衡格局，是历史形成的事实，绝非朝夕之间可以改变的。

然而，时代毕竟在变。皇帝的新衣被揭穿之后，再穿出来招摇只能是一个笑话。

---

[1] David Henry Hwuang, *M. Butterfly*, Plume Book,1989, afterword, p.99.

[2] David Henry Hwuang, *M. Butterfly*, Plume Book,1989, afterword, p.99.

[3] Robert Skloot. Breaking the Butterfly: The Politics of David Henry Hwang, 1990, see Lawrence J. Trudean(editor), *Asian American Literature: Reviews and Criticism of works by American Writers of Asian Descent.* Detroit, London: GALE, 1999. p.159.

二、男性气质与华裔男性的英雄叙事

对于男性华裔作家赵健秀而言，男性是民族文化当然的代言人。因而华裔民族主义写作的主要任务也就是重振男性雄风。在具有开拓意义的早期戏剧中，赵健秀塑造了新型的华裔青年男性主人公的形象：《鸡笼支那人》中的林泰和《龙年》中的 Fred。这两位唐人街长大的华裔青年既不邪恶怪异，也不温顺柔弱，而是富有才智、血气方刚。对于白人种族主义的压迫、偏见与华裔父辈苟且偷安的窘状，俩人痛彻心扉，不断地对其进行反击、讽刺和挖苦，可谓"语言斗士"。两者身上，体现了赵健秀最初提倡的"造反精神"。这种不顺从、反叛、独立、另谋出路的姿态，甚至表现为或隐或显的"弑父情结"。

但男子汉绝不仅仅是一种飘在空中的气质，它几乎是无一例外地要通过"力量"来彰显。这种"力量"是言语中的强力，也是实践中身体的暴力。《龙年》中弗雷德的弟弟强尼因为不堪忍受郁闷压抑毫无出路的生活，走上街头，加入了青年帮会团伙的暴力活动。而《鸡笼支那人》中的主人公林泰对自己懦弱的父亲厌恶之极，把一个黑人拳击冠军当成他的偶像。在剧中，林泰就是为了寻找精神的父亲，而跋涉至黑人社区向拳击冠军的"父亲"取经的。

随着华裔文学写作的进一步发展和自身思想的变化，赵健秀后来又专心在华裔文化的历史传统中寻找英雄主义的初始典范。孙子、桃园结义的刘关张、水浒英雄等逐渐成为他建构文化民族主义的主要精神资源，他甚至把天使岛、旧金山等华裔美国人早期登陆美国的地方想象为第二个"水泊梁山"，把英雄主义视为华裔美国人民族精神的根本所在。在1991年发表的《唐老亚》中，他借助华裔小男孩的想象，回到当年华裔劳工修建美国太平洋铁路的现场，目睹关公率领华人辉煌地赢得了与爱尔兰人的铺路速度的竞赛。因着华裔先辈的荣耀，十二岁的唐老亚破除了白人教育灌输的华裔软弱、消极、缺乏冲击力等刻板印象，获得了对华裔文化的认同。

也许因为文人的职业所限，充满了造反精神的赵健秀尽管有"唐人街牛仔""华裔美国文学匪徒"之称，他对"暴力"的推崇和向往并没有超出文本的边界，与其笔下的大多主人公一样，他更多的是个言语中的"斗士"。

真正成为力量型勇士的华裔作家，先后有两位。一位是赵健秀同时代的同志、编辑亚裔作家文学的主要合作者——徐忠雄，他曾是出色的赛车手，获得过冠军奖杯。在他的小说《家乡》中，徐忠雄的叙事主人公就是一位有着运动力情结的华裔男性。另一位是李健孙（Gus Lee），美国著名军事学府——西点军校的学生，后来在军界担任律师。他的小说《支那崽》及《荣誉与责任》，以自己的成长经历为蓝本，刻画了一个华裔男孩在暴力中成长为一名光荣的男子汉的系列画卷。

对暴力的亲身经历和对武力的亲密接触，使李健孙的自传性小说成为我们分析族裔英雄主义与暴力关系的最佳文本。

《支那崽》中的丁凯，出身于一个中国官宦世家、书香门第，父亲是国民党军队的军官，后携家眷移民美国。按照母亲和伯伯的教导，丁凯应该做一个读书人，将来入翰林，报效国家。后来母亲病故，父亲娶了白人继母。继母武断而霸道，她销毁了家中一切她认为有中国味的东西。因为贫穷，他们住在一个黑人居多的社区，街头暴力不断。瘦小的丁凯成了社区黑人小孩暴力争斗的牺牲品，经常被打得鼻青脸肿。但冷酷的继母还是把幼小的丁凯关在了家门外，让他在街头学习自我生存。在墨西哥裔的机械师赫克托的建议下，父亲同意送丁凯去基督教青年会学习拳击，以增加抵抗能力。经过刻苦的训练，丁凯最终学会了拳击，战胜了恐惧，在巷战中用正规标准的拳法战胜了街头霸王——黑人男孩"大个子威利"。小说以丁凯遭受威利的毒打开始，以丁凯成功打倒威利在街区的霸权，并向继母宣称自己的独立结束。

对于柔弱瘦小的丁凯，暴力是个巨大的伤害；对于基督教青年会拳击训练班培养出来的丁凯来说，暴力又成了他建立自我的主要工具。对暴力或者说力量的认同是丁凯个人身份建构的核心要素。

值得注意的是暴力的两面性。无序的过度的暴力使黑人长时期留在美国的黑暗地带，暴力也永远是暴力，与犯罪相连，与威胁社会安全相连。被掌控的暴力——如拳击、军队等，却是力量的象征、英雄的品质。丁凯对拳击的习得最终使他在压迫和罪恶面前站立起来，获得了英雄的桂冠，得到白人社会规则的认可。在《支那崽》的续篇《荣誉与责任》中，丁凯还顺利地进入了西点军校，而把那些在街头打斗的黑人远远留在了后面。

在谈到美国文化与暴力关系时，理查德·斯洛特津（Richard Slotkin）指出，美国有一个长久不衰的神话般的信念，即美国性格是在欧洲移民与新大陆上的蛮荒及野蛮土著人的斗争中形成并衍生的。不可思议的美国个体——孤胆英雄，总是自己一个人战胜不可预测的危险。美国式的"成长"在某种意义上就是"暴力"中的成长，更重要的，它还是"暴力"的成长本身。[1] 通过对暴力的使用和掌控，盎格鲁－撒克逊族裔主导的美国文明得以形成，而相反，美国荒野的威胁性的暴力以及野蛮的原住民劣质的暴力则被排除在"文明"之外。

就华裔男子丁凯而言，他的男子汉英雄品质的建立同样是在对暴力的掌握基础之上的，但他同样并非简单地认同暴力，而是认同合法的暴力——力量。简言之，丁凯认同的是美国国家的合法性暴力。在这一关键点上，丁凯认同了美国的力量文化，并将中国文化中的"关羽"意象、纲常道德与美国军队的职责、荣誉等微妙地焊接在一起，形成了一个华裔美国人男性英雄汉的新形象。

但丁凯以英雄的名义拥有暴力的单纯意念，实际上是危险而不牢靠的。当他西点军校的师生同伴相继奔赴越南战场"为国家建立功勋、保卫自由世界"时，他所效忠的国家暴力机器已经暴露出它狰狞的面目。风起云涌的反越战运动，及其相伴随的少数民族权利运动，所极力反对的正是美国国家对暴力的滥用，而族裔意识的觉醒，也体现在少数族裔成员对白人通过暴力压迫第三世界民族和国内少数民族的觉察和批判上。

在这个角度看来，丁凯的成长过程尽管建构了华裔男子英雄汉的形象，但他并没有明显自觉的华裔民族意识。他对中国文化的整合，仅仅补充了他对美国国家合法暴力的简单理解。中国的战神"关公"在他那里也不过是对荣誉的忠诚和坚贞而已。而西点军校也被他视为是美国的"翰林院"。种族意识于迷信肌肉和暴力的青年丁凯来说是个盲点。60年代的美国民权运动对他似乎没有丝毫影响。

---

[1] Viet. Thanh. Nguyen, *Race and Resistance*, Oxford University Press, 2002, p95.

相比之下，赵健秀对"暴力"英雄的求助完全是另外的战略。同样崇拜"关公"，赵健秀心目中的关公却不单单是一个战神，或者是忠义的象征。关公更重要的意味着对"桃园结义"的忠诚，而"桃园结义"则是刘关张三人结盟对抗腐败朝廷的宣言。赵健秀更看重关公的为正义的"反抗性格"。而这种"反抗性"，在赵看来才是华裔美国文学民族精神的真正所在。在他的意识中，桃园英雄不是国家的御林军，而是与水泊梁山的草莽好汉的对等物、统一体，都是团结抗战、反对压迫和暴政的社团。他笔下的林泰、弗里德以及小唐老亚等人物形象，不像《支那崽》中的丁凯，有着成为"猛男"渴望，而更多的是一种心理、意识和精神上对白人种族主义的猛烈反抗。

也正是在这一点上，赵健秀遇到了麻烦。因为国家不仅垄断了对暴力的使用和掌控，而且也掌握了媒体及文化产品对暴力的表现。对于美国政府来说，盎格鲁－萨克逊种的美国人完全掌握了对暴力之合法与否的解释权。暴力对于白种美国人几乎永远是一个褒义词，意味着男子汉，意味着英雄气概，意味着白种美国生生不息的生命活力。这种深藏的文化机制将美国的国家暴力合法化，哪怕美国是在用暴力压迫乃至侵略别的国家和民族。对于被压迫的群体来说，暴力倾向却只能是一个负面的特征，意味着犯罪和社会失序。因而赵健秀的文学批评和文学写作对男性暴力的求助，一开始就蕴藏着危机。尽管他的初衷是恢复华裔男性的男子汉雄风，是一种性别重建，但内在于美国文化深处的种族主义机制却早将性别种族化了。这种种族主义机制凭着对暴力的国家性合法拥有，而将少数族裔的反抗视为非法的挑衅，无论这种反抗、挑衅是实质性的还是话语性的。

借着少数民族民权运动的强烈攻势，赵健秀和早期亚裔作家群体得以冲出牢笼，在美国文化舞台上发出了撕心裂肺的第一声"哎呀呀"。有人曾用"许多第一"来概括70年代亚裔美国文学"冒现"的特点：第一个在美国剧院上演的亚裔剧本，第一本亚裔作家选集，第一个亚裔小说。等等。但这声呐喊的音量和效果却是另外一回事。这种破茧而出的诞生，更多借助了黑人文化团体的帮助，它不是横空出世君临天下，而是借用黑人的语言在黑人的身后或者旁边大声叫喊。赵健秀等人的作品很多也是在黑人掌握的出版社出版，或者由小出版社发行。销量一直不佳[1]，社会的能见度其实相当低。表面看来，美国社会好像对华裔族裔文化民族主义运动支撑的文学创作未加干预，但图书市场领域的种族意识，已经做出了自己的判断和选择。

社会需要对暴力的掌控，文学也需要对痛苦和暴力进行充分的过滤，以便进入文化市场。60年代过后，尘埃落定的美国社会开始用多元文化主义的文化机制来吸纳族裔文化复兴运动带来的对社会的冲击。反对种族主义的"控诉文学"和"伤痕文学"因其激烈的政治倾向，也越来越不合时宜。"文学匪徒"赵健秀的落寞已经是时代的命定。

《支那崽》是美国90年代的畅销书。第一次印刷，企鹅出版社就发行了75000册，先后十次再版。1991年连续六个月名列畅销书榜，并荣登《纽约时报》畅销书榜，被美国国会图书馆协会选为过去五十年最佳图书之一。[2] 这一巨大的成功有着复杂的社会背景，但作品本身的写作风格也是一大原因。正像美国评论家杰夫·特维切尔·沃斯在中文版《支那崽》的序言中所指出的那样，"尽管全书充满了暴力的描写，但李健孙的诙谐笔调大大地缓和了暴力的火气。"[3] 更何况丁凯对暴力的"掌握"和"学习"是在基督教教会青年协会和美国西点军校的教导和帮助之下，"暴力"已经变成了文明的男性"力量"。

实际上，表现在《唐老亚》中的"暴力的火气"也大大减弱了。小唐老亚梦中的"关公"尽管对于美国白人文化来说像一个异教的神灵，但他毕竟是在率领华裔劳工为美国太平洋铁路的建设而勇往直前。现实的唐人街中的"关公"，也更像是一种族裔文化仪式的庄严彩排。当小唐老亚与他的白人同学因为意见不和而打起来时，唐老亚的父亲——那个铁路搬闸工、关公的扮演者——King Duk及时阻止了两人的争斗，语重心长地教导唐老亚说：他是你的盟友，不是敌人。我们还不能一厢情愿地推断说赵健秀在这里已经开始寻求与白人文化的和解，但其早期的冷嘲热讽的对抗姿态显然改变了，他至少开始了与主流文化的沟通。这

---

1 在《哎呀》修订版序言中，赵健秀曾抱怨说，约翰·冈田的《顽劣小子》从发行15年以来，其第一版1500册还没有卖掉。见 Aiiieeeee!, Chinese and Japanese Amereican Literature, p.22.

2 李健孙：《支那崽》，王光林、叶兴国译，南京：译林出版社，2004年，第395页。

3 李健孙：《支那崽》，王光林、叶兴国译，南京：译林出版社，2004年，第3页。

一沟通的结果,《唐老亚》也成了畅销书,首版销售 37000 千册。[1]

第二节　木兰新说——华裔美国文学的女性话语

"女子无才便是德"是旧中国的老话,但绝非假话,对女子教育权、表达权的限制和剥夺是旧中国封建文化的基本现实。对于美国的中国移民来讲,这种同样的基本现实到了黄玉雪一举成名时依然顽固存在于美国的华人社会。《华女阿五》中美国大学里的华裔女生"黄玉雪"是旧金山唐人街绝无仅有的特例,她有开明的父亲,但即便如此,对玉雪读书上大学的想法,父亲也是在剧烈反对后才不情愿地接受的,但他拒付学费,而同样读书的哥哥则却无条件地得到了父亲的资助,只因为是男孩。剥夺教育权的同时,对女子表达的限制就更自然而然了。汤亭亭的名作《女勇士》的开篇,就是一个被母亲内化了男性家长的禁令:不要对别人讲家里的丑事。

二战后,美国大学的扩张和对少数族裔的开禁,使更多的华裔美国女性走进了大学,接受所谓现代西方文明的洗礼。暂时抛开教育中存在的种族主义问题不谈,我们应该承认,这种教育的开放使得华裔女性年轻一代开阔了眼界,增长了知识,获得了更多的自由和更大的生存空间。60 年代的民权运动促进了华裔美国文学的"破土",而同时兴起的女权主义运动则促进了华裔女性性别意识的苏醒,两股潮流的汇合,便有了华裔美国文学女性的亮丽登场。

1976 年汤亭亭的《女勇士》一出版,即成为畅销书,首版 5000 册精装本几乎是一夜之间被抢购一空,加印的 4 万册也随后告罄。《纽约时报》的评论专家约翰·里昂纳德等白人批评家给予的高度评价,使《女勇士》一举获得当年美国国家图书评论奖。1979 年,美国《时报》(Times)把《女勇士》评为 70 年代十佳非虚构类作品。很快,它又进入了大学的文学讲堂,与黑人女作家托尼·莫里森和艾丽丝·沃克等的作品并列,成为族裔研究、女性研究、文学文化研究的必

---

[1] 数字来源据张子清:《与亚裔美国文学共生共荣的华裔美国文学》,华裔美国文学丛书总序。

读书目之一。接着，美国的中学教材也开始选用《女勇士》的段落。至1990年，据美国现代语言协会的统计，"《女勇士》是当今活着的作家当中被大学讲堂讲授得最多的作品。"[1] 汤亭亭之后的另外一个华裔女作家——谭恩美的出版业绩更是大得惊人，她1989年的《喜福会》首版精装本的销售就高达27.5万册，在《纽约时报》畅销书排行榜上连续保持9个月之久。

与华裔（亚裔）男性作家的愤怒大喊然而听者寥寥的窘状相比，华裔女性作家在美国文学界、学术界以及普通大众图书市场的成绩可谓"石破天惊"。在《美国新移民文学》中，Shan Qiang He 称80年代后为华裔美国文学的"繁荣阶段。"[2] 而华裔女性作家的骄人战绩，则使李磊伟称由《女勇士》开创的20年为华（亚）裔美国文学的"女性主义阶段"。[3]

对于被主流文化消音了百年的华裔美国人来说，女性作家的这个突破本应该是可喜可贺的。但事实并非如此。《女勇士》一出版就造成了华裔美国文学的分裂。这种分裂表面上是赵健秀与汤亭亭的分裂，而实质上是女性主义与华（亚）裔美国文学文化民族主义的分裂。

在《女勇士》出版前，赵健秀就通过书信告诉汤亭亭他自己的看法：作为一种新的写作风格，《女勇士》是令人欣赏的；但对出版商将它作为传记推销的做法，赵健秀深恶痛绝。他提醒汤亭亭，白人读者很可能把《女勇士》中所写当作真正的、真实的中国人的故事，建议改为"虚构类"作品以避免误读。他并不看好故事的模式，因为在他看来，《女勇士》只不过在重复那些"中国自传"的老调：灵魂深处的东西方冲突，和最终的向西方臣服。

但汤亭亭并没有采纳赵健秀的意见，而是同意了出版商将作品归类为"非虚构"的"传记"做法。在给赵健秀的回信中，汤亭亭说文类本身并不重要，因为美国白人对中国的故事本来就分不清真假，而她自己极力想避免的文类只有一个，那就是：政治性的争论和倡议。因为：

---

[1] David Leiwei Li, *Imagining the Nation: Asian American Literature and Cultural Consent*, Stanford, California: Stanford University Press, *1998*, p.57.

[2] Alpana Sharma Knippling, *New immigrant Literature in the United States*, Greenwood Press, 1996, p.59.

[3] David Leiwei Li, *Imagining the Nation: Asian American Literature and Cultural Consent*, Stanford, California: Stanford University Press, *1998*, p.16.

政论性文学使作家停留在概念的表层；它使亚裔美国作家和种族主义者们处于同样的思维轨道，而我们所做的不过是提供对话的另一方，正如阴对阳一样；黑人作家在50年代时已经那样来写作了，而我们所做的不过是把黑脸换成黄脸，而从来没有在艺术上有所进步和更改。[1]

没有理由认为汤亭亭是故意与赵健秀作对，反对其文化民族主义的写作主张。在《女勇士》写作前后汤亭亭似乎都不了解赵健秀等人在编辑《哎呀》中的愤怒和美好愿望。但两者的分歧确实是明显的，而且随着《女勇士》的日益走红和汤亭亭作为华裔作家文学地位的节节攀升，两者的分歧和矛盾也逐步升级了，成为华裔乃至整个亚裔美国文学发展中的重大事件。

汤亭亭并非理论家、批评家，未曾有关于华裔美国文学写作的系统论述，她更多地通过文学创作和接受采访来表达自己的观点。总括起来看，她主要在以下几个方面形成了对赵健秀等人主张的挑战：

地缘文化上，与赵健秀等人对美国华埠和华人工作过的美国地理的封闭式选择不同，汤亭亭的文学没有拒绝对中国根的联系，而是把中国故土纳入笔下的想象空间，使"中国性"成为其文学创作的主要亮点。

在文学政治上，汤亭亭拒绝了赵健秀风格的"愤怒的、年轻的、男性的、极端的、政治化的喊叫"，而追求一种和平的调和。

在文类选择上，摒弃了赵健秀对文类，尤其是自传的过于敏感的政治判断，自由选择，杂取百家，并用形式主义文论的精神给予调和利用，在艺术形式上创造出新，形成了自己独特的文风。

在文学写作与族裔文化再现的关系上，汤亭亭拒绝作家对民族政治的重担，拒绝文学家作为族裔文化的代表出现，做族裔文化的"发言人"，主张文学创作的独立价值，为文学写作的个人性与普遍性辩护。

作为女性作家，汤亭亭被誉为是女性主义者，她坚持女性主义的立场，但并不放弃对族裔文化的继承。但与赵健秀等人坚持文化的纯真性、地道性相比，汤亭亭提倡文化的交流和融合，反对文化纯粹论，而主张文化的杂化更新。

---

1 David Leiwei Li, *Imagining the Nation: Asian American Literature and Cultural Consent*, Stanford, California: Stanford University Press, *1998*, p.46.

以下我们将展开论述之。

一、魂系中国——重绘华裔文化地图

与赵健秀、徐忠雄等男性作家对美国华埠的热衷不同，汤亭亭的《女勇士》一开篇就把读者引进了遥远而神秘的中国故土。先是"无名氏"的姑姑因为不甘寂寞与人通奸而被同族的村民活活地逼死，然后是花木兰神秘的习武与征战，第三章则是母亲"勇兰"走出山村学习现代医学的故事。第四章里，阿姨月兰到美国寻夫，发现丈夫已另娶她人，恪守妇道的月兰精神崩溃发疯，住进了神经病院。最后一章讲出生在美国的小女孩自己痛苦的成长过程。整部书中的主要故事，多半发生在中国，只有月兰寻夫的"西宫门外"一章和小女孩成长的"羌笛野曲"一章主要以美国为背景。即便发生在美国的故事，也中国味儿十足。"西宫"和"羌笛"的标题本身就暗示了这一点。而且，月兰的性格完全是旧中国文化的产物，美国背景只衬托出了中国妇德和男权的异类；羌笛一章也有意拿蔡琰在匈奴的经历与华裔女孩在美国的生活相类比。

有意无意的，《女勇士》都很像是一个中国故事，正如其副标题所指明的：它是一个华裔美国女孩对其在群鬼中度过的童年的回忆。异国情调的标题和小标题，加之以奸情、功夫、女人、神秘等的诱惑，《女勇士》的包装也算是吊足了美国读者的胃口。至1990年，《女勇士》已经销售50万册。[1]

事实上，美国读者也真的是把它当作中国文化或者华裔美国文化的生动注解来阅读的。一个名叫 Vivian Hsu 的作者在1983年发表在《国际妇女研究》上的一篇文章中，称汤亭亭为"心理自传作家"兼"人种志作者"。她说，《女勇士》的九个主题基本涵盖了华裔普遍特点，这使其可以作为华裔美国人的"人种志"来阅读。[2]

白人女性主义者更欣赏《女勇士》对中国妇女或者说华裔女性所受压迫和

---

[1] Edward Iwata, Word Warriors, *Los Angeles Times*, June 24, 1990, Sunday, Home Edition.

[2] Lawrence J Trudean, *Asian American* literature: *Reviews and Critics of Works by American Writers of Asian Descent*. Detroit, Lodon: GALE, 1999, p.219.

奴役的描写。如丹妮（Diane Johnson）1977年2月在《纽约书评》上撰文指出：在生动的个人经验的独特性中，通过相当不错的艺术手段，汤亭亭揭示了普遍性的女性困境和女人的愤怒，而这是乏味的概括性的社会科学和仅仅记录事实的历史所不能达到的。但这似乎不是夸耀汤亭亭对普遍之女人本性探索的深度，她是在认定汤亭亭"回忆录"的族裔文化特殊的真实性。在文章的稍后部分，她令人震惊地就旧金山华埠发表了她的观感：华裔美国文化是出了名的难以同化。在旧金山唐人街你还会经常发现甚至第四代、第五代的华裔都不说英语，几代人的时间也没有抹掉他们对美国文化的不信任。[1] 换言之，在她眼里，"华裔美国文化"实际上就是"中国文化"在美国地图上的密封性保留，两者没有什么质的区别。这样，汤亭亭"自传"的价值，也就在于它艺术地、典型性地展现了封闭的华裔美国社会的文化现实，也就是中国文化的现实：男性对女性的压抑，以及女性的"普遍性的困境和愤怒"。

这种白人的、女性主义的欣赏口味也表现在文学选集的对《女勇士》的选段编纂上。《女勇士》有五章，有表现女性悲惨命运的，也有表现女性英雄主义理想的，但大多数文选和教材都把"无名氏（no name women）"一章作为选文，因为其中描写了一个中国女子的不堪活寡而通奸被处死的悲惨命运，正揭示了传统文化中女子受压迫的社会现实，并表达了女子无权说话、被男权文化强行消音的文化困境。

作为中国学人，我们无需否认中国传统文化压抑女性的历史，也不能否认。对《女勇士》女性主义的解读，自有其深刻合理的地方。但同样不能忽视的是，这种女性主义的解读方法实际上还掺杂着白人文化至上论的思想。在后殖民话语日益普及的当今人文知识中，这种文学典籍编纂中的"白人中心主义"无疑更明显了。本来，《女勇士》之用"女勇士"作标题，在于作者对花木兰传说的重视，在于叙述主人公"我"对英雄的、独立的、善良的、刚柔相济的花木兰的精神认同，而非对"无名女子"的认同。但少有文学选集的编者去选"白虎山学艺"。对"无名氏"的选择更适宜美国主流文化对少数族裔文

---

[1] Lawrence J Trudean, *Asian American Literature: Reviews and Critics of Works by American Writers of Asian Descent*., Detroit, Lodon: GALE, 1999, p.210.

化的位置安排。

就选择"无名氏"来讲，白人读者和批评家也似乎对其中折射的种族关系视而不见。"无名氏"守活寡的原因是丈夫远在美国，而美国当时的移民法则严禁一切中国女子入境。月兰婚姻失败，也有美国移民法案的原因。但像 Danie 这样的批评家，因为其白人身份而来的民族意识上的盲点，却会毫不怀疑地认为无名女子的悲惨命运完全是中国文化的男权主义造成的。

汤亭亭没有在自己的作品中高喊"打倒种族主义""反对民族压迫"等口号，但这并不等于她就认可白人的种族主义行径和种族歧视的思想。在《女勇士》的相当多的细节中，细心的读者都可以找到她对华裔美国人所遭受的民族压迫和歧视的揭露。说她刻意迎合白人的欣赏口味，确实冤枉了她。

汤亭亭在文本的操作上确实是回到了"文化的东方"，她甚至故意营造渲染一种神秘的东方中国文化的韵味，以吸引美国读者。但她并没有被市场和白人趣味牵着鼻子走，而是欲擒故纵、与虎谋皮。我们当然可以从文化霸权的角度，说"中国性"乃是美国种族主义的"东方主义话语"为华裔美国人作家设定的"文化展区"，赵健秀等男性作家——坚决的文化民族主义者正是坚决拒绝进入这个"展区"被人"观赏"的。赵健秀们是有骨气的，但他们的冲天怒气蒙住了眼睛，模糊了判断。进入"展区"后，展示者其实还是有机会保持其主体性，做真正的自我展示和文化表演的。汤亭亭正是这样做的，她的作品对"中国"文化空间的进入，不是与"东方主义话语"的合谋，而是貌合神离，同床异梦。她是在美国社会关于中国文化的"东方主义话语"之中，用挪用的手段，来进行自己的"反话语"文化表达的。

汤亭亭笔下的"中国"，就《女勇士》中所表现的而言，是复杂多面的：她一方面神秘、迷信、封建、愚昧、压迫女性，另一方面，她也刚强、坚韧、爱好和平、富于理想。她制造"无名氏"和"月兰"的悲剧，也陶炼像花木兰和勇兰那样的敢于奋斗拼搏的女勇士。如果美国文化市场因为《女勇士》中所反映的中国文化的负面，而兴奋欣喜，如获至宝，那是美国文学批评界的错误，而不是作者汤亭亭的。他们的自高自大遮蔽了文化良心的反思性，也使他们对美国种族主义、帝国主义对中国的有意伤害视而不见。我们不能要求文学家在文学中旗帜鲜明地反对种族主义。但必须提醒批评家注意"中国文化"与美国资本主义的复杂关系。

《女勇士》对"中国文化"的再叙述的积极意义还在于：与被誉为"华裔美国文学之母"的黄玉雪不同，"黄玉雪"的成功更多地靠白人朋友的提携和对白人先进文明的学习，其传记《华女阿五》有明显的白人文化中心论的嫌疑。而汤亭亭和《女勇士》中的"我"却不是从美国白人文化传统和所谓"现代文明"中寻找女性独立的精神支柱，而是从中国文化的女英雄传说（花木兰和蔡琰）中汲取奋发向上的精神能源。蔡琰的传说出现在全书的结尾，更具象征意义：异域文化是可以被容纳的，不一定要敌对排斥，学会了胡语与胡笳，一样可以抒发汉家女的幽幽情怀。

汤亭亭对"中国文化"的"魂牵梦绕"也绝不意味着她对美国文化的远离和拒绝，实际上，她是站在新生代华裔的立场，检查故国文化的资源和包袱，并同时审视宿主国——美国文化的现实，选择、挪用、融合，以形成自己对华裔美国文化属性的理解和向往。正如后来的吉尼斯版的《木兰》是美国电影一样，她的《女勇士》也是美国小说，是在美国的文化环境中向美国读者讲述的华裔美国人记忆中的"中国故事"。

二、和平主义——"羌笛野曲"的音色政治

不能说女性是天生的和平主义者，残暴的女性古今中外都不乏其例。但女性与和平主义确实有着密切的联系。换句话说，在暴力和不平等面前，女性可能会反抗，但这种反抗都是有限度的，最终走向调和。与男性倾向民族主义乃至军国主义规划相对立，女性在心理上更倾向于选择和平主义。

在论及女性与民族主义、军国主义的关系时，沃尔拜的论述相当有启发：

> 人们可能认为妇女更积极地支持和平和反对军国主义，与她们不那么支持"她们的"民族有关。妇女很少认为民族主义理由的战争是值得的，这是否因为她们较少真正从"胜利"的结果中获益——既然胜利给

她们的社会地位的改变小于男人？男人可能会从发号施令者变为被号令者，但他们却差不多永远不会变为处在低于女人的位置。[1]

沃尔拜没有正面肯定女性与和平主义的必然联系，而是从经济、社会地位的性别关系和族别关系有力地揭示了女性对和平的心理偏向。

> 不管这算不算得上是个解释，但经验事实仍然是：在为民族主义计划拿起武器、支持和平运动和支持热衷于加强军备的政治家这些问题上，男人和女人仍然有程度上的差别。[2]

这一差别的极端是著名女性主义者弗吉尼亚·伍尔芙的名言："作为一个女人，我没有祖国。作为一个女人，我不需要祖国。作为一个女人，我的祖国是全世界。"[3]对于民族主义者来说，伍尔芙故作高深的政治表达不过是女性的空想或者不负责任的妄想。但对于女性主义者来说，这种超越狭隘民族主义疆界的"横向联合"却不仅仅是一种停在空中或梦中的思想。它同时也是现实。20世纪80年代的格林汉姆公地的妇女和平营运动和欧洲绿党的强劲势力，正说明了女性主义运动跨越民族界限进行有效的国际横向联合的现实。[4]

女性对民族主义边界的超越，不是一个出自意识形态的形上理念，而是来自于女性在民族主义规划中的普遍性的边缘地位和工具角色。安斯亚斯和伊瓦·戴维斯曾经指出，作为族群成员生物学上的生育者、族裔/民族群体边界的再生产者、集体意识形态再生产的主要参与者以及集体文化的传播者、族裔/民族文化差异的象征物，以及民族经济、政治和军事斗争的参与者，是女性进入族裔和民族规划的五种方式。[5]

---

1 沃尔拜（Walby,Sylvia）：《女人与民族》，吴晓黎译，见：陈顺馨、戴锦华选编：《妇女、民族与女性主义》，北京：中央编译出版社，2004年，第86页。
2 沃尔拜（Walby,Sylvia）：《女人与民族》，吴晓黎译，见：陈顺馨、戴锦华选编：《妇女、民族与女性主义》，北京：中央编译出版社，2004年，第85页。
3 沃尔拜（Walby,Sylvia）：《女人与民族》，吴晓黎译，陈顺馨、戴锦华选编：《妇女、民族与女性主义》，北京：中央编译出版社，2004年，第85页
4 沃尔拜（Walby,Sylvia）：《女人与民族》，吴晓黎译，陈顺馨、戴锦华选编：《妇女、民族与女性主义》，北京：中央编译出版社，2004年，第86页
5 陈顺馨、戴锦华选编：《妇女、民族与女性主义》，北京：中央编译出版社，2004年，第71页

女性主义的崛起所反思和挑战的正是女性被男权文化制度所强加这种边缘化、工具化处境。但具有挑战性的女权运动本身,并没有采用暴力的形式,而是更多地倾向和平主义。这种挑战,包括与族裔外部姐妹情谊的联盟;也包括对以对话、协商方式解决族裔矛盾、性别矛盾的鼓吹。这都和以男性为主体的民族主义话语规划大不相同。

那种鼓吹反抗、坚持斗争的英雄主义的民族主义宏伟规划,我们在赵健秀等华裔男性作家的文章中已经了解了。我们感觉得到他作为华裔男性沉重的责任感和振兴族裔文化的昂扬雄心,但也时时感觉到他的偏颇和不合时宜。汤亭亭的《女勇士》则为我们提供了另外一个策略,一个不同于赵健秀的女性主义的族裔文化图式。

汤亭亭当然是女性主义的,这相当明显地表现在《女勇士》中她对"花木兰"故事的改编与利用上。木兰不像其他女孩子甘心做"第二性",在家相夫教子,做温柔脆弱的女性,而是像男孩子一样习武,最终炼成"绝世武功"。在战争时期,她替父从军,英勇杀敌,立下赫赫战功。但对武功、战争等原属男性领域的社会特权的拥有,并没有使"木兰"走向女性的反面,成为一个"非女人"。在战场上,"木兰"依然保持着女儿身。在汤亭亭的笔下,"木兰"不只保持女儿身,甚至还幸运地得到了丈夫的爱与支持,并在军旅中生下一名婴儿。《女勇士》中的"花木兰"和男人一样英勇,也享有与男人同等的权利,但她并没有极端地反对男人对社会各项权利的垄断,而是寻求着与男性的结盟,正像在军旅中她与自己心爱的丈夫的关系一样。与西方希腊神话中的美狄亚歇斯底里的报复不同,木兰是个温和的女性主义者。

女性主义的"木兰"同时还是个和平主义者。在率领军队战败了腐朽的国王和王子,推举了新的农民皇帝,木兰便收兵解甲归田,重新走回乡村生活。那才是她真正的梦想。

这样的"木兰"与赵健秀笔下的以复仇为要务、讲究哥们义气的"战神"——"关公"截然不同。

汤亭亭对另一个中国女性——蔡琰故事的援引,更突出显明了她和平主义的政治理念。在中国历史中,蔡琰是民族和亲的天使,但同时也是汉族中心主义的民族命运之屈辱的象征。而著名的《胡笳十八拍》与其说是民族和亲的颂歌，不如说是远在胡地的汉家女思乡的秋怨。但在汤亭亭笔下，蔡琰却成了民族文化融合的自觉代言人。这并不仅仅是说通过异族通婚生育繁衍而来的血缘上的杂和，还指蔡琰在撰写抒情诗时对汉文化与胡人文化的综合利用。

  乐曲（指匈奴人的笛声）搅动了蔡琰的心绪，那尖细凌厉的声音使她感到痛苦。蔡琰被搅得心神不宁。夜复一夜，她在帐篷外散布，不论走出多少个沙丘，那些乐曲在整个沙漠上回荡。她躲进帐篷，曲声萦绕于耳，使她不能入睡。终于，从与其他帐篷分开的蔡琰的帐篷里，蛮人们听到了女人的歌声，似乎是唱给孩子们听的，那么清脆，那么高亢，恰与笛声相和。蔡琰唱的是中国和在中国的亲人。她的歌词似乎是汉语的，可野蛮人听得出里面的伤感和愤怒。有时他们觉得歌里有几句匈奴词句，唱的是他们永远飘泊不定的生活。她的孩子们没有笑，当她离开帐篷坐到围满野蛮人的篝火旁的时候，她的孩子也随她唱了起来。[1]

  蔡琰并非没有民族意识，她对中国亲人的相思曲表明了她的心意。但蔡琰并没有坚决地反对"野蛮的匈奴人"，她没有不堪外侮而自杀殉国，也没有伪装卧底而伺机反叛。在所谓的"屈辱"的婚姻中，生命在继续，身份也在变化，这个昔日的汉家女子最终在"蛮人"的文化中找到了"中国"和"匈奴"的心灵通道。她在"羌笛"声中的汉语与胡语参杂的吟唱，表明了她沟通"华""夷"文化的初步结果；而她离开自我隔离的帐篷参加到"围满野蛮人"的篝火聚会中，带着孩子与"野蛮人"一起歌唱的举动，更是明示了蔡琰与所谓的"蛮夷文化"和谐共舞的情感意向。

  值得特别注意的是蔡琰故事在《女勇士》中出现的位置。它不是作为单独的章节出现的中国故事，而是被安排在了一个讲述华裔美国女孩在"异邦"——美国成长的故事的结尾处。在情节发展的角度，这一节无关痛痒，没有故事的继

---

[1] 汤亭亭：《女勇士》，李剑波、陆承毅译，桂林：漓江出版社，1998年，第192页。

续展开，也没有故事的急转直下。它的功能是装饰性的，增加了叙事的奇异性、"中国性"，以与标题"羌笛野曲"吻合，也与白人编辑的出版销售策略相配。但同时更重要的，是"羌笛野曲"的文化宣言功能。如果我们把蔡琰的《胡笳十八拍》看作"中国人"在"异文化"中的一次"写作"的话，这种写作态度和写作策略，也正是作为在美国的华裔女性作家汤亭亭的。她没有像赵健秀等男性华裔作家关于血缘纯粹性和文化纯粹性的执念，而是认可并宣扬一种文化的融合和会通。篇末突现的"蔡琰故事"与其说是一种东方主义的自我"装扮"和"虚饰"，不如说是作家汤亭亭有意彰显的文学写作的纲领要义。她是真切地渴望着文化的融通，渴望着在美国的"围满野蛮人的篝火"边，重新奏响新版的"胡笳"，而不是金戈铁马的铿锵锣鼓和铙钹。

这种和平主义的"羌笛野曲"不仅出现在《女勇士》中，也在汤亭亭后来的作品，如《中国佬》和《孙行者》中再次响起。她的新作《第五和平书》更是以"和平"为主题。

在接受中国学者张子清的采访时，汤亭亭对中国名著《孙子兵法》发表的看法更明白地表达了她的和平主义的价值观：

> 我读了部分章节，但我不喜欢。其中有整整的一章写如何纵火，如何烧城市。一本写如何发动战争的书如此有名，而写如何保持和平的书却被烧掉，你说怪不怪？我必须写一本和平书。[1]

三、文本游戏——顺应与颠覆的魔方

文类，在形式主义理论的信奉者和普通人眼里都是一个中性的概念，属于文学的技术层面，与文学内容的意识形态性相距甚远。但对于政治高度敏感的人来说，文类却远非那么不偏不倚，飘摇迷离，而是一个隐而不见的政治空间。

---

[1] 张子清：《东西方神话的移植和变形——美国当代著名华裔小说家汤亭亭谈创作》，见《女勇士》，漓江出版社，1998年，第199页。

对于"自传",华裔文化民族主义者赵健秀所持的正是这样一种政治高度敏感的观点。在他看来,"自传不是中国的文艺形式,而是彻头彻尾的基督教的形式"。它起源于圣经新约的"四福音书",是个人经验见证和道德忏悔的结合体。中国作家对"自传"的借鉴,实际上包含着通过写作转化中国文化,将中国基督教化、西方化的企图。这一西方化的背后,是对中国文化的轻视、贬低,和对西方文化至上论的迷思(myth)。自传的错误,不在于它透露了作家的隐私,而在于从华裔内部写作的"东方文化"的自传"对白人幻想的有意迎合"。这种迎合加强了白人关于中国文化、中国人的"刻板印象":中国文化邪恶愚昧、虐待女性、反常怪异,有良心的中国人都会在良知的驱动下消灭这种中国文化。[1]

既然"自传"已经被白人文化所污染,既然"自传"已经具有迎合白人文化至上论的政治嫌疑,那么,它就是一个华裔作家乃至整个亚裔美国作家需要竭力避免的一个文类的陷阱和泥坑。

当汤亭亭把《女勇士》当作华裔美国人的"回忆",列入"非虚构"类的文学来出版时,赵健秀表示了极大的愤怒,并从此与汤亭亭断绝了来往。他对"自传"的"民族仇恨"可见一斑。然而,文学作为社会生活现实的某种反映,总是要透露出中国文化、华裔美国文化生活中不尽如人意的现实,与其光辉灿烂的"中国文化"的理想不符。对"自传"的刻意避免,实际上很难操作,也必然影响到华裔作家描写现实的深度和力度。在反对白人种族主义时,赵健秀的华裔民族主义文化理想逐渐显现为一个政治神话,这个神话在对现实的排斥中也日益与文学写作的"神话"靠拢。而正像我们都容易看到的,华裔美国文学不可能停留在对"三国""水浒""孙子兵法"的反复叙说当中,不可能老是处于"神话"阶段。极端的政治敏感,使赵健秀等男性华裔作家对美国的白人种族主义保持了足够的警惕,但也使他们陷于政治正确与文学写作的尴尬之中。

汤亭亭对文类的态度远非赵健秀那么敏感。当然,汤亭亭对于美国的种族主

---

[1] Jeffery Paul Chan, Frank Chin, Lawson Fusao Inada, and Shawn Wong, *The Big Aiiieeeee! An Anthology of Chinese American literature and Japanese American Literature*, Meridian Book, 1991, New York. p.11.

义并非视而不见，但她似乎更愿意把文学与政治分割开来。在致赵健秀的信中，她已经表示了要避免在文学中直接而激烈地讲政治问题，以免影响文学本身的艺术性。在后来为反击美国批评家对《女勇士》的严重误读时，她更是明确地提到形式主义文论流派———"新批评"对她的重要影响：

> 我的写作也是献给我早年的英文教授的，他们是伯克利分校的新批评派的信奉者。我把他们教的关于小说结构的理论应用在了我的写作中。我的作品还参照了弗吉尼亚·伍尔芙、伊丽莎白·巴丽特·勃朗宁、莎士比亚等人的著作。[1]

汤亭亭确实更愿意把"文类"当作文学的形式因，当作展示文学技巧、显露作家才华的舞台。这样对文类的态度就不是如履薄冰的恐慌和慎重，而是杂技演员式的对花样更新的热爱。

实际上，在《女勇士》的文本内部，作者汤亭亭就已经讲述过她对故事讲述方法的态度。在以第三人称的全能视角讲述过月兰阿姨的故事后，故事讲述者突然又回归了有限的"我"的视角，使月兰的故事突然可疑起来。

> 事实上，弟弟并未对我说起过去洛杉矶的事；我的一个妹妹转述了他说的话。他讲的比我的可是强多了，他不加修饰，不曾绕来绕去适应某种格式。他讲的故事听众可以折巴折巴揣了就走，占不了多少地方。很久以前在中国，会编绳结的人把带子结成纽扣式和青蛙式，把绳子结成钟式。有一种结复杂无比，打结的人眼睛都给累瞎了。最后皇帝下令再不准打这种残害人的结，达官贵人也不许再让人打这样的结。如果我当时在中国的话，我一定会违反这条法令去打那种结的。也许这就是母亲剪我舌头的原因。[2]

这个汤亭亭自己编造的"中国故事"也许会被一些不明就里的美国读者误

---

[1] Kingston, Maxine Hong, *"Cultural Mis-readings by American Reviewers."* Guy Amirthanayagam, *Asian and Western Writers in Dialogue: New Cultural Identities.* London: MacMillan, 1982. p.55-65.

[2] ［美］汤亭亭：《女勇士》，李剑波、陆承毅译，桂林：漓江出版社，1998年，第147页。

认为真的故事，但稍加思索就会发现这是作者玩的文字游戏。汤亭亭是在表达自己对故事讲述技巧的热衷。而这种"非纪实"技巧的使用和对自己使用技巧的表白，实际上已经对《女勇士》的"自传"性质产生了严重威胁。"自传"本非汤亭亭的原意，而是出版商为了销售方便而制作的标签。对于白人出版社的这种做法，汤亭亭似乎不太在意，在她看来，即便把《女勇士》归类为虚构作品，美国读者还是有可能把它当作真实的中国文化来解读。因为他们根本分不清真假。对没有明显民族主义主张的她来说，文学写作的艺术性应该是更重要的。《女勇士》中已经玩起了文字游戏的花招。

这些花招对于汤亭亭可谓意义重大。靠着这些艺术形式的迷宫和明显的女性主义的价值取向，汤亭亭得以进入美国主流文学界。由形式主义而来的结构主义、后结构主义混杂着后殖民主义文论话语，正在成为美国文学批评界的新宠。汤亭亭的出现对于美国主流文学界来说，正好赶到了点上。诚如李磊伟（David Leiwei Li）所言，"新批评学派的熏陶，对悖论、反讽、七种形态的含混的运用，使汤亭亭的叙事技巧逼近了一种形式上的精致，这种形式上精致自然会引起传统的乃至新兴的文本理论——如结构主义和后结构主义的关注。通过这些东西，《女勇士》吊起了期刊评论家们的胃口，而他们在树立经典的程序上起着决定性作用。"[1] 而这种与美国经典运作程序的谋和或者说运气却是主张"现实主义"的"寓言式"民族文学写作的赵健秀等作家不可企及的。

在后来的《中国佬》以及《孙行者》中，汤亭亭对艺术形式的刻意玩弄达到了更加令人叹为观止的地步。她不仅无视文类的"族裔性"，对于文学技巧和非文学技巧的界限，她也不放在心上。她几乎是随意地拿来，挪用、改编、并置所有她认为适合的体裁和表现手法，来达到她的表达意图。比如《中国佬》当中就使用了传说、神话、故事、法律等文体。对于法律条文的概述，方便读者了解华裔劳工在美国生活的政治背景，追求的是真实；而对传说、神话的改编使用，更多的时候则是一种类比，表达作家对华裔先辈生存状态的感知和理解，是包含了真实内核的虚构。这种亦真亦幻、真假参杂的叙事形式，实际上已经瓦解了传统

---

[1] David Leiwei Li, *Imagining the Nation: Asian American Literature and Cultural Consent*, Stanford, California: Stanford University Press, 1998, p.57.

文学关于"传记"的定义。

更值得注意的是汤亭亭对西方文学典籍的挪用。

在《中国佬》中,叙述者曾借母亲之口,重新讲述英国作家丹尼尔·笛福的"鲁滨逊漂流记"。在母亲的口述中,英国的白人鲁滨逊变成了华裔移民——Lo Bun Sun：Lo 就是"劳",即没有人监督时你也会干活。他工作很认真,不蒙人。"Lo"还有"裸"的意思,即"赤身裸体的动物";另外,"Lo"的发音听起来还像"骡",一种没有性别、辛劳干活的动物。"BUN"与我那位回到中国在公社工作的叔叔同名。而"Sun"听起来像身体的"身",又像是英语中的"son"和汉语中孙子的"孙"。"Lo Bun sun"即是一头骡子,一个肯干活的人；赤身裸体,孤单一个人在勤劳地干活；无论是儿子还是孙子,他自己代表着几代人。[1]

这种挪用就不仅仅是形式上的新花样,而且包含着一种文化态度。与大多数后殖民主义批评对《鲁滨逊漂流记》的解读不同,汤亭亭并没有从鲁滨逊的征服者——"星期五"的角度,去反思、批判白人对第三世界有色人种的压迫和奴役,而是选择了对"鲁滨孙"的认同。当然,她对"鲁滨孙"的认同是故意扭曲的,并不符合这个早期的资产阶级探险家的历史特征。汤亭亭,或者说是《中国佬》的叙述者及其母亲,是从"鲁滨孙"为了财富的漂泊、受难和辛劳中,看到了早期华裔劳工的影子。她们关注的是人的相似性、共同性。

对于汤亭亭来说,对"鲁滨孙故事"的再讲述不是反种族主义的,也不是反资本主义的,她是以文本的形式表示自己对美国文学乃至整个西方文化传统的分享和拥有的权利。在她那里,文本不再是狭隘的民族中心论的,牢固地属于它的原产地,而是可脱离地域、民族乃至时空限制而为所有的人分享。

在《孙行者》——汤亭亭的第一本小说中,没有了纪实的约束,她对东西方文学典籍的挪用达到了极致,其形式的丰富杂乱更让人迷惑。书名"孙行者（Tripmaster Monkey）"和封面装帧明显的中国神话色彩,使一般读者很容易把它当作一本非常"异国情调"的书来阅读,但一旦把书打开阅读,抱这种心理的读者很快就会大失所望：故事发生在美国 60 年代的西海岸,完全是一个美国故事。

---

[1] 汤亭亭：《中国佬》,肖锁章译,南京：译林出版社,2000 年,第 233 页。

"小说"的分类标志在传统的文化市场中暗示着精彩的故事、勾魂摄魄的情节、栩栩如生的人物，但《孙行者》也没有提供这些。它根本不是传统意义上的小说。《孙行者》的副标题"他的伪书"明显地具有调侃的意味，在回击赵健秀的指责，似乎也在游戏西方读者对"另类的中国文化"的成见和阅读期待。《孙行者》不是"中国神话"，也不是"小说"，当细心的读者耐心读完整部书之后，这个文本归类的任务反而更艰巨了。因为，其中大段的戏剧台词和没有情节相联系的对话、独白，似乎都在否定单一文类概括的可能性。我们只能像李磊伟那样，把它当作是一个"后现代的文学作品"。[1]

《孙行者》是高度互文性的，或隐或显、或明或暗地包含了中国文学典籍和西方文学典籍的情节、人物、场景、形式等元素。据某研究者分析，汤亭亭《孙行者》中涉及的西方或者美国电影就有《哈姆雷特》《七封印》《七武士》《七兄弟的七个新娘》《没有理由的造反》《最长的一天》《上海来的女士》《西线故事》《马德雷山宝藏》等；而关涉的作家则包括狄更斯、莎士比亚、斯威夫特、叶兹、惠特曼、菲兹杰拉德、斯坦贝克、劳伦斯、乔伊斯、海明威、笛福、马克吐温、伍尔芙、梭罗、赛珍珠、托尔斯泰、纳博科夫等。[2]

汤亭亭的对西方文学或者电影的"拿来"不是抄袭或者模仿，而是对话、戏仿和协商。比如第三章写失业后的惠特曼·阿新在大街上流浪，这个华裔的嬉皮士想起了凯鲁亚克关于流浪的诗句，他本来是敬重这个嬉皮士诗人的，但此时诗句中的"双目闪烁的小华人"却惹恼了敏感的他：

> 呸。那"双目闪烁的小华人"一定是在说他。双目闪烁？！小？！呸。又他妈被人捉弄了。假如凯鲁亚克王、垮掉派的国王今晚在此行走，就会看到惠特曼，并且想到"双目闪烁的小华人"。"驳倒那个"小"。否定那个"闪烁"。人不会闪烁。只要身上长鸟的男人就不会"小"。……要是阿新碰到凯鲁亚克，一定会抓住他穿的伐木工夹克衫的翻领把他拎起来。听着，你这个双目闪烁的小法裔加拿大人。你知道什

---

[1] David Leiwei Li, A Review of Tripmaster Monkey:His Fake Book, *Amerasia Journal*, Vol.15, No.2, 1989, pp. 220–222. 转引自 *Aisan American Literature: Reviews and Criticism of Works by American Writers of Asian Descent*, p.216.v

[2] Elliott H. Shapiro: *Authentic Watermelon: Maxine Hong Kingston's American Novel*, 2001.

么？你屁也不知道。在这儿，我是美国人。我是行走在这里的美国人。凯鲁亚克和他的美国之路滚到一边去。还有你，凯鲁亚克。哎呀，还有你。为此，我告诉你，我长到了六英尺，说不定还要长。[1]

作为垮掉派嬉皮士的华裔美国人的惠特曼·阿新对凯鲁亚克的态度是复杂的，他不是简单地认同，也非简单地反对，而是在反驳中接纳，在接纳的同时进行反驳。

惠特曼·阿新的名字本身也包含着两个因素：一个是美国浪漫派诗人惠特曼，一个是中国常用名"阿新"。按照美国批评家屈夫的说法，"《孙行者》的主旨就在于引导读者看待惠特曼·阿新理想中的新社会……一个多世纪以前，心胸宽阔、没有狭隘民族主义的瓦尔特·惠特曼视美国具有无限的潜力，能包含世界上所有的民族和文化。美国提供了一个真正的新社会的可能性，在那里没有旧观念旧传统的负担和限制。因此，对惠特曼·阿新来说，美国同样是乌托邦式的象征，这个乌托邦式的社会，将根绝战争，消除偏见、误解和人与人间的不信任。从这个意义上讲，惠特曼·阿新是瓦尔特·惠特曼的真正继承人。"[2]

对于华裔作家汤亭亭来说，她对诸多西方文学文本的挪用也不是单纯的文字游戏，而是有着抵抗文化霸权的明显用心，昭示着一种华裔文学写作的新"文本形式的政治学"。萨尔曼·拉什迪（Salman Rushdie）就认为文本的挪用实际上就是一种后殖民主义的文化抵抗。他说："西方作家在选择主题、背景和艺术形式时往往是无所拘束的自由。在这个世纪中，西方的视觉艺术家们就幸福地袭击劫掠了非洲、亚洲和菲律宾的艺术仓库。"[3] 对于第三世界或者少数族裔作家来说，保持自己民族典籍的纯正是一个选择，但放胆去吸纳利用西方文化遗产则是一个更为积极主动的举措。汤亭亭正是后一种策略的实践者。

---

1 汤亭亭：《孙行者》，赵伏柱、赵文书译，桂林：漓江出版社，1998年，第73页。
2 屈夫：《现实与理解》，见汤亭亭《孙行者》，赵伏柱、赵文书译，桂林：漓江出版社，1998年，第9页。
3 Elliott H. Shapiro: *Authentic Watermelon: Maxine Hong Kingston's American Novel*, 2001.

四、个人写作——族裔文化再现的另种方法

　　一般情况下，作家应该对艺术手法有绝对的权利，他或者她可以自由地选择文类和表现手法，来构建其笔下的艺术世界。但对于少数族裔作家来说，这个当然的权利恐怕要大打折扣了。因为，作为少数族裔，实际上不可避免地处于文化的弱势，其在主流宰制文化体制中的再现和表现空间是受限制的。就华裔美国人的文化而言，其长时间被消音的状态，标志着美国主流文化对它的排斥；它有限的展示，则在主流文化安排的"刻板印象"之中，对华裔文化进行扭曲表达。为了能够出版、能够发声，少数族裔作家有时不得不违心地顺从宰制文化的意志，对本民族文化进行加工、制作，向主体民族及其他民族的读者展示、介绍。

　　少数族裔作家的写作一开始就与主流文学不同，有限的空间和过少的数量成了他们写作的客观环境，限制了其表达的自由。因为数量少，有限的族裔作家和作品，在主体民族读者和本族裔读者那里都被寄予了额外的期望，希望它可以最大限度地再现族裔文化的全貌。换言之，少数族裔作家被文化体制要求充当民族文化的"发言人"，而其作品也需要成为民族文化展现的直接通道，作民族文化精神的"寓言"。

　　以赵健秀为代表的《哎呀》和《大哎呀》亚裔美国文选的编纂者团体，正是以族裔精神的再现和重塑为亚裔美国文学写作的核心思想。他们不但自己自觉承担起用文学再现"英雄主义的民族文化"任务，也要求其他作家参加到其"文化民族主义"的阵营中来。对于那些曲意迎合白人口味，没能全面本质地再现华（亚）裔美国人历史和现实的作家和作品，赵健秀及其同志们则以"本真道地性"为武器对其进行口诛笔伐。

　　然而悖论一开始就困扰着族裔作家的写作。靠着和族裔文化的联系，作为"文化样本"出现的族裔文学作品很容易引起主流宰制媒体和读者的注意，而族裔作家此时也仿佛具备了单枪匹马改变外界读者对该族裔所持的"刻板印象"的特异功能。但是，这种功能实际上是有限的。因为，主流文化仅仅选择少量的族裔作家和作品进入流通领域，少得可怜的作品又怎能完成再现族裔文化全部现实

的艰巨任务？"民族寓言"实在是第三世界文学和第一世界内的少数族裔文学的"生命不堪承受之重"。

华裔男性作家赵健秀是越来越明显地走"寓言"式写作的道路，而华裔女性作家汤亭亭从《女勇士》起就开始寻找族裔写作的"旁门左道"。

靠着和华裔文化的联系，《女勇士》一出版就获得了极大成功，引起了主流媒体和华裔、亚裔读者的广泛注意。"非虚构作品"的归类也驱使读者把它当作华裔美国文化的"样本"来阅读。有人兴奋、高度赞扬它的成就；也有人不满，指出它在再现华裔文化整体的上的不足和以偏概全。Laureen Mar，一位华裔美国读者在1979年就撰文指出，"标有'非虚构作品'标志的《女勇士》不应该被当作是华裔美国人的社会报告来读。汤亭亭在展现现实时一错再错。"[1]Katheryn Fong 则认为谭亭亭所展现的华裔美国女性的"痛苦、压抑和恐惧"不符合她的经验。她也不认为汤亭亭所描写的华裔美国人内心的"东西混杂与冲突"的"杂碎"精神状态能够概括她的情形。[2]

面对这种族裔内部读者的指责，汤亭亭不能无动于衷，她申辩道：作为作家，她没有必要去仔细研究华裔美国人的全部历史事实，那种研究只能考证一些微不足道的细节，而她则"想写一些人们通过研究不能发现的东西"。[3]对于民族文化"代言人（spokesperson）"的角色，汤亭亭也感觉很无奈，她抱怨说："在读者和批评家那里确有一种让我代表整个民族发言的期待，但我的确不喜欢听到一个非华裔读者对一个华人说'我现在已经了解你了，因为我刚读了汤亭亭的书'。每个作家都有每个独自的声音，但很多读者似乎不知道这一点。"[4]她反问那些要求她做文化"代言人"的批评者说，"为什么我要代表除我之外的别人？为何我就必须放弃作为艺术家的个人独特性？我不认为我写了一本很负面的书，像

---

[1] Lawrence J. Trudean（editor）, *Asian American Literature: Reviews and Criticism of Works by American Writers of Asian Descent*. Detroit, London: GALE, 1999. p.219.

[2] Lawrence J. Trudean（editor）, *Asian American Literature: Reviews and Criticism of Works by American Writers of Asian Descent*. Detroit, London: GALE, 1999. p.221.

[3] Interview with Karen Horton, *Honolulu Today*,December 1979, 参见 *Asian American Literature*, p.224.

[4] Interview with Arturo Islas, *Women Writers of the West Coast Speaking of Their Lives and Careers*, ed. Marilyn Valom, 1983, 参见 *Asian American Literature*, p.218.

那些华裔批评家所说的那样。不过如果我写了又怎样？设想一下我写了一本伟大的悲剧，又怎样？难道我们华裔美国人要拒绝悲剧吗？如果我们拒绝悲剧只是为了给白人留下一个好印象，那我们就已经失败了。"[1] 在汤亭亭看来，要真正解决族裔写作的困境，就得靠作家数量的增加，"我确信将来某个时刻，当大量的华裔作家作品被出版、被读者了解之后，读者就再也不会将再现整个族裔文化的重担往每部作品上放了。那时，读者就会看到华裔美国文化的多样性和丰富性。"[2]

通过文学创作对族裔文化整体进行"代言"，汤亭亭不堪其重，但她决非绝对地拒绝其作为少数族裔作家的写作与族裔文化的关系。她的半自传半虚构的《女勇士》的商业成功，使她作为族裔文学写作的受益者成为一个不可否认的现实。在1980年接受《纽约时报书评》的记者采访时，汤亭亭也认为自己"想说的也就是一个华裔美国人正思考的"。[3] 言外之意，她的"传记"是可以作为华裔美国人的一般代表的。这个宣称似乎和她对"代言人"的拒绝相矛盾。但细究起来，这并非汤亭亭逻辑混乱，掩耳盗铃，她对"特殊"和"普遍"的关系的理解，其实是迥异于赵健秀们"本质主义的"文化再现观的。赵健秀们要求每一部作品都应该体现华裔美国文化的本质真实，其背后的哲学逻辑是"一"对"多"的象征表达；而汤亭亭则认为应该通过多个不同的作品来组成对华裔文化整体的再现，抛却了"一"对"多"的象征负载，专注于"一"的特殊性的展现和挖掘。

发表于1980年的《中国佬》被认为是汤亭亭"既忠于自己的族裔，又忠于女性主义"的力作。[4] 似乎是为了让那些莫名其妙的批评和指责闭口，汤亭亭企图通过《中国佬》展现华裔美国前辈被主流文化消音的"历史"。应该说，这时的汤亭亭已经自觉地担起了为民族文化"代言"的使命。Katheryn Fong 曾经指

---

[1] David Leiwei Li, *Imagining the Nation: Asian American Literature and Cultural Consent*, Stanford, California: Stanford University Press, 1998, p.52.

[2] David Leiwei Li, *Imagining the Nation: Asian American Literature and Cultural Consent*, Stanford,California: Stanford University Press, 1998, p.52.

[3] Lawrence J. Trudean(editor), *Asian American Literature: Reviews and Criticism of Works by American Writers of Asian Descent*. Detroit, London: GALE, 1999. p.218.

[4] 张敬珏《说故事：汤亭亭＜金山勇士＞中的对抗记忆》，单德兴译，载单德兴、何文敬主编《文化属性与华裔美国文学》，台北：中央研究院欧美研究所，1994年，第29页。

责《女勇士》"只写华裔美国人的痛苦、隐秘和辛酸，但却不解释这些感受背后的社会原因"，因而给读者留下"华裔沉默、神秘、狡猾的印象"。[1] 写《中国佬》时，汤亭亭干脆把美国移民法案中关于"中国人"的法案和条款单独罗列成章，命名为"法律"，置于自己对华裔美国人的生活的想象性叙述之中。

然而，即便如此，汤亭亭也不是简单地认同批评者对她的"教导"，她对华裔美国人的历史钩沉，并没有采取宏大叙事的姿态，从本质主义的角度再现或者制作华裔祖先的历史，而是继续唤起个人记忆的幽灵，来为她的"种族历史"招魂，实施米歇尔·福柯所谓的"对抗记忆"（counter-memory）。在福柯那里，"记忆"已经被"传统的历史"和知识所用，经权力的播撒，进而具有了"真理"的地位。而"对抗记忆"就是以野史的方式抵抗官方关于历史的叙述，揭露它的片面性和断裂性。对于华裔男性作家而言，他们也是在进行"对抗记忆"，但其逻辑与压迫者是一致的，也渴望一个关于历史的唯一权威版本。汤亭亭的"对抗"是双重的，一方面要对抗白人种族主义，另一方面还要对抗男性对历史言说的话语霸权。

一般说来，少数族裔历史和文化因为居住国主体民族对文化资源的占有和控制，总是很难得以完整保留和展现，残缺、破碎和被压抑、掩盖是其常见特征。对于有着强烈民族主义情绪的族裔知识分子来说，保护族裔文化的真确性的历史是绝对迫切的任务，而文学写作就要承担这一光荣的使命。因此族裔作家在写作之前需要明白自己的处境，要尽量研究清楚本民族的历史文化的本质精神和客观现实，进而在文学作品中给以展现，向主流文化读者说明自己民族的真实特性，并为本族裔的读者保留真确的文化遗产。这种文化生态实际上已经预订了族裔写作的唯一模式，即典型化的本质主义的"寓言"式写作。但是，在历史被压抑、扭曲的情况下对民族文化进行宏大叙事，也只能是一种幻想。它必然要诉诸想象和虚构，从而使其追求的"真确性"大打折扣。

在这一背景下，汤亭亭的态度更显出了它的合理性。"我唯一绝对有把握的是：我是个华裔美国女性。这一感觉特别影响了我的写作方式：我知道我不得不

---

[1] Lawrence J. Trudean(editor), *Asian American Literature: Reviews and Criticism of Works by American Writers of Asian Descent*. Detroit, London: GALE, 1999. p.224.

说的就是一个华裔美国人正在想的。我没有必要出去搞个调查什么的，我也没有必要找个专门的委员会来校正我的作品。"[1]

对她来说，重新发现华裔美国人被掩埋的历史起点应该是个人的经验发掘，文学应该描写个体主观的现象性真实。因而需要做的是内向型的自我挖掘，表达被压抑的情感，说出难言的真相，而不是社会学的研究和概括。

在《中国佬》中，尽管汤亭亭求助于对美国移民法案中关于亚洲移民的歧视性条例的综述，并在其中描写了华裔移民的诸多形象，它仍然不是那种本质主义的历史小说。如果说本质主义的写作观要求文学塑造能够表现一个民族的民族文化和民族精神的英雄人物的话，那么，汤亭亭的作品就没有完成这一任务。因而，与其说"非纪实类"的《中国佬》是汤亭亭的纠偏之作，为了弥补自己在《女勇士》中对华裔男性的"不敬"而刻意创作的"民族史诗"，不如说它是汤亭亭个人的难以实证的、不完全的家族历史的当代记忆。出现在这种模糊而不确切的记忆中的"伯公""父亲""宾叔""高公""少傻"等人，是某种典型的华裔美国男性，但绝对不应该被当作全部华裔美国人历史和华裔美国文化的象征。

祖父阿公是参加修建太平洋横贯铁路的一员，他辛苦地工作，甚至一个人冒着生命危险去执行爆破任务，但我们却很难把"勤劳""勇敢""智慧"等褒扬的词汇用在他身上。阿公所做的一切，都是被迫的。在赵健秀眼里具有重要意义的"铺路比赛"在汤亭亭笔下不过是白人管理阶层的一个阴谋。阿公参加了罢工，但因为食物供应中断，罢工也就停止了。作为民族精神的"英勇""智慧""敢于反抗"并没有通过这两个重大历史事件的描写给烘托出来，相反，我们看到的是早期华裔美国劳工的被欺骗、被压迫、被出卖、被扭曲。"父亲"的形象也不是什么高大的英雄。他原本在中国教书，是个知识分子，但在美国却只能为糊口而奔波：开了洗衣店，却被合伙人骗了；替人照看赌场，每每被抓进监狱做替罪羊；干活得不到工钱，树被人挖了也不敢讨回。有很长一段时间在"睡梦中尖叫"，因为惊恐而"盗汗"。"少傻"因为参加了美国军队而成了一名"堂堂正正"的美国人，但远在中国的母亲的死却使他神经失常。回国参加过共产党的"宾

---

[1] Lawrence J. Trudean (editor), *Asian American Literature: Reviews and Criticism of Works by American Writers of Asian Descent*. Detroit, London: GALE, 1999, p.224.

叔"经常大骂美国种种政策的不是,但最终也发了疯,他竟认为美国人在鸡蛋和牛奶里下毒来秘密除掉他。

对于有着不扬家丑、有泪不轻弹传统的中国乃至华裔男性来讲,屈辱的历史是无法启口的。他们可以对着天空咆哮,可以在无人处暗自垂泪,但却不会向外界透露自己的痛苦、悲惨和虚弱。《中国佬》中"檀香山的曾祖父"的故事是个典型的例子:为了排解心中的郁闷,曾祖父和一群华裔劳工在地里挖了一个象耳朵形状的地洞,然后对着地洞咆哮、倾诉他们对中国的思念、在美国的磨难和对白人的怨恨。倾诉完毕后,又用泥土把话儿埋葬,像是在种庄稼,又像是猫盖住屎一样。[1] 这个故事,一方面暗示了美国对华裔的压制和消音,另一方面也象征了华裔男性对言说的态度。他们宁愿"像猫盖屎一样",来掩埋自己在美国的屈辱、辛酸和痛苦。男性的尊严阻止了华裔男性,包括后来的男性作家对族裔历史之残酷现实的坦然面对和真实言说。

作为家长,他们也禁止自己的子女说出家庭的秘密。"妈妈"是祖父故事的唯一忠实听众,但她也警告女儿不能向外人说起自家的秘密。在《女勇士》中"我"有着被"割舌头"的威胁,而在《中国佬》中则有"杜子春"因为张嘴说话而死亡的传说。

但究竟还是女性的后代保留并讲述了华裔男性这些悲痛的往事。在接受采访时,汤亭亭曾透露,《中国佬》的故事大多来自女人的叙说,"如果没有女人的说故事(talk story),我就不可能得到其中的一些故事。许多关于男人的故事都是我从女人们那里听来的"。[2] 在《中国佬》中,叙述者也写道,"我西行至夏威夷,伫立在甘蔗园边的高速公路上,倾听曾祖父们的声音……我听到了土地的歌唱,看到了一道道蔚蓝色的精神之光从空中飞逝。"[3]

女性作为倾听者,有着她自己的情感特点和言说方式。具有"女人絮语"特点的《中国佬》以"说故事"的方式发掘记录下了叙述者家族男性移民和新生代

---

1 [美]汤亭亭:《中国佬》,肖锁章译,南京:译林出版社,2000年,第118页。
2 张敬珏:《说故事:汤亭亭〈金山勇士〉中的对抗记忆》,单德兴译,见单德兴、何文敬:《文化属性与华裔美国文学》,台北:"中央"研究院欧美研究所,1994年,第33页。
3 [美]汤亭亭:《中国佬》,肖锁章译,南京:译林出版社,2000年,第85—87页。

的华裔美国男性的"历史"。这些家族的往事绝对不会让人联想到"民族史诗",其中透露的也不是什么英雄和智慧祖先的膜拜,而更多的是一种回忆的辛酸。我们从中看到的,更多的是华裔美国人肉体的伤害和灵魂的扭曲。在这种痛苦的背后,敏感的读者也会听到一种悲悯。那是叙事者汤亭亭的,是面对华裔男性痛苦经历的一个华裔女性悲悯的情怀。

苛刻的读者当然会不满这种悲悯的女人味儿,但也恰恰是这个有限的女性叙事视角使《中国佬》成为文学,而非政治议案和历史文档。独特性、个别性是文学之为文学的局限,但也是文学之为文学的根本。

稍后崛起的华裔女作家谭恩美更是强调写作的个体性。

尽管在《大哎呀!》的序言中,赵健秀也把谭恩美列为华裔美国作家中的"伪作家",认为她的作品加强了美国白人关于中国文化"厌女症"和"神秘诡异"的刻板印象,谭恩美似乎充耳不闻,视而不见。没有汤亭亭那样在美国学院派中的文学地位,主要靠市场来谋生[1]的谭恩美似乎也因此少了些顾忌,《灶神之妻》《灵感女孩儿》都"鬼气十足",以至于获得了"鬼作家"的名号。

然而,你很难说谭恩美是为了迎合美国读者的刻板印象而刻意地去制造鬼怪充斥的"中国故事"。对于谭恩美来说,神秘的氛围是她家庭生活的一部分,更是她个人的现实体验。

生在加州奥克兰的谭恩美到十二岁忽然得知自己还有三个姐姐被父母丢在了遥远的中国,她母亲以为再也见不到她们了,然而事隔将近四十年,谭恩美居然在访问中国的时候见到了"姐姐们"。谭恩美十五岁时,哥哥死于脑瘤。次年,父亲也死于脑瘤。神秘的偶合促使本来就"神"的母亲作出了搬家旅居欧洲的决定,避免灾难再次降临。

谭恩美个人也遗传了母亲对世界的神秘感知能力。在一次采访中,谭恩美讲述了彼得———一个引导她走向文学道路的好朋友的故事。

多年以前,彼得就梦见自己被两个入室抢劫者活活勒死。后来,彼得真的就

---

[1] 据说,谭恩美的《喜福会》的简装本在1989年出版后没有几个星期,版税就达到了1,200,000美金。Mervyn Rothstein: A New Novel by Amy Tan, Who's Still Trying to Adapt to Success, *New York Times*, June 11, 1991.

这样死的。死后不久，谭恩美和一群朋友在一起谈话时突然庄重宣布：谋杀彼得的凶手一个叫 Ron，一个名 John，而这时警方还完全没有线索。但后来警方的确抓住了两个名叫 Ron 和 John 的嫌犯。经审查，正是他们杀死了彼得。而在警方调查的九个月中，谭恩美每晚都要梦见彼得。

我们没有条件去调查事件的真假，也没有必要。因为这种真假与中国文化本质精神的关系已经非常遥远。谭恩美自己也明确地把这种对灵异事件的特殊直觉归为她个人的性格因素：我的潜意识是向非常态的感觉开放的。也许精灵就在那里，也许我是个临界人。我究竟该选哪一个呢？[1]

华裔女作家90年代的新锐任碧莲在谈到作家写作的个人性与民族文化再现的关系时说，"种族主义虽然还存在，比起我们的过去，亚裔美国人有许多机会就职于各行各业，如今有许多表现亚洲人形象的来源，除了汤亭亭的作品之外。作为唯一代表的杰出者重负不再担在她的肩上了"[2]。卸掉了文学的个体写作对再现整体民族文化精神的重负，华裔女作家当然更有理由强调写作的个人性、创造性，而不必担心"周围的纠察线"的审视和批判。汤亭亭拿任碧莲的文章为自己曾经遭受不公正的"批评"开脱，而谭恩美对"诡异"的描写也恰能在这个理由下得到相同的解释。

任碧莲自己的小说《水龙头幻象》中也写道一个华裔女孩的灵异经历，不过这个灵异已经不是东方文化的标志性"专利"，而是西方文化宗教传统在当代活的"灵魂"。虽然是一个短篇，收集在《谁是爱尔兰人？》中，但其对"灵异怪诞"的"族裔专有"概念确实是一个真正的挑战。在《水龙头幻象》中，主人公凯莉——《典型美国人》中华裔移民拉尔夫·张家的大女儿，因为在天主教学校读书，受学校宗教教育的影响，开始变得神神秘秘，一个捡来的孔雀石成了她想象"法术"的道具。后来张家发生变故，母亲海伦在与父亲的争吵中不幸从楼上

---

[1] Sarah Lyall: At Home With Amy Tan: In the Country of the Spirits, *New York Times*, December 28, 1995.
[2] 任璧莲发表在1998年6月15日《洛杉矶时报》上的文章，参见［瑞典］莫娜·珀尔斯：《与著名华裔美国作家汤亭亭一席谈》，张子清译，见《中国佬》，南京：译林出版社，2000年，第328页。

摔下，但奇迹般地轻伤而还。凯莉更觉得"孔雀石"的重要。但这种对"奇迹"的"虔敬的祷告"不是华裔女孩凯莉自己的种族文化遗产，它不是来源于母亲海伦的"说故事"，而是得益于学校的宗教氛围，是从美国文化环境中习得的。凯莉的好朋友——黑人同学帕蒂为得到一件漂亮的衣服，祷告了一个星期；为她离家出走的父亲的归来，帕蒂和凯莉更是虔诚地祷告了一个月。为了"奇迹"的发生，她们俩甚至不吃冰淇淋，为了确保"纯净"，她俩还一本正经地"禁欲"——忍住不去看自己喜欢的小男生。小孩如此，结婚成家的年轻人也不例外。在小说中，一对虔诚的白人夫妻更是把他们的每个愿望写在纸条上，然后贴到厨房门上，告诉"天上的父"：

  天上的全能父亲，请帮助我们。给约翰找一个工作，什么都行，只要不伤脊背。车程在半小时以内。

  天上的全能父亲，请帮助我们。让我们有辆汽车。

  天父请帮助我学法语。[1]

  在当代华裔作家中，任碧莲的幽默是最为人看重和欣赏的。当处理"灵异""神秘"的事件时，任碧莲的幽默更具有了特别的功能。她不像汤亭亭《女勇士》中对"鬼"的描写那样让人恐惧、心痛，也不像谭恩美，对哥特小说风格有一种近乎痴迷的爱好。任碧莲的幽默笔调使得笔下人物对"奇迹和灵异"的追求显得可怜又可爱。当然更重要的，是她的幽默叙事颠覆了关于"神秘"的"东方主义话语"，而把它归为世界的荒谬、人的软弱，和软弱的人对幸福的极度渴望。这样，对神秘事件的感知和渴望，就是人的普遍精神状态的一种，而不是那个民族、那个国家、那个文化专有的特性。

  自然，我们也没有理由把《水龙头幻象》的"颠覆"效应夸大了。我们不能说，天主教文化亦即白人文化是神秘可笑的，也不能得出结论说：华裔美国文化完全与神秘无关，或者说它已经充分美国化了。我们应该尊重作家写作的个人性，也应该把文学中故事当作故事本身来阅读，而不是当作民族文化整体的象征

---

[1] Gish Jen, *Who Is Irish?* Alfred A. Knopf Publisher, New York, 1999, p.39.

物来看待。回归个体性，正是华裔作家写作追求的目标。

五、跨族性爱——收复性爱主权

对于跨族性关系，民族主义者有着深深的忧虑。在谈及女性和民族主义规划的关系时，我们已经注意到，女性在民族主义规划中首先就是一个"民族再生产计划"中的"生育者"的角色。女性肩负着为本民族生育下一代的任务，在区别性体系中，下一代的繁衍还需保证种族血缘的纯正性。这样，就像安斯亚斯和伊瓦·戴维斯所指出的那样，女性的身体和性实际上也就是传统民族主义规划中的另一条"国界线"。当男性作为民族主义计划的当然主人出现时，女性的性体就是他的主权所在，也是民族的主权所在。针对女性的凌辱、伤害和侵占，自然也就是对整个民族的凌辱和侵略。历史上受辱民族的族裔复兴计划，在逻辑上也必然包含对女性——民族人口再生产的主要承担者的主权恢复。

对于华裔美国人来说，男性对女性的性关系也的确一度是个政治权利问题。当美国主体民族通过立法限制一切华人和亚洲女性进入美国时，华裔社会内部的两性关系就已经不再是民族内部、家庭内部的男女问题了，而成了民族间不平等关系的身体象征。对华裔男子性权利的剥夺，是一种将华裔民族"骡子化"的殖民主义的行为，在生理学的意义上威胁着华裔民族的生存，否决了华裔民族在美国地理上的繁衍、延续的权利。这样，二战后因美国移民政策的改革而带来的华裔女性的准入就具有了非常重要的意义。对华裔来说，1946年针对华裔女性的移民法案，不是美国外交政策的变革，而显得像是一场民族独立运动的结果。华埠单身汉社会结束，家庭社会开始发展，华裔人口开始缓慢回升，二战期间中美两国的战略伙伴关系和华裔男子在美国军队中的积极表现，也大大提升了华裔在美国公众中的社会地位。然而，当华裔男子们觉得自己已经开始享有对本族女性的主权时，日趋上升的华裔、日裔女性外嫁白人的比率，却再次让他们怀疑自己刚刚建立的脆弱主体性。在60年代族裔复兴运动的影响下，华裔乃至整个亚裔美国人的"族裔民族主义者"们，更是把这个性资源的问题提升到民族尊严、民族复兴的要义上来。赵健秀及其编辑亚裔作家文学的同志们，在序言中明确地发表了他们对本族外嫁姐妹的强烈不满。在他们看来，超过百分之五十的女性外嫁的比率，是美国文化对亚裔男性缺乏男子汉气度之"刻板印象"的恶果，也是华裔女性自身接受白人文化，进而轻视、贬低亚裔文化传统的表现，是对白人种族主义的"臣服"，和对亚裔文化传统的背叛。[1]

在华裔男性作家笔下，跨族性爱首先不是两性间的个体关系，而是种族关系。这种关系，根据华裔在其中的角色，分别成为可接受的和令人厌恶的。在赵健秀的《龙年》中，弗雷德的妹妹嫁给了一个白人，这个白人是典型的"东方主义者"，是个文化入侵者，遭到弗雷德的冷嘲热讽。在《真正的一天》里，华裔老人放肆地谈论白人女性的体征，表现出"真正"的男性风范，如果男性气质就意味着对女人身体的强烈占有欲望的话。而主人公对于白种女人的拒绝，不是出自性变态、性恐惧，而是出自对她的厌恶，和对种族纯正性的坚守。在性关系上，赵健秀明显是个纯种主义者。

华裔男作家徐忠雄和李健孙在对待跨族性爱问题上，却是另外的态度。美国白种女性，对于其作品中年轻的主人公来说，就是美国主流文化的象征。因而，对白人姑娘身体的占有和爱情的获取，就是他们作为男性被美国文化接纳、承认的标志。

在《荣誉与责任》中，长大成人后强壮的丁凯爱上了白人姑娘克里斯廷，但爱好和平反对暴力的克里斯廷最终选择了离开。对于丁凯来说，"她是阴，而西点军校是阳，二者的阴阳结合代表着幸福和归宿。""她是我一生的爱。"但"我选择的用生命去爱的人竟是一个梦，一个我永远追求不到的女孩。她只是把我当成一个普通朋友而不是男朋友来喜欢，我选择美国一所最严格的学校就是想改变我在她眼中的形象，可结果只是让我离她更远"。而"她对我不感兴趣只能证实我的感悟：真正成为一个美国人绝不是一件容易的事"。[2]

当性被当作是一个民族文化的象征符号被华裔男性作家频繁使用时，华裔女性作家通过其文学创作，却表达出不同的声音。

---

[1] Frank Chin, Jeffery Paul Chan, Lawson Fusao Inada, Shawn Wong, *Aiiieeee!: An Anthology of Asian American Writers*, A Mentor Book, 1991, Preface, xii-xiii.

[2] 李健孙：《荣誉与责任》，王光林、张校勤译，南京：译林出版社，2004年，第121—123页。

赵健秀对汤亭亭的攻击有很多借口和理由，对白人读者性幻想的迎合是其中一个。不间断的攻击让汤亭亭很是恼怒，在多年以后写作《孙行者》——她的第一部小说中，她似乎找到了回击赵的最好方法：通过文学虚构，在真假交错的文学叙述中反讽大男子主义的男性霸权意识。许多人相信，《孙行者》中的华裔嬉皮士男主人公惠特曼·阿新，就是根据赵健秀的形象创造的。

惠特曼和白人姑娘唐娜的性爱事件值得我们注意。

我们已经说过华裔男性如赵健秀等对跨族性爱的政治理念，占有和征服是这个理念的核心词汇。在《孙行者》中，惠特曼本来以为唐娜被自己迷住了，正在沾沾自喜。然而，唐娜关于邀请他来做爱的宣言却打碎了他对性关系象征意义的单方面臆想：

也许我并不爱你，假设我爱的就是你，我就不会放过你的。但是，假如，我明天碰到了我的心爱之人，我就会离你而去。我很公平。你也不爱我。我们的出发点是平等的。我17岁时曾经爱上一位名叫艾德蒙的人。我知道爱的感觉。我并不爱你。也许，我再也无法去爱了。不过，假如我找到了他或者与他相似的男人，我就会离开你的。我并不讨厌你，我想与你做爱。你不能决定我的生活。我要在和你做爱之前让你知道我是什么样的人。做爱是我的也是你的心思。这不仅仅是你的心思，行吧？过一会儿你不会说，这全是你的或者我的注意吧？我们都有权随时终结我们的关系。

……所以，明天假如有谁不愿意在一起生活了，他便可以自由，任何人不能干扰对方。但是，也许我们永远不可能爱上其他人。也许我们会习惯于一起生活，白头偕老的。你是否知道契诃夫的亲密朋友的含义？他的含义就是我们的关系，密友。[1]

惠特曼感觉有些沮丧，因为唐娜抢先一步说出了"该他讲的话"。"他妈的。她逼迫他就范。她又胜利了。"[2]

---

[1] 汤亭亭：《孙行者》，赵伏柱、赵文书译，桂林：漓江出版社，1998年，第167页。
[2] 汤亭亭：《孙行者》，赵伏柱、赵文书译，桂林：漓江出版社，1998年，第167页。

华裔美国男性与白人姑娘之间的性关系，被处理成了典型的普通美国式的男女关系。通过性关系来占有白人文化，进而证明华裔美国男性雄风的文化象征意识被当事者本人——白人姑娘唐娜轻松地解除了。性，回归了性的原本含义。

更具讽刺意味的是，在下文的叙事中，汤亭亭不但没有通过性关系来证明华裔男性的"雄风"，而且别有用心地描写了做爱后唐娜对惠特曼性器的感受：

> 唐娜思索着恭维惠特曼的阴茎是何等的美妙和柔软。而惠特曼则对阳刚之美心存别念，他会误解她的话的。男人们无法理解，阴茎是最可爱的柔软的东西，比婴儿的耳垂还要温柔，比女人的乳房更酥软。做爱之后是抚摸它的最好时光，可以摸来摸去。不过，摸的时间不可太久，否则他们会因为它们的不坚挺而感到窘迫。惠特曼这种人难于接受对其阴茎柔软的赞美。唐娜便也不再对之颂扬。[1]

不难看出，此时的唐娜是汤亭亭刻意安排的一个女权主义者，一个对"菲勒斯中心主义"怀着善意的讽刺人物。在唐娜心中，惠特曼是可爱的，但他对阳具没有理由的崇拜和敬仰却让她发笑。唐娜对"柔软的阴茎"的爱好，对于男权主义者是个令人不快的细节。对于心急火燎要重振华裔男性雄风的赵健秀及其同志们来说，这个不恰当的"柔软"也是一个不大不小的尴尬和讽刺。

另外一个细节还讽刺性地写道惠特曼对女性的"柔弱"的欣赏。在床上，他突然对脚产生了兴趣。在他看来，唐娜因为经常穿小鞋而被挤到了一起的脚趾异常性感。他竟奇怪地对唐娜的脚趾做起爱来。敏感的读者很容易想到中国女性小脚的象征意义，将脚性器化，是中国男权文化对女性身体实施有效"异化"的一朵"奇葩"。而惠特曼对白人姑娘唐娜的"趾爱"，可以说是他"发明的新的性爱方式"[2]，纯粹个人性的奇特爱好，也可以说是他潜意识中男权中心主义对女性进行"异化"统治之欲望的扭曲表达。

在一次读者聚会上，汤亭亭曾经公开朗读过惠特曼的"趾爱"一章。她当时激动地对听众说："我不能设想这个华裔美国男人和一个华裔美国女人做爱的场

---

[1] 汤亭亭：《孙行者》，赵伏柱、赵文书译，桂林：漓江出版社，1998年，第171页。
[2] 汤亭亭：《孙行者》，赵伏柱、赵文书译，桂林：漓江出版社，1998年，第170页。

面，我们之间有太多的业障，积怨太深。"[1]

这个"障"说到底就是华裔男性对性的占有欲和对暴力的热爱。这种因为有着"阉割恐惧症"而来的对男性"力量"的纠正性、补偿性的热爱阻碍了华裔男性自身的自省，使他们在种族间的性爱事件上尤其盲目，对女性的想法听而不闻。如我们前文提到的李健孙《荣誉与责任》中的丁凯，他只是想通过西点军校的严格训练，使自己成为真正的男子汉，从而赢得克里斯廷的芳心，而丝毫不能理解克里斯廷对于暴力的抵触和反对。在克里斯廷看来，西点的"野兽营"绝对是"地狱"，"那些恐怖的男性仪式无非是强作奴隶以考验对愚蠢价值的忠诚度。"而"世界对于每一个人来说都应该充满温柔和仁慈，而不仅仅是争斗、愚蠢的竞争、伤心、战争和冲突。"但在丁凯看来，克里斯廷的想法不过是"白人中产阶级的幻想"[2]。而她对自己的拒绝只证明了华裔美国人进入白人文化的无比艰难。女性对暴力的反对被丁凯忽略了，只剩下白人女性对华裔男性的拒绝。

吴美琴的小说《裸体吃中餐》提供了另外一幅图景，再次粉碎了将女性身体作为民族主义话语工具的男性意志。小说的女主人公李罗碧对白人的浓厚兴趣来源于她对爱的渴求。在她的记忆里，纽约唐人街的华人更多地通过食物来传达亲情，很少身体接触；而白人却更多地亲吻、触摸、拥抱来表达爱意。在大学主修女性研究的罗碧找了个白人小伙男朋友尼克。她对尼克恋恋不舍就是因为迷恋那些拥抱和亲吻。在和尼克谈恋爱的同时，罗碧还频频与别的白人男子约会上床，因为她似乎对爱病态的饥渴。对于女性主义者罗碧来讲，性不是别的，而是爱得以实现的主要渠道。性，也与民族主义计划无关。她对尼克的爱，不是华裔女性对白种男性的臣服；她对诸多白人男子的性关系，也不是华裔文化对白人文化的征服。她是从爱的角度来理解性对于男女双方的意义的。一旦她发现尼克对自己的欲望就像一个饥饿的人对"一盘异国风味的菜肴"一样，只顾自己狼吞虎咽，而不管她的感受时，她痛苦万分，毅然与尼克分手。当罗碧最终走向同性恋时，

---

[1] Edward Iwata, Word Warriors, *Los Angeles Times*, June 24, 1990, Sunday, Home Edition.
[2] 以上引文参见李健孙：《荣誉与责任》，王光林、张校勤译，南京：译林出版社，2004年，第242—244页。

其性爱观念已经得到了极端清楚的表达。我们不能说罗碧解构了男权主义"菲勒斯中心"的文化倾向,尼克对她的"食欲"已经证明了男性性心理的价值取向的顽固,但罗碧的行为显然是在向"菲勒斯中心"宣战。而这正是女性作家对性和性爱的女性主义的理解,与男性中心的文化民族主义者们视女性身体为民族文化边界的观点恰好形成对比。

第六章 "美学异托邦"及其突围

第一节 华裔美国文学的语言尴尬

语言是存在的家园。

对于民族文化而言,语言的重要地位无论怎么说都不算过分。在斯大林关于"民族"的定义中,"语言"是他确定一个民族之存在的第一要素。[1] 独特的民族语言,是民族文化的产物,也是民族文化的空气、养分,是民族文化得以延续、发展、发扬光大的土壤和武库。离开了民族语言,民族文化就成了无本之木、无源之水,最终要在时间的流逝和空间转移中干涸、枯萎。

在殖民主义政治经济文化体系中,主流宰制的民族语言总是官方语言、第一位的语言,甚至是唯一合法的语言;而少数的、边缘的、被宰制的民族语言,因为其政治、经济上的依附性和从属地位,总是边缘的、不入流的,甚至是不合法的。

就美国而言,自独立战争以来,与英国英语相区别的美式英语就逐渐成了美国文化的官方语言,进而也成为美国文学的当然条件。这样,在美国地域上发生和成长的少数族裔的文化,也似乎必然以接受英语为进入美国文化的前提。但因

---

[1] 斯大林认为,"民族"是"人们在历史上形成的一个有共同语言、共同地域、共同经济生活以及表现于共同文化上的共同心理素质的稳定的共同体"。中国民族学界基本沿用了斯大林的定义,来认定、认识民族问题。参见杨堃:《民族学概论》,中国社会科学出版社院,1984年,第188页。

着美国民族政策的变化以及各民族内部知识分子和民众的立场和策略的不同，美国的少数族裔文化在语言问题上实际上给出了不同的答卷。60年代族裔文化运动中的奇卡诺文学就采用了双语——西班牙语和英语两种语言进行创作。如获得第三届金托－索尔奖的罗兰多·伊诺霍萨，其获奖作品《河谷素描和其他作品》的第一部用西班牙语写成，而第二部《亲爱的雷夫》则兼用西班牙语和英语两种语言，第三部《仪式与见证》全部用英语写成，因为小说主人公此时已经完全卷入了美国文化的漩涡中。奇卡诺的早期作品——农民剧社独幕剧集，所用语言也是西班牙语。[1] 当然，奇卡诺文学的这种双语现象，有其作家本身对双语的掌握优势，也有知识分子团体和出版社的理论和实际的支持。

与之形成鲜明对比的是亚裔美国文学对语言的态度和策略。

一、宣认洋泾浜英语

受黑人文学和奇卡诺文学影响颇深的亚裔美国文学的崛起，启用了他们对美国主权的宣认，甚至通过自己祖先在美国土地上的屈辱和贡献来宣布本族裔对美国的土地所有。但是，在语言上，亚裔美国文学的发起者和组织者们则几乎无一例外地宣称英语的合法性，而将原本自己的母语——汉语排斥在文学表达之外。

对汉语的弃绝来自于美国主流文化对东方文化和华人的压制，也来自华裔美国文学的首倡者们对语言的双重宰制的担心。因为生长、受教育在美国，华裔美国人对汉语的掌握一般较差，多停留在口语阶段和幼年水平，汉语对从小说英语接受英语教育的华裔美国人来说甚至就不是"文化的"语言，而是一种粗劣的口语和方言。对于汉语中心主义的文学、文化而言，华裔美国人的汉语水平离"文学"（它意味着精致的掌握汉语的艺术）差得还远。但同时，在白人英语的标尺下，他们的英语也是有问题的，发音不准，语法错误，是破绽百出的"洋泾浜"英语。

在《回嘴》中，华裔美国文学的首倡者赵健秀表达了亚裔美国作家文学写作

---

[1] 参见［美］萨克文·博科维奇：《剑桥美国文学史》第7卷，孙宏主译，北京：中央编译出版社，2005年，第637—641页。

的语言困境:

> 我们亚裔的处境要比黑人的尴尬得多,因为与黑人不同,我们没有一个有机的美国身份,也没有那种语言上的自信和自尊来放胆宣讲自己的经验。作为一个民族,我们是前语言的(pre-verbal)、前文字的(pre-literate),我们对语言充满恐惧,害怕魔鬼透过语言来控制我们。对于我们这些出生在美国的亚裔人来说,亚洲的语言和英语都是外语。我们是个没有母语的民族。对白人来说,我们是外国人,还在继续学习英语;对在亚洲出生的亚洲人来说,我们的汉语和日语也是"假冒伪劣"的烂货[1]。

赵健秀当然认识到语言对于文学和文化的重要性。

> 语言是文化的介质,也是民族感性(包括男子汉气质)的介质。通过组织和编纂民族共同经验的象征物,语言把一个民族铸成一个有机的社团。语言的表达受阻,也就是文化和感性的丧失。在最低限度,一个文化中的人应该为他自己说话。如果没有自己的语言,他也就不再成其为人。[2]

对于生长生活在美国的华裔来讲,他们的华裔身份和美国文化背景被相当多的人认为是一种跨文化的优势,意味着他们对华人文化和美国文化同时拥有的得天独厚条件。但此一时彼一时也,60年代及以前的文化环境并没有给华裔美国人这种在文化间轻松选择、自由滑动的祝福,而是一种既内又外的分裂、冲突和排斥。赵健秀敏感地注意到了所谓"双重文化(dual culture)"或曰"双重性格(dual personality)"所暗藏的意识形态的危险:

> 双重性格的概念实际上剥夺了华裔和日裔美国人发展自己特有术语的权利。对语言的垄断就长时间被白人文化用来压制亚裔美国人文

---

[1] Frank Chin, *The Chickencoop Chinaman*, *The Year of Dragon*, University of Washington Press,1981, Introduction by Dorothy Ritsuko Mcdonald, xvii.

[2] Frank Chin, etc. *Aiiieeeee*!, A Mentor Book, 1991, Fifty Years of Our Whole Voice, P37.

化，并将我们从主流美国文化的意识中给以排除。[1]

在他看来，双重文化并不等于文化的双重接纳的可能性，而是意味着双重宰制、双重排斥随机使用的借口。直接切实的经验是：那种认为"正确的"英语是描写美国社会真相的"唯一语言"的"普遍观念"，在实质上已经"把语言当作了文化帝国主义的工具"，这种语言的专制机构完全忽略了或者根本无视一个重要的事实，那就是："一个新的民族在一块陌生的土地上会有自己的独特经历，并能在旧有的词汇中发展出一种新的语言。"[2]

这种新的语言是一个新的"民族"的文化载体，是"新民族"形成和存在发展的标志。

这种"新的语言"，对于移民美国的华人来说，既不是汉语、也不是白人的所谓地道的、正确的英语，而是被白人文化专家和批评家们所贬低的"劣质英语（bad English）"——一种基于亚裔美国人经验、混合了汉语方言、黑人英语、白人英语的洋泾浜（pidgin）。

赵健秀没有把华裔当作华人，而是当作了"亚裔美国人"——一个新兴的美国民族中的一支。在赵健秀和他的亚裔美国人文学文化的"民族主义"鼓吹者同志们那里，亚裔美国作家的当务之急，就是为亚裔美国人的"洋泾浜"英语谋求合法化。然后"用它将亚裔美国人经验符码化，形成亚美人特有的象征、套语、语言风格、以及依附于亚美人经验的幽默感。"[3]

在《哎呀！亚裔美国作家文选》的序言中，赵健秀推举朱路易《吃一碗茶》的语言作为华裔美国文学语言的样板。他举例说：

> Go sell your ass, you stinky dead snake," Chong Loo tore into the barber furiously. "Don't say anything like that! If you want to make laughs, talk about something else, you troublemaker. You many-mouthed bird.[4]

---

[1] Frank Chin, etc. *Aiiieeeee!*, A Mentor Book, 1991, Fifty Years of Our Whole Voice, P37.
[2] Frank Chin, etc. *Aiiieeeee!*, A Mentor Book, 1991, Fifty Years of Our Whole Voice, p.22–23.
[3] Frank Chin, etc. *Aiiieeeee!*, A Mentor Book, 1991, Fifty Years of Our Whole Voice, p.24.
[4] Frank Chin, etc. *Aiiieeeee!*, A Mentor Book, 1991, Fifty Years of Our Whole Voice, p.16.

("卖屁股去吧,你这条臭死蛇。"Chong Loo愤怒地打断了剃头匠,"不要再讲了!如果想找乐,说点别的,你这个是非精、多嘴鸟!")

对话者的英语毫无疑问是不地道的,他们说的有些原本就不是英语,而是作者朱路易在用英语翻译这些唐人街的华裔老光棍的真实日常对白。在赵健秀看来,这种直接从广东方言俚语翻译过来的英语才是"地道的唐人街语言",为华裔所喜闻乐见,也适合用来表现唐人街华裔的真实生活和真实感受。

纽约华埠光棍村的语言其实比赵健秀所"推举"的还要粗俗,翻开《吃一碗茶》,"Wow your mother!"比比皆是,几乎成了华裔老光棍们的"口头禅"。而作者朱路易也不避讳,不美化,统统直接翻译成英语。

如果说"脏话"反映了华裔光棍村某种奇怪的粗糙现实的话,另有些汉语俗语、成语的翻译则表现出一种特殊的美学,为英语增加了别样的色彩。如"桃花运"和"安度晚年"都是英语中原本没有的词汇,朱路易的英文翻译,使英语和汉语都突然间"陌生化"了:

> Some ten years later, he sold his laundry. With the proceeds from the sale of the laundry plus his small savings, he had planed to spend the late evening of his life in the rural quiet of Sunwei.[1]
>
> "He's got what you'd call Life of the Peach Blossoms," chuckled Wah Gay. "The women like him. He's a beautiful boy."[2]

按照挑剔的英语教授的标准,这仍然是一种洋泾浜。不过,赵健秀们可不这样看。他不是说朱路易的英语不是洋泾浜,而是说,美国英语本身就是洋泾浜。在他看来,"根本就不存在一种单一的美国文化,而被我们称作是'美国文化'的东西,其实是个'pidgin marketplace culture'"。而所谓的"标准美国英语"——报纸和电台使用的英语,也是"洋泾浜英语,一种永远处于变动中的

---

[1] Louis Chu, *Eat a bow of Tea*, Frank Chin,etc. *Aiiieeeee!*, A Mentor Book, 1991, p.152.
[2] Louis Chu, *Eat a bow of Tea*, Frank Chin,etc. *Aiiieeeee!*, A Mentor Book, 1991, p.153.

'市场和车站中的语言'(marketplace-depot language)"[1]。以流动性、混杂性为据，赵健秀否定了美国英语之标准的存在。当然，赵健秀的论断不是纯粹语言学的、学理上的对美国英语的研究，而是一种政治学角度的批判。然而，揭示了美国英语形成的历史性和变动性，洞察了语言与权力的复杂联系，不等于就一下子解决了缠绕在语言介质上的民族的、权力的符咒。毋宁说，赵的这种断言是一厢情愿的，对美式英语的文化霸权恐怕也不会有丝毫实质上的动摇。他的意义，乃在于为美国少数族裔文学的语言特殊性寻找"法理的"解释。具体地讲，就是为华裔美国文学寻找"发声"怪诞的依据。

赵健秀本人的戏剧作品，作为华裔美国人在美国文学界的第一声呐喊，在语言上也可以用"怪异"来形容。比朱路易更甚，他舞台剧《鸡笼支那人》中的主人公林泰喊出的是混杂了一般英语、黑人英语的新语言。

如第二幕一开场，林泰与他的日裔朋友 Kenji 一见面就说：

> BlackJap Kenji! Mah brother! Whew, man, I thought for awhile you'd grown up, man. Twenty grand high class research dentist wit'his own lab, man, his own imported apes, twenty-three hundred miles from the childhood. Grownup, fat, middleclass! Ha. But here ya are, still livin in a slum, still my BlackJap Kenji.[2]

他的黑人英语口音甚至让黑人在见面前误以为他是黑人，剧中另一个人物 Lee 也认为他的语言是"各种该死的方言和口音的杂烩"，"充满了呕耶和俏皮话，像一个夜总会的小丑。"[3]

林泰自己却认为自己的英语不需要别人的纠正，而且他还认为自己的这种"没有娘的"语言恰恰是其独立的标志。"无疑的真相是：我，臭名昭著的独一无二的鸡笼支那人自己，在漆黑的夜晚开口说话。"[4]

---

[1] Frank Chin, Rendezvous, 见徐颖果：《华裔美国文学选读》, 天津：南开大学出版社，2004年，第125页。

[2] Frank Chin, *The Chickencoop Chinaman, The Year of Dragon*, University of Washington Press, 1981, p.9—10.

[3] Frank Chin, *The Chickencoop Chinaman, The Year of Dragon*, University of Washington Press, 1981, p.24.

[4] Frank Chin, *The Chickencoop Chinaman, The Year of Dragon*, University of Washington Press, 1981, p.7.

林泰的语言给评论家们也留下了深刻的印象。Jack Kroll 在新闻周刊（*Newsweek*）上撰文说，他即便忘记了该季度的所有剧目，也会牢牢记住林泰（Tam Lum）的形象，他认为赵健秀是个"天生的作家"，"他的语言有着爵士乐的节奏、跳跃和鼓点。"[1]

赵健秀的第二部戏剧《龙年》里的主人公 Fred 则更多地使用唐人街英语。

> We'come a Chinatown, Folks! Ha. Ha. Ha……
> Goong Hay Fot Choy, Cholly! Ha. Ha. Ha……
> You wanna know where to go eat in Chinatown, I betcha.
> Hard to choose, ain't it. Yessir.[2]

赵健秀如此，其他几位华裔美国作家也如此。为了生动展现华裔美国人的生活和感受，他们都选择带华人口音的英语拼写来描摹华人的英语对话。

如李健孙《支那崽》中的丁凯，在向继母宣布他的独立时，用的就是两种口音的英语：

> I kept my guard up. "You not my Mah-mee!" I said, "I ain't fo' yo' pikin-on, no mo!"[3]

第一句用的是汉语式英语："你不是我妈！"，第二句用的黑人英语："我不是生下来被你虐待的，永远不！"

谭恩美的小说也同样用华人英语来传达华裔移民尤其是英语不好的老一辈的生动对话。如林姨向"我"介绍中国麻将与犹太"麻将"的不同时，就说：

> Chinese mah jong, you must play using your head, very tricky. You must watch what everybody else throws away and keep that in your head as well. And if nobody plays well, then the game becomes like Jewish mah jong. Why

---

1　Frank Chin, *The Chickencoop Chinaman, The Year of Dragon*, University of Washington Press, 1981, Introduction by Dorothy Ritsuko Mcdonald, xv.

2　Frank Chin, *The Chickencoop Chinaman, The Year of Dragon*, University of Washington Press, 1981, P77.

3　Gus Lee, *China Boy*, Penguin Books, New York, 1991, p.394

play? There is no strategy. You are just watching people make mistakes.¹

老人发感慨，也用汉语式的"Aii-ya"，而不用英语的"Whoops"或者其他的体态语。这样的例子还有很多。

对华裔口语的描写，容易使用这种策略，以增加语言的形象性。但是，这种"蹩脚的""不正宗的"英语，也只是用来增添"族裔色彩"而已。其存在空间仅仅限于零碎的对话。它的使用必须是少量的，最关键的是它不能影响阅读和理解，更不能阻碍故事本身的讲述。一旦进入故事的叙述，作者就开始使用标准英语，无论故事的讲述人英语流利与否。对于不会说英语的角色，出于故事讲述的需要，作者往往不得不越俎代庖，用英语帮他说话。

如《支那崽》中的"辛伯伯"是个中国传统的学究，他企图给少年丁凯灌输中国传统文化价值观念，如忠孝、诚信等，他还朗诵古诗。辛伯伯毫无疑问讲汉语，但如果小说的叙述者也用Chinglish来描写辛伯伯的教导，英文读者恐怕没几个能看懂。所以，故事的叙述者只能用普通的或者说标准的英文来替他说话：

The true post is moral", said Uncle Shim. "It is not connected to a mere chair in an ivoried hall. Heaven recognizes merit and piety, whatever the transient circumstances.²

至此，一个问题已经看得很清楚了。那就是赵健秀所提倡的华裔"洋泾浜"英语文学，只能是文学的元素，或者语言元素，它不可能成为真正的文学语言，而只能作为口语对话，放进用标准英语讲述的故事中，作族裔文化的标签或者装饰。而且在英语环境中，父母一代带口音的"英语"实际上很难留给下一代。也没有必要把口音当作民族文化遗产。当第二代第三代华裔把标准英语内化为自己的"呼吸"和"本能"后，华裔英语的语言特色也就消失了。赵健秀的"洋泾浜"英语文学，也就只能是一种意识形态的幻想。

在接受英语作为美国文学的唯一合法语言后，对华裔美国文学独特的"语言

1　Amy Tan, *The Joy Luck Club*, IVY Books, New York, 1989, p.23.
2　Gus Lee, *China Boy*, Penguin Books, New York, 1992, p.256.

风格"的追求，结果只能是"口音"。这种文本书写的"口音"，最终会远离赵健秀们构想的民族主义理想，仅仅表示华裔与主流文化的语音差异，进而在多元文化的图书市场上成为族裔文化特征的装饰性符号。

二、哈金的英语

在华裔文学的语言问题上，哈金是个特别的例子。如果按照赵健秀的标准，哈金根本不是华裔美国人，只能算个国籍在美国的中国人。这个中国人创作的文学，当然不能反映华裔美国人的感性，因而也不能算是华裔美国文学。但美国当代文学的最高荣誉，如国家图书奖、福克纳奖、海明威奖等却都慷慨地送给了这个仅仅用英语写作了十二年的华人新移民。在图书的分类中，哈金的作品也不是中国文学，而是亚裔美国文学。他是经美国国家和文化界认可的"亚裔作家"。

对于哈金来说，英语是至关重要的，关系到生存存亡。他选择英语作为文学创作的语言，乃是为了生存的需要。作为美国布兰戴斯大学英文系毕业的博士，为了在美国的大学里谋取教职，不得不使用英语来创作。

他写诗，写短篇的故事，也写长篇的小说。他用英语开发的题材，所有这些东西对于美国文坛和普通公众来讲，都是新鲜的、充满神秘的，因而富有吸引力的。所以，有人指出哈金的小说是靠题材本身的离奇而取胜的。也有人认为它就是中国的索尔仁尼琴。

我关心的是艺术层面的问题。毕竟那些题材早就在那里了，为什么没有人用英文写了，去美国的书评家和读者那里获奖领取美元呢？还是有个艺术手法的问题。

按照美国福克纳奖评委的说法，哈金是"在疏离的后现代时期仍然坚持写实派路线的伟大作家之一"。[1] 哈金自己则把自己的师承追溯到俄罗斯作家托尔斯泰、契诃夫等人。现实主义也好，写实派也好，内涵都很宽泛。哈金对现实主义传统的继承，有他自己的特点。他是在用"外语"创作关于故国、故土的故事。对于

---

1 哈金：《等待》，金亮译，长沙：湖南文艺出版社，2002年，封面。

在成为作家之前从来没写过文学、更别说用英语来写文学的人来说,驾驭英语并非容易的事情。当自由、自然地使用英语来写作还不太现实的时候,"简单"恐怕就是一个出路。

哈金的英语确实"简单",而且由于他是在用英语讲述中国的故事,中国人听起来自然有一种亲切感。这种亲切,来自于故事、环境的熟悉,也来自于哈金英语句式的汉语痕迹。由于他笔下的人物都不讲英语,因而其小说中的人物对话和叙述语言都只好使用哈金式的英语。比如:

> Because of the injury Ren had married on condition that he live under the roof of his parents-in-law, who were unwilling to let their only daughter leave home. That was why Lin's wife later had to take care of his parents. Ren was merely forty-five now, but he looked about sixty and had already lost three front teeth. His mouth was sunken.
>
> "Brother, you should've talked to me before going to the court with Shuyu," Ren said, placing his teacup on the wooden edge of the brick bed after taking a sip.[1]

孔仁(Ren)是孔林的哥哥,小学都没有读完的农民,与弟弟该有着不同的语言特点,但是在英语里,这种区别并不存在。哈金已经用自己的英语压平了所有的汉语个性。这样看来,《等待》的汉译本作者几乎就是在抢救人物的语言特色。

孔仁因为破了相,只得给人家做了倒插门的女婿。这也是为什么照顾公婆的责任落在了淑玉的身上。孔仁才四十五岁,门牙已经掉了三颗,看上去倒像有六十多岁。他的嘴唇因此有些塌陷。

"兄弟,你和淑玉上法院,应该和俺这个当哥的商量一下呀。"孔仁说着,喝了一口茶,把茶碗放在炕沿儿上。[2]

孔林的妻子淑玉是个裹脚的乡下女人,在汉语中,她的语言也该有自己的特色,如对"俺""那事""胰子"等词语的使用。但在哈金的英语中,这些特点

---

[1] Hajin, *Waiting*, Vintage, 2000, p.128

[2] 哈金:《等待》,金亮译,长沙:湖南文艺出版社,2002年,第115页。

也消失了。他似乎无法用英语来突出笔下各色人等基于环境、教育、性别、性格等条件上的言语特征。唯有用一种习来的英语，来简单地传达他们的生活以及感受。下面是淑玉进城后第一次到理发店理发时，理发师与淑玉的一段对话。理发师知道淑玉与孔林离婚的事，边洗头边开玩笑：

> While soaping Shuyu's hair, she said to her again, "Don't be a fool, sister. Sneak into Lin Kong's bed at night. If you do that, he can't divorce you anymore."
> "I won't do that."
> "oh my eyes," Shuyu cried," stinging from the soap."[1]

汉语翻译者可以直接把它译成汉语，甚至可以不把句子看完整。因为它的句法结构和汉语基本一致。哈金的英语句子多半短小，少从句。这是以英语为母语的作家笔下很难出现的。

而英语为母语的读者可能会有另外的反应。如美国一读者就认为哈金的描写几乎是"扁平的"，各种细节平摊堆在一个表面上。他揪出如下的段落：

> Dark clouds were gathering in the distance, blocking out the city's sky-line; now and then a flashing fork zigzagged across the heavy nimbuses...a peal of thunder rumbled in the south; then raindrops began pitter-pattering on the roofs and the aspen leaves....[2]

然后评论说：这种描写"让人真想大喊'砍掉、砍掉'（chop, chop!），或者'杂碎'（chop suey），杂碎是最糟糕的中国菜之一"。他甚至抱怨东海岸的文学鉴赏家"除了吵闹的电视女郎、红豆甜饼、盐浸水母外，再也没有别的品味了"。[3] 在另外的文章中，他干脆建议出版社别吝啬了，还是给哈金找个文字编辑，以减少它的语法错误。[4]

---

1 Hajin, *Waiting*, Vintage, 2000, p.210.
2 Hajin, *Waiting*, Vintage, 2000, p.162.
3 *Waiting, a Novel*, by C Q Wang, on internet.
4 *The Crazed*, Hajin, by C Q Wang, on intenet.

美国国家图书奖和福克纳笔会奖应该不是奖给说话还带口音、写作还不太自然的哈金的，而是给那个用英语讲中国（军队/军人/人）故事的哈金的。正像美国国家图书奖的颁奖词中所说的：

> 哈金深深地懂得个体与社会的矛盾，对永恒的普遍人性与不断变换的政治背景间的冲突有着深刻体验。通过一种智慧、节制，和对所有人物的深切同情，哈金生动地揭示了一个世界，一个民族之生活的复杂和微妙，而这正是我们急于了解的。[1]

当全球化、后殖民等问题成为西方各国左派知识分子的关注对象时，对遥远的民族的关心乃至同情也成为各种文学艺术奖项的评奖内驱力。这是人文主义伟大传统的延续，也是后现代族际文化交往的新现象。哈金依靠大量的中国当代生活的细节，和对笔下人物的深切同情，迅速赢得了主流文化界的好感。但他的语言尾巴却被夹在了大门外。

那种表现在文学语言上思维的中国性、语法的中国性，正是哈金在美国以英语写作"中国故事"时暴露出来的"族裔文化之根"。这个"根"在某种意义上也就是"农转非"不久后发现的"没有洗净的脚后跟"。白人读者或者说内化了白人观念的非白人读者，当然因为这个惊人的发现而大摇其头。他们靠着对英语的先天拥有而自然地拥有了语言的霸权，对洋泾浜英语文学牢牢地进行着掌控，根据心态的不同或笑纳，或拒斥，尽情享受着作为文化之主人的自由。

三、语言之辩

法侬在《黑皮肤白面具》中说：说话，就是能够运用某种句法，掌握这种或者那种语言的词法，但尤其是认同一种文化，担负起一种文明。[2]

而被殖民者对殖民者语言和文化机制的被迫接受，要求他们内化关于殖民者"高级"而被殖民者"低级"的判断，甚至抽空"本土的"语言、传统和社会实

---

[1] Powell's books-Waiting by Hajin, on internet.
[2] ［法］弗朗兹·法侬：《黑皮肤，白面具》，万冰译，南京：译林出版社，2005年，第8页。

践的主体。

法侬的针对，是法国在非洲的殖民以及黑人对宗主国语言文化的接受。对于自愿移民到美国的华人和华裔来讲，这种非黑即白、针锋相对的文化斗争也许有些无限上纲。但对于具有民族主义情绪的知识分子来说，法侬的直言却是必要的提醒和警示：

讲一种语言，就是自觉地接受一个世界，一种文化。[1]

如果我们把赵健秀等人的"族裔文化民族主义"当作一种"后殖民主义"的"反话语"的话，法侬的论断早就预言了他的"民族文化规划"的破产。当华裔美国作家把英语作为自己的文学语言，主要为美国白人创作时，他们的尴尬也就注定了。对英语的接纳，意味着对英语文化的臣服，对于华裔来说，也意味着对"美国文明"的担负和支持。他们的反抗和愤怒，是对美国文化政策的纠正。而当美国文化在英语的屏障和网络里消解了他们愤怒之后，美国文学的国际部里也就只留下少数族裔的"口音"，作为多元文化的标志。

跨不过英语语言的门槛，族裔文化传统的保存也就只能是一个妄想。

任璧莲和雷祖威的小说，生动地揭示了当代多元文化背景下华裔美国人语言的尴尬。

任璧莲的《蒙娜在应许之地》中的凯丽，在大学中受黑人室友的影响，成了一个所谓的"文化民族主义者"。她开始学汉语、吃稀饭、穿中国衣服，以显得自己是"中国人"，"很中国"，但她在学校学的北京话却很难与说上海话的妈妈交流，她的奇怪穿着也让母亲震惊。在凯丽那里，汉语与中国饭、中国衣服等东西一样，是民族文化的标志。但作为"东西"的语言，与作为"呼吸"的语言其实有着质的区别。任璧莲作为叙述者嘲讽、揶揄的口吻，暗示着她对这种"民族认同"方式的怀疑。

雷祖威的小说《爱的痛苦》中的叙述者"我"的故事更加深刻地揭示了语言与族裔身份的分裂和复杂的扭结。在"我"———一个充分美国化了的中产阶级华裔男性眼里，到美国四十年还不会说英语的"妈妈"是一个可怜的怪物，像"一

---

[1] ［法］弗朗兹·法侬：《黑皮肤，白面具》，万冰译，南京：译林出版社，2005年，第25页。

只浑身缠满电线被扔到太空的猴子"。而自己永远停留在五岁水平的汉语,也不能安慰妈妈的孤独。而能给母亲带来安慰的,却是一个犹太裔的美国姑娘,她会标准的普通话,还学会了广东话与母亲交谈。但心地善良的读者千万不要抱有幻想,认为这个会讲广东话的犹太女郎就是对中国文化最大的首肯和认同的象征。她最终离开了不怎么会讲汉语的"我",成了"前任女友"。汉语之于她——一个犹太裔的美国人,只是一个可以学习并掌握的语言,就像开车或者跳舞一样,并不构成"文化认同"的内驱力。而"我",不说汉语,但华裔族裔身份的危机却依然如影随形。

在任璧莲和雷祖威的作品中,我们看到华裔的生理属性、语言属性、文化属性的分离。这也许该归因于一种后现代性。在族裔文化认同上,后现代性就是这种原本在传统民族社会里自然生成浑然一体的生理、语言与文化属性的分裂和重组。这种语言的被剥离,是族裔社会解体的征候,也是族裔文化消解的征候,随之而来的,才是被审美化后的对"多元文化空间"的重新进入。

四、汉语与华裔美国文学

在赵健秀的早期戏剧《龙年》中,不会讲英语的"中国妈妈"被儿子弗雷德认为是"中国人",而自己却是"美国人"。这种态度与赵健秀的态度是一致的。他的"亚裔美国人"的概念的前提就是"美国出生"。而到雷祖威的《爱的痛苦》中,问题就稍微复杂起来了。不怎么会讲汉语的儿子并没有把不会讲英语的"妈妈"当作别国人,而是搬来与其同住。在60年代,华裔美国人和亚裔美国人的概念刚形成,不会说英语的老移民和刚刚下船登陆的新移民算不算是"华裔美国人"还是个有争议的问题。但随着美国新国际政策的实施,当大批的中国学生移民和劳工移民到达美国之后,这个问题的答案变得清晰起来。统计数据显示:在美国的中国人已经由50年代的12万变为1995年的200万,而其中美国出生的华裔人口的百分比却由原来的60%下降到30%。[1] 这些占美国华人人口巨大比例

---

1 Xiao-huang Yin, *Chinese American Literature since the 1850s*, University of Illinois Press, 2000, p.162.

的新移民，当然也算华裔美国人或者亚裔美国人，只要他们加入了美国国籍。

紧接着的问题是：这些新来的华裔美国人用中文写的文学是华裔美国文学吗？标准不同，立场不同，回答自然也就不一样。中国人习惯上称其为"海外华人文学"，或者"海外华文文学"，或者干脆"留学生文学"，依据的是作家的血缘关系和文化渊源。其骨子里是一种中国文化中心论。如果文学有国籍而且随人的国籍而定的话，它们应该算是美国文学。但这也应该得到美国文学界的承认才行。

值得注意的是美国文学研究界的最新动向。在张敬珏（Kink-Kok Cheung）编辑于1997年的《多民族的亚裔美国文学指南》（*An interethnic Companion to Asian American Literature*）中，几位撰文者都补充说到，它们的描述是不全面的，因为他们的研究只局限于英语撰写的文本。哈佛大学朗费罗学院也启动了多语言美国文学研究的新工程（LOWINUS Project[1]），旨在鉴定"在文化上富有魅力、在历史上至关重要、在美学上饶有趣味的"非英语美国文学，其中就包括汉语创作的美国华裔文学。[2]

当然这种承认是有限的，张敬珏和朗费罗学院并不代表整个美国的态度，但毕竟是个开始。问题的关键，还在于汉语文学对于华裔美国文学的意义。

尹晓煌（Xiao-Huang Yin）是第一个对双语的华裔美国文学进行系统研究的学者。在《1850年以来的华裔美国文学》中，他借着自己的汉语优势，重点研究了汉语华裔美国文学的发展、主题以及风格。

在他看来，华裔作家选择汉语进行写作首先就意味着一种表达的自由。我们已经知道了赵健秀们的愤怒和尴尬，但当他们选择用英语来创作并希望主流出版社接受他们的文学作品时，其抗争便是有限的。美国主流媒体有着自己的政治立场和经济考虑，不会轻易改弦更张。而当作家用汉语写作，把读者定位为美国华裔或者祖国的华人时，白人主流媒体的监控便无效了。他或她便再无需考虑白

---

[1] 多语言美国文学计划（Languages of What Is Now the United States Project），简称 LOWINUS Project，由 Werner Sollors 与 Marc Shell 两人共同主持。

[2] 萨克文·伯科维奇：《剑桥美国文学史》第7卷，孙宏译，北京：中央编译出版社，2005年，第671页。

人文化中的"东方主义""刻板印象"的限制,随心表达自己作为华裔、华人在美国生活的感受和体验。[1]

於梨花（Yu Lihua）是个典型的例子。她作为作家首先是从英语文学开始的,她的第一部小说 *Sorrow at the end of the Yangtze River* 曾获得美国的一个创作奖——Samuel Goldwyn Creative Writing Award。这使她产生了从事文学的信心。但随后用英语创作的三部小说却都被出版商拒绝了。拒绝的理由,在她自己看来,是因为"出版商只对那些东方的异国情调的故事,如裹脚的女人和吸鸦片的男人等之类的,感兴趣"。愤怒的於梨花决定退回汉语,写作自己感兴趣的题材:华人在美国社会的挣扎、奋斗。[2]

於梨花回归汉语,并不是一个自由、自觉、自愿的选择。但对于她来说,这种对母语——汉语的退回却意味着对自己艺术的忠诚。她的这种姿态和做法,与"华裔文化民族主义者"赵健秀对白人主流媒体的直接的反抗不同,她的汉语写作包含着对主流媒体的不满,但更明明白白地是从美国主流文化的逃遁。她的反抗的声音是无声的,也不能被听到。

更为根本的是,於梨花并非文化民族主义者。当她开始用汉语自由写作时,她也不是站在美国文化的对立面,去塑造并维护华裔文化传统的纯正和光大。她在台湾的读者正经历着台湾社会的西化,他们急于了解的,是中国人特别是台湾出来的留学生在美国的生活和奋斗的故事。而她在美国的读者,也想在这种美国生活故事中抒发情怀找到共鸣。出版于1974年的小说《磨难》,描写的就是来自台湾的留学生在美国大学找到教职后在续聘过程中面对种族歧视的"煎熬"经历。面对歧视,钟乐平刚开始采取了一种传统中国的方式——忍耐,他相信"清者自清,浊者自浊",自己的成就和所受的冤屈早晚会得到妥善解决。但后来发现这种中国式的态度根本无济于事。在犹太同事的鼓励下,他决定凭请律师为自己辩护,争取合法权益。钟最终赢得了胜利,得到了校方的续聘,但赢了官司的他并没有留下来,而是去了别的学校。於梨花的小说揭示了美国大学校园中种族歧视的存在,他笔下的主人公面对这种不公平,也采取了反抗和斗争。但与赵健

---

[1] Xiao-huang Yin, *Chinese American Literature since the 1850s*, University of Illinois press, 2000, p.164.

[2] Xiao-huang Yin, *Chinese American Literature since the 1850s*, University of Illinois Press, 2000, p.*169.*

秀不同的是，她并没有让主人公诉诸中国的英雄主义，而是从犹太裔美国人那里得到鼓励，以一种典型的美国方式来为自己的权利而斗争。与赵健秀等华裔美国文学英语作家对"文化身份"的格外关注不同，於梨花等用汉语写作的作家少有这种"身份焦虑"，他们所关心的，是华人或者华裔在美国异文化环境中的奋斗。

除留学生而外，美国各大城市的唐人街华人是中文报刊和中文小说的主要读者。因而，描写反映华裔和华人在唐人街生活的小说，便成为华裔美国文学汉语部分的主要门类。这种汉语的唐人街小说中，帮会和犯罪故事是一重要题材。作家们并不顾及什么美国白人的"刻板印象"，他们不是为白人写作的，因而也不在意赵健秀们重塑唐人街形象的"美好愿望"，尽情在故事中描写发生在唐人街的血腥和惊险的故事。在赵健秀那里，唐人街帮会孕育着华裔的英雄主义传统的精髓，但在汉语作家笔下，帮会就是暴力，反映着华裔美国社区残酷的现实。周腓力的小说《美餐二吃》（Two ways to eat American food）中，失业多年的主人公与同乡合开了一家中餐馆，本想共同致富，但后来很快演变为互相欺诈和残杀。金钱驱动战胜了一切，什么中国传统、美国文化，都抵挡不住贫困激发的对金钱的渴望。[1] 庄荫（Zhuang Yin）的小说《午夜来客》（A visit at night）中，一个新移民鼓励儿子与所有冒犯他的人斗争："我告诉你，在这个国家，你的对错与否取决于你的肌肉和胆量。你想安静、忍耐？丢掉这些想法吧！如果你谦虚忍让，别人就把你当垃圾！什么忍耐、慈爱、礼让，这些中国的道德高调在这里根本就不起作用！" [2]

贫困和缺乏安全感使那些新移民在生存问题上挣扎，他们缺少美国出生的华裔美国人对种族歧视的敏感，也就谈不上为种族平等和族裔文化身份而斗争。对于后者对种族歧视的抱怨，他们甚至认为这些 ABC（American born Chinese）过于敏感，反应过度。[3]

尽管很可能是新来的华人移民缺乏对美国华人、华裔社会整体的了解，但占华裔人口六成的新移民的"态度"仍然是华裔文化认同的主要构件。耐人寻味的

---

[1] Xiao-huang Yin, *Chinese American Literature since the 1850s*, University of Illinois press, 2000, p.196.

[2] Xiao-huang Yin, *Chinese American Literature since the 1850s*, University of Illinois press, 2000, p.167.

[3] Xiao-huang Yin, *Chinese American Literature since the 1850s*, University of Illinois press, 2000, p.198.

是，诉诸汉语写作的作家们并非以汉语为工具来"支持"中国文化传统或者所谓的"华裔文化传统"，相反，他们还表达了华人和华裔进入美国的渴望与融入美国文化的急迫心情。

当法侬说被殖民者学习殖民者的语言并以此为荣耀，意味着他们对宗主国文化某种程度的支持时，他是正确的。这个，华裔美国文学的英语创作已经证明。但对母语的回归，并不必然标志着对民族文化传统的支持。用汉语创作可以避免白人的文化管制，但汉语并非天然的组织民族文化、抵抗文化殖民的阵地。新移民对美国的向往其实早就宣告了他们意识深处对美国文化整体的崇拜，语言作为表情达意的工具是次要的，汉语一样可以表达对美国英语文化的"支持"，可以大声欢呼"美丽的国、美丽的元"。他们不满的，只是美国白人的冷漠和对他们的"归化"之心的拒绝。

第二节　华裔文学的审美范式及其突破

一、"隔离带"与华裔美国文学的"人种志美学"

少数族裔文化存在着文化上的相对劣势。而少数族裔文学也明显存在一个文类上的劣势，一种美学的劣势。当然，这是一个奇怪的判断。这个奇怪的判断基于一个粗暴的前提。如果我们像社会达尔文主义者那样，认为文学、美学都是进化的话，美学的、文学的多样性就不再是平等的，而是有了强弱、优劣之分。

因为历史发展的不平衡，少数民族社会总是被认为在被主流文明收编以前是生活在前文明社会，或者遥远的古代。而它的文学也停留在现代文学以前，神话、史诗、传说、谚语等民间文学形式是其主要的文学遗产。表现个体性的诗歌或者小说，要么被认为是例外，要么被认为根本不存在。在主流民族文学史的编纂中，少数民族文学当然处于边缘的位置，作为国家的文化版图完整性与多元性相统一的证据。或者，少数族裔文学根本不存在于国家文学史中，而是缀在民族文化史的后面作为文化演进程度的一个说明。

作为外部进入的少数民族，华裔美国人/亚裔美国人的文学存在着类似的情况。直到90年代，华裔/亚裔美国文学才进入主流的美国文学史。在《剑桥美国文学史》第七卷中，亚裔美国文学是作为新兴文学的一种，与奇卡诺文学、同性恋文学一起被论述的。当然，华裔美国文学也的确是到了80年代才真正"冒现"出来以至于"震动"了美国文坛的。由白人主编的文学史的忽视和不见也不是没有客观原因。

《剑桥美国文学史》第七卷的编者没有花费太多笔墨回顾华裔美国文学的历史脉络，也没有从神话、传说开始讲述华裔美国文学。而是把重点放在了对华裔文学兴起的社会背景上，探讨华裔叙事作品的主题。或许在他心目中，华裔美国文学本身尚未形成"历史"，而仅仅是现象，是进入美国当代文学独特历史时期的作品。

在谈到对少数族裔作家作品的理解时，编者说："新型的少数族裔文学作品让我们认识到作品与文化背景不可分割"。非族裔内部的读者，"如果孤立地去读它，就不可能把握它的真正内涵，因此无法欣赏它的美妙之处和意义之所在"。[1]

华裔作家汤亭亭就抱怨美国白人媒体没有真正理解她的作品，赞扬的不是地方。但汤亭亭又声称：描写一种以前尚未进行过足够描述的文化，提高作品的可被接受度是必要的，但这些措施不应该包括"放慢故事进程，在作品中加入一些无聊的讲解，那些知识在百科全书、历史书、社会学、人类学和神话中就能找得到"[2]。

汤亭亭的抱怨和批评家的新认识其实都指向一个问题，那就是：因为少数族裔的文化可见度不高，所以族裔文学的写作和批评都应该与该族裔的文化背景紧密联系。从写作的角度说，就是少数族裔作家的文学写作应该展示少数族

---

[1] ［美］萨克文·伯科维奇：《剑桥美国文学史》第7卷，孙宏主译，北京：中央编译出版社，2005年，第577页。

[2] ［美］萨克文·伯科维奇：《剑桥美国文学史》第7卷，孙宏主译，北京：中央编译出版社，2005年，第576页。

裔的文化。

编者进一步指出，少数族裔的写作在政治上是主流文化的反话语，其目的在于挑战主流媒体文化给与少数族裔文化的刻板印象，从内部撰写自己的历史。

> 然而，少数族裔的自我历史不仅应当同标准历史相互有别，还应当与被称为"人种历史（ethnohistory）"的学科分支区别开来。人种历史学虽然提供大量关于少数族裔群体的信息，但是不能代替少数族裔的自我历史，因为人种历史学所代表的往往是一种局外人的观点。对许多新兴少数民族作家来说，美国历史和人种历史都是他们在学校里学到的东西；而少数族裔的自我历史则是他们在家里、邻里间和街道上学到的。[1]

很明显编者是在反对那种把少数族裔文学当作"人种历史"的做法的，但他的理由却是因为"人种史"来自外部。他实际上反对的是外部的"人种历史"，而把族裔文学当作了某种意义上从族裔内部书写的个体化的"人种历史"。少数族裔作家要做的，就是从自己的个人经验出发，向族裔外部的读者介绍说明本族裔内部人的生活、历史和情感。在这个背景下，少数族裔文学的文学性被置于了较次要的位置，而人种史意义上的族裔文化则成了阅读和批评的主要目标。

这并非纯粹的编者个人观点，而是少数族裔文学写作面对对其文化知之甚少的宿主国文化广大读者群体时的尴尬处境。诞生在主流文化的宰制中的少数族裔文学，从一开始就不是纯粹意义上的文学，而是族裔文化展现的窗口、舞台，从少数族裔民族知识分子的立场上，它又是在文化再现领域反对主流文化宰制的战场或者辩论会场。

主流文化体制对少数族裔文学的这种人种学、人类学的兴趣，也决定了族裔文学在宿主国文学版图上的生存空间和发展变化的可能性。它被当成了人类学的文学，或者说是纪录片中的艺术片。无论是写作题材、体裁还是风格，少数族裔文学写作似乎都被预订、预设了。在题材上，它应该展示少数族裔的宗教、伦理、衣食住行、教育和婚姻；在体裁上，它应该是自传或者自传性的叙事文学；

---

1 ［美］萨克文·伯科维奇：《剑桥美国文学史》第七卷，孙宏主译，北京：中央编译出版社，2005年，第578页。

第六章 "美学异托邦"及其突围

在风格上，它应该是写实主义的，异国情调的，而且因为出版资源的有限，它最好是典型的、代表性的，能够让普通读者通过对一个文本的阅读窥见少数族裔文化的真谛。对于美国主流文化来说，少数族裔文学仅仅是个审美异托邦。这个异托邦里面，搁置的不是自己的镜像，而是文化他者奇异的多样性。

被誉为"华裔美国文学之母"的黄玉雪的《华女阿五》就是这么一个"辉煌的"开篇。《华女阿五》不是小说，是一部自传，是一个成功的华裔美国女性在被美国白人社会成功接纳后面向公众的一次长篇的"自我介绍"。其主题是"黄玉雪"在华裔文化传统和美国主流文化的"接触地带"成长奋斗的故事，但这并非这个自传的全部。在自我奋斗史之外，这部少数族裔女性的自传还要附带向读者介绍唐人街的中国建筑、家庭生活、饮食、节庆、婚姻等人类学民族志的内容。所以《华女阿五》在"自传"之外，还是一个来自族裔内部人士的"人类学报告"。

在"生为华人很幸运"一章中，玉雪向人介绍华裔春节的基本情况。谈到鞭炮时，她说：

> 人们燃放鞭炮是为了吓走徘徊的邪恶精灵，净化新年。这些鞭炮来自中国，大小不一。小号的不值得放，和储藏的一幅放在一起，驱赶蚊虫。大号一点的最受欢迎，绑成一串燃放时噼啪作响；单个燃放也很好玩。还有更大一号的，玉雪不能放。这种大号的被称作"大灯"，可以炸飞一个瓶子或者锡罐，只有大男孩才能玩。[1]

这里的假想读者毫无疑问是美国的白人主流社会。正像黄玉雪自己所说，"我创作《华女阿五》是我个人为增进白人对华人的理解而做出的努力"。[2] 为了满足这位"读者"对华裔节庆的好奇心，黄玉雪甚至完全不顾及叙事的连贯性和整体性，紧接着就开始介绍华人的中秋节：

> 另一个华人的，也是黄家的传统节日中秋节。这个节日源于古老的

---

[1] [美]黄玉雪：《华女阿五》，张龙海译，南京：译林出版社，2004年，第37页。

[2] 张子清对黄玉雪的采访，见黄玉雪：《华女阿五》，张龙海译，南京：译林出版社，2004年，第233页。

中国。黄家每次都是热热闹闹地庆祝，从未错过。根据中国的阴历，八月份第十五天的月亮总是更圆、更大、更亮。中国人特地烘烤的月饼里面夹有一层厚厚的甜馅，用以赏月，为庆祝丰收而欣赏这美丽的满月。玉雪所知道的月饼直径四英寸，厚一点五英寸。金黄色薄皮，甜甜的馅儿，馅里有莲子或者甜椰子和甜瓜，或者甜豆沙等。[1]

"人类学报告"的性质预定了华裔美国文学简单写实的风格。对于华人、华裔是老套的东西，在美国白人社会那里可能就是真正的异国情调。这些"隐含的读者"只要求知道"那是什么"和"那为什么"的介绍，而这种介绍不需要太多写作技术的花招。简单就好。

这自然很容易枯燥乏味。作为文学，作为面向白人主流社会的华裔美国文学，在白人主管的书籍经营者眼里，当然还需要别的东西来吸引读者的眼球。那就是一些"有趣的""另类的"事情。这种要求预定了华裔美国文学写作的"怪异风格"。

表现在《华女阿五》上，就是"郭叔叔"一章的产生。就自传本身的逻辑来讲，"郭叔叔"的存在是毫无意义的。他并没有促进主人公"黄玉雪"的性格形成，也与故事的进展没有瓜葛。作者本来也没有写这一章。是《华女阿五》的白人编辑向作者要求的这一章。[2]

"郭叔叔"是个怎样的人呢？

用玉雪自己的话，郭叔叔是"爸爸工厂里""最为奇特的"人。他年龄比爸爸还大，但仍然叫玉雪的爸爸"爸爸"。他衣衫褴褛，行为古怪。经常一个人用硬纸片作鞋垫，用很长的时间洗手。郭叔叔大半生只读"圣贤书"，后来却皈依了基督教，而皈依后他的梦想却是建立一家私塾，在那里教四书五经。当然，他的梦想不可能实现。他只有在唐人街斯文扫地吃些残羹剩饭，说些莫名其妙的话。

而年幼的玉雪却始终"找不到一个满意的答案"：为什么一个大人会如此奇

---

[1] ［美］黄玉雪：《华女阿五》，张龙海译，南京：译林出版社，2004年，第37页。
[2] 黄玉雪在接受大陆学者张子清的采访时谈到了这一点。见［美］黄玉雪：《华女阿五》，张龙海译，译林出版社，2004年，第231页。

怪？[1]

不明白，自然也就不会向读者解释"为什么"。美国读者也不愿意深究。落魄的中国传统文人，行为古怪的华裔形象，反正是他们乐意去观赏的，只要他们不具有危险，这种"奇怪"正可以作为一种审美的对象、轻松的喜剧插曲。

要言之，基于"人类学""他者"文化的"写实主义"和稀奇古怪的"异国情调"，从华裔美国文学的诞生之初，从黄玉雪开始，就被主流文化设定了。到了八九十年代所谓的美国文化多元主义时期，这种被预设的文学的文化格局也基本上没有被动摇。如果把美国文化比作一个 pie 的话，华裔／亚裔美国文学只占据了很小的一牙。而且这一牙的味道也被预订了。Pie 是一个好的喻词，华裔美国作家则称其为"隔离带（ghetto）""族裔鸽子窝（ethnic pigeonhole）"或者"中国人洗衣店"。

90 年代以《典型的美国佬》而成名的华裔女作家任璧莲曾经在采访中这样说过，她早期的一些作品曾遭到出版商拒绝，因为他们（例如 Paris review）"更愿意要一些更有异国情调的东西"。[2] 雷祖威则直言："只要出版商给亚裔美国作家贴上了亚裔文学的标签，亚裔作家就不能与其他作家竞争了。这就像是把亚裔美国作家放进了中国人的洗衣房里（Chinese laundry）"。[3] 任璧莲也说，被贴上亚裔美国作家的标签后，"我感觉自己被放进了隔离带（be ghettoized）"。[4]

这种文学上的"少数民族隔离带"自然并非一无是处。从某种意义上讲，它也是华裔美国作家努力争来的生存空间。这种文学、文化的隔离中，有主流文化的权力渗透，有华裔美国作家的妥协共谋，也有华裔作家与虎谋皮的反抗和颠覆。

---

1 ［美］黄玉雪：《华女阿五》，张龙海译，南京：译林出版社，2004 年，第 41 页。

2 King-kok Cheong (ed), *Words matter:conversations with Asian American Writers*, University of Hawaii Press. 2000. p.226.

3 King-kok Cheong(ed), *Words matter:conversations with Asian American Writers*, University of Hawaii Press. 2000. p.201.

4 King-kok Cheong(ed), *Words matter:conversations with Asian American Writers*, University of Hawaii Press. 2000. p.221.

二、"自传"之罪

自传本是一个中性的文类概念。它原本无非是一个人的自我经历再现的一种形式。但在华裔美国作家兼批评家赵健秀看来,"自传"却是一个臭名昭著的文种。"自传不是中国的文艺形式,而是彻头彻尾的基督教的形式"。它起源于圣经新约的"四福音书",是个人经验见证和道德忏悔的结合体。中国作家对"自传"的借鉴,实际上包含着通过写作转化中国文化,将中国基督教化、西方化的企图。这一西方化的背后,是对中国文化的轻视、贬低,和对西方文化至上论的迷思。相当多的华裔美国作家,包括 Yung Wing、Leong Gor Yun、黄玉雪、汤亭亭、谭恩美等,正是以"自传"为主要体裁来进行写作的。而自传的错误,不在于它透露了作家的隐私,而在于从华裔内部写作的"东方文化"的自传"对白人幻想的有意迎合"。这种迎合加强了白人关于中国文化、中国人的"刻板印象":中国文化邪恶愚昧、虐待女性、反常怪异,有良心的中国人都会在良知的驱动下消灭这种中国文化。[1]

显然,在赵健秀那里,"自传"之所以是个有罪的文种,主要还是因为这一文类暗含对"西方文化"的崇拜和对"中国传统"的自轻自贱。

既然"自传"已经被白人文化所污染,既然"自传"已经具有迎合白人文化至上论的政治嫌疑,那么,它就是一个华裔作家乃至整个亚裔美国作家需要竭力避免的一个文类的陷阱和泥坑。

赵健秀对黄玉雪、汤亭亭、谭恩美的攻击和"诋毁"的理由,也就在于她们曲意迎合白人出版家和读者的胃口,在"自传"的名目下,兜售"邪恶愚昧""虐待女性""反常怪异"的所谓"中国文化"。换句话说,赵健秀不是反对作为文类的"自传",而是反对"自传"之名下的"自我东方主义"。

这反映在赵健秀对汤亭亭《女勇士》出版前后的态度大转变上。赵健秀原本还很欣赏汤亭亭的文风,但汤亭亭最终向出版商妥协,同意他们以"群鬼中的少

---

[1] Jeffery Paul Chan, Frank Chin, Lawson Fusao Inada, and Shawn Wong, *The Big Aiiieeeee*！ *An Anthology of Chinese American Literature and Japanese American Literature*, Meridian Book, 1991, New York. p.11.

女的回忆"为副标题,在"非虚构"类的条目下出版《女勇士》后,赵健秀完全愤怒了,并从此断绝了与汤的联系。梦幻也好,鬼魅也好,作为文学的题材都是可以的,而且可以丰富华裔美国文学的内容,赵健秀不是反对《女勇士》中的内容,而是反对把其中的内容当作真实的中国文化来阅读。而出版社"非虚构"的文学归类,实际上排除了读者将其当作小说来阅读的可能性,而把它当作了人类学性质的"文学报告"。

汤亭亭对赵健秀的极端态度不以为然。她分辨说,即使《女勇士》以小说的名义出版,美国读者还是会把它当作"真实故事"来阅读。对于中国和华裔文化知之甚少的美国白人读者,根本没有能力辨别真与假。

一个名叫 Vivian Hsu 的作者在 1983 年发表在《国际妇女研究》上的一篇文章中,称汤亭亭为"心理自传作家"兼"人种志作者"。她说《女勇士》有九个主题,它们基本涵盖了华裔普遍特点,使其可以作为华裔美国人的"人种志"来阅读:

1. 工作极端卖命、为孩子牺牲自我的强烈倾向;
2. 父母按自己的意愿为孩子着想,而不管孩子的想法;
3. 父母给孩子讲述自己的辛苦和牺牲,以唤起孩子的罪恶感;
4. 边缘人或者侨居者心态;
5. 矛盾的文化身份;
6. 与主流社会成员交流困难;
7. 男子社会地位高于女性,女性作为家庭文化遗产的看护者施展才能。
8. 因为语言和文化障碍,华裔的代沟比通常的年龄代沟要深;
9. 在融合家庭现有文化与主流文化方面有巨大障碍。[1]

也就是说,《女勇士》中的个人经验其实具有华裔美国人集体的典型性和代表性,"个人的自传"具有"深度描写的人种志"的功能。从《女勇士》的"典

---

1 Lawrence J Trudean, *Asian American Literature: Reviews and Critics of Works by American Writers of Asian Descent*. GALE, Detroit, Lodon, 1999, p.219.

型性"程度来看，Vivian 的判断似乎并不离谱。但人类学的阅读分析方法对于《女勇士》的适用性并不等于被阅读的对象就是人类学的报告，"仁者见仁、智者见智"，视点反映的仅仅是观察者的角度，或者反映了文学接受者愿意持有的阅读态度。在西方文学史和文学理论史上，怀疑"四福音书"真实性的大有人在，卢梭自传性质的"忏悔录"也少有人当作实卢梭真实生活的"写真"。传记，自传，甚至被认为是"最诡谲的文料""散文体的小说"，或者干脆就是"作假、虚构、幻象"。[1] 美国主流文化读者对华裔美国文学的"人类学"阅读法，是一种奇怪的区别对待。这种"管窥蠡测"的认知方法，基于相关知识的匮乏、材料的匮乏，也是美国文学的文化政治处置华裔美国文学乃至整个少数族裔文学的方法。

说到底，"自传"的罪过，不在于华裔作家，而在于美国文化整体对华裔文学的"东方主义"预设。当"东方主义"以"文化的他者"的阅读期待来观看"华裔美国文学"时，所有的华裔创作就都被当成了来自族裔文化内部的"报道"，所谓"自传"不过是一个文化的"样本"和"窗口"，让白人读者或者非华裔的读者窥见"华裔文化"的基本面目。

尽管从表面上看，华裔作家作品主要是以"自传"的形式进入美国文学舞台的，但这并不意味着华裔作家对这个被事先安排好的位置的认同。作为创作主体，华裔作家的话语反抗其实早就开始了。

就汤亭亭而言，她似乎因为出版的需要而向出版商妥协了，同意《女勇士》以"非虚构"类图书出版销售，但作为文学作品的《女勇士》中的虚构性并没有什么本质的改变。稍有常识的人就会发现"白虎山学艺"中的故事完全是一个梦想。而即便看来是真实的"月兰阿姨"的故事，其可信性也没有那么高。在行文的过程中，汤亭亭其实早就为读者安置了"此处危险、小心驾驶"的警告牌。在讲述完月兰的故事后，叙述者突然告诉读者：

> 事实上，弟弟并未对我说起过（月兰）去洛杉矶的事；我的一个妹妹转述了他说的话。他讲的比我的可是强多了，他不加修饰，不曾绕

---

[1] 何文敬、单德兴：《再现政治与华裔美国文学》，台北：台湾中央研究院欧美研究所，1996 年，第 58 页。

来绕去去适应某种格式。他讲的故事听众可以折巴折巴揣了就走,占不了多少地方。很久以前在中国,会编绳结的人把带子结成纽扣式和青蛙式,把绳子结成钟式。有一种结复杂无比,打结的人眼睛都给累瞎了。最后皇帝下令再不准打这种残害人的结,达官贵人也不许再让人打这样的结。如果我当时在中国的话,我一定会违反这条法令去打那种结的。也许这就是母亲剪我舌头的原因。[1]

这个汤亭亭自己编造的关于"打结"的"中国故事",实际上是一个隐藏的比喻,指的是讲述故事的方法。如果一些不明就里的美国读者误以为真,那这个故事就又是一个讽刺。汤亭亭几乎是明示读者:作者在玩文字游戏。"打结"的故事隐曲地表达了自己对故事讲述技巧的热衷。而这种"非纪实"技巧的使用和自己对使用技巧的表白,实际上已经对《女勇士》的"自传"性质形成严重威胁。《女勇士》原非"自传",它有现实生活的基础,但也和其他文学一样,包含虚构的成分。

即便从传记的角度而言,华裔美国作家和作品也有所解构的创举。

一般而言,自传都是一个人的成长故事的记录。但华裔作家的自传性文学中的主人公,往往不是一个人,而是一群。如《女勇士》中就包含了妈妈勇兰、阿姨月兰、无名氏以及叙事主人公自己的故事。《女勇士》的后继作品《中国佬》则记录了阿公、父亲、弟弟、叔叔等华裔美国男性在美国的故事。传记性的华裔美国文学更像是一个群体的传记。

就写作的视角而言,一般传记都是从第一人称的角度,叙述主人公自我性格形成的经过和相关事件。而被认为是"自传"或者"自传性"的华裔美国文学的叙述人称却是杂乱的,主人公的性格也是多重和破碎。如《华女阿五》采用了第三人称,《女勇士》的多数章节也采用第三人称的全知全能视角。从内容上说,《女勇士》也不是叙述者个人的性格发展史,"我"的性格始终是不清楚的。妈妈、姑姑、花木兰等作为叙事者性格的"映像",彼此冲突、交叉,是形成"我"——一个华裔美国新女性的性格的或正或反的碎片。

在《华美自传文学再现》一文中,台湾学者张琼惠认为华裔美国文学的"自

---

[1] [美]汤亭亭:《女勇士》,李剑波、陆承毅译,桂林:漓江出版社,1998年,第147页。

传"写作实际上已经挑战了关于"自传"的"文类霸权（hegemony of genre）"。在她看来，"传统自传"表达"我是谁"这个"声明"，而华裔自传文学则把它变成了"谁是我"这个"问题"。而且，华裔自传文学不是"表达芸芸众生里个人的私有经验和感受，而是表达小众族群里群体共有的经验及感受"。"自传的内涵已经不是单纯地要反映自我，而是要质疑反映自我的可能性""自传的主体从单数变成了多数。而自传的内容也从'我的传记'变成了'我们的传记'。"[1]

我们已经说过，华裔美国自传性文学的文类背后暗含着美国"东方主义"话语的霸权。他们总是期望把华裔文学当作一个文化的"他者"来消费和阅读批评。而在这个"他者性"的背后，实际上还隐含了一个未经检验的判断：族裔文化作为"他者文化"是一个远方异域的存在，与白人文化无关。

但华美自传文学却处处揭示了这个"先验判断"的虚妄。在《女勇士》中，"无名氏"的死看似中国乡村愚昧礼教的牺牲品，但她的守寡在根源上却是美国移民政策限制华人妇女入境的种族歧视性规定。"月兰"的发疯，也有美国移民政策的原因。

在《中国佬》中，汤亭亭专门为华裔男性移民做集体的传记。为了揭露美国的种族歧视，作者干脆单独把美国的移民法作为"律法"一章，插进关于华裔男性移民故事的叙述中。因而，"中国佬"的"传记"，不是纯粹中国人的故事，而是美国种族主义政策背景下移民美国的中国人的故事。《中国佬》作为华裔美国男性的历史"映像"，不唯反映"华裔"自身，也折射美国种族主义政治和"东方主义"文化政策对"华裔"的深刻印痕。

三、小说作为"民族寓言"

把小说视为"民族寓言"的说法出自美国的文学评论家弗里德里克·詹明信。

在《晚期资本主义的文化逻辑》中，詹明信研究了第三世界国家的文学后，得出了一个总体的结论：与第一世界国家的文学强调"个体性"不同，第三世界

---

[1] 何文敬、单德兴：《再现政治与华裔美国文学》，台北：台湾中央研究院欧美研究所，1996年，第74页。

国家的文学更多地倾向民族的集体性,进而使"小说"这个原本资本主义社会表达"个体性"的文种承担起了言说整个民族命运的"民族寓言"。

第三世界文学之为"民族寓言"的原因,按照詹明信的分析,在于第三世界民族文化的发展状态。在詹明信看来,现代资本主义文化的"决定因素"之一,就是"在公共领域和私人领域之间、政治和诗学之间,以及在我们所认为的性、潜意识的决定因素与阶级、经济、世俗政治权力等公共领域之间都产生了严重的分裂"。但这种分离却不存在于第三世界的文化中。在第三世界,"故事不需要时间背景,因为文化没有历史;每一代人都重复着相同的经验,重建着相同的基本生活条件……显现着那种社会特色的艺术作品,可以说其所有的构成因素的意义都是原创性的,因而是具体的……"。[1]

这种"具体性"正是第三世界文学成为"寓言"的艺术方法论的原因。而第三世界社会未充分发展的"个体性",更使得"对个人故事和个人经验的讲述最终必然涉及对集体经验的艰难叙述",[2] 使原本个体本位的小说成为集体精神的代言,成为"民族寓言"。

在具体的论述上,詹明信的推论有诸多的疑点。比如艾贾兹·阿赫默德就撰文指出,詹明信关于"三个世界"的划分缺乏依据,他甚至举例说明在第一世界内部也存在"民族寓言"性质的小说。[3]

在阿赫默德看来,詹明信论述中最严重的错误是他的二元对立(民族主义/后现代主义)思维,和在这种思维模式下对第三世界文化绝对的本质主义的"定型"。视"民族主义"为第三世界意识形态重要特征的做法,暗示了"民族主义"的落伍。不唯如此,民族寓言性质的小说——第三世界文学的主要样式,在西方文化学者,如詹明信看来,也是"非经典的文学形式"。"第三世界的小说不会提供普鲁斯特或者乔伊斯小说那样的满足;也许更为有害的是,这种倾向会让我们回想起我们第一世界文化发展过程中的过时阶段,会促使我们得出这样的结论:

---

[1] 罗钢、刘象愚:《后殖民主义文化理论》,北京:中国社会科学出版社,1999年,第347页。
[2] 罗钢、刘象愚:《后殖民主义文化理论》,北京:中国社会科学出版社,1999年,第348页。
[3] 有趣的是,阿赫默德的例子里竟然有艾里森的《土生子》,艾里森是黑人作家,应该算是第一世界内部的第三世界的民族的作家。参见罗钢、刘象愚:《后殖民主义文化理论》,北京:中国社会科学出版社,1999年,第349页。

他们还在像德莱塞和舍伍德·安德森那样写小说。"[1]

作为来自第三世界的知识分子，阿赫默德对詹明信的批评自有其道理。尤其是当他把矛头对准詹明信所持的西方文化中心的"二元对立"方法，和绝对定位"第三世界文化"企图的时候，他的批评更是一针见血。

把"第三世界文学"视为"民族寓言"的判断，实际上仍然是一种白人文化至上论。"民族寓言"可能是第三世界文学的部分现实，但更是白人主流文化许可安排的"结果"。

华裔美国文学的情况生动地说明了这一点。

毋庸讳言，相当多的华裔美国文学具有"民族寓言"的性质。如赵健秀的戏剧和小说，就是他作为"文化民族主义者"的文学工具。赵通过文学作品要传达的，就是华裔乃至整个亚裔美国人的"感性"，他要表达一种集体的愤怒和冤屈，并企图宣传一种"英雄主义"的"民族精神传统"。

汤亭亭的小说，如《女勇士》《中国佬》等也不例外。《女勇士》在"非虚构"的"自传"的名目下，实际上是包括"我"——叙述者在内的华裔女性家族的群像。无名氏、勇兰、月兰和年轻的"我"，既互相独立，又相互联系，表现了华裔女性性格的不同角色。而"我"的成长过程中包含的对中国传统和美国文化环境的扬弃和调和，无疑是年轻一代华裔女性的代表。换言之，在以长辈女性生活为代表的传统文化和以身处的美国环境为代表的美国文化之间的"文化接触地带"的内心冲突，梦想和现实之间的矛盾，凡此种种，正是华裔女性的"共同经验"。而《女勇士》中"我"的故事，也就在这个意义上成为集体性的华裔女性的"民族寓言"。

《中国佬》较之《女勇士》，在叙述上干脆就没有一个"主人公"。"我"作为叙事者，在《中国佬》中并没有"性格"得以展开的故事。这种明摆着的集体性，更使得《中国佬》成为美国华裔男性群体的塑像。

华裔美国文学的寓言特征不唯表现在故事主人公的单复数上，还表现在作家对华裔文化（中国文化）经典象征的反复使用上。关公形象和桃园结义的故事，水浒英雄和梁山好汉的故事，龙、狮意象等，经常出现在赵健秀的作品中。而花

---

[1] 罗钢、刘象愚：《后殖民主义文化理论》，北京：中国社会科学出版社，1999年，第351页。

木兰、梁红玉、精卫鸟、唐敖等形象则频繁出现在汤亭亭的作品中。出现在谭恩美的小说里的，是嫦娥和灶神；而李健孙的《支那崽儿》《荣誉与责任》中，关公、孔子也时常出现。我这里不是说，因为运用了这些中国文化的"经典象征"，华裔文学中的主人公就是这些"经典象征"的复制。我想强调指出的是，这些"经典象征"是作为整体"中国文化"的文化符号，而非一种个体性性格。华裔美国文学对这些集体性文化符号的"引用"，是在美国具体环境中对"华裔美国人"文化的象征性表达。

当然，并非族裔社会内部的所有成员都认同这种集体性的文化属性。在与美国主流文化关于华裔美国人的"刻板印象"的话语对抗中，不知不觉间滑向本质主义的关于族裔精神的自我表达和陈述，也容易忽略族裔内部的阶级和性别差异。千差万别的人物性格的具体性，更是无暇顾及。在给汤亭亭的公开信中，凯瑟琳·冯（Katheryn Fong）就批评她扭曲了中国和华裔的历史，"夸大了亚裔美国女性所受的压迫"。[1] 赵健秀干脆否认中国文化有歧视女性、压迫女性的传统。

但无论是赞同支持也好，否认批评也好，大家有一个前提是一致的，那就是华裔文学应该能够成为华裔美国人族裔精神的"代言"。华裔美国文学的"民族寓言"性质并不曾动摇。

这是相当吊诡的尴尬处境。白人主流文化和族裔知识分子，竟然同时从不同的位置宣称族裔文学的"寓言"性质！

后殖民主义的理论先锋弗兰兹·法侬也认为少数族裔文化有发展一种"集体性主体"的现实基础。只是这种主体性是在实践中而不是在冥想中形成的。

在《走向少数话语理论》一文中，阿卜杜勒·詹·穆罕默德和戴维·洛依德也如此描述少数族裔文学集体特征的形成：

> 在那些仍然处于从口头的和神话的集体文化转向文字的合理性的、以个体主义价值为特征的西方文化过渡的社会中，作家们更多的时候把社会结构的集体性表现在小说这类的形式上，把曾经是描述个

---

[1] David Leiwei Li, *Imagining the Nation: Asian American Literature and Cultural Consent*, Stanford, California: Stanford University Press, 1998, p.51.

体的原子式的内在经验的有效工具转换成集体的表达方式。然而，更重要的是，少数话语的集体性，完全源于这样一个事实：少数中的个体，总是被看作一类人，被强迫体验作为一类人的普遍经验。被压迫的个体被迫进入一个否定性的具有普遍意义的主体位置，他会将其变成肯定性的集体位置。[1]

这种集体性不是社会文化整体发展的问题，而是被殖民主体或者强势文化强行"经历"的"共同经验"。

华裔美国学者李磊伟则通过文化再现的条件，分析华裔美国作家和文学被视为"民族寓言""文化代表"的处境：

> 文化再现之于亚裔美国人如此重要的原因，必须从他们"不被再现"（under-representation）的历史和"不情愿的再现"（involuntary representation）的历史中去寻找。前者是说他们在美国艺术和文化中的缺席，后者指大量的未经他们同意的'刻板印象'的制造。这种文化象征的压迫的历史，使得亚裔美国人对他们刚得到的文化再现的资源和机会非常敏感，因而过多地在艺术表达和意象制造中投射了文化再现的希望。因此，族裔文学作品被认为是族裔文化的范本，而族裔作家则被委任为族裔社区的"文化代言人（spokesperson）"。[2]

族裔代言人的角色使有限的族裔作家和作品对于少数族裔来说显得异常重要，但数量的极其有限，又使族裔文学在再现族裔文化总体时捉襟见肘，挂一漏万。其代言的力度实际上早被限制了。

文学，作为创造性写作而非政治议案，本质上要求作家、艺术家个性的自由表达。族裔作家也不例外。当汤亭亭遭受亚裔美国人社会内部"代言"不准确、不充分的批评时，她已经开始诉诸文学艺术创作的个性来企图摆脱这个特殊的文化生产环境加在她肩膀上的重担。面对采访者，她反问道：为什么我必须代表另

---

[1] 罗钢、刘象愚：《后殖民主义文化理论》，北京：中国社会科学出版社，1999年，第364页。

[2] David Leiwei Li, *Imagining the Nation: Asian American Literature and Cultural Consent*, Stanford, California: Stanford University Press, 1998, p.52.

外的人？为什么要拒绝我作为艺术家个人的观点？[1]

但华裔美国作家真正摆脱"文化代言"的重担非要等到有足够多数量的华裔文学出现在美国的公共文化空间不可。华裔批评家黄秀玲的著作《从需求到奢侈》揭示了亚裔美国文学生产从严重匮乏到数量大量增加之后开始追求个性化和多样化的发展历程。90年代成名的华裔作家任璧莲的体验可谓具有代表性。

当《典型的美国佬》出版后，任璧莲原本等待着来自亚裔美国社会的猛烈批评，因为她在作品中描写的主人公拉尔夫张是个"模范的少数民族"，是个主动向白人文化投诚、接受同化的华裔美国人。但结果却是相反，任璧莲得到的不是指责，而是来自波士顿和纽约的华人组织的褒奖。因为亚裔美国社会已经适应了虚构的小说。任璧莲自己把它解释为数量的原因，她说，"等到《蒙娜在应许之地》出版时，已经有很多亚裔美国人作家的作品被出版了，我也感觉更自由宽松了。要求写'代表性'东西的压力减轻多了。"[2]

四、族裔的写实主义

让我们回到詹明信所言的民族文学的"非经典性"问题。

在詹明信的判断里，第三世界和少数族裔的文学还停留在现代主义文学艺术之前的阶段，即德莱塞式的写实主义。

当然，这个判断是大而笼统的，难以涵盖所有第三世界的文学创作。但这并不影响它的部分适应性。就华裔美国文学而言，大量的自传性文学的存在，恰恰说明了写实主义与华裔美国文学的密切关系。与此同时，非自传类的作品，如谭恩美的《喜福会》《灶神之妻》，伍慧明的《骨》，也少有西方现代派文学的气息，在文学风格上更接近写实主义或者现实主义。1999年获得美国国家图书奖的新移民作家哈金的《等待》，按照评论家的说法，也是在后现代氛围中少有的几个

---

[1] David Leiwei Li, *Imagining the Nation*: Asian American Literature and Cultural Consent, Stanford, California: Stanford University Press, 1998, p.53.

[2] King-kok Cheong(ed), *Words Matter*: Conversations with Asian American Writers, University of Hawaii Press. 2000. p.229.

坚持写实主义传统的优秀作品。

当然，不可能所有的华裔美国文学作品都是写实主义的作品。如汤亭亭的《孙行者》、赵健秀的《甘加丁之路》都明显有一些后现代小说的因素，雷祖威的许多短篇小说也有强烈的现代主义的特点。但这样的作品毕竟是少数。当"亚裔美国文学"作为一个标签出现在美国图书市场上时，亚裔美国作家就像雷祖威、任璧莲等所说的那样，实际上被出版机构和读者一起委派了介绍亚裔美国人生活的任务。这种建立在类似于"导游解说词"意义上的亚裔美国文学，似乎是被主流文化机制不自觉间安排了写实主义的文类风格。华裔美国文学之母黄玉雪进入美国文化舞台，其许可证的获得，靠的是美国与中国的政治联盟，而非黄玉雪作为艺术家的艺术成就。正像资料显示的，她是在白人编辑的"帮助"下，把自己努力奋斗最终融入美国文化的经历变成图书，进而成为作家的。美国图书界在一开始并没有期待华裔文学的"艺术性"，相反它期待的是简单的形式之下"族裔生活"的奇异图景。

与主流社会的"窥视"心态不同，华裔/亚裔美国社会的民族知识分子从"再现""展示"民族文化的心态出发，也奇怪地要求一种本质论的写实主义文学艺术。

赵健秀等人在选编亚裔美国作家文选时，就明确地提出了一个写实主义的纲领：

> 文学的活力来自于它用普通经验的语汇符码化、合法化普通经验的能力，来自于它反映生活本来样子的能力。……他（亚裔作家）的任务就是写作少数族裔的内驱力和普遍性，将他们的语言、风格、句法合法化，将族裔群体普遍的经验经历表现为象征、套话、言语风格和一种产生于对这种经验熟知之上的幽默感。[1]

在他们那里，文学成为族裔生活经验的另一个"仓库"，而作者则是"传声筒"。文学的活力被简化为模仿和再现功能，文学的艺术形式不再有独立性的生

---

[1] Frank Chin, Jeffery Paul Chan, Lawson Fusao Inada, Shawn Wong, *Aiiieeee! An Anthology of Asian American Writers*, A Mentor Book, 1991. Xxxvi–xxxvii.

命,而依赖它要反映和服务的人民的生活。

另一个亚裔批评家 Bruce Iwasaki 也附和赵健秀的观点,撰文指出:亚裔美国人的斗争是基础,文学只不过是它的部分表达。[1]

作为60年代的遗产,亚裔美国文学表面上也是亚裔美国人运动的一部分。亚裔社会改革美国民族政治的要求和通过文学来表达民族精神的要求,在亚裔美国文学发展的初期是合并在一起的。这种合并导致了文学对变革社会的政治任务的负载,使文学不再仅仅是文学,而是变为"第二性"的族裔生活、族裔精神表达的工具。

全然不顾"新批评"等形式主义对文学创作的规范,亚裔美国文学理论对文学的政治命令显得像是一次文学理论的大步倒退。但考虑到华裔/亚裔美国文学的生存环境,这也未尝不可理解。面对盎格鲁·萨克逊文化对亚裔文化遗产的蓄意乃至恶意的"审美化""物品化",赵健秀等华裔文学批评家对族裔文学的政治赋权实际上是对美国内部殖民主义的一次积极抗争。

赵健秀无疑是最重视"写实"的作家兼批评家。但他的"写实"与白人主流社会和其他华裔美国作家如汤亭亭等人的理解显然不同。在《哎呀!》和《大哎呀!》的序言以及其他文章中,赵都猛烈抨击黄玉雪等女作家对华裔文化的伪造。《华女阿五》的被批评,显然不是写作手法的问题,而是因为其中描写的黄家生活不能表达美国华埠光棍村的整体现实。而朱路易《吃一碗茶》的被推崇,则在于它揭示了华埠光棍村悲惨的现实。所以,与其说赵健秀倡导一种写实主义,不如说他在提倡理想主义的现实主义。前者是一种艺术手法,而后者却是捉摸不定而又厚重有力的意识形态。

问题在于亚裔美国文学发展与亚裔美国人运动的分离上。

60年代之后,美国国内政治的改革消解了族裔运动的规模和能量,而多元文化政策的逐步实施又把亚裔美国文学拉进审美的领域和文化市场的漩涡中。政治使命对文学家本来就是个大而不当的帽子,当运动退潮,作家重新回到文学本位,艺术风格就成了文学舞台准入证的主要依据。

---

[1] David Leiwei Li, *Imagining the Nation: Asian American Literature and Cultural Consent*, Stanford,California: Stanford University Press, 1998, p.35.

从写作艺术的角度来看，《华女阿五》和《吃一碗茶》都是简单的写实风格，没有太多艺术层面的花样。《华女阿五》的市场成功得益于华裔后代融入美国社会的持续热情，而《吃一碗茶》的销售失败，很可能源于作者对华埠光棍生活的自然主义描写不适合主流社会的胃口。但无论如何，两者都没有真正在美国文学的殿堂里登堂入室。

真正登堂入室需要使用詹明信所说的"经典的文学样式"。这个辉煌的开篇是汤亭亭创造的。汤亭亭《女勇士》的成功，对华裔美国文学具有特别重要的意义，这个成功不仅是文学图书市场上的，更重要的是学院派批评领域的。但这次成功绝不是因为汤亭亭如实描写了华裔社会的生活秘密，或者像某些研究者如 Vivian Hsu 所说的"人种学报告"。《女勇士》包含了更多的艺术附加值。

正像李磊伟指出的那样，"依靠新批评学派的训练，凭借悖论、反讽、歧义等手法，汤亭亭有能力追求艺术形式上的精致，传统的批评理论和新兴的文本理论如结构主义、解构主义等都会对此做出反应。凭借这些，《女勇士》驱使杂志评论家们启动了经典编入程序"[1]。当然，女性主义批评在学院建制中稳步提升的地位，也是《女勇士》得以进入文学经典的主要原因。

在这种背景下，华裔美国文学的"族裔民族主义"被跳过去了，其现代主义的艺术手法被学院派褒奖，而族裔女性受压迫的故事则成为学院派女性主义者和普通读者共同关注的对象。"无名氏"一章被众多文学选集和中学教材片面选取的现象，生动地说明了美国主流文化对族裔生活"现实"的选择性。对性别的不平等的关注成功地掩盖了民族间的不平等。

但"经典的艺术手法"对于美国现代文学来说，绝非什么值得特别关注的新生事物。华裔女性文学，如《女勇士》等，在文化市场追求差别的原则下最终显露的，还是对华裔女性经验的"写真"。谭恩美《喜福会》《灶神之妻》等获得的商业上的巨大成功，正是得益于美国社会对华裔女性经验的这种特别关注。

凭借"经典文学的样式"在美国主流文学界登堂入室，入场券经检查被丢进门口的垃圾箱后，对族裔文化中性别经验的"写实"依然是华裔女性文学难以避

---

[1] David Leiwei Li, *Imagining the Nation: Asian American Literature and Cultural Consent*, Stanford, California: Stanford University Press, 1998, p.57.

开的文类陷阱或者隔离带。

作为华裔女性作家,可以对这个暗含的种族隔离视而不见,或者干脆像谭恩美那样顺水推舟,把这个隔离当作"特许的权利",在主流媒体的帮助下迅速销售另类的华裔女性故事,取得资本的利益。汤亭亭是另外的态度,她的《中国佬》作为本家族男性移民们的"传记"孜孜以求的是对消失的华裔男性在美国的辛酸和奋斗的历史拯救。但《女勇士》的成功对这部非虚构的文学并没有多少帮助,《中国佬》的销量远远赶不上《女勇士》,更不用说谭恩美的作品了。尽管《中国佬》中运用了历史、传记、说故事、神话、戏仿、反讽等多种现代的乃至后现代的艺术技巧,美国文学经典的大门并没有打开,像对待《女勇士》那样。所以,美国主流大众文化所遮蔽的是族裔矛盾,是民族间不平等的残酷事实,而不是艺术手法的"非经典性形式"。

华裔新移民作家哈金的"写实主义"作品系列,如《词海》《红旗下》《等待》等,世纪之交在美国文学界的迅速走红,再次显明了美国文化和文学界对华裔文学的阅读期待。族裔作家无需靠艺术手法的现代性来获得喝彩、鲜花和巨额的稿费奖金。民族生活的奇异性,才是吸引美国读者包括书评家眼球的真正法宝。

真实是需要过滤的,美国普通读者并不需要华裔生活的全部真实,尤其是这种真实与白人文化至上论和种族压迫相关时。经过女性主义和形式主义的过滤后,华裔生活"他者"的真实就成了圆润的可把玩的文化消费品。

五、闹心的喜剧和幽默

华裔美国文学进入美国主流文化市场的另一个风格是喜剧。

这个传统可追溯到陈查理。在那些白人作家创作的作品中,华裔配角说话带口音,喜欢模仿白人上司,是个可笑的角色。但作为归顺的"模范少数民族"成员,这种滑稽又是可以被主流文化接受的。不仅白人接受,华裔自身也似乎接受了这一跟班的喜剧角色。

在华裔作家自己创作的文学中,这种滑稽和幽默,似乎也难以避免。如黄玉雪的《华女阿五》就是按照编辑的要求加入了古怪可笑的"郭叔叔"一章，以增加作品的可读性。

典型的例子还有朱路易的小说《吃一碗茶》。前面我们已经说过小说《吃一碗茶》的"悲剧"命运，在小书店里落尘多年，后被赵健秀隆重推出作为华裔美国文学的样板，但依然销路不佳。不过1993年，华裔电影导演王颖还是把它改编成了电影，使其顺利进入了大众文化市场。值得注意的是改编后的分类。这部原本描写华裔男子尴尬艰辛生活的小说变成电影后，居然变了种类，成了"喜剧"。电影中老光棍们蹩脚的英语对话，是当然的笑料。老光棍们排队嫖妓本是美国种族歧视政策的产物，在电影里因为背景的缺少就成了最可笑的场景之一。香港演员曾志伟演的阿宋也有太多喜剧色彩。而主人公王宾来的"no can do"[1]也会让当代读者和观众暗笑不止。

对于华裔来说是惨痛经历的东西，在白人观众那里很可能就是笑料。喜剧是大众文化的主要形式之一，本来就有在人尴尬处找笑料的传统。但当这些笑料跨越了民族的界限后，问题就复杂了。在尴尬和笑之间有个心理的落差，如果这个落差与民族差异同步，文化的等级梯差就很明显了。在《吃一碗茶》由"尴尬"小说变成可笑的喜剧电影的转换中，我们也可以清晰地看到美国主流文化对华裔文学的文类宰制。借由喜剧风格，华裔美国文学进一步靠近了美国白人读者，但也从另外的角度加重了自己的角色定位。这种对白人读者市场的讨好卖乖最终会降低华裔文学的发言力度。

文化民族主义者如赵健秀等痛恨的正是这一点。在他们看来：

> 像任何其他少数族裔作家一样，严肃的亚裔美国文学作家也开掘族裔生活的内在命令和普遍意义，并把他们运用到自己的作品中去。但他们却常常被当作呱呱乱叫的巫医、住在虫子洞里的预言家，或者是一个可笑的小丑，在大街上为了一毛钱而乱扭屁股。[2]

---

[1] "No can do"是华裔对宾来的性无能的英语说法，是汉语"不能做"的直译。

[2] Frank Chin, Jeffery Paul Chan, Lawson Fusao Inada, Shawn Wong, *Aiiieeee! An Anthology of Asian American Writers*, A Mentor Book, 1991. p.22.

就文本的叙事文学来讲，华裔美国文学少有喜剧色彩。《吃一碗茶》的"变性"是个例外。但就电影文学来讲，喜剧性的华裔角色倒是一个常规。比如成龙电影在美国市场上的成就，就是因为它成功地把中国功夫——这个由李小龙开创的传统，与喜剧精神巧妙地糅合在了一起。

与这种搞笑的喜剧相关的是"幽默"的风格。幽默与讽刺、挖苦、批判相关，但又不是讽刺、挖苦和批判，它显得要宽容些、豁达些。幽默还可以与痛苦、绝望相连，成为"黑色幽默"。

（一）雷祖威的"黑色幽默"

华裔作家雷祖威的作品就被认为是具有"黑色幽默"特点的小说。在短篇小说《爱的痛苦》里，老母亲到美国四十年还没有学会英语，儿子的汉语则停留在五岁孩子的水平，双方根本无法交流，母亲急着抱孙子，而儿子却是同性恋。爱得不到表达，孤独也无法慰藉，家人成了陌生人。这种疏离感，让人苦不堪言。但在小说叙述中，叙述人却时时调侃人的这种尴尬处境。不仅"我"与女友的爱情需要"我"服务的公司的产品——麝香精来调剂，大家所有的痛苦也都需要一种特别的化学制品来疏解。

> 我从口袋里取出像避孕丸一样大小的镀金小盒，每盒里面都有一片在实验室里研制的药片，你若放在嘴里把它融化了，那么无论你吃喝什么东西，它都会盖住那东西的苦味。我给饭桌上每人一片。他们不知道已经发生了什么事。他们会笑，为自己的舌头玩的小把戏而高兴。很快，我们嘴里原来的苦味就会被忘掉，随后说出的话就会甜蜜了。[1]

雷祖威的幽默没有讽刺、挖苦的意思，而是一种存在主义的对痛苦的解套。这让读者们轻松了许多，对华裔生活经验中的疏离、孤独和身份焦虑的理解，也就蜻蜓点水，轻轻滑过了。

正像 Jean McNeil 在《时代文学评论》（*The Times Literary Supplement*）上撰写的文章中所说的，雷祖威的幽默运用得太好了，以至于说它的作品缺少"同

---

[1] 雷祖威：《爱的痛苦》，吴宝康、王轶梅译，南京：译林出版社，2004年，第23页。

情""深度"都显得不公平。[1]

(二)任碧莲的"阴阳眼"

任璧莲的"幽默"则是华裔美国文学少有的现象。美国文学评论家和普通读者关于任璧莲的评语中,"幽默""有趣"是经常出现的核心词汇之一。

凯瑟琳在写给《图书馆周刊》的评论中说《典型的美国佬》是"任璧莲用大量的幽默和同情撰写的华裔美国人充满希望的生活的一本令人愉快的书。肯定会受到大众和学院图书馆的欢迎"[2]。

《娱乐周刊》认为《典型的美国佬》"充满悬念,令人吃惊,感人肺腑,同时从未失去其极具穿透力的喜剧风格"。[3]

在推出任璧莲的新著 The love wife 时,《洛杉矶时报》再次评价说,"任的幽默和锐利的笔锋是令人愉快的"。[4]

任璧莲的幽默、有趣究竟表现在哪里?让我们还是看个究竟。

《典型的美国佬》的主人公拉尔夫张初到美国不久,与学校留学生事务办公室的秘书凯米——一个白人姑娘幽会,他先是笨拙地用"你是天上的星星""你是小鸟"等"富有诗意"的句子向凯米表白,但凯米并不领情,沉浸在自己作为女人的悲伤中。

> 他小心地抱住她,一半以为她会反对。她将那张湿漉漉的脸依靠到了他的肩上。靠在他胸前的乳房再也不像是土方工程了。
> 美国!
> 膝盖夹着帽子,他轻轻地亲吻了她那温馨的额头。[5]

讽刺还出现在张家收养了一只小狗时。当时,格罗夫·丁因为偷税而被逮

---

[1] Lawrence J. Trudean(editor), *Asian American Literature: Reviews and Criticism of Works by American Writers of Asian Descent*. Detroit, London: GALE, 1999. p.294.

[2] Kathleen Hirooka, *Stanford Univ. Libs.*, Cal. Amazon.com: books: Typical American.

[3] 任璧莲:《典型的美国佬》,王光林译,南京:译林出版社,2000年,封面宣传语。

[4] Bernadette Murphy, *The Los Angeles Times*, Random House. com.

[5] 任璧莲:《典型的美国佬》,王光林译,南京:译林出版社,2000年,第20页。

捕，拉尔夫刚刚开始实现的美国梦也蒙上了一层阴影。伤心之余，拉尔夫从雨中捡回了一只白人家庭丢弃的小狗，带回家送给女儿做礼物。而此时妻子海伦的反应却突然让悲伤停止蔓延，给张家的"美国梦"涂上了戏剧色彩："一条狗？现在，我们真的美国化了。"[1] 这条标志着张家"美国化"了的小狗后来被女儿起名叫"格罗夫"。拉尔夫也模仿典型美国人的样子，把"没有规矩"的小狗"格罗夫"送到学校去培训。

这里面的幽默意义是多重的。"讽刺"一方面指向海伦对"典型的美国佬"生活方式的浅薄理解，格罗夫的行为不端，另一方面也指向美国中产阶级生活方式本身。

在开始经营美式炸鸡店时，拉尔夫给它起名叫"拉尔夫炸鸡宫（palace）"，对于急于美国化实现美国梦的拉尔夫来说，"炸鸡店"就是他辉煌的宫殿。但这个买来的房子却是个危房，而且墙上的缝隙越来越大，直到有一天"鸡宫"的招牌上的一个字母"a"脱落了，"palace"变成了"place"。后来，没等拉尔夫接受"宫殿"之虚妄的事实，这个炸鸡的"place"干脆整个倒塌了。

借助文字拆字游戏，任璧莲再次幽默了拉尔夫的"美国梦"一把。

"有趣"的场景还出现在海伦的"偷情"上。与拉尔夫模仿美国式的发财致富梦相对应，其妻子海伦也把"情人"视为"典型的美国佬"生活方式的重要组成部分。海伦对格罗夫的"迷恋"，是与她对美国"浪漫爱情"的迷恋一致的。在她看来，格罗夫是典型的美国人，大胆、浪漫，他在她的围裙里塞满糖果，给她涂脚趾甲油，在鞋底写情书，告诉她"这是美国，只要愿意，我谁都可以娶"。[2] 但格罗夫许诺的"爱情自由"却在后来的约会中被调侃了：

我想做什么就做什么？

不管你亲爱的想做什么。

你是说，我说左，它就向左？

当然。

---

[1] 任璧莲：《典型的美国佬》，王光林译，南京：译林出版社，2000年，第261页。
[2] 任璧莲：《典型的美国佬》，王光林译，南京：译林出版社，2000年，第233页。

我说右，它就向右？

当然。

我说这是好的，它就该得到宠爱。她抚摸着他，指甲一闪一闪的。

我说这是坏的，它就——

格罗弗大声叫喊起来，楼下的出纳机停止了响声。[1]

格罗弗最终进了监狱，海伦的"爱情自由"也被格罗弗对张家的欺诈毁灭了。情节的发展，最终成了对海伦之"爱情的美国梦"的巨大讽刺。

问题恰恰出在这里。在《典型的美国佬》中成为"幽默"对象的，多半是华裔对美国中产阶级生活方式、价值观念的粗浅认知和表皮模仿。这种粗浅认知和表皮模仿，对于急于认同美国文化想快速融入美国主流社会的华裔来说，未尝不是一种真诚的努力，而且充满了艰辛和酸楚。但对于白人中产阶级读者来说，这种"模仿"却是滑稽的笑料，是幽默的来源。

当然，"模仿"本身具有双重效果，其讽刺可以指向模仿者本人，也可以指向被模仿的对象。比如拉尔夫对"快速发财致富"的"美国梦"的追逐，也暴露了美国中产阶级的"资本妄想"；而海伦对"爱情自由"的追求，也折射出美国大众文化的"性自由驱动"的荒唐。

但绝非每个盎格鲁-萨克逊血统的美国白人读者都会如此反思自我文化中存在的荒唐和可笑，因为华裔美国人是作品的主角，阅读中的"笑声"当然指向华裔可笑的"模仿"行为。

笔者并不是说任璧莲在刻意迎合白人读者，只是想再次指出华裔美国文学在文类风格上的尴尬处境。华裔的愤怒难以成为白人主导的美国文化市场上可口的"消费品"，华裔的尴尬、悲哀和痛苦，经过"幽默"的艺术魔镜，却可以成为白人文化餐桌上的"调味品"。

任璧莲在接受采访时曾经说过自己"幽默"心态的来源。

我是那种同时可以看到事情的幸福面和悲伤面的人。我甚至可以在

---

[1] 任璧莲：《典型的美国佬》，王光林译，南京：译林出版社，2000年，第239页。

死人的床前发现笑话。如果说把相反的东西并在一起是一种"亚洲性"的话，这可能就是我感官中的亚洲文化成分。阴和阳，甜和酸。而不是说一些东西应该是甜的或者酸的，或此或彼的那种。我不大清楚这是否完全正确，但无论如何，阴阳两面情感确实包含在我的许多故事中。[1]

但事情绝非这么简单。事件本身可能具有悲伤和滑稽的两面，但这两面却不是同时被感知的，再复杂的感受，即便是五味杂陈，也是有层次的。任碧莲诉诸中国的阴阳哲学来解释自己的感知结构，强调的是她自己的"亚洲性"眼光对事物复杂性、多面性的认识并非空穴来风。事实上，文学本身就是关注人之生活的复杂性，两面性并非西方文化不能兼容。比如俄罗斯19世纪著名作家果戈里戏剧之"含泪的笑"，或者历史更久远的欧洲悲喜混杂剧等等，也都是混合了事物所谓"阴阳"之两面的例子。任碧莲的"亚洲性"并非纯然独特的，或者怪异不可理喻，它与大众所认知的"西方性"是融通的，只是带上了东方主义的面具。最重要的，是任碧莲借着这一洞悉"阴阳"的"法眼"，超越了狭隘的族裔中心的情感经验，既不沉浸于华裔经验的悲戚，也不执着于对白人眼光的愤怒。就小说作为日常生活的映像而言，任碧莲的文字像一个双面的魔镜，映射出了多元文化背景下不同族裔杂处共居的日常悲欢。

幽默是美国文学的传统之一。幽默作为事后反应，是尴尬人对自我心理的一次积极疗救，但也是对悲伤和尴尬的掩埋。华裔美国人当然有自我幽默的权利，减轻自己作为少数族裔在美国所受挫折的痛感，但不该忘记的是族裔幽默的生存空间。

就任璧莲的作品而言，她的幽默也并非完全局限在华裔的尴尬经验中。在《水龙头幻像》中，年轻的"天主教徒"小姑娘为了漂亮衣服和礼物的祈祷，就被作者善意地幽默了一番。基督教无论在精神渊源还是在现实生活中，都在美国盎格鲁-撒克逊民族的日常生活中占据重要位置，在19世纪乃至20世纪前半叶相当长的历史时期，美国主流媒体批判否定华裔文化的重要依据之一也是基督教

---

[1] Dave interviewed Gish Jen prior to her appearance at Powell's City of Books on June 17, 1999. Powells.com Interviews-Gish Jen. htm.

的教义。但是在任碧莲这里，所谓基督教徒的"祈祷"，比如《水龙头幻象》中的那个姑娘的祈祷，未尝不是一种为了具体物质利益的"幻象"，与中国人的迷信、风水等半斤八两。

《爱妾》(*The love wife*) 是任碧莲另一部重要的长篇小说。故事的男主人公卡耐基是个二代华裔，崇尚成功的母亲以"成功学"教父——美国人家喻户晓的卡尔·卡耐基的名字来命名他，而他的白人妻子——詹妮则被她戏谑地称为"Blondie"（黄毛丫头）。热爱自然、喜欢户外活动是美国多数中产阶级的共同爱好，然而，在卡耐基的母亲看来，这种趣味却是下层人的。为了确保卡耐基家的文化正统，老太太临终前立下遗嘱，从中国找来了一个卡耐基的亲戚——兰，让她移民美国，进入卡耐基的家庭。卡耐基和詹妮（黄毛）住在典型的美国成功人士社区，收养了两个亚裔女孩，又生了一个混血儿，领养了朋友家的山羊，并"引进"了来自真正中国的姑娘——兰。这个新型的国际化家庭，一个多元文化集中的最小空间，便有了许多"有趣的故事"。

对于把山羊作宠物，詹妮和两个孩子都习以为常，在美国长大的卡耐基也内化了美国中产阶级自然主义的理念和情趣，但在兰看来，伺候山羊却是一件很没面子的事情。

> 她（兰）认为那只山羊就像个封建地主，我们都是它受压迫的劳动者。什么是被压迫的劳动者？我 (Wendy, 詹妮家大女儿) 问。她说就像我有一个工作而老板却是艾莲。
> ——你是说奴隶，对吗？
> 她说：——对！就是，像个奴隶。我们都是山羊的奴隶。我不明白山羊怎么那么尊贵呢？
> ——照顾山羊不会让你成为奴隶的，我告诉她。它不会让你成为任何东西的。跟数学一样，它就是一件普普通通的人要做的事情。[1]

在中国长大的兰，完全无法理解美国人的这种情趣。她的记忆里只有年少

---

1 Gish Jen, *The Love Wife*, Alfred A. Knopf, 2004. p.139.

时山羊抵屁股的惨痛经历。山羊是牲畜，放羊是下等人的伙计。而"黄毛"詹妮一家却像宠孩子一样地对待那只叫"Tommy"的山羊，每天要换水、吃新鲜饲料。和卡耐基的母亲一样，兰认为詹妮是个怪物。而与之相对，詹妮也认为兰精神有问题，应该去看心理医生。她也确实张罗着准备带兰去看心理医生，进行心理疏导。

毫无疑问，这微观层面的文化差异和文化冲突，让当事者烦恼不已，乃至哭笑不得。但在事不关己的读者看来，这些琐碎的冲突却是一些喜剧元素，让人忍俊不禁。借助作者的多声部写作，清晰地了解了冲突者双方文化差异的读者，更容易产生"文化间性"，一种局外的超脱感，此时，冲突双方的不完满、偏狭更容易显现出来。山羊不只是山羊，而是文化，或者更准确地说，如何对待山羊是一种文化。那么问题是：有一种对待山羊的绝对正确态度吗？借用美国流行的"政治正确性"概念，我们还可以反思：存在一种关于山羊的"政治正确"吗？这大概是一个让人喷饭的问题，然而却是文化多元主义总会在街角墙角遇到的问题。

多元主义文化理论实践到了21世纪初，在美国文化的核心区域——波士顿，依然存在死结。文化多元原本是一个空间概念，与文化实践者的生存空间高度依存。多元之一的族裔文化退回家庭，变成残缺不全的民俗。然而在高度开放的后族裔社会，家庭也不是族裔文化密闭的保护舱或者天然的避风港。在家庭这一私人空间，成员之间的文化差异必然导致文化冲突，挑战家庭的核心认同。不同族裔间的通婚，人口再生产带来的文化再生产，必然生成一种杂合的文化，一种共同的文化。换句话说，一个家庭总是需要就如何看待一只山羊达成基本的共识。

任碧莲饱含温情又略带调侃地，以多声部的形式，为读者细致入微地呈现了一出活色生香的国际家庭的喜剧。它带给读者的，不是讽刺挖苦，不是贬低嘲弄，而是会心一笑，之后掩卷沉思。诚然，文化是我们或者他们的精神家园，但某种意义上也是我们背着的"壳"，所谓多元文化不过是放在一起的不同颜色的"壳"，壳和壳互相观望，互相觉得对方另类可笑。

（三）黄西的双面喜剧

黄西（Joe Wong）作为美国华裔喜剧演员声名鹊起于2010年。那年，名不见经传的他应邀参加美国记者年会，为美国副总统拜登和全美媒体代表表演脱口秀，全场爆笑不断。

黄西作为华裔喜剧演员的挣扎和崛起，也是在波士顿地区。作为第一代移民，尽管是高科技知识分子，黄西们不是没有心酸，但是因为社会地位的相对稳定和自信，他们比那些深陷社会底层的华人移民有更好的面对尴尬面对刻板印象之可笑而来的幽默感。自称继承了父亲乐天精神、天生做不出"苦相"的黄西，因为对相声的热爱更是刻意培养着自己的喜感。比如他可以想象车祸后如果把脑子捐给白人，白人半夜做梦说中国话该是如何的滑稽。带着移民生活的些许心酸，他站在一个略显尴尬的华裔移民的"刻板形象"既有套子里，以一个新来者的角色旁观并捉弄美国文化和美国生活的种种程式的尴尬和荒唐。华裔移民身份、合不拢嘴的滑稽"书虫"形象，可笑的英语口音，是他喜剧形象的"基础构件"，但单凭这种"东方主义元素"并不能保证他的成功。白人和黑人为主体的喜剧观众市场并不喜欢老是拿与己无甚关联的华裔问题娱乐。刻板印象只能是他借助的卑微起点。在长达十年的演出经历中，黄西逐渐在高手如林的美国喜剧界找到了自己的路子。最终，黄西借助跨文化视野和机制，以华裔视角，观察白人文化、黑人文化、拉丁裔文化的"刻板印象"，诉诸美国人生存状态的普遍性，从司空见惯的尴尬处发现笑点和爆点，白人主流文化或者说普遍性的美国文化自身的刻板印象也成了他的笑料库。

在这一点上，他和任碧莲的幽默风格高度类似，且有过之而无不及。与任碧莲偏向华裔经验不同，他的喜剧焦点更多地向"白人刻板印象"或者美国人共通的尴尬偏移，他是在用族裔经验的羽毛搔美国文化的痒痒。比如，新移民在美国总是要接受很多莫名其妙的检查，而美国是个所谓基督教文明的国家，基督教的要义是博爱和惩戒，这本来风马牛不相及。但黄西的一个段子就把移民经验与美国人对上帝的信仰联系起来，说：如果哪天耶稣再次降临，他也得带上各种文件，因为他的拉丁口音且尚未归化入籍；很多美国人经常说"耶稣会怎么做？"，这个重降大地的耶稣也会困惑："我该怎么做？"对于有着种种辛酸的拉丁裔移民来说，这个笑话不会很难堪，倒是会让人反思美国移民政策的种种无厘头条款。而段子的结尾，黄西更是明目张胆调侃美国人的信仰：我相信上帝一定是个女人，因为女人才会记住人做的每一件事，而且报复人的每一件错事，理由却是：我爱你！¹

从喜剧形式上，黄西并不是一个开创者，单人脱口秀喜剧（Stand-up Comedy）也不是他的发明，少数族裔喜剧在他之前也已经存在了很多年。"书呆子"形象作为喜剧主角，也是美国喜剧常见的现象，现如今风靡全美的《生活大爆炸》中的主角谢尔顿、拉杰、霍华德等就是一群高科技书呆子。黄西的成功在于，他突破了喜剧被其他族裔垄断的历史，以一个华裔高科技"书痴"的形象，为美国的族裔喜剧提供了另类的并具有穿透力的华裔元素，从多元文化和族裔经验的角度将双面喜剧风格发展到极致。

和美国常见的幽默和笑话一样，黄西的笑话也是拿人的尴尬做调料，尤其是第一代移民对于美国生活的不适应以及其他人群关于华裔移民的刻板印象，更是常常被他用来作为笑话的底料。比如中国人不善于开车泊车，男人缺乏性感不喜欢运动，英语有中国口音，等等。黄西在一次演出中一开场就用中国腔木讷地向台下白人为主体的观众说："I am Irish."，惹得哄堂大笑。然而，对于波士顿白人观众来说，这个笑声绝不仅仅来源于黄西笨拙的造假。爱尔兰人因为贫困而移民美国大陆的雕塑现在还挺立在哈佛大学门口的公园里，他们曾经的贫苦和尴尬实际上和华裔移民是类似的，黄西的瘦弱和爱尔兰移民雕塑的瘦弱也是类似的。"他"向下面观众自夸他最喜欢的运动就是泊车，而且每次泊车都有一大堆白人朋友给他喊"加油"！当然没有人会相信白人真的是为他助威。这当然是个双面的讽刺或者幽默。与任碧莲类似，黄西更善于使用这些双面的笑料，一面自嘲，一面嘲他，书呆子的笨拙和白人的假仁假义、瞎起哄在同一瞬间被同一个笑话击中。

单人脱口秀与其他喜剧形式不同的地方，在于它的短小精悍。作为一种艺

1　参见新浪视频 http://video.sina.com.cn/v/b/74094338-2214257545.html。

术形式，它没有故事情节，没有音效，时间又格外简短（6—15分钟），这就要求创作者把尽可能多的笑点、爆点浓缩进极其有限的口语段子里。黄西的独特之处，在于他成功地把族裔经验和美国文化的笑料浓缩进一个个简短的笑话里。他的笑话，往往不是单向度指向处境尴尬的华裔移民，而且同时指向美国文化自身。比如，黄西的一个笑话就先讲中国童工的悲惨处境，而后又暗讽美国文化对子女的骄纵和不着边际的夸奖：孩子才走了一段路就得到了来自于父母"伟大""超级"的赞誉。一个冷酷，一个浮夸，两相对比，笑声自然产生。当然，这种搞笑和一般意义上的讽刺还是不同。这种不同在于，演出者并没有把自己和观众至于高高在上的位置做单边主义的嘲笑，而是以一种自嘲开始进而把对方的尴尬或荒唐也揭露出来，得到双倍的搞笑效果。

作为一个以谦虚为美德的中国人，对于美国文化的自夸和自大，会有特别深刻的印象，而这一外来者的视角，也可以喜剧的姿态显现出美国社会文化的荒唐可笑。比如，他郑重其事地承认美国是世界第一强国，然而举的例子却是美国和加拿大每年都举行足球比赛而美国次次都是冠军。他说自己是在中国被养大的，然后反问在座的美国记者们"谁不是呢？"，暗讽美国将大量债务转嫁给中国而自己却安然爆刷信用卡的恶习。

在著名的美国记者年会上的演出中，黄西干脆把华裔移民的心酸和对美国"人道主义"政治的讽刺合为一体。段子中有如下的例子：移民入籍考试中，华裔遇到历史考试题"富兰克林是谁？"他想了半天，回答说：这个不正是我们的商店遭抢劫的原因吗？（富兰克林像印在美元上，黄西暗讽美国对华裔的掠夺和美国治安对华裔社会的漠视）当问到美国修正法案是什么时，黄西再次抖出包袱：这个不正是我们商店遭抢劫的原因吗？（因为修正法案允许私人拥有枪支）这个桥段以被考者的滑稽赢得了白人的笑声，也以对种族政策的讽刺赢得了华裔移民的掌声。

黄西喜剧与一般性的低俗搞笑不同，即便在走投无路的时候，黄西也不愿意加入美国粗俗喜剧的阵营（他在传记里就写到他对一家脱衣脱口秀恶搞喜剧剧场的拒绝），他追求的是冷幽默，动作很少、表情木讷但是机智满满。他绝不会轻松得一塌糊涂、笑得人仰马翻，他的幽默包含对美国文化的洞察，非得观众的智慧介入才行。从黄西有限的演出资料来看，他的幽默一直是双刃的，既指向移民生活的无奈、心酸，也指向美国文化的尴尬、荒唐，是典型的双面喜剧。不了解美国历史、不了解美国文化的观众，面对黄西的笑话，很可能就笑不出来。

黄西的喜剧，是在自嘲与嘲他中升华出的智者幽默，是一种智者和达观者的喜剧。这种幽默与一般性的机智幽默还有另外一个重要的区别，那就是跨文化的语境，两种以上的文化误解、碰撞制造强烈反差和惊奇的文化杂处的社会环境。缺乏跨文化的视野，黄西的喜剧不仅没有产生的土壤，也会丧失欣赏的语境。2008年他回国参加单口相声表演，因为缺乏了多元文化互相碰撞的语境，笑果就很一般，"观众的掌声只是鼓励"。成名后的他回国和崔永元同台竞技，在中国观众那里也不讨巧。但是，相当吊诡的是，正因为黄西喜剧表演的双面性，其笑果意义的含混也可以被单向度地截取。比如，中国很多观众正是因为他对美国文化的调侃、对美国刻板印象的嘲讽而"政治正确地"爱上了他，忽略了他曾经对中国家长制作风等顽疾的委婉嘲弄。

这里无意把"双面喜剧"作为黄西的独创或者发明。在横向的视野里，美国喜剧尤其是那些面对多种族公众的喜剧都在发展着这种"双面喜剧"的精神。这种喜剧植根于美国多种族杂处的"色拉拼盘"的民族结构现实，也得益于美国多元主义文化政策的推进和公共文化领域对政治正确性的强调。单向度的种族中心、性别主义、宗教歧视，成了美国公共文化竭力革除的顽疾，这也使得单向度的嘲弄、讽刺和搞笑的喜剧丧失了生存的文化土壤。《生活大爆炸》是个典型的例子。在这个长达五季的系列情景喜剧中，高科技无神论者（如谢尔顿等）和极端虔诚的德州基督徒（如谢尔顿母亲）、世俗的普通劳动者（如潘妮）和高科技书呆子、肌肉男和技术男、精神病专家和神经病患者、色欲狂和洁癖者、同性恋和异性恋等等二元对立的角色之间，借助刻板印象互相冲突又相互连接，同时使对方成为笑料，尴尬、荒唐、耻辱、自嘲、嘲讽、机智、猥琐、戏谑、狂喜，一出接着一出，使现实生活中的诸多矛盾冲突都在喜剧中成为笑声的孵化器。这种笑声拒绝支持观众做单向度的情感判断，拥护无神论或者有神论、纵欲或者禁欲，它致力于发现种种极端并置后的哈哈镜效果。在这个喜剧的世界里，笑声是最后的胜利者和真正的统治者，而非冲突矛盾的任何一方。这个喜剧系列最有魅力的地方，也在于它始终不撕破这种笑声中的和谐，编剧和导演让老派的基督徒做高科技无神论者可爱的母亲，让世俗庸常的饭馆女招待潘妮永远和赖纳德、谢尔顿等高科技书呆子郁闷又欢喜地纠结在一起，互相嘲弄又互相娱乐，给人喜剧的启迪。

华裔著名戏剧家黄哲伦1993年喜剧《脸面》(*Face value*)的惨败和最新喜剧《中式英语》(*Chinglish*，2011)在芝加哥和纽约百老汇的成功上演，从另一个侧面说明了美国喜剧的这种双面性倾向。1989年，刚刚在百老汇凭着《蝴蝶君》(*Mr. Butterfly.* 1988)而声名鹊起的黄哲伦就开始再次经历白人文化根深蒂固的东方主义：《西贡小姐》剧组决定使用一个白人演员乔纳森·普莱斯饰演亚洲人，而制作方的理由是"找不到一个合格的亚裔美国演员"。黄哲伦参加了抗议活动并结合随后发生的"李文和案"于1993创作了喜剧《脸面》。但这部充满了讽刺的喜剧在芝加哥试演一场后就旋即被撤下，理由很简单，正如Cristofer Gross所言，它出色的讽刺艺术使它不可能成为一出可持续表演的戏剧。[1]何况它讽刺的对象就是百老汇和白人主流媒体中存在的"种族主义"。

黄哲伦是在多年的舞台经验中逐渐掌握了族裔戏剧（尤其是喜剧）成功的妙方的。喜剧不能是单向度的讽刺，在商业化运作的喜剧中，让大家彼此都轻松愉快的，只能是自嘲而后嘲他的幽默。这一点，脱口秀演员黄西也是在他将近十年时断时续的演出生涯中逐渐摸索并掌握的。比一般喜剧短小的脱口秀，相比之下批判力量更微弱，娱乐功能更明显。即便在短小精悍的笑话中，黄西既完成了自嘲也实现了对美国文化的某种嘲弄，当然，我们也不应该夸大黄西脱口秀的政治批判功能，就像不能把美国的卡通片、幽默讽刺过分当真一样。对于美国文化来讲，幽默是一个悠久的传统，也是智慧、健康人格的表现。或者，像2006年波士顿华人社区发展联盟的执行主任杰里米·刘在邀请黄西等华裔喜剧演员进行表演时所说的，"对两个人的真正理解其实是两个人误解的合集。生活中有太多荒唐可笑的事情，笑是一种重要的理解方式"[2]。志在参政议政的华裔青年也更多地把喜剧看作"理解"的一种方式，而不是批判和攻击。黄西自己在接受波士顿环

1　http://blogcritics.org/culture/article/theater-review-david-henry-hwangs-yellow.
2　Laughing Matters, by Ric Kahn, *Boston Globe*, March 12, 2006.

球时报采访时,对于记者关于亚裔刻板印象作为笑料的提问,也做出了自己明确的回答,"我不确定是否可以让(刻板印象)停止,但我至少可以让观众通过一个亚裔的视点来认识和观察这些刻板印象"[1]。对于刻板印象的认知和反思,是黄西脱口秀的基本点。当然这个认知是从一个亚裔内部人士的视角来完成的,这个视角的不同改变了白人族裔笑话的单向性,从而让刻板印象互相"关照",就像把看笑话的人也拉进了哈哈镜走廊里一样。这些喜剧表演的意义,或许仅仅通过笑声认识到文化和生活荒诞可笑的一面。然而即便如此,黄西自己还是很看重喜剧在纠正刻板印象方面的作用,在严肃的论辩和可笑的喜剧之间,黄西认为喜剧来得更有力量更有智慧,"这个区别就像吃维生素和吃药的区别一样,维生素有各种颜色、味道,嚼起来也很有乐趣,而吃药感觉就不一样了,虽然根本上功能是相同的。"[2]

如果用加拿大文论家弗莱关于喜剧的"相位"的概念来定位黄西的喜剧,我们会发现对于少数族裔或者新移民来说,弗莱所谓的"春天"远远没有来到。他的喜剧仍然停留在最初级的第一和第二"相位":"怪癖的社会仍然昌盛或尚未崩溃";"主人公并没有改变怪癖的社会而仅仅逃出"。[3] 或者像黄西自己的段子里讲的:笑声是最好的药,但却是最糟糕的处方。所谓最糟糕的处方,当然是针对切实存在的社会问题和文化疾病而言。

我们也无意夸张这种幽默的力量,幽默是一种心态,并不能改变主流文化和族裔文化的位置,也不能消灭华裔美国人难以在美国文化、美国社会中消失的皮肤的黄色。如果美国的多元文化还停留在审美的商品化的表面,幽默和讽刺都最终无济于事。

1　Laughing Matters, by Ric Kahn, *Boston Globe*, March12, 2006.
2　Laughing Matters, By Ric Kahn, *Boston Globe*, March 12, 2006.
3　[加拿大]诺斯罗普·弗莱:《批评的剖析》,陈慧等译,天津:百花文艺出版社,1998年,第213—216页。

第七章　华裔美国文学的价值追问

如果按照赵健秀的看法，把王粲（Wong Sam）及其助手们编纂的《英汉常用语词典》和华裔移民在天使岛拘留处所写的诗歌当作华裔美国文学开始的话，那么华裔美国文学算起来该有一百三十多年的历史了。本书选取20世纪60年代后的华裔美国文学作为分析研究的样本，无暇顾及华裔美国文学的全部面貌。而且，就这一时间段而言，华裔美国文学也远不止我们在此提到的那些。我们更多的把目光投到了获奖的、在美国文坛有较高能见度的那些作家和作品上面。

作为"新兴的""冒现的"文学，华裔美国文学是在反对后殖民主义的总体背景下逐步展开的。作为普遍的"美国文学、文化"的挑战者，华裔美国文学作为华裔文化的艺术展现，必然在"本土""族裔文化属性""语言"以及"艺术风格、文类"等方面表达自我，与主流宰制文化对话、协商。

那么，一个相当严肃的问题是：既然主流还在，既然族裔文学还是"少数的""边缘的"文学，华裔美国文学的价值又在哪里呢？

这是一个相当棘手的问题。然而，行文至此，我们有必要正面回答这个问题。而在回答这一问题之前，我们应该明白，价值从来就是一个关系范畴，是相对的，是在主客关系中确定的。人世间并不存在什么绝对的价值尺度和价值观念，正如人类从未达成对神的共识一样。不同宗教都声称自己的神是绝对的，但这种现象本身恰恰反映了所谓绝对价值的"相对性"。

主流和边缘、多数和少数、优秀和平庸等等也正是这么一对对的相对性概念。汉族在中国是主流民族，然而在美国多元民族社会中，华裔成了少数的、边缘的族类。茅盾文学奖在中国是主流文化奖项,放置于国际背景上,它又是边缘的、地域的。卡夫卡、村上春树的文学,都以社会边缘人为主人公,然而却成为主流文学。问题在于评判者的角度和立场,所谓边缘与中心其实就是一个位置和距离判断,而主流和边缘则主要是权力或者势力的衡量。

价值的相对性还表现在主客关系上。就像西藏高原上的纳木错,对藏族人来说,可能就是神山圣水,而对外地游客来说,可能仅仅是个风景。对于中国读者,日裔美国作家的作品可能根本不值得关注;对于美国普通读者而言,汤亭亭的小说可能明显比赵健秀的可爱。诸如此类。

因此,我们在此论断分析华裔美国文学的价值时,有必要首先明白自己的立场和位置,理清自己的评价标准。如果我们采用单一文化价值观来衡量华裔美国文学,以"中国主流文化本位"或"美国主流文化本位",都极易形成误判,看轻或者无视其独特的成就。相反,如果我们放弃单一文化视角,以"全球化"、"后民族"的立场,考察华裔美国文学的产生、发展和变化,我们会有一些相当有趣的发现。华裔的跨文化生存、华裔文学的跨文化书写,在两种文化之间、两国之间、两代之间、两性之间等等"间性"状态中,寻找自己、再定义自己。它不是一个"being",而是一个"becoming""transforming"。它是它自己,又是他者在它身上的"印象"和"镜像"。所谓华裔美国文学的价值,也应如是观。它是华裔美国自身生存经验的表达,又是中美两种文化的再碰撞再聚合的文学痕迹。对于美国主流文化来说,华裔美国文学的兴起标志了其普遍权利向边缘民族的落实;而对中国文化知识分子来说,华裔美国文学则展示了中国文化"西方化"的另类可能。

第一节 华裔的"自我东方主义"

在全球/本土、普遍/特殊的二元对立中,族裔文化总是被作为一种边缘的"地域文化"被对待的。这种"边缘性",始终是它的位置,也是审定它的价值的依据。华裔作为美国的边缘民族,曾经长期被局限在以"四大埠头"为代表的"唐人街",因而"唐人街文化"也就相应地被认为是华裔美国人文化的"本土文化"。但这个美国国内的"异国他乡",一开始就不是个封闭的地域文化空间,它不是中国文化在美国版图上的自然延伸,也不是典型的中国文化的切片。在中国与美国、东方与西方的现代国际关系的风云变幻中,美国华裔社区经历了巨大的变化,在主流文化的拒斥与接纳的复杂变奏中,华裔美国文化也在对抗与归化的双重节拍中,在中国传统和美国文化的接触地带形成着自身的面目。

基本而言,华裔美国文化并非固定于一隅,而更主要是个变动的"想象空间"的文化。文学知识分子,作为族裔文化的表达者,通过自己的作品,主要面向美国公众塑造着华裔美国人"想象的社群"的族裔生活、族裔性格及族裔文化。因为华裔美国文学诞生之初就包含了认同美国的前提,所以,作为"新兴"文化的文学表达,华裔美国文学也不是完全以美国主流文化的对立面出现的,而是在反对种族歧视和东方主义的前提下,谋求对美国文化的最大享有和参与。赵健秀等华裔作家团体围绕着"英雄主义族裔文化传统"的文化论争和文学表达,是对美国流行已久的东方主义话语的有力反驳,但也根本上认同了美国的力量文化。华裔女性作家借助女性主义和多元文化主义在美国文化界的上升势头,得以进入美国文学主流。以汤亭亭为代表的女性作家,也以女性主义为据,对男性主导的华裔文学意识形态话语进行了强有力的挑战。在否定男权对民族主义理论的掌控上,女性来自性别下属的挑战振聋发聩,但女性主义跨越种族的文化融合观念,在种族平等依然遥不可期的现实政治条件下,却依然是一个理想。女性作家笔下民族融合的美丽画卷,可能是文化接触地带的现实,但主流文化对女性作家此类作品的褒奖和积极推销,则有意无意间遮掩了种族之间的阶梯差。对华裔女性作家来说,赵健秀强烈的"民族主义"似乎是个难以消除的魔咒般的"超我"。他的长篇小说新著《甘加丁之路》[1]表明了这个"唐人街牛仔"旺盛的创造力,也

---

[1] 甘加丁,英国作家吉卜林(Rudyard Kipling,1865-1936)名诗《甘加丁》(*Gunga Din*)中的主人公,一个忠心的印度奴仆,忠心耿耿地为侵略印度的英国殖民主义军队效劳。吉卜林高度赞扬甘加丁超越种族的高尚人性。但在赵健秀眼里,甘加丁就是个民族叛徒。甘加丁之路,是背叛民族文化之路,然后才是文化同化之路。

标志着他作为"华裔美国文学的良心"对文化民族主义信仰的坚持。赵健秀的话语也许太尖刻，其理论也许不完善，但在现代国家依然以民族国家为主要形态的当今世界文明状态下，当主流宰制民族牢牢掌控着文化权力并有效地将少数族裔文化审美化之时，他刺耳的声音对于弱势族裔来说，永远是个有效的提醒。

2006年，美国华裔导演李安执导的电影《断臂山》获得意大利电影节金狮奖。《断臂山》的故事主题是关于美国白人同性恋的，与族裔体裁无涉。还在1999年，著名华裔剧作家黄哲伦曾经谈到过华裔艺术家的"脱域"渴望和以好莱坞为代表的美国文化对族裔作家的"松绑"，他所列举的例子当中就有李安被允许执导改编自简·奥斯丁小说的电影《理智与情感》。黄哲伦所自豪的是华裔艺术家的艺术修养终于得到了美国主流文化的承认。[1]然而，有些东西似乎还在艺术的纯粹世界之外。在《理智与情感》以前，李安就执导了关于华裔的同性恋电影《喜筵》，而其细腻的风格也是他得以执导《理智与情感》这部出自女性作家的英语名著的主要筹码。李安挣脱了族裔体裁，但风格的"女性化""细腻"却似乎又是个"陷阱"，或者是"玻璃天花板"（glass ceiling），一个看不见的设计和障碍。在戛纳电影节赢得影后桂冠的张曼玉，在其获奖电影《清洁》中，也仍然是扮演一个吸毒成瘾毁了家庭的华裔女郎。而频频在国外领奖的中国大导演张艺谋的电影，不是功夫，就是旧中国妻妾成群的糜烂生活。在《甘加丁之路》中，赵健秀把少数族裔对主流民族的文化"臣服"视为一条漫长的"甘加丁高速路"。在民族文化的梯级差异体系中，种种后现代术语的大潮也似乎没有冲毁这条建构在文化机制灵魂之中的无形"公路"。族裔文化、文学、艺术，仍然在一个或明或暗的"隔离带"中憧憬着外面的"世界"。

卢梭说，人生而自由，却无往不在枷锁之中。在这样的悖论之下，自由对于人的意义，就在于对奴役和枷锁的挣脱之中，无论这种挣脱是外在实践的还是内在想象的。

华裔美国文学也是如此。作为边缘少数弱势族裔，华裔文化的生存空间无疑是受限的。但文学作为想象的产物，依然可以做自由的舞蹈，尽管舞者戴着沉重

---

1 Amy Ling(editor), *Yellow Light: The Flowering of Asian American Arts*, Temple University Press, Philadelphia, 1999. p.226-227.

的镣铐。在任璧莲那里，幽默是组织材料包裹悲伤的艺术工具。外在的种族问题可能依然严峻，但无论如何，在艺术的世界里，来自族裔不平等的痛苦和忧伤还是得到了某种程度的缓解和宣泄。在文化工业朝着消费文化的方向大步前进，而后现代文学也无所谓地文本戏耍之时，来自族裔作家的文学，却带着对弱势群体的深切同情，接过了传统人文主义的旗帜，给读者带来一股扑面的人性温暖。对边际人群的关怀，对各种形式的文化霸权的反抗，正是以华裔美国文学为代表的族裔文学的价值所在。

对中国读者来说，华裔美国文学也超出了文学而进入了文化领域。中国学者更关心的，也不是华裔美国文学作为文学的种种写作技巧、文学技法，而是文化认同。在当代中国大步走向现代化、国际化的关口，文化更新与文化传承的矛盾依然纠结，此时，先行一步的华裔美国人在文化认同方面的经验似乎正可资参考。

如前所述，"东方主义"的"异托邦"一直是西方文化（当然包括美国文化）安置其"中国叙事"和"华裔叙事"的文化处所。它可能是充满谬误的、包含敌意的，也可能是满怀好奇、善意真诚的。但无论如何，差异、另类是这个"异托邦"园林的大字招牌。来自华裔文化知识分子自身的情感抒发和族裔叙事，无论是顺从还是反抗、修正旧有的"东方主义话语系统"，都必须从此展开。就华裔美国文学中的作家创作来说，其"中国文化叙事"或者"华裔文化认同"也以"东方主义"为坐标，或采取"自我东方主义"面目，或者根本相反，在重述个人族裔经验、家族史、民族史的文学写作中重新表达自我的文化身份。

"自我东方主义"是个富有争议的标签，常常被自尊心爆棚的文化民族主义者拿来攻击那些"刻意迎合"西方（美国）文化市场的作家和作品。比如，"华女阿五"黄玉雪按照美国白人的喜好，开设了一家中国陶瓷店，从而大获成功。作家黄玉雪也是按照白人编辑的意思，增加了"郭叔叔"一章，为落伍的、可笑的中国儒生画漫画像。畅销书作家谭恩美的常见主题就是写华裔生活中的鬼怪故事和离奇经验，暗合华裔文化愚昧落后的白人刻板印象。赵健秀等人就大肆攻击黄玉雪、谭恩美、汤亭亭等，指控她们出卖华裔尊严，向白人兜售东方主义货色。然而问题在于，赵健秀等人的批判实践基于自己设想的男权的、民族主义的理想意识形态，而不是事实本身，他们既不关心中国文化的历史事实，也不关心华裔女性的经验现实。腐朽的儒生、鄙视女性的男性，在中国近代史上并不少见，在欧美现代文化的国际背景映衬之下，其落伍和可恶的印象其实并非向壁虚构。华裔女性作家的有些作品，只不过说出了一些民族主义者不愿意公开讲述的故事，因其向"外"，而被攻击罢了。

事实上，从一开始华裔女性作家都不是在向壁虚构"自我东方主义"的故事以换取美国主流文化市场的接纳。女性作家只不过从女性的经验入手，以女性主义对自由平等的诉求为理想参照，重新反思自我文化经验、文化身份而已。况且，华裔女性作家也没有沿袭白人种族主义文化的"东方主义"形象模板，相反，无论是自身经验还是家族史的叙事里，女作家都找到了文化认同的依据。

黄玉雪在"中国陶瓷"里找到了文化自尊，谭恩美在"喜福会"的麻将里找到了家族纽带，汤亭亭在"女勇士"和"鬼故事"里找了女性的自尊和坚强……尽管这些中国器物、中国鬼魂等可能正是早先美国主流媒体中"中国文化"的主要"符码"，但经过华裔作家的话语系统之后，其文化意义已经完全不同。曾经简单的、负面的"刻板印象"，此时已土崩瓦解，而代之以含义更加丰富、立体、具体的华裔生活场景和"华裔文化意象"。科学昌明曾让美国主流社会认为中国文化（包括华裔文化）充满了愚昧的鬼神迷信，但是汤亭亭《女勇士》中的"鬼魂叙事"不仅勾连了中国传统文化中的女性英雄故事，也链接了华裔女性遭受性别与族别双重压迫的生命经验。"鬼魂"对于汤亭亭已不是愚昧迷信的对象，而是生命被扭曲的结果，以及渴望自由与张扬的灵魂呼喊。

仇视黄玉雪、汤亭亭的赵健秀自己也难免从种族主义的"东方主义话语"出发，重新讲述自己的故事，重新编码"中国文化符号"。他推崇的小说《吃一碗茶》中，主人公宾来最终从唐人街中药店里找到了治疗阳痿的秘方，恢复了男性雄风。他自己的小说《唐老亚》中，小主人公也在唐人街的"狮舞"活动和"关公故事"中找到了民族自豪感。

如果说来自华裔作家自身的东方叙事是一种"自我东方主义"的话，从积极角度而言，它们其实是西方社会之"东方主义"的反话语。华裔作家对"东方"的重新"发现"和"认同"，以崭新的面貌，开启了华裔文化认同的新篇章。

第二节　走进"成功学"的华裔文化认同

华裔美国文化认同的深度展开，则与另一个主题密切相关，那就是"成功学"。华裔美国人在美国的成功，涉及各个领域，从教育到科学、艺术、经济、政治诸多社会层面都有优秀的华裔成功人士。而借助这些成功，华裔美国文化认同也产生了耐人寻味的变化。

传记文学一直是美国文学的一个大类，作为非虚构文学，其销量基本上依赖传主的个人魅力。传主越有特色，越有名，传记就越有市场。华裔美国文学最初也是从这里起步的，比如《华女阿五》作为华裔美国文学的开山之作，其实也是传记，一个华裔女性如何奋斗走向成功的传记。这种作为少数族裔的成功学范例，后来也成了华裔美国文学的常见主题。汤亭亭《女勇士》(1976)，徐忠雄《家园》(1979)，李健孙《支那崽》(1991)、《荣誉与责任》(1994)，任碧莲《典型的美国佬》(1991)等的故事内核都包含着一个华裔在美国社会奋斗与成功的"案例"。2011年热销的蔡美儿之《虎妈战歌》，以"成功的美籍华裔妈妈"身份讲述"成功的育儿经验"，从某种意义上也可以归入这个类型。

就文学的美学价值而言，华裔美国文学的这种传记形式并无什么突出的贡献。然而，从文化研究的角度来看，华裔文学对成功学传记类文学的借用和倚重，却值得我们深思。西方现代主义文学自从资产阶级成功地占据社会的主导地位之后就开始与之分道扬镳，成为其批判者、反思者。就美国经典文学而言，菲茨杰拉德之《了不起的盖茨比》、塞林格之《麦田守望者》、厄普代克之《兔子跑吧》等，视界都远在"成功学"之外，它们甚至以主流社会之失败者、游离者的故事，批判反思社会建制和成见，以对自由、灵性的守护对抗着资本主义对人心的荼毒。华裔美国人并非没有看到美国社会的问题，但是因为位置的不同，经验不同，所见也就很不一样。华裔社会的主要问题，是欲求美国普通公民权利而不得，孜孜以求的是美国主流社会、主流文化的接受与认可。在这一背景下，"成功学"自然而然成了华裔美国人奋斗的主题，同时也成为了华裔美国文学的常见主题范式。

这种对"成功学"的偏好，有着鲜明的"族裔文化更新"的"种族志"主题，与现代主义以来美国文学反英雄、反主流、反体制取向大异其趣。华裔美国文学对成功主题的偏好，更像是历史褶皱里的交叉线，记录着被美国马克思主义批判家詹姆逊所言的"第三世界"民族文化现代化道路上的"成长日记"。

一、背弃"中国文化"

成功，是社会成员对该社会既定功利性目标的实现，隐含着功利主义的价值取舍和个人主义的思维方式。现当代社会，成功又必然勾连"幸福"这一伦理命题。与"成功"的功利主义单轨不同，"幸福"的标准是游移不定的，价值观、世界观、人生观不同，对幸福的理解和认同就有差异。成功不必然包含幸福，已经是当代资本主义的突出问题。[1]然而，在相对稳定的社会历史时期，审美意识形态与社会政治结构是同构合谋的，大众文化、流行文学、类型文学等"向下"的文化生产与传播更多地充当主流社会价值的复制者和传播者角色。在美国大众文化市场，成功学、名人传记等实用性、纪实性作品销量甚巨。这既与美国实用主义有关，也与个人奋斗的美国梦的广泛认同有关，此种书籍的大批量生产与消费，既重复生产美国现代性价值观念，也持续生产美国主流群体的价值认同。

但具体到华裔美国人，问题则要复杂些。

华裔美国人成功的标尺更多地是由外在的美国主流社会规定的，并由白人监督执行。换言之，成功学故事中的华裔美国人不是依循中国文化的内在尺度追寻成功和幸福的，而更多的是"破茧而出"寻求外在主流文化的认同。对于华裔劳工移民、战争移民、教育移民、技术移民、投资移民们来说，美国文化的吸引力正来自其政治社会制度对世俗成功的保证，多数华人背井离乡远涉重洋的目的，一开始也就是为了追求世俗的成功和幸福，而非挑战美国盎格鲁－撒克逊文化的霸权。但是，华人文化与美国文化并不相同，价值观差异明显。比如中国文化的集体主义、伦理本位与美国文化的个体主义、法律本位就有重大区别。个体主义

---

[1] 薛秀军、赵栋：《中国梦：他者语境下现代性认同的新探索》，载《东南学术》2015年第3期，第11页。

者必然否定集体对个体的压制。不管是逻辑上还是事实上，华裔个人（特别是第一代移民和第二代）在美国的成功都会面临文化认同的"选择危机"。这种文化认同的断裂、移位，必然破坏稳定的归属感，突出"代价感"，从而降低"幸福感"。当然，如果置之于历史语境，考虑到世界现代文明史进程中美国与中国的差距，这种边缘族裔的认同分裂未尝不可以被理解为文化更新的阵痛表征。

华裔个体在美国社会的成功，首先意味着美国社会的接受和认可。美国社会自19世纪以来对华裔的歧视性政策、法规，既阻碍了华裔社会文化的正常发展，也造成了华裔个体进入美国社会的心理障碍。少数族裔与主流社会的社会地位差异与文化差异重叠，内化为族裔个体的文化自卑感，更是需要几代人的努力才能克服。在二元对立思维模式下，美国文化与中国文化"刻板印象"的对比，也容易促使族裔个体采取非此即彼的选择模式。而一旦人们接受二元对立模式（比如：白人/非白人、主流/边缘、个人主义/集体主义、男/女、同/异），我们常常"忘记这种二元模式不是中立的描述。它暗含了前者优越、后者从属的逻辑"[1]。然而，社会符号学的认知并不能帮助我们消除这种二元差异在现实中的物化结构，对平等的诉求也一定是在不平等的结构中进行的。和平时期，作为少数族裔个体，诉诸主导性文化（Dominant culture）谋取成功是必然的选择。

对于华裔来说，要走向成功，就得冲破落后的"中国文化"的束缚，与父母辈"文化决裂"，接受白人主流文化的教导与加持。正如"华裔美国文学之母"黄玉雪的社会学老师提醒玉雪的那样，"当一个少数族裔的个体取得个人成功时，他（她）常常会背弃他的族裔"[2]。然而，这种"背弃"并非一种需要受到谴责的行为，而是被视为文化革新（至少是"个人成功"）的必然选择。这种"背弃"甚至也不是个体性的文化逃逸，而是集体性的"文化革命"。从华裔美国文学滥觞期（四五十年代）直至勃发期（九十年代），这种源自文化分裂症的痛苦一直深藏在作家及其笔下人物的"奋斗"中。

从精神深层来说，全球化背景下日本近代史上的"脱亚入欧"、中国现代史

---

[1] Lisa lowe, *Immigrant Acts -On Asian American Culture Politics*, Duham and London: Duke University Press, 1996, p.72.

[2] 黄玉雪：《华女阿五》，张龙海译，南京：译林出版社，2004年，第139页。

上对儒家传统的批判，也与美国语境中华裔/亚裔文化认同的精神分裂异质同构，包含着对自我传统的"文化背弃"。"背弃"一词有着强烈的情感取向，尤其当我们考虑到中国文化的传承与家庭伦理的紧密勾连后，那种不得不为之的"背弃"更显出文化、价值选择的残酷理性。从20世纪40年代华裔美国文学"冒现"到90年代的"繁荣"，面对美国主流社会的开放涵化政策，华裔文化几乎是以"古朽面目"直接撞上美国当代西方文化的快车。个体乃至族裔整体的文化调整是必然的，由此，美国当代主流文化价值观念，包括自由、平等，乃至新兴的女权主义、多元文化主义、新历史主义等，构成华裔美国文学认同、反思的基础，而"中国文化"则沦为历史子遗物，更多的成了反思的对象。中国文化的父权传统、男权意识、鬼神崇拜、中庸思想等，在华裔美国人个体面对美国主流文化整体的体制性排斥与诱惑时，更是难免被"污名化"的命运。比如中国人引以为豪的"勤俭""集体主义"等传统品德，在19世纪的美国媒体中并没有被当作"富兰克林式的美德"而是被视为"一种邪恶"。[1]

黄玉雪及其《华女阿五》中"黄玉雪"的奋斗成功史，正是一个典型的"背弃（华人传统）—归化（白人文化）"的案例。当然，小说中的"背弃—归化"并非单一模式的集体选择，而是在不同条件下不同程度地展开。玉雪父亲是个"半归化"典型，他移民美国后，接受了基督教洗礼，成为唐人街华人教会牧师、医院董事长兼工厂主。他反对给玉雪裹脚，但依然重男轻女，拒绝支持玉雪读大学。儒生"郭叔叔"则代表了中国老人抱残守缺、食古不化的极致，他落魄困窘却不愿劳动，幻想开私塾，却又乞食于教堂。这种文化价值观与愚昧、落后的情景链接，使"中国文化"在玉雪心中彻底丧失了精神导师的地位，成为不得不克服的文化"命运"。此种背景之下，黄玉雪的奋斗就必然要冲破"规矩"，与华人老师"顶嘴"，与父亲"顶撞"，转而以白人之是非为是非，接受主流文化的人文、技术培训。之后，给白人家庭做仆人，为白人老师做帮工，都被玉雪视为走向华裔女性独立的进行曲。专科学校毕业后为海军作秘书更是被她视为成功的顶峰。二战结束后，玉雪成功开办了以白人客户为主导的中国陶瓷工厂，成了亚裔

---

[1] 萨克文·伯科维奇：《剑桥美国文学史》第7卷，孙宏主译，北京：中央编译出版社，2005年，第598页。

美国人"白手起家"的典范。

对于黄玉雪式的成功，赵健秀不屑一顾，甚至深恶痛绝。他认为黄玉雪向白人献媚，兜售"东方主义"，是对华裔美国人族裔的背叛和出卖。然而，赵健秀自己的作品中，并不缺乏这种"背弃祖宗"的情节。赵健秀根本不认为自己是中国人，在文学内外，他都坚称自己与生俱来的美国属性。在早期戏剧《鸡笼支那崽》中，主人公就对着不会讲英语从中国来的老母亲大声怒吼，声称自己不是她的儿子，他也不认同懦弱的父亲，取而代之，他把黑人拳击手当作自己精神上的"父亲"。

其实对于黄玉雪和赵健秀来说，都存在两个父亲或者两个母亲。一个是血缘的、现实的，一个是文化的、想象的。子辈对父辈的背弃和认同，究其实是一种文化价值的选择和认同。与其说子辈背弃了父亲（或母亲），不如说他们放弃了父亲所代表的保守、落后的文化观念。当然，这一"父亲"的文化表征可能是合乎事实的，也可能是虚假的，包含着美国种族主义歧视压迫的历史和文化霸权的现实。

对于"献媚白人主流文化"的现象，文化民族主义者赵健秀及其同道愤怒之极。在他看来，在美国白人主流媒体持续歧视华裔、歪曲华裔文化的背景下，具有"华裔真性情"的作家应该群起而攻之，揭露白人宰制文化的种族主义，讲述英雄主义的华裔故事、展示理想的华裔文化。赵健秀所理解的英雄，是反抗的、呐喊的、斗士型的，而非合作的、沉默的、奋斗型的。进而，他所理解的"成功"，就不能以白人主流社会的标尺为准绳，而是反主流的。赵健秀本人乃至其作品笔下的主人公其实都有点60年代嬉皮士的风格，自由散漫，愤世嫉俗，尖酸刻薄，对主流的白人中产阶级文化嗤之以鼻。相当吊诡的是，当赵健秀声讨白人主流文化的时候，他在意识深处已经把美国文化中的"英雄主义""男女平等""个人主义"当作了当代文化的应有之义，进而认定"华裔美国文化"从来就是个人主义、英雄主义、男女平等的。赵健秀被称为"唐人街牛仔""华裔美国文学教父"，他钟爱的嬉皮士、牛仔精神，其实也是美国文化广为人知的一部分。因此，赵健秀笔下的华裔历史、华裔文化精神，实质上是他以美国文化价值观为依据对中国文化、华裔历史的"改造性重述"。在他的历史书里，酷爱冒险、英雄仗义的下南洋的华侨、旧金山淘金客,而非中国的农民,才是华裔美国人的真正先祖。勇武忠义的关公及其代表的兄弟义气,是华裔美国男性社会的真正精神,而龙凤呈祥图腾中的男女欢爱则表征了华裔社会对性别与婚姻的真正态度。赵健秀所背弃的"中国传统",与其说是中国传统,不如说是被美国文化污名化后的"华裔文化刻板印象"。

与"父母辈"的文化决裂或者被动的文化断裂,在华裔美国文学作品特别是早期作品中屡见不鲜。"西点高材生"李健孙的小说《中国崽》《荣誉与责任》中的"丁凯",都以李健孙自己为原型。丁凯父亲自身就是个不听父母教导一心向往西化的国民党军官,继母则是一个白人。继母进入丁家后,几乎铲除了家中所有的中国记忆。在继母刻意营造的美国家庭环境中,丁凯学会了美式英语、打领带,学会了拳击,最终考上了父亲梦寐以求的西点军校,成为名将施瓦泽德青睐的学生。在这部自传体小说中,白人继母既是生理学的事实,也是文化关系的隐喻。与白人结婚并接受白人价值观、生活观的全面指导,是丁凯父亲的婚姻选择,也是文化选择。被迫选择拳击保护自己的丁凯,面对白人母亲的管教,几乎毫无抵抗能力,无奈中将被迫的"美国化"自然化了。

"去中国化"而"美国化",明显是作为少数族裔的华裔在美国走向成功的策略首选。这与中国社会乃至多数发展中国家"现代化"与"西化"的重叠,可谓文化深层的"异质同构"。进入 80 年代后,来自中国大陆的新移民增长迅速,但这些新增人口并没有使美国华裔更加纯正中国化。相反,新移民对美国化的热衷有过之而无不及。任碧莲的小说《典型的美国佬》里,拉尔夫·张、亨利·刘等正是这么一种典型。他们在美国大学发奋读书、努力奋斗,终于获得了美国大学的终身教职,但内心深处又觉得读书、教书的沉闷生活不够"典型美国化",遂脱去甲壳,风风火火走向彻底的个人主义,走向情欲自由与财富神话。

在文化差异等级化格局中,华裔走向成功的第一步,就是进入美国主流教育机构。通观华裔美国文学,特别是自传性文学,华裔成功人士的教育都是在美国大学完成的,其间也常有一个友善的美国老师的指导。华裔学生也几乎普遍选择实用性学科,以图在实用主义的美国安身立命,少有人选择反思性的人文艺术学科。我们甚至可以说,无论是个人还是集体,华裔首要解决的是生存问题,是一种"生存文化"，其对"成功"的诉求与其说是势利的，不如说是一种面向自由未来的奋斗。在这一奋斗中，是否有益于达成"成功"也就成为了检验其原有文化价值的试金石。这个有点类似于"实践是检验真理的唯一标准"。所不同的是，这个检验和实践的语境都是当代美国社会文化，以"多元文化主义""女性主义"等为新旗号的后现代美国文化。当这些新的主义成为文化界的共识，或者成为文化消费者——美国中产阶级的基本共识后，所谓"标准"也就成了美国这些林林总总的新主义自身，需要重新检验的，是与其有着多多少少差异的传统的、另类的、别样的思想和价值观念。

如此，作为少数族裔文化中的个体，可选择的道路其实并不多。这并非是因为人口数量的对比弱势，不是因为一个空间概念上的族裔与族裔的横向比较，更大程度上这种选择基于一种时间链条上的文化先进与落伍之分。当美国已经进入后工业文化时，它资料库中的"中国文化（华裔文化背景）"大概还停留在遥远的中世纪。背弃落后的族裔传统是一个必然选择，但这一决绝和割裂也必然伤害族裔个体的感情，从而形成文化认同的人格分裂和精神危机。然而，并非没有另外的选择。比如，黄玉雪就为自己的陶瓷器而自豪。诸如此类的肯定性民族文化遗产始终存在，等待着进入华裔文化认同的新结构。这个新的结构，笔者称之为"同声相应模式"。

二、同声相应：华裔族裔文化认同的建构方式

毋庸讳言，即便是华裔社团相对强势的唐人街，中国传统的会馆也难以支撑整体的"中国文化"传承。外在美国社会主流政治、经济、法律、传媒机制整体规约了华裔生存的"大环境"，使得唐人街时时处处受其影响。唐人街光棍村的畸形历史本来就是美国排华移民法案的产物；华裔青年的"去唐人街化"也与多元文化主义政策密切相关。但60年代以来的文化多元主义理想及实践并不能消除美国宰制文化的体制性存在与少数族裔文化的碎片性存在的矛盾并置的现实。而碎片化的文化，除了依附整体性文化外似乎并无他途。当且仅当这些文化碎片、元素与外在强势的美国社会文化遥相呼应时，才成为华裔文化自信的源泉，

进而成为华裔文化更新的基点。

在我们的研究样本中,这种"中国文化元素"与外在体系性的"美国文化"的对位"焊接",乃至"同声相应"现象是华裔美国文学"中国文化"反思性重述的主要模式。华裔美国人之所以有"模范少数族裔"的称号,也正在于这种文化合作、合力的取向。

在论述后殖民主义文化状态时,"文化杂交性"(cultural hybridity)常被用来描述从属的、少数族裔的文化认同状态,指涉族裔个体乃至群体在文化认同上混合原有文化传统与宿主国文化的现实情状。然而,正如艾贾兹·阿赫默德指出的,那种认为自己可以在生活中"任意重造自我或自我所在的社会"的想法,"通常只是一种由财富过剩——金钱资本或文化资本或两者皆过剩——所引起的幻觉"。[1]文化认同根本上与"位置"(阶级、性别、种族结构中的位置)有关。在美国主流文化宰制状态下,华裔文学知识分子的文化认同也是在其文化位置上的文化表述、文化宣言。位置不是任选的,华裔文化认同也不可能改变盎格鲁-撒克逊白人文化的主导地位。"迄今为止,融合和同化从来没有在平等的基础上进行过,而一直是向主流文化归附的同化。"[2]"文化杂交性"并非自然的、自由的文化混合,而是在主流文化既有架构内对边缘族裔文化元素的接纳、吸收。

考虑到中国文化语境中"杂交"的感性色彩,笔者刻意回避使用"杂交性"来言说华裔美国文化认同的混杂状态。事实上,美国历史上对华裔的文化歧视与中国本土对"香蕉人"的评说都包含着一种所谓"正统"对"变种"的轻视。我们这里使用"同声相应"一词,回应了巴赫金的"对话"说,也回应了当代话语理论,以说明华裔文化认同的双声结构状态。华裔文化自信的获得,摆脱了弃绝父(母)辈文化而急求美国化的对立思维,转而诉诸挖掘中国文化传统中与美国主流文化相同、相通的元素。"中国性"此时已不再是中国文化的中国性,而是与美国主流文化价值观念"共振""共鸣"的美国华裔的"中国性"。

---

[1] 艾贾兹·阿赫默德:《文学后殖民的政治》,见罗钢、刘象愚:《后殖民主义文化理论》,北京:中国社会科学出版社,1999年,第273页。
[2] 阿卜杜尔·简·穆罕默德:《论少数族话语的理论:目标是什么?》,见巴特·穆尔·吉尔伯特编撰:《后殖民批评》,杨乃乔等译,北京:北京大学出版社,2001年,第338页。

这样的例子比比皆是。

比如"女性主义"作为当代美国的主要思潮，倡导女性与男性的平等、自由，在相当多的华裔作家那里都得到了共鸣。汤亭亭的《女勇士》之成功，就在于这部小说诉诸女性主义的共同理想，讲述了中国女性反抗男性霸权走向自由解放的特色故事。在小说中，包括在华裔作家汤亭亭的文化认同结构中，"花木兰""蔡琰"等中国故事就不再是忠君爱国的封建主义叙事，而是具有了追求女性解放的女性主义的意味。就连敌视汤亭亭的赵健秀，也诉诸龙凤传奇，把讲究男女平等说成是中国传统文化的要义。

《华女阿五》中，玉雪父亲是作坊主、宗亲会领袖，同时也是华人教会牧师，"重视基督教戒律，就像他重视儒家礼节一样"[1]。勤勉努力、乐善好施，既有儒士风范又有清教徒的虔敬。就玉雪而言，则是美国文化的男女平等观念与中国儒家"士"传统遥相呼应，"合成"了她成功走向美国主流社会并回报社区的内在动力。赵健秀屡屡诟病华裔的"基督教化"，但细究起来，我们不难发现中国儒家"礼教"教导和"修齐治平"的奋斗精神与美国新教资本主义伦理"克制""勤劳"等道德规训有着天然的契合，华裔社会的成功某种程度上也与这种儒、耶教导"同声相应"的精神支撑有关，绝非文化殖民的大帽可以涵盖的。

如果说《华女阿五》中的"中国文化"作为精神融合的一极还有些含糊的话，李健孙《荣誉与责任》中的"中国文化"则在主人公丁凯的成长过程中起到了明显的精神支撑作用。丁凯考取西点军校，既是出自男性的英雄情结，也是他对父亲意志遵从（孝）的结果。他甚至视西点军校为中国的翰林院，以关公、孙子为楷模，进而把西点军校的军事文化当作焊接自己中国文化根基与美国文化现实的熔点。军校生活的纪律性、服从性、合作性，不仅联通了美国军校文化与中国兵家孙子、关公的精神遗产，也符合丁凯自己对儒家宗法制等级性、服从性、纪律性的理解。他没有因为选择美国文化而放弃中国文化传统，而是采取了"六经注我"的奇特方式，对中国文化做丁凯式的转译，配合他进一步美国化的精神历程。

---

[1] 黄玉雪：《华女阿五》，张龙海译，南京：译林出版社，2004年，第65页。

与《华女阿五》中"郭叔叔"的形象相似,《荣誉与责任》中也出现了一个老儒——辛伯伯——作为中国文化的代言人。与黄玉雪笔下迂腐可笑的"郭叔叔"不同的是,辛伯伯充满了智慧与爱心,不辞辛劳地以儒家智慧教导成长中的丁凯。他明确反对丁凯进西点军校,在他看来,军校是培养杀人机器的地方,与孔圣人教导的"仁义""礼让""君子之风"背道而驰。他反复对酷爱拳击的丁凯灌输"和"的概念,对越来越独立的丁凯讲述"纲常伦理",让其毋忘亲人。表面看来,"辛伯伯"以儒者的身份,站到了美国文化的对立面,引导丁凯遵从中国先哲的教导。然而,其实未然。

西点军校教官施瓦泽德少校作为美国文化的代言人,并没有像丁凯的白人继母那样处处站在中国文化的对立面。他教导丁凯,军人并非盲从的机器,在"服从纪律"之外还有一个更高的行为准则——"思想的自觉"与"保护人民"的使命。[1] 施瓦泽德少校身上有着一些基督教"圣徒精神",超越了简单的暴力、秩序观念。

在丁凯这里,两位导师的教导看似不同,但其实并不互相抵触,而是可以互相阐发。基督精神与儒家尚礼崇和的价值观,在反对暴力、精神自觉这一问题上,是完全合拍、方向一致的。这种反思暴力的文化合力最终促使丁凯离开了军队。丁凯最终做到了施瓦泽德所要求的精神自觉,也遵循了辛伯伯有关"儒家纲常"的教导。在继母病床前,丁凯原谅了濒死的继母;也原谅了不会表达爱意的父亲;找到了被驱赶的姐姐;时隔多年后读到了妈妈的遗嘱——丁凯被美国继母撕裂的家庭,在更高的一个节点上又重新弥合。

在丁凯的成长史中,"中国文化"无疑扮演了更重要的角色,与黄玉雪、汤亭亭、谭恩美等笔下的"中国文化"其实是有区别的。它提供的不是异国情调的场景,而是文化坩埚中的精神熔炼。它诉诸中国文化的核心精神价值,而不是乞灵于现象层次的风俗,与美国的传统文化和现代价值系统相撞击,以个人成长检验其成色,并最终熔炼成属于丁凯自我的"文化认同"。无疑,青年丁凯对"中国文化"的认同和接受,使其文化人格更加完整,也使其族裔文化背景置于一个

---

[1] 李健孙:《荣誉与责任》,王光林译,南京:译林出版社,2004年,第283页。

更加有尊严的高处。换句话说，在丁凯的文化身份里，"Chinese"部分不再是低劣的、需要消除或者遮掩的，而是与其"American"部分同样高贵、同样有力量。

华裔美国文化认同的"双重肯定"的"同声相应"模式，是面对宰制文化的一种文化认同的策略，它以不同的形式存在于华裔个体经验中。除却这种价值观念的求同之外，华裔对"中国文化"的认同，大多体现在其对特有的中国器物、节日、礼俗的体验认知和感情经验上，这种非系统的方式，常常伴有发散性特征，极大地影响了华裔个体的文化认同过程。

但这种"同声相应"，并不能被当作文化平等对话的"求同"取向，处于功利性的考虑，华裔个体常常会回避华人文化（或者中国文化、华裔文化）与美国文化的诸多差异。这种规避了文化差异的文化认同，哪怕是"双声部"的合奏，依然是一种对主流文化的"委身"。

三、"去族裔化"的文化认同

相当多的华裔美国人并不喜欢自己文化身份中的分隔符，他们不喜欢被称为"Chinese-American"而更喜欢被平等地成为"American"。这部分源于族裔身份被歧视的历史，部分源于文明文化的非族裔性。也就是说，族裔文化是小写的文化，局限于族裔生存空间；而真正的、大写的文化或者文明是超越了狭隘的族裔空间的。去除文化身份分隔符，等于去掉了限制符，意味着公民个体在文化认同上更加自由、自主。

这种超越族裔性的追求，对华裔美国文学作家来说，起步于反对"东方主义"话语霸权，盘桓于文化民族主义运动，而最终达成于"后族裔"哲学。真正的、地道的"华裔美国人感性"说到底是一个"执念"，反霸权的姿态中其实包藏着弱弱的霸权逻辑，并暗含着族裔文化更新的陷阱。赵健秀对"中国文化传统"的"重新神话化"，并不能使华裔文化成为美国的神圣文化。相反，只有放弃这一执念，放弃文化与种族的铰链关系，文化才得自由，文化中的主体个人才得自由。比如，中国文化与集体主义并不是同义词，与个性自由、个人主义也并非反义词。

当成功与否成为文化传统的试金石之时，族裔文化主体和族裔文化认同依然面临着一个危机。成功与失败的二元对立，与族裔文化、美国文化的二元对立，很容易被线性排列，让人做非此即彼的选择，以及其实不明就里的连接。比如把失败归咎于族裔文化，同时把成功归于美国文化，或者相反。这种给文化贴民族标签的做法，其实并没有完全走出种族主义的逻辑。

在笔者看来，真正完成对美国价值与华裔奋斗经验文化反思的，是90年代后崛起的任碧莲（Gish Jen）。与黄玉雪、李健孙的成功"焦虑"不同，也与赵健秀对华裔式"成功"的"不屑"有别，任碧莲对美国人的"成功"，特别是华裔美国人的"成功"有着一种特殊的幽默态度。在1991年的畅销书《典型的美国佬》中，任碧莲采用第三人称叙事的"散聚焦"方式，保持着对笔下人物足够的情感距离，给理智反思、幽默、同情都留下了发酵的空间。

小说中的拉尔夫·张通过努力学习，最终在美国大学站稳了脚跟，但在他意识深处，通过刻苦读书成为教授根本不是美国风格而是中国儒生模式。在其美国经验里，大众媒体扮演了宣讲美国方式的重要媒介，"金钱""炸鸡店""别墅""狗""个人主义""白手起家"等，种种口号、符号合成了"典型美国文化"的刻板印象，相反，自我克制、节俭、拘谨、家庭伦理等等又与相对贫困混在一起，成为自我经验中的"中国文化"刻板印象。小说中，拉尔夫一家（包括妻子海伦、姐姐特雷萨）与同事亨利·赵教授选择了留在美国发展后，都把充分快速"美国化"当作自己的奋斗目标。而此时的"美国化"已经不是就业的问题，而是生活方式上深度学习美国佬的"个人主义"。他们深知中美价值观的差异，"在中国，人们担心得更多的是如何得到社会的认可……但是在这松松垮垮的美国，人们想干什么就干什么"[1]，终究意乱情迷选择了美式"自由"。

尽管拉尔夫的梦想中有格罗弗的欺诈，但一旦我们厘清阴谋的涂层，我们还是可以探测到拉尔夫内心的动力模型。这个成功模型从一开始就彻头彻尾的是美国世俗主义人生哲学的产物。在"魔力商标"一章，作者以喜剧性的笔调为读者描写了"创客"拉尔夫在买下"炸鸡宫"后的精神动力学更新。通过特蕾莎的视

---

[1] 任碧莲：《典型的美国佬》，王光林译，南京：译林出版社，2000年，第185页。

角,我们可以看到拉尔夫办公室满架的成功学著作,如《赚钱》《做自己的老板》等;以及满墙的成功学标语,如:"不要等船驶过来,自己游过去""除非你为追求金钱而工作到白热化的程度,否则你就绝不会得到大笔的财富"等[1]。在"美国价值"的影响下,这个曾经老实巴交的华裔学生开始把花花公子格罗弗当作自己"失散多年的兄弟",辞去教职购进了格罗弗的森林别墅"炸鸡宫",幻想建立自己的炸鸡帝国;海伦以"自由和浪漫"的名义接受了格罗弗的爱情诱惑;姐姐特蕾莎以"爱"的名义开始与亨利·赵私通,因为"典型的美国佬不考虑别人"。[2]

与李健孙小说不同的是,《典型的美国佬》中,"中国文化"在主人公身上始终是隐性的观念性存在,没有一个第三方的中国文化的引导者,更没有华裔社区的文化规约。没有了那种大段介绍中国文化的插叙,不再有"人类学文学"的滞重,足够的审美距离使得《典型的美国佬》成为一部亚裔美国人个人奋斗经验的小说,并在悲喜交错的艺术镜像中对"美国文化"的"典型性""普适性"进行文学的反思。中美文化二元对立的差异模式依然存在,但已经是喜剧性的了,在拉尔夫一家的美国经验中,中国的集体主义伦理取向、含蓄节俭克制美德与外在的美国式的个人主义价值取向、自由、开放、冒险、野心勃勃、无所顾忌呈对立状态。我们无意推论说,张家最终因为惨痛的教训回归了"中国价值",因为整部小说中弥漫的幽默和感伤、故事的主叙以及画外音都并不支持任何单一的绝对的族裔文化,更不用说支持漏洞百出的文化"刻板印象"了。毋宁说,"张家佬"以自己的身家性命检验了美国价值观与中国传统价值观的"成色""红线"和"内核",最终抵达了杰夫·特威切尔所谓的"适合一切民族的价值观——协作价值观"[3]悲剧后的拉尔夫,终于认识到"人就是他自己限度的总和,自由只不过使他看清了自己的限度所在。美国根本就不是美国"[4]。换句话说,美国并不是他想象中的我行我素的自由主义天堂,在自我的尽头是群体,在欲望的尽头是伦理。他错误地理解了美国文化,也错误地理解了中国文化。文化根本不可能被简化为

---

1 任碧莲:《典型的美国佬》,王光林译,南京:译林出版社,2000年,第207页。
2 任碧莲:《典型的美国佬》,王光林译,南京:译林出版社,2000年,第178页。
3 任碧莲:《典型的美国佬》,王光林译,南京:译林出版社,2000年,第2页。
4 任碧莲:《典型的美国佬》,王光林译,南京:译林出版社,2000年,第305页。

两张对立的规则清单。

特定价值观与种族的链接，作为文化"刻板印象"屡遭批判，从60年代到80年代，至少在知识界和自由派盛行的领域，族裔文化"去族别化"的现象愈发多了起来。2011年蔡美儿的畅销书《虎妈战歌》以成功的华裔白领身份向公众讲述子女教育的成功经验。在西式的、现代的、快乐导向的教育模式横行天下之际，她大胆宣称"中式教育"的优越性。然而至于什么是中式教育，"中国妈妈"法学博士蔡美儿却并不能"法定"。她也知道，实际上有很多犹太人、韩国人、日本人、印度人、牙买加人、加纳人父母的教育观念与她理解的"中国妈妈"相同或类似，都强调家长权威、刻苦学习、功利主义、按部就班等等。而很多华裔、亚裔、中国妈妈有可能是"西方父母"，放任孩子自由发展。而"中国妈妈"的成功，并不意味着"西式妈妈"在教育上的失败。笔者无意在此纠结定义的科学性，更无意于在差异体系中确立"中国妈妈"的含义。张隆溪先生早就提出，刻意强调东西方的差异本身就是西方的"幻想"，包含着文化等级制、冲突论的哲学阴谋。如果没有对差异背后同一性的探讨，东西文化比较将毫无意义。[1] 此论意义深远，更需具民族情怀的中国学者深思与实践。民族文化本质是个19世纪的观念，极大地忽视了文化本质的形成性、条件性、历史性。全球化过程正在加剧民族文化的变革，催生新的更具包容性学习性的文化。

价值观念与特定种族的脱离，正是价值观念普适性的一种尺度。可被众多群体共享的价值、文化，根植于人的普遍性、社会发展的共同性。差异，有可能仅仅是形式上的标签，正像《虎妈战歌》对"中国妈妈"的使用一样。

---

[1] 张隆溪：《道与逻各斯》，成都：四川人民出版社，1998年，第25—29页。

参考文献

英文部分

Brown, Richard Harvey. *Postmodern Representations*. Urbana and Chicago: University of Illinois Press, 1995.

Chang, Joan Chiung-huei. *Transforming Chinese American Literature*. New York: Peter Lang, 2000.

Cheong, King-kok(ed), *Words Matter-conversations with Asian American Writers*, University of Hawaii press.2000.

Chin, Frank. Jeffery Paul Chan, Lawson Fusao Inada, and Shawn Wong, *The Big Aiiieeeee! An Anthology of Chinese American Literature and Japanese American Literature*, New York: Meridian Book, 1991.

Chin, Frank. Jeffery Paul Chan, Lawson Fusao Inada, Shawn Wong, Aiiieeee! An Anthology of Asian American Writers, A Mentor Book, 1991.

Eagleton, Mary, Feminism literary Theory, A reader, Oxford: Basil Blackwell, 1987.

Elliot, Emory, general ed. *Columbia Literary History of United States*. New York: Columbia University Press, 1988.

Elliot, Emory, general ed. *The Columbia History of American Novel*. New York: Columbia University Press, 1991.

Fuchs, Stephen. *Against Essentialism: A Theory of Culture and Society*. Cambridge: Harvard University Press, 2001.

Johnson, Barbara, *The Feminism Difference*, Cambridge: Harvard University Press, 1998.

Kim, Elaine H. *Asian American literature*: *An introduction to the Writings and Their Social Context*. Philadelphia: Temple University Press, 1982.

Kuper, Adam. Culture: *The Anthropologists' Account*. Cambridge: Harvard University Press, 1999.

Li, David Leiwei, *Imagining the Nation: Asian American Literature and Cultural Consent*, Stanford,California: Stanford University Press, 1998,

Lim, Shieley Geok-lin and Ling, Amy. *Reading the Literatures of Asian America*. Philadelphia: Temple University Press, 1992.

Ling, Amy. *Between Worlds*: *Women Writers of Chinese Ancestry*. New York: Pergamon Press, 1990.

Ling, Amy. *Yellow Light*: *The flowering of Asian American Arts*. Philadelphia: Temple University Press, 1990.

Nguyen, Viet Thanh, *Race and Resistance*, Oxford University Press, 2002

Niranjana, Tejaswini, *Siting Translation*: *History*, *Post-structuralism*, *and the Colonial Context*, Berkeley: University of California Press, 1992.

Shi, Pingping. A *study of Chinese American Women's Writings*. Kaifeng: Henan University Press, 2004.

Storey, John. *Cultural Theory and Popular Culture*: *An Introduction*. Beijing: Peking University Press, 2004.

Trudean, Lawrence J.(ed), *Asian American Literature*: *Reviews and Criticism of works by American Writers of Asian Descent*. Detroit, London: GALE, 1999.

Waters, Mary C. *Black Identities*. Cambridge: Harvard University Press, 1999.

Xu, yingguo. *An Anthology of Chinese American Literature*, Tianjin: Nankai University Press, 2004.

中文部分

1.［德］顾彬:《关于"异"的研究》，曹卫东编译，北京：北京大学出版社，1997年。

2.［法］罗兰·巴尔特:《符号学原理》，王东亮等译，北京：三联书店，1999年。

3.［法］雅克·德里达:《文学行动》，赵兴国等译，北京：中国社会科学出版社，1998年。

4. [法]让·波德里亚：《消费社会》，刘成富、全志钢译，南京：南京大学出版社，2000年。

5. [法]西蒙娜·德·波伏娃：《第二性》，陶铁柱译，北京：中国书籍出版社，2004年。

6. [法]弗朗兹·法侬，《黑皮肤，白面具》，万冰译，南京：译林出版社，2005年。

7. [荷兰]佛克马、蚁布思演讲：《文学研究与文化参与》，俞国强译，北京：北京大学出版社，1996年。

8. [加拿大]哈罗德·伊尼斯：《帝国与传播》，何道宽译，北京：中国人民大学出版社，2003年。

9. [加拿大]诺斯罗普·弗莱：《批评的剖析》，陈慧等译，天津：百花文艺出版社1998年。

10. [加拿大]谢少波：《抵抗的文化政治学》，陈永国、汪安民译，北京：中国社会科学出版社，1999年。

11. [加拿大]埃里克·麦克卢汉、弗兰克·秦格龙 编：《麦克卢汉精粹》，何道宽译，南京：南京大学出版社，2000年。

12. [美]阿里夫·德里克：《跨国资本时代的后殖民批评》，王宁等译，北京：北京大学出版社2004年。

13. [美]爱德华·萨义德：《赛义德自选集》，谢少波、韩刚等译，北京：中国社会科学出版社，1999年。

14. [美]爱德华·萨义德：《文化与帝国主义》，李琨译，北京：生活·读书·新知三联书店，2003年。

15. [美]哈罗德·布鲁姆：《批评、正典结构与预言》，吴琼译，北京：中国社会科学出版社，2000年。

16. [美]乔纳森·弗里德曼：《文化认同与全球性过程》，郭建如译，北京：商务印书馆，2003年。

17. [美]约翰·霍尔、玛丽·乔尼斯著：《文化：社会学的视野》，周晓虹、徐彬译，北京：商务印书馆，2002年。

18. [美]保罗·鲍威编：《向权力说真话》，王丽亚、王逢振译，北京：中国社会科学出版社2003年。

19. [美]保罗·康纳顿：《社会如何记忆》，纳日碧力格译，上海：世纪出版集团，2000年。

20. [美]塞缪尔·亨廷顿：《文明的冲突与世界秩序的重建》，周琪等译，北京：新华出版社，1998年。

21. [美]塞缪尔·亨廷顿：《我们是谁？——美国国家特性面临的挑战》，程克雄译，北京：新华出版社，2005年。

22. [美]萨克文·伯科维奇、查尔斯.H.卡斯韦尔 主编:《剑桥美国文学史》第七卷,孙宏主译,中央编译出版社,2005年。

23. [英]艾勒克·博埃默:《殖民与后殖民文学》,盛宁译,沈阳:辽宁教育出版社,1998年。

24. [英]安东尼·吉登斯:《民族-国家与暴力》,胡宗泽等译,北京:三联书店,1998年。

25. [英]安东尼·吉登斯:《现代性与自我认同》,赵旭东、万文译,北京:三联书店,1998年。

26. [英]安东尼·吉登斯等:《自反性现代化》,赵文书译,北京:商务印书馆,2001年。

27. [英]巴特·穆尔·吉尔伯特 等编纂:《后殖民批评》,杨乃乔等译,北京:北京大学出版社,2001年。

28. [英]弗朗西斯·马尔赫恩 编:《当代马克思主义文学批评》,刘象愚、陈永国译,北京:北京大学出版社,2002年。

29. [英]汤林森:《文化帝国主义》,冯建三译,上海:上海人民出版社,1999年。

30. [英]特里·伊格尔顿:《美学意识形态》,王杰等译,桂林:广西师范大学出版社,1997年。

31. [英]威尔·赫顿、安东尼·吉登斯编:《在边缘:全球资本主义生活》,达巍、潘剑等译,北京:生活·读书·新知三联书店,2001年。

32. [英]约翰·麦克因斯:《黄菡、周丽华译,南京:江苏人民出版社,2002年。

33. [英国]安东尼.D.史密斯:《全球化时代的民族与民族主义》,龚维斌、良警宇译,北京:中央编译出版社,2002年。

34. 北京大学中文系文艺理论教研室 编:《马克思、恩格斯、列宁、斯大林论文艺》,北京:人民文学出版社,1990年。

35. 程爱民 主编:《华裔美国文学研究》,北京:北京大学出版社,2003年。

36. 单德兴、何文敬主编:《文化属性与华裔美国文学》,台北:台湾中央研究院欧美研究所,1994年。

37. 单德兴:《铭刻与再现:华裔美国文学与文化论集》,台北:台湾麦田出版社,2000年。

38. 高鸿:《跨文化的中国叙事》,上海:三联书店,2005年。

39. 何文敬、单德兴主编:《再现政治与华裔美国文学》,台北:台湾中央研究院欧美研究所,1996年。

40. 黄万华:《文化转化中的世界华文文学》,北京:中国社会科学出版社,1999年。

41. 刘海平主编：《文明对话：本土知识的全球意义》，上海：上海外语教育出版社，2002年。

42. 刘康：《全球化/民族化》，天津：天津人民出版社，2002年。

43. 罗钢、刘象愚编译：《后殖民主义文化理论》，北京：中国社会科学出版社，1999年。

44. 罗钢、王中忱主编：《消费文化读本》，北京：中国社会科学出版社，2003年。

45. 汪介之、唐建清 主编：《跨文化语境中的比较文学》，南京：译林出版社，2004年。

46. 王逢振主编：《性别政治》，天津：天津社会科学院出版社，2001年。

47. 王逢振主编：《詹姆逊文集》，北京：中国人民大学出版社，2004年。

48. 吴小英：《科学、文化与性别》，北京：中国社会科学出版社，2000年。

49. 萧俊明：《文化转向的由来》，北京：社会科学文献出版社，2004年。

50. 谢少波、王逢振 编：《文化研究访谈录》，北京：中国社会科学出版社，2003年。

51. 徐迅：《民族主义》，北京：中国社会科学出版社，1998年。

52. 薛晓源、曹荣湘主编：《全球化与文化资本》，北京：社会科学文献出版社，2004年。

53. 张京媛主编：《当代女性主义批评》，北京：北京大学出版社，1992年。

54. 张京媛主编：《新历史主义与文学批评》，北京：北京大学出版社，1993年。

55. 赵旭东：《反思本土文化建构》，北京：北京大学出版社，2003年。

56. 中国社会科学杂志社 编：《社会转型：多文化、多民族社会》，北京：社会科学文献出版社，2000年。

57. 周宁：《孔教乌托邦》，北京：学苑出版社，2004年。

58. 周宁：《历史的沉船》，北京：学苑出版社，2004年。

59. 周宁：《龙的幻象》，北京：学苑出版社，2004年。

60. 周宁：《世纪中国潮》，北京：学苑出版社，2004年

61. 周宁：《鸦片帝国》，北京：学苑出版社，2004年。

62. [英] C.W.沃特森：《多元文化主义》，叶兴艺译，长春：吉林人民出版社，2005年。

63. 余志森：《美国多元文化研究》，上海：华东师范大学出版社，2012年。

64. 丁林鹏：《加拿大地域主义文学研究》，北京：北京大学出版社，2008年。

65. [英] 斯图尔特·霍尔编：《表征：文化表征与意指实践》，徐亮、陆兴华译，北京：商务出版社，2013年。

66. [美] 米歇尔·拉蒙 编：《比较文化社会学的再思考》，邓红风译，北京：中华书局，2005年。

67. ［英］丹尼·卡瓦拉罗：《文化理论关键词》，张卫东等译，南京：江苏人民出版社，2013年．

68. ［日］平野健一郎：《国际文化论》，张启雄等译，北京：中国大百科全书出版社，2011年。

69. ［法］多米尼克·吴尔敦：《另类世界化：基于传播学的思考》，尹明明等译，北京：中国传媒大学出版社，2013年。

70. 张西平、顾钧主编：《中国文化的域外解读》，上海：华东师范大学出版社，2013年。